BRENDA NOVAK

Una boda en invierno

Editado por Harlequin Ibérica.
Una división de HarperCollins Ibérica, S.A.
Núñez de Balboa, 56
28001 Madrid

© 2015 Brenda Novak, Inc.
© 2017 Harlequin Ibérica, una división de HarperCollins Ibérica, S.A.
Una boda en invierno, n.º 138 - 18.10.17
Título original: A Winter Wedding
Publicada originalmente por Mira Books, Ontario, Canadá

Todos los derechos están reservados incluidos los de reproducción, total o parcial. Esta edición ha sido publicada con autorización de Harlequin Books S.A.
Esta es una obra de ficción. Nombres, caracteres, lugares, y situaciones son producto de la imaginación del autor o son utilizados ficticiamente, y cualquier parecido con personas, vivas o muertas, establecimientos de negocios (comerciales), hechos o situaciones son pura coincidencia.
® Harlequin, HQN y logotipo Harlequin son marcas registradas por Harlequin Enterprises Limited.
® y ™ son marcas registradas por Harlequin Enterprises Limited y sus filiales, utilizadas con licencia. Las marcas que lleven ® están registradas en la Oficina Española de Patentes y Marcas y en otros países.
Imagen de cubierta utilizada con permiso de Harlequin Enterprises Limited. Todos los derechos están reservados.

I.S.B.N.: 978-84-687-9984-1
Depósito legal: M-11344-2017

Para las Notable's Novack, ese grupo de mujeres tan especial que tanto hace por apoyarme en la red.

Reparto de personajes de Whiskey Creek

Phoenix Fuller: recientemente liberada de prisión. Madre de **Jacob Stinson**, que ha sido criado por **Riley**, su padre.

Riley Stinson: contratista, padre de Jacob.

Gail DeMarco: relaciones públicas de una agencia de Los Ángeles. Está casada con la estrella de cine **Simon O'Neal**.

Ted Dixon: escritor de superventas de suspense. Está casado con **Sophia DeBussi**.

Eve Harmon: Dirige el hostal Little Mary's, propiedad de su familia. Está casada con **Lincoln McCormick**, un recién llegado al pueblo.

Kyle Houseman: propietario de una empresa de paneles solares. Estuvo casado con Noelle Arnold. Es el mejor amigo de Riley Stinson.

Baxter North: trabaja como bróker en San Francisco y está a punto de regresar a Whiskey Creek.

Noah Rackham: ciclista profesional. Propietario de la tienda de bicicletas It Up. Casado con **Adelaide Davies**, chef y directora del restaurante Just Like Mom's, propiedad de su abuela.

Callie Vanetta: fotógrafa. Casada con **Levi McCloud/Pendleton**, veterano de Afganistán.

Olivia Arnold: fue el primer y único amor de Kyle Houseman, pero está casada con **Brandon Lucero**, hermanastro de Kyle.

Dylan Amos: propietario de un taller de chapa y pintura junto a sus hermanos. Está casado con **Cheyenne Christensen**, con la que tiene un hijo.

Capítulo 1

—Tu exesposa otra vez al teléfono.

Kyle Houseman apretó los ojos y se frotó la frente. Había pocas personas en el mundo que le resultaran tan difíciles como Noelle.

En realidad, no se le ocurría ninguna.

—¿Me has oído?

Morgan Thorpe, su asistente, permanecía en la puerta de su oficina con el ceño fruncido por la impaciencia. Noelle (que seguía utilizando el apellido de casada, algo que le irritaba, puesto que solo habían estado juntos un año), no había conseguido localizarle en el móvil. Le había llamado tres veces durante los últimos quince minutos, pero él había dejado que se activara el buzón de voz. Así que Noelle había terminado llamando al teléfono de su empresa, aunque él le había pedido muchas veces que no lo hiciera. No le gustaba que aireara las quejas que tenía contra él, o cualquier otra cosa, a quienquiera que quisiera escucharla.

A sus empleados tampoco les gustaba Noelle.

—Ya lo he oído —contestó.

—¿Vas a atender la llamada? Porque si tengo que volver a hablar con ella voy a decirle lo que pienso.

Kyle le dirigió a Morgan una mirada con la que pretendía asegurarse de que comprendiera que sería un error. Con cuarenta y cinco años, Morgan no tenía edad para ser su madre, pero a menudo adoptaba una actitud maternal hacia él, probablemente porque había estado trabajando a su lado desde el principio de First Step Solar. Kyle la había contratado la misma semana que Morgan había salido del armario y se había ido a vivir con su pareja, una mujer tan delicada como audaz y decidida era Morgan.

—No, no le vas a decir nada.

—¿Por qué? —gritó—. ¡Noelle es una persona horrible! ¡Se merece todo lo que le pasa!

—Estuve casado con ella y vivimos los dos en un pueblo pequeño. Tengo que encontrar la manera de que nos llevemos bien.

Morgan elevó los ojos al cielo.

—Si tan fácil es, ¿por qué la evitas?

Tenía razón. En cualquier caso, evitar las llamadas de Noelle no iba a servirle de nada. Si se veía obligada, sería capaz de ir a buscarle a su casa, o incluso a un restaurante. Lo hacía a todas horas: para suplicarle que le adelantara la pensión, para pedirle un «pequeño préstamo» que impidiera que le cortaran el agua o la luz o para conseguir dinero con el que pagar la reparación del coche. En una ocasión le había pedido quinientos dólares para corregir un implante de senos (al parecer, su cuerpo rechazaba los implantes, pero, en vez de quitárselos, estaba intentando conservarlos). No parecía importarle que ninguna de aquellas cuestiones fuera responsabilidad suya.

—Páseme la llamada —cedió con un suspiro.

—Esa mujer es insufrible. No sé cómo la aguantas —gruñó Morgan mientras se marchaba.

Tampoco él lo sabía.

Miró la luz que parpadeaba en el teléfono del escritorio. Ojalá Noelle volviera a casarse. Y que lo hiciera pronto. Su boda le ahorraría dos mil quinientos dólares al mes, por no hablar del alivio de saber que ya no tendría que volver a enfrentarse a ella. Pero llevaba cinco años deseándolo, casi desde el día de su divorcio. Estaba comenzando a sospechar que mientras continuara pagándole aquella generosa cantidad al mes, era poco probable que se casara con nadie. Ella no era de las que se marchaban con las manos vacías. Además, consideraba el apoyo económico que le prestaba como un castigo por no haber sido capaz de enamorarse de ella y, la verdad fuera dicha, también él lo veía así. Aquella era la razón por la que había aceptado pasarle aquella cantidad al mes y por la que la ayudaba siempre que podía. Se sentía obligado por un sentimiento de culpa.

—Algún día... —musitó mientras descolgaba.
—¿«Algún día» qué? —preguntó Noelle.
Algún día se desharía de ella. Pero no podía decírselo.
—Nada. ¿Qué pasa? ¿Por qué no paras de llamarme?
—¿Y por qué ignoras mis llamadas? —replicó ella.
—Porque no entiendo para qué quieres hablar conmigo. Estamos divorciados, ¿recuerdas? Y con todo el dinero que te he pasado durante estos últimos años, o solo en estos últimos meses, ya llevo adelantados seis meses de pensión. De modo que no creo que tengas ninguna excusa.
—Es el calentador —dijo ella.
—¿El qué?
—El calentador.
¿Ya había encontrado otra cosa de la que quejarse?
—¿Qué le pasa?
—Se ha estropeado. No puedo ducharme ni lavar los platos. No tengo agua caliente.
Kyle se reclinó en la silla.
—¿Entonces no deberías estar buscando un fontanero en vez de molestando a tu exmarido?
—¿Por qué tienes que ser tan desagradable? Te he lla-

mado a ti porque eres propietario de una empresa de paneles solares. ¿No puedes ofrecerme un panel para que pueda reducir las facturas del agua caliente?

–Fabrico paneles fotovoltaicos, Noelle. Sirven para el aire acondicionado y otros aparatos eléctricos. Un aparato que funciona con gas necesita algo muy distinto.

Habían estado casados, por el amor de Dios, ¿todavía no sabía cómo se ganaba la vida?

–También puedes conseguir calentadores. Le instalaste uno a la vecina de Brandon y Olivia.

¿Por qué se lo habría contado?

–La señora Stein tiene casi ochenta años y perdió a su marido hace un año. Lo único que hice fue asegurarme de que le hicieran un buen precio.

–Compraste un calentador al por mayor y se lo vendiste a precio de coste. Y se lo colocó uno de tus instaladores fotovoltaicos.

–Porque sabía que le vendría bien. Brandon me pidió que la ayudara. De vez en cuando le hago favores a mi hermano.

–Vamos, Kyle, seguro que no lo hiciste por Brandon.

La irritación comenzó a asomar sus garras y Kyle apretó los ojos con fuerza.

–Claro que sí. Nos llevamos muy bien –contestó.

Y era cierto. Brandon y él habían sido rivales en otro momento de sus vidas. Se habían conocido cuando ambos estaban en el instituto. La madre de Brandon se había casado con el padre de Kyle y, al ser dos adolescentes seguros de sí mismos, orgullosos y casi de la misma edad, era lógico que les hubiera costado adaptarse. Pero aquella dinámica había cambiado. A pesar de todo lo que había ocurrido después con Noelle y Olivia, Kyle apreciaba a Brandon. Y tenía la impresión de que Brandon también le quería. Por lo menos, solía tener noticias suyas de vez en cuando. Y también veía a Brandon y a Olivia los viernes en el Black Gold Coffee. Se habían sumado al grupo de amigos con los que Kyle había crecido y a los que seguía estando muy unido.

–Deja de engañarte a ti mismo –le espetó Noelle–. Harías cualquier cosa por Olivia. Por tu forma de mirarla cuando la ves marcharse de una habitación, o por cómo evitas mirarla cuando estáis en la misma, es más que evidente. Y ellos también se darían cuenta si no hubieran decidido ignorarlo.

Kyle notó cómo le subía la tensión.

–Muy bien –le dijo–. ¿Quieres un calentador solar? Puedo ofrecerte lo mismo que a la vecina de Olivia y de Brandon.

Noelle pareció sobresaltarse ante aquella repentina capitulación. Pero era imposible que rechazara aquel ofrecimiento. Ella nunca podría pagar un calentador de su bolsillo. Además, él no quería hablar de Olivia. Lo que había dicho Noelle era cierto. Olivia era la hermana de Noelle y, en gran parte, la razón por la que años atrás se había propuesto conquistarle. Pero, además, Olivia había sido, y continuaba siendo, el gran amor de su vida. Había estado con él antes de enamorarse de Brandon.

–Eso está mejor –dijo Noelle–. Entonces, ¿cuánto cuesta? Tengo cerca de doscientos cincuenta dólares en mi cuenta.

Lo dijo con orgullo. No se le daba bien lo de ahorrar, de modo que para ella aquello era toda una proeza. Pero, como siempre, estaba en la inopia. O, mejor dicho, en una calculada inopia.

–Ya me lo imaginaba.

–¿El qué?

–Que ni siquiera tienes bastante dinero como para comprar un calentador normal.

–¿No? –pareció desconcertada–. ¿Cuánto cuestan?

–Uno decente, cerca de ochocientos dólares o más.

—¿Y uno solar?

—Casi tres de los grandes.

—¡Estás de broma! –gritó–. ¿Cómo esperas que pague esa cantidad?

—No espero que la pagues. Lo que tienes que hacer es ir a la ferretería y ver si tienen algo que se ajuste a tu presupuesto.

—En otras palabras, te importa un comino que tenga un problema.

A Kyle comenzaba a palpitarle la cabeza.

—Siento que se te haya roto el calentador, pero no es mi problema.

—¿No puedes ayudarme?

Morgan tamborileó con los dedos el cristal que separaba su espacio de trabajo del despacho de Kyle y esbozó una mueca.

Kyle le hizo un gesto para que se apartara.

—¿Qué esperas que haga?

—Un calentador solar no puede costar tanto.

—Claro que puede. Comprueba el precio de venta en el mercado y verás que anda por unos seis mil dólares. Al por mayor te saldría por la mitad.

—Entonces, a lo mejor puedes conseguirme uno y dejar que lo pague a plazos.

—¡Estamos divorciados! Además, vives en un piso alquilado. Llama al propietario.

—Harry no hará nada. Me cobra mucho menos de lo que le cobraría a cualquier otro. ¿Por qué crees que me hace tan buen precio?

—¿Porque es tu primo?

—Porque a cambio de ese alquiler tan bajo, tengo que hacerme cargo del mantenimiento y las reparaciones de la casa.

—En ese caso, es cosa tuya.

—Si no puedes conseguirme un calentador solar, ¿pue-

des ayudarme por lo menos a comprar uno normal? Por lo que me has dicho, solo necesito otros quinientos cincuenta dólares. Eso para ti no es nada. ¡Tú ganas mucho más que yo!
—Eso no significa que esté obligado a pagártelo. Ya me pediste dinero el mes pasado. Y el anterior.
—Porque necesitaba una dilatación y un legrado, Kyle. No paro de tener problemas desde que perdí el bebé, ¿recuerdas?

Como siempre, había optado por sacar a colación un tema sobre el que Kyle procuraba no preguntar. Era increíble. ¿De verdad había necesitado aquella operación? ¿O habría falsificado los documentos que le había enseñado? A lo mejor había vuelto a operarse los senos. Ni siquiera estaba seguro de que hubiera perdido el bebé que, supuestamente, habían concebido y de que por ello hubiera necesitado una operación. ¿De verdad había perdido el bebé cinco años atrás? A lo mejor había abortado de forma voluntaria. Él siempre había sospechado que le estaba mintiendo y que, después de casarse con él, había decidido poner fin a su embarazo. Tras haberle atrapado, no debía de haber visto ningún motivo para arriesgar su figura, algo que protegía por encima de todo lo demás.
—Sí, claro que me acuerdo —contestó apretando los dientes.

Tampoco quería hablar sobre aquello. Era más fácil enterrar las dudas y las sospechas e intentar olvidar el pasado.
—No te importa.
Le importaría si creyera que era cierto. Pero, tratándose de Noelle, era imposible decirlo. Cada vez que necesitaba dinero, inventaba una excusa que le resultara imposible descartar: un tratamiento médico, la posibilidad de un desahucio o el no poder pagar la luz o la comida.
—Mira, ya te pagué la operación. Eso es lo único que

importa. Espero que te encuentres mejor. Ahora, tengo que colgar. Tengo mucho trabajo.

–¡Espera! ¿Y mi calentador?

–¿Qué pasa con tu calentador? –preguntó exasperado.

–¿De verdad no vas a prestarme nada? ¿Dejarás entonces que me quede en la antigua alquería hasta que pueda arreglarlo?

De ningún modo iba a vivir cerca de su propiedad. Jamás.

–Por supuesto que no. Tengo esa casa limpia y preparada para alquilarla.

–Pero ya lleva dos meses limpia y preparada y ha estado vacía durante todo ese tiempo. ¿Por qué no me dejas quedarme hasta que remonte un poco? No creo que vayas a poder alquilarla ahora.

¿De qué estaba hablando?

–¿Por qué no?

–Por las fiestas. La gente está demasiado ocupada comprando, envolviendo regalos y decorando sus casas.

–No todo el mundo. De hecho, esta noche viene alguien a verla. Está seguro en un noventa por ciento de que quiere quedarse, pero quiere ver la casa antes de confirmarlo. Después firmará el contrato.

–¿Quién es? –le preguntó ella.

Kyle leyó el nombre que había escrito en el calendario que tenía sobre la mesa.

–Un tal Derrick Meade.

–No he oído hablar de él…

–Es de Nashville. Solo va a quedarse unos meses, pero me ha pedido la casa amueblada, así que…

–¿Y con qué piensas amueblarla? –le interrumpió–. No puede decirse que tengas todo un almacén de muebles.

–Hay empresas que los alquilan. Llamé a una empresa de Sacramento, elegí unos muebles de la web y me los trajeron. Ya está todo preparado. Ha quedado muy bien.

—Te estás tomando muchas molestias por alguien que solo quiere alquilar la casa durante unos meses. Yo creía que querías alquilarla por lo menos durante un año. Por lo menos, eso fue lo que me dijiste cuando te pregunté por ella.

—Va a pagar un dinero extra por los muebles, por las molestias que me he tomado para conseguirlos y porque es un alquiler de pocos meses. Si decide que no le gusta la casa y tengo que devolver los muebles, se hará cargo de los gastos. En cualquier caso, a ti no te influye en nada porque jamás te dejaría vivir allí.

Durante los meses anteriores, Noelle había estado intentando por todos los medios volver con él. Lo último que necesitaba era dejar que viviera cerca de él, por no hablar de que no vería un solo centavo del alquiler.

—¿Aunque estuviera dispuesta a firmar un contrato de un año?

—Aunque estuvieras dispuesta a firmar uno de diez.

—No puedes ser tan malo.

¿Malo? Él pensaba que estaba siendo demasiado bueno, teniendo en cuenta que por el mero hecho de mantener una conversación con ella le entraban ganas de darse de cabezazos.

—Ya hemos hablado de esto en otras ocasiones. Si puedo, le alquilaré la casa a Meade. Si no, intentaré encontrar otro inquilino el verano que viene, cuando termine el curso escolar.

—Supongo que a ti eso te parece genial, pero, ¿y yo? ¿No puedo quedarme allí hasta que él se mude?

El tono quejoso e infantil de su voz hizo empeorar el dolor de cabeza de Kyle. «Paciencia», se recordó a sí mismo, «respira hondo y procura hablar con amabilidad».

—No especificó cuándo pensaba instalarse. Pero, puesto que va a venir desde Tennessee para ver la casa, supongo que a lo mejor lo hace esta misma noche.

—¿En medio de la tormenta que se avecina?

—¿Por qué no? Solo tiene que traer su equipaje. ¿Qué más le da que haya tormenta o no?

—¿Entonces vas a dejar en la estacada a la mujer que podría haber sido la madre de tu hijo si ese niño hubiera sobrevivido?

Antes de que pudiera responder, Morgan golpeó enérgica el cristal y abrió la puerta.

—No me digas que sigues hablando con ella.

Kyle la miró con un ceño fruncido con el que le estaba diciendo que se ocupara de sus propios asuntos, pero ella no se fue.

—He recibido una llamada de Los Ángeles –le informó–. Unos tipos piden precio para un pedido de diez megavatios.

Un pedido importante. Nadie en la empresa podía proponer un presupuesto, salvo él. Se cambió el teléfono de oreja.

—Noelle, tengo que colgar.

—¡No me puedo creer que me estés haciendo esto!

—¿Qué otra cosa se supone que tengo que hacer?

—Tú tienes contactos. Si no fueras tan tacaño, lo comprarías tú y me dejarías pagártelo a plazos.

—¿Kyle? –le urgió Morgan, recordándole, como si necesitara que alguien lo hiciera, que tenía una llamada más importante en la otra línea.

Estuvo a punto de decirle a Noelle que se pasara por la ferretería y le pidiera al dependiente que le llamara para darle los datos de su tarjeta de crédito. Quería deshacerse de ella y ya había hecho una compra a distancia en otra ocasión, cuando alguien le había tirado una piedra a la ventana (probablemente la novia de algún hombre con el que había estado coqueteando en el Sexy Sadie's), pero cuanto más le daba, más recurría a él. Tenía que romper aquel círculo vicioso.

Por suerte, se le ocurrió una solución que debería haber sido evidente desde el primer momento.
—Aquí tengo un calentador —le dijo—. Es el que quitamos de la casa de la vecina de Brandon. Si consigues que alguien venga a buscarlo y te lo instale, puedes quedártelo.
—¿Estás seguro de que funciona?
Morgan puso los brazos en jarras y le miró con el ceño fruncido, negándose a marcharse hasta que no hubiera atendido la llamada.
—Cuando lo quitaron mis empleados funcionaba. No hay ningún motivo para que eso haya cambiado. La vecina de Brandon quería utilizar energía solar para proteger el medio ambiente.
Él había estado pensando en donar el calentador a cualquier familia sin recursos a la que pudiera irle bien. Pero Noelle encajaba en aquel perfil. No tenía mucho dinero, a pesar de que tenía dos trabajos. Trabajando en una tienda a tiempo parcial y de camarera por las noches y los fines de semana no sacaba mucho dinero. Y lo que ganaba lo gastaba en ropa y productos de belleza.
—De acuerdo, gracias —Noelle bajó la voz—. Y, si quisieras algo a cambio, estaría más que encantada de ofrecértelo.
—No necesito nada —respondió.
—¿Estás seguro?
¿Adónde quería ir a parar?
—¿Perdón?
—Me acuerdo de las cosas que te gustaban...
Aquella voz insinuante le hizo sentirse incómodo.
—Espero que no te estés refiriendo a...
—Al fin y al cabo, no estás saliendo con nadie —se interrumpió—. Podríamos vernos de vez en cuando en secreto. Sería una solución temporal, para que no tengas que privarte de nada. Lo que quiero decir es que... ¿qué

importancia tendría? No puede decirse que no nos hayamos acostado antes.

—Voy a fingir que no he oído nada de esto —respondió Kyle, y colgó el teléfono.

Morgan, que había vuelto a cambiar de postura y estaba con los brazos cruzados, tamborileando con los dedos sobre el bíceps, arqueó las cejas.

—¿Ahora qué quiere?
—Nada.
—Parecías muy disgustado —dijo.

Soltó una carcajada cuando Kyle le dijo entre gruñidos que saliera y cerrara la puerta.

Kyle estaba enfrascado en la conversación con el cliente de Los Ángeles cuando Morgan volvió a entrar. En aquella ocasión, se sentó enfrente de él mientras esperaba a que terminara de hablar.

—No me digas que Noelle ya está aquí —aventuró Kyle después de colgar.

—No. Espero haberme ido para entonces. Esta es una buena noticia.

Kyle se irguió en la silla. Después de haber oído a su exesposa, precisamente a ella, comentando su deprimente vida amorosa, no le sentaría mal una buena noticia.

—¿Qué pasa?

—He recibido una llamada de ese tipo que quería alquilarte la casa.

—Espero que no sea para cancelar la cita —dijo Kyle—. Noelle sigue preguntando si puede mudarse a esa casa. Será un alivio que esté ocupada y no pueda seguir incordiándome.

—¿Y no podría irse del pueblo? —preguntó Morgan—. Nadie la echaría de menos.

Pero había otro motivo por el que Kyle se sentía obligado a comportarse de forma decente con ella. A pesar de las cosas tan terribles que había hecho, sobre todo a él, la compadecía. Noelle no podía evitar estar destrozando su propia vida.

—Está intentando forjarse una carrera como modelo. A lo mejor la descubre alguien y la mandan a Nueva York o a Los Ángeles.

—Si cree que alguien va a pagarla como modelo, se va a llevar una gran decepción. Noelle...

—¿Cuál era la noticia? —la interrumpió Kyle.

Morgan frunció el ceño con aparente frustración. Estaba lanzada y él acababa de moverle el blanco.

—Muy bien —respondió, cambiando de marcha—. Derrick Meade no viene, pero... —alzó la mano para que no se precipitara—, de todas formas, no quería la casa para él.

—¿Para quién la quería?

—Para una de sus clientes —sonrió de oreja a oreja—. ¿Estás preparado?

—Tienes toda mi atención —contestó Kyle secamente.

Su asistente le caía muy bien, pero, a veces, le sacaba de quicio. Después de haber hablado con Noelle, le apetecía estar solo para poder seguir trabajando. No quería quedarse hasta muy tarde aquella noche. No vivía lejos de allí, pero preferiría que no le pillara la tormenta. Se suponía que iba a ser la peor tormenta que había habido desde hacía veinte años.

—Lourdes Bennett —anunció Morgan.

Lo dijo en un tono que sonó como algo parecido a un «¡Tachán!».

—¿Bennett? ¿Tiene alguna relación con el jefe de policía?

—¡No! No tienen ninguna relación. ¿No sabes quién es Lourdes Bennett?

—¿Debería saberlo?

—Es una cantante de *country-western*.

—¿Y se supone que tengo que conocer a todas las cantantes del género?

–No necesariamente, pero Lourdes Bennett ha cosechado grandes éxitos y nació y creció a menos de una hora de aquí.

Después de que Morgan le refrescara la memoria, recordó que sí había oído hablar de Lourdes Bennett. Pero no esperaba que la persona que podía llegar a alquilar su casa fuera a ser alguien tan famoso.

–En Angel's Camp, ¿verdad? ¿Es la Lourdes Bennett que canta *Stone Cold Lover*?

–La misma.

–¿Y qué interés puede tener en venir aquí? –preguntó.

–No tengo ni idea –contestó Morgan–. Pero estás a punto de averiguarlo. Ha aterrizado en el aeropuerto de Sacramento esta mañana y ha alquilado un coche. Viene de camino. Llegará de un momento a otro.

–¿Viene sola?

–Eso parece.

Kyle se rascó la cabeza.

–Me resulta raro.

–¿Qué es lo que te parece raro?

–Todo. Si es de Angel's Camp, ¿por qué viene aquí? ¿Por qué va a pasar las fiestas en Whiskey Creek?

–Tendrás que preguntárselo a ella –dijo Morgan–. A no ser que quieras que sea yo la que le enseñe la casa. Estaría encantada de sustituirte.

Kyle miró el reloj de la pared.

–Lo siento, pero todavía te quedan dos horas para salir del trabajo y vas a pasarlas aquí. Yo me encargaré de Lourdes Bennett.

Morgan resopló.

–Genial. Así que será a mí a la que torture tu exesposa.

–Lo único que tienes que hacer es enseñarle la esquina del almacén en la que dejé el calentador.

–Me gustaría enseñarle muchas cosas, y no me refiero al almacén.

Kyle rio para sí.

—Procura no enfrentarte a ella. Puede llegar a ser muy vengativa.

—Eres demasiado bueno con Noelle. No se merece a un tipo como tú, ni siquiera a un ex como tú —fingió cerrarse los labios con una cremallera—. Pero ya está. No voy a decir nada más.

—Gracias.

Morgan se alisó el cuello del jersey.

—Espero que a Lourdes Bennett le guste la casa. ¿No crees que sería muy emocionante que estuviera en el pueblo? ¿Qué se alojara en tu casa?

Él no estaba tan seguro. Con Noelle ya había completado su cupo de mujeres difíciles.

—Espero que no sea una diva. Aunque, si lo es, no puedo imaginarme qué motivos puede tener para alquilarme la casa. Una diva buscaría algo más elegante en Bel Air o en Bay Area.

—Es posible que Whiskey Creek no sea tan famoso como San Francisco o Los Ángeles, pero esta zona tan montañosa es preciosa. Y le encantará la casa. Con las reformas que has hecho, ¿a quién no le gustaría?

Construida en los años treinta, había sido una alquería en otro tiempo. Cuando había comprado aquel terreno para ampliar la planta de paneles solares, Kyle había decidido arreglar la vivienda y ponerla en alquiler. Ya tenía otro par de casas en alquiler, así que le había parecido algo normal.

—La casa solo tiene noventa metros cuadrados.

Había abierto la zona de la cocina y el comedor y había ampliado el estudio, pero solo tenía dos dormitorios y dos cuartos de baño. No había espacio suficiente como para alojar a un grupo muy grande así que si Lourdes Bennett estaba pensando en invitar a todo su séquito a celebrar con ella la Navidad o algo parecido, la casa no le iba a servir.

—Una sola persona no necesita más espacio —apuntó Morgan.

—En el caso de que venga sola.

Kyle estuvo tentado de buscar información sobre Lourdes en internet. A veces escuchaba música *country*, al menos con la suficiente frecuencia como para conocer la canción *Stone Cold Lover* y también otra de la que no recordaba el título. Pero no sabía nada sobre el pasado de la cantante, sobre su familia, su edad o su estado civil y en aquel momento le picó la curiosidad. Por las fotografías que había visto, no podía tener más de veinticinco o veintiséis años, pero no sabía de qué época eran aquellas fotografías. Era posible que se hubiera pasado años tocando en bares y todo tipo de garitos antes de conquistar la atención del público.

Se habría tomado unos minutos para informarse sobre ella si no hubiera tenido miedo de que Noelle llegara antes de que se hubiera ido él. Aquello le hizo decidirse a utilizar el móvil en vez del ordenador, puesto que le permitiría realizar la búsqueda sin necesidad de quedarse en la oficina.

Agarró el abrigo, le dijo a Morgan que la vería a la mañana siguiente y se dirigió hacia la casa que pretendía alquilar.

Capítulo 2

¿A aquello se reducía todo lo que había conseguido con su fama y su fortuna?

Lourdes Bennett frunció el ceño mientras aparcaba al lado de la camioneta que había en la dirección que le habían dado. Se quitó las gafas de sol para poder ver la casa mejor. El paisaje que había atravesado para llegar hasta allí le había resultado familiar, lógicamente, puesto que había crecido en un pueblo que no estaba muy lejos de Whiskey Creek. Y la casa, un edificio de madera antiguo con un pronunciado tejado a dos aguas, tenía un gran encanto. En el porche de la fachada principal había un columpio que realzaba su confortable atractivo. Pero Lourdes no estaría en Whiskey Creek si las cosas le hubieran ido bien. Hasta el momento, aquel era un exilio autoimpuesto, pero, si no podía volver a la cumbre de su carrera, no tendría sentido regresar a Nashville por motivos profesionales.

Apareció un hombre en el marco de la puerta. Tenía que ser el propietario. Debía de haber oído su coche.

Volvió a ponerse las gafas de sol a toda velocidad, más que por ninguna otra cosa para evitar que pudiera reconocerla y la situación resultara un poco embarazosa, abrió la puerta del coche y salió. Estaba comenzando a oscurecer, pero todavía se veía bien.

—No le ha costado encontrarla, ¿verdad? —dijo el hombre mientras caminaba hacia ella.

Lourdes se sujetó el pelo con la mano para evitar que se lo revolviera el viento.

—Solo he tenido que seguir las indicaciones del GPS.

—Me alegro de que no se haya perdido. Hay zonas en las que los GPS tienen muchos fallos.

Con todas las montañas que hay en el País del Oro, no siempre se recibe bien la señal —cuando estuvo frente a ella, le tendió la mano—. Kyle Houseman.

Era un hombre bastante alto, debía de medir alrededor de un metro ochenta y cinco y guardaba un gran parecido con Dierks Bentley, aunque con el pelo más oscuro. Lourdes había actuado con Dierks en varias ocasiones, así que podía compararlos. No solo se parecían en sus rasgos faciales, sino que ambos estaban en buena forma física, debían de rondar los treinta y tantos y tenían una sonrisa irresistible.

—Soy Lourdes.

No dijo su apellido. Prefería no llamar la atención. Por eso le había pedido a Derrick que se encargara de negociar el alquiler y había decidido ir a Whiskey Creek en vez de a Angel's Camp. Whiskey Creek estaba cerca de su casa y, al mismo tiempo, le permitía mantener un perfil bajo.

—Conozco algunas de sus canciones —dijo Kyle—. Felicidades por su éxito.

Su primer álbum había sonado bastante en la radio, que ya era más de lo que la mayoría de los cantantes conseguían. El éxito había sido divertido mientras había durado, pero después de la década que había tardado en aterrizar en un sello discográfico importante, tenía la sensación de que no había durado lo suficiente.

—Espero que no le importe, pero no estoy buscando ese tipo de atención. De hecho, no estoy buscando nin-

guna atención en absoluto. Solo necesito un lugar tranquilo al que retirarme durante unos meses –para reparar lo que había destrozado al intentar acceder a un mercado más amplio adentrándose en el mundo de la música *pop*–. Preferiría que nadie se fijara en mí.
 –No habrá ningún problema. Al menos, por mi parte. Pero... –la estudió durante varios segundos– usted se ha criado en un pueblo.
 –Sí.
 –Entonces ya sabe cómo funcionan las cosas. La gente habla.
 –Por supuesto. Pero no pienso dejarme ver mucho por aquí. Y esta casa parece estar apartada de las zonas más transitadas. No creo que nadie se acerque a mi... a su casa.
 No podía decir lo mismo de Angel's Camp. Después de que su padre hubiera muerto de un cáncer de vejiga, su madre la había seguido a Nashville. Renate siempre había querido vivir allí, puesto que en otra época de su vida también había soñado con poder hacer carrera como cantante. Así que, poco después de que las dos hermanas pequeñas de Lourdes, Mindy y Lindy, dos gemelas idénticas, se hubieran graduado en el instituto, Renate había comprado un bonito piso con tres dormitorios y dos cuartos de baño cerca de la casa de Lourdes. Y cuando Mindy y Lindy habían terminado los estudios universitarios, también se habían instalado en Tennessee. En aquel momento compartían un apartamento. Aunque su familia nunca había esperado ayuda económica por su parte, siempre había querido formar parte de todas aquellas cosas tan emocionantes que le estaban ocurriendo y experimentar algo nuevo. A Lourdes le habría gustado volver a Angel's Camp. Echaba de menos su pueblo. Pero sus antiguos amigos, y los amigos de su familia, la conocían demasiado bien como para intentar siquiera respetar su intimidad.
 –No, supongo que no –se mostró de acuerdo.

Lourdes miró hacia el porche por encima de Kyle.
—De momento, me gusta la casa.
—Es pequeña —respondió Kyle, como si eso pudiera disuadirla.
—No necesito mucho espacio. Solo quiero escribir algunas canciones.

«Solo». Aquel era el eufemismo del año. Tenía que componer el álbum de su vida.

—¿Está pensando en publicar un nuevo álbum?
—Sí.

¿Sabría lo mal que había funcionado *Hot City Lights*? Eso dependería de hasta qué punto conociera el mundo de la música. Aunque a los críticos les había gustado el disco, no se había vendido bien. Todos los que tenían algo que decir en el mundo de la música sabían que estaba perdiendo todo lo que había conquistado. Necesitaba recuperar a sus fans y demostrarle a Derrick que no se había equivocado al apostar por ella. Y cuanto más tiempo pasara entre disco y disco, más difícil sería volver. El tiempo era un factor incluso más crítico en lo que se refería a su relación con Derrick. Hacía poco que había contratado a una nueva cantante, una artista emergente llamada Crystal Holtree a la que los medios de comunicación se referían como Crystal Hottie, haciendo alusión a su aspecto sexy. Lourdes había visto cómo miraba Derrick a Crystal y no podía evitar recordar la época en la que ella era la destinataria de aquellas miradas.

—¿Ocurre algo? —le preguntó Kyle.

Lourdes se colocó el bolso al hombro y volvió a fijar la atención en su futuro casero.

—No. Lo siento. Estaba soñando despierta. ¿Puedo echar un vistazo al interior?

La casa era tan maravillosa como parecía en las fotografías que había visto por internet. Antigua en aquellos aspectos en los que era preferible que lo fuera: techos altos, suelos de madera, ventanas con marcos sólidos y molduras, además de las puertas originales acabadas con unos elegantes herrajes. Y era nueva allí donde también era preferible que lo fuera, como en la espaciosa cocina, los dos dormitorios, cada uno de ellos con su respectivo vestidor, y los cuartos de baño. Lo mejor de todo eran unas preciosas puertas francesas que daban a un despacho que ella utilizaría como estudio.

Aunque era posible que le hubieran ayudado, su casero había hecho un trabajo medio decente a la hora de amueblar la casa. No había cortinas en las ventanas, pero la casa estaba en un lugar tan aislado que no eran necesarias.

Derrick tenía razón: era perfecto.

Pero entonces, ¿por qué habría decidido no ir con ella en el último minuto?

Porque prefería estar con Crystal. Por mucho que lo negara, lo sentía en el fondo de su alma.

Estaba sola por primera vez desde hacía años, sin el hombre al que amaba, que también era el mánager que había prometido llevarla de nuevo a la cumbre, y sin grandes esperanzas de ser capaz de recuperar lo perdido tanto en su vida profesional como en la sentimental.

Aun así, tenía su guitarra. Que era lo único que tenía cuando se había ido a Nashville a los dieciocho años, ¿no? Si conseguía dar con un puñado de canciones especiales –no, especiales no, rompedoras– quizá no fuera demasiado tarde para cambiar su suerte. En aquel lugar aislado, pero, al mismo tiempo, lo suficientemente familiar como para que se sintiera cómoda, podría encontrar el refugio que necesitaba.

—Estoy dispuesta a firmar el contrato —le dijo.

Lourdes Bennett había llegado a la antigua alquería pocos minutos después de que lo hiciera Kyle, de modo que este no había tenido tiempo de leer nada sobre ella. Apenas había empezado a echar un vistazo a lo que decía la Wikipedia cuando había oído el motor de su coche y se había guardado el teléfono en el bolsillo. Pero en aquel momento estaba en casa y podía navegar por internet a placer, así que había pasado una hora visitando su web y explorando otros vínculos que contenían información menos oficial.

Hacía mucho tiempo que no se ponía nervioso al acercarse a una mujer, pero cuando Lourdes Bennett había bajado del coche, de pronto, y contra todo pronóstico, había notado que le flaqueaban las rodillas. No le importaba su fama. Una de sus mejores amigas estaba casada con una importante estrella de cine, así que conocía a una persona mucho más famosa que Lourdes. Era el hecho de que fuera tan atractiva. Normalmente, la gente estaba mucho más atractiva en las fotografías que en la realidad. Pero aquel no era el caso de Lourdes Bennett. La melena rubia le caía por los hombros en una tupida y ondulada mata. Tenía la piel pálida y el cutis más cremoso que había visto en su vida. ¡Y qué ojos! Recordaban al azul celeste del Caribe.

–Claro que tiene novio –musitó cuando encontró una fotografía de la cantante en una entrega de premios de la Country Music Association.

Estaba posando con un hombre que el pie de foto identificaba como Derrick Meade, su mánager. Al parecer, su relación con él iba más allá del negocio. En el mismo artículo contaban que después de que Derrick hubiera ayudado a descubrirla, los dos habían comenzado a salir. En aquella fecha llevaban saliendo ya seis meses, aunque aquel hombre debía de tener doce o quince años más que ella.

La fotografía la habían tomado dos años atrás, antes de que saliera su último disco. Kyle no encontró muchas más apariciones públicas después de la salida de *Hot City Lights*, y ninguna en la que saliera con Derrick, pero imaginaba que seguían juntos. Al fin y al cabo, había sido Derrick el que había llamado para alquilar la casa, ¿no? Eso significaba que se veían de vez en cuando, quizá los fines de semana, y, desde luego, también lo harían por Navidad.

Desilusionado, a pesar de que no tenía motivos para haber alimentado ninguna esperanza, se dirigió a la cocina para abrir una cerveza. Y entonces dio un salto. Había alguien en la ventana, mirándole.

Un segundo después se dio cuenta de quién era: Noelle.

Soltó una maldición y dejó la cerveza.

–¿Qué estás haciendo aquí? –le preguntó mientras abría la puerta.

Noelle se había abierto camino a través de los arbustos para llegar al porche.

–¡Vaya! No estás de muy buen humor.

–¿Qué esperabas? ¡Estabas espiándome!

–¡Oh, no te des tanta importancia! He visto tu camioneta en el camino, así que estaba intentando ver dónde estabas. He llamado, pero no has abierto.

–Porque no he oído nada –debía de estar concentrado buscando información sobre Lourdes Bennett–. ¿Qué quieres?

–No he podido conseguir a nadie que me ayudara a ir a por el calentador hasta después de que cerraran la oficina. A.J. y yo hemos intentado entrar, pero...

–¿A.J.? –no conocía a nadie de Whiskey Creek que se llamar así.

–Sí. Trabaja conmigo en el Sexy Sadie's. Sustituyó a Fisk cuando se mudó a Las Vegas y quedó un puesto en el bar.

Hubo otra época de su vida en la que Kyle conocía

a todos los camareros del pub del pueblo. Había salido mucho durante algunos años. No había muchos sitios a los que ir a divertirse en un pueblo de dos mil habitantes. Pero, desde que casi todos sus amigos estaban casados, pasaba la mayor parte de los fines de semana trabajando.

—He pensado que podías dejarme la llave —dijo Noelle—. Te la devolveremos en cuanto tengamos el calentador.

Bajo ningún concepto iba a permitir él que entrara sola en la oficina.

—Te llevaré y te abriré —le dijo—. ¿Pero por qué no me has llamado? Podríamos habernos encontrado allí.

—Mira el teléfono. No has contestado.

El teléfono no había sonado. Ni siquiera había vibrado. Pero cuando lo sacó del bolsillo de la camisa pudo comprender por qué. Sin darse cuenta, lo había dejado en silencio.

O, a lo mejor, había sido un acto inconsciente. La verdad era que no quería que nadie le molestara aquella noche, y menos ella.

—Espera un momento. Ahora mismo salgo.

Fue a su dormitorio a por el abrigo antes de agarrar las llaves que había dejado en el mostrador.

Llevó más tiempo del que había previsto cargar el calentador en la camioneta de A.J. Además, tuvo que enseñarle a A.J. cómo se instalada, y repetidas veces. Tantas, de hecho, que estuvo a punto de ofrecerse a hacerlo él. Era evidente que A. J. no tenía grandes dotes para la mecánica y no iba a servirle de gran ayuda a Noelle. Pero entonces recibió un mensaje de un número desconocido que decía:

Soy Lourdes. No consigo encender la caldera y la casa está helada.

—¿Quién es? —preguntó Noelle.

Kyle bajó el teléfono para que no pudiera leer el mensaje.

–Ha surgido un problema en la casa que he alquilado. Tengo que irme.

–¿Entonces Meade se ha quedado con la casa? ¿Al final la has alquilado?

Kyle vaciló ante aquella deducción. Su inquilino no era el hombre que había mencionado. Pero Lourdes no quería que la molestaran mientras estuviera en Whiskey Creek. Y si le contaba a Noelle que tenían a una famosa cantante de *country* entre ellos, haría correr la noticia por todo el pueblo. Era capaz incluso de presentarse en la casa y decir que, como ex, tenía algún derecho sobre la propiedad.

Y no podía permitir que eso ocurriera.

–Sí. Ya hemos cerrado el contrato.

–¡Qué rápido!

–Es una persona seria. Y me había hecho amueblar la casa, ¿recuerdas?

A Noelle no pareció importarle que A.J. estuviera intentando bajar el calentador sin su ayuda.

–Sí, me acuerdo –contestó–. ¿Pero por qué va a querer alguien de Nashville alquilar una casa en un pueblo perdido como este? No puede decirse que esto sea Tahoe. Si lo fuera, a lo mejor yo tendría alguna posibilidad de que me descubrieran –añadió.

Ojalá se fuera al lago Tahoe, o a Los Ángeles, o a Nueva York. Cuanto más lejos mejor. Pero su falta de recursos descartaba aquella posibilidad.

–Está buscando un poco de soledad. Quiere escapar del estrés de su vida normal.

–¿Cuánto tiempo piensa quedarse por aquí?

–Varios meses, ya te lo dije.

–Qué horror. Deberías haberme alquilado la casa.

Kyle sintió que regresaba el dolor de cabeza.

–El dúplex en el que estás viviendo está muy bien. ¿Qué tiene de malo?

–Comparado con esta casa es un vertedero.
–A lo mejor encuentras algo mejor después de Navidad –la animó.
Pero, por una vez en su vida, parecía que no iba a ser necesario aplacarla. Por su expresión, Kyle supo que ya había olvidado aquel tema.
–¿Cuántos años tiene? –le preguntó.
–Más o menos la nuestra.
–¿Es atractivo?
Por lo visto, A.J. y ella no tenían una relación sentimental, en caso contrario, no estaría haciendo aquellas preguntas tan obvias estando él tan cerca.
–No sé qué decir –respondió Kyle–. No estoy acostumbrado a juzgar a otros hombres en ese sentido. Pero da igual, porque no está solo.
–¿Está casado? –preguntó ella.
–No es una relación tan oficial, pero lleva varios años con la misma mujer. Así que ya basta de hacer preguntas indiscretas. Mi inquilino no es una opción para ti.
–Te has vuelto un antipático –se quejó Noelle.
–¿Pero qué dices? Acabo de solucionarte el problema del calentador.
Y ahí estaba, en la calle, helándose por su culpa cuando estaba a punto de ponerse a nevar.
–¿Vienes? –la llamó A.J. mientras bajaba de la camioneta y la rodeaba para dirigirse a la puerta del conductor.
–Sí, ya voy –contestó Noelle. Y sorprendió a Kyle dándole un abrazo–. Estás muy guapo, ¿sabes? Realmente guapo. ¡Dios mío, cuánto te echo de menos!
Antes de que Kyle pudiera reaccionar, Noelle le soltó y se volvió. Pero mientras caminaba hacia A.J., gritó por encima del hombro.
–Piensa en lo que te he dicho antes. Ahora hasta Riley está casado, ¿con quién vas a salir cuando está tan colado por su pareja como sus otros amigos?

—Baxter va a volver al pueblo —contestó.
Llevaba semanas consolándose con aquella noticia.
—Baxter es gay, Kyle.
—¿Y crees que no lo sé?
—No estás siendo realista. No creo que tenga mucho interés en ir a lugares en los que puedas conocer chicas.

Kyle frunció el ceño mientras miraba hacia las ramas de los árboles batidas por el viento.

—No te preocupes por eso.

—Lo único que estoy diciendo es que estaría encantada de salir contigo si quisieras —le guiñó el ojo y cerró la puerta.

Jamás llegaría a estar tan desesperado. Si no hubiera sido tan estúpido como para salir con ella, estaría casado con Olivia. Pero Olivia había terminado casándose con Brandon.

Esperó a que Noelle y su compañero de trabajo se fueran antes de sacar el teléfono para contestar a Lourdes: *Voy hacia allí.*

Lourdes iba vestida con una camiseta de Budweiser llena de agujeros que había heredado de un miembro de su equipo, unos pantalones de chándal de Victoria's Secret y una chaqueta de cuello ancho con un cinturón que su madre le había regalado el año anterior por Navidad. Ninguna de las prendas conjuntaba, ni siquiera aquellos calcetines que había comprado solo por su suavidad.

Era una pena que no fueran tan cálidos como parecían. Se había dejado las zapatillas de piel de borrego en Tennessee, un grave error. El tiempo que hacía en la calle era el mejor recordatorio de que podía hacer frío incluso en algunas zonas de California.

Había estado considerando la posibilidad de cambiarse desde que estaba esperando a su casero. No solo iba vestida con prendas anticuadas y amorfas sino que, además, se había quitado el maquillaje y se había recogido el pelo en lo alto de la cabeza. Pero estaba demasiado deprimida como para que le importara. ¿Qué más daba que Kyle Houseman fuera un hombre atractivo? Seguro que estaba casado. Y, aunque no lo estuviera, ella tenía una relación.

Una llamada a la puerta anunció la llegada de Kyle. Lourdes fue a abrir, pero se detuvo antes para mirar por la mirilla. ¿De verdad iba a dejar que la viera de esa guisa? El problema no era solo que se tratara de un hombre atractivo, sino que ella estaba acostumbrada a mantener una imagen. Ser famosa implicaba que la gente tuviera ciertas expectativas sobre ella, expectativas que no siempre eran realistas.

Pero aquella era la clase de presión que quería evitar en Whiskey Creek. Por su propia salud mental, tenía que superar la necesidad de competir, tanto en el mundo de la música como en su vida personal, con la incomparable y, mucho más joven que ella, Crystal. Necesitaba ser una persona normal durante algún tiempo. Necesitaba dar un paso atrás y extirpar el pánico y la neurosis que la tenían secuestrada y la habían convertido en una persona a la que ya no reconocía.

Se ató el cinturón de la chaqueta y abrió la puerta.

—Lo siento, no pretendía molestar —le dijo a Kyle, apartándose para dejarle pasar.

—Ha hecho muy bien en llamarme. Siento que no haya conseguido encender la caldera. Es nueva, así que no creo que sea nada grave. Intentaré averiguar lo que pasa.

Llevaba en la mano una caja de herramientas que dejó en el suelo mientras jugueteaba con el termostato.

Lourdes se cruzó de brazos con un gesto reflejo. Llevaba tantas capas de ropa que Kyle jamás podría imaginar que no se había puesto sujetador. Pero aquel hombre tenía algo que la hacía ser más consciente de su presencia de lo que debería.

—¿Se ocupa usted mismo de las reparaciones?

–Solo de las más fáciles.

Lourdes no estaba segura de por qué se sentía tan cohibida, cuando él apenas la había mirado.

–Para serle sincero, no soy muy mañoso –añadió Kyle–. Pero ya son más de las cinco, así que hoy solo podemos contar conmigo.

Tenía un bonito color de piel. También le gustaban la sombra de barba que contrastaba con su mirada amable y las arrugas de expresión dejadas por la risa alrededor de sus ojos. Le daban un punto salvaje.

–¿A qué se dedica? Además de a alquilar casas.

–Me dedico a fabricar paneles solares. Desde aquí no puede ver la planta por culpa de los árboles y las colinas, pero si conduce unos setecientos metros hacia el este, podrá ver la fábrica.

–No me extraña que haya llegado tan rápido.

–Cuando me ha enviado el mensaje, estaba en la planta, ocupándome de un asunto que ha surgido a última hora, pero mi casa está todavía más cerca.

Frunció el ceño mientras ajustaba el termostato. Era digital, con un gran número de programas y ciclos. Lourdes no comprendía por qué un aparato que podía ser tan simple, y que solía serlo, se había convertido en algo tan complejo. A lo mejor la caldera no funcionaba porque había roto algo al manipular los botones.

Se sentó en el brazo del sofá de cuero del salón.

–Debe de ser un negocio boyante ahora que todo el mundo habla de la huella ecológica del carbón.

–A medida que va pasando el tiempo y va bajando el precio de las unidades, hay más gente dispuesta a hacer el cambio.

–Eso quiere decir que está en condiciones de seguir creciendo.

–Gracias a varios incentivos del gobierno está siendo un campo muy próspero y con perspectivas de mejorar.

Si al final no era capaz de lanzar el disco que necesitaba, pensó Lourdes, a lo mejor podía montar una planta solar. Pero se hundiría. Ella siempre había querido cantar.

Agarró la guitarra y tocó unos acordes. Llevaba tanto tiempo con ella y la había utilizado tantas veces que casi la sentía como una parte de sí misma. La reconfortaba tenerla entre las manos.

–¿Esta casa funciona con energía solar? ¿Por eso no funciona la caldera? ¿Porque está nublado?

Kyle se echó a reír.

–¿Qué pasa?

–Nada. He tenido que explicarle a otra persona que... No importa. En cualquier caso, sí, la casa funciona con energía solar, pero también tiene una caldera de gas. Los paneles solares suministran la energía eléctrica. Así que el aire acondicionado, la mayoría de los electrodomésticos, las luces y el sistema de riego funcionan con energía solar. También podría haber instalado la calefacción, pero no saldría rentable.

–Normalmente son los inquilinos los que se hacen cargo de esos servicios.

–Sí, es una práctica habitual para muchos caseros –frunció el ceño y se volvió hacia ella–. El termostato no tiene ningún problema, al menos que yo sepa. Voy a revisar la unidad.

Tras recuperar la caja de herramientas, salió a la parte de atrás de la casa. Lourdes dejó la guitarra y se acercó a la ventana de la cocina, desde donde vio oscilar el haz de la linterna al ritmo de sus pasos. Le quedaban muy bien los vaqueros, pensó, pero se detuvo al instante. No tenía ningún derecho a admirar su trasero.

Kyle volvió quince minutos después, pero dijo que tampoco había encontrado el fallo. Sugirió que quizá el problema fuera que no le llegaba la electricidad y salió a probar el interruptor principal del cuadro eléctrico.

Al ver que tampoco así solucionaba nada, entró de nuevo en la casa, susurró algo que ella no pudo oír y probó de nuevo el termostato. Solo entonces admitió a regañadientes que no era capaz de arreglar la caldera.

—Lo siento —se disculpó—. No soy experto en calderas, pero puedo conseguir que venga uno a primera hora de la mañana. La mala noticia es que no va a poder calentar la casa esta noche, así que le pagaré una habitación en alguno de los dos hostales del pueblo. Los dos son muy confortables y podrán servirle el desayuno en la cama, que es mucho más de lo que le puedo ofrecer aquí.

Estaba haciéndolo sonar lo más atractivo posible. Lourdes estuvo a punto de aceptar, sobre todo cuando él le dirigió una sonrisa ladeada que revelaba lo incómodo que se sentía al tener que hacerle aquella propuesta. Pero ella no quería moverse de allí.

—No quiero ir al pueblo —le dijo—. Prefiero que no me vean, no quiero tener que enfrentarme... a todo lo que conlleva la fama. Ya le he dicho antes que he venido a descansar.

Kyle abrió ligeramente los ojos.

—Me gustaría tener una solución mejor, pero no la tengo. No puede quedarse aquí. Hace demasiado frío y todavía va a hacer más. No sé si lo sabe, pero se está acercando una tormenta. Ya ha empezado a nevar.

Lourdes volvió a apretarse el cinturón.

—Sí, ya me he dado cuenta.

—Entonces, ¿me dejará llevarla a alguna otra parte? ¿A alguno de los hostales del pueblo? El Little's Mary es de una de mis mejores amigas. La llamaré. Si no se ha ido ya, podemos hablar directamente con ella.

Lourdes no tenía ganas de tratar con extraños. Estaba cansada y dolida por todos los contratiempos que había sufrido durante los meses anteriores. Lo único que quería era esconderse. Para empezar, aquella era la razón por la que había ido a Whiskey Creek. Si no hubiera sido por eso, habría buscado un hostal o un hotel en cualquier otra parte.

–Preferiría no tener que ir a un hotel.

Kyle estaba completamente perdido.

–Entonces... ¿qué quiere hacer?

–Estaré bien aquí. Me pondré el abrigo y un montón de mantas y conseguiré pasar la noche.

–¿Lo dice en serio?

–Sí, lo digo en serio. Sobreviviré.

Kyle frunció el ceño.

–Es posible que no lo consiga. En cualquier caso, no puedo arriesgarme. Me pasaría la noche preocupado. Además, piense en toda la gente que sufriría si le ocurriera algo.

Lourdes se preguntó si aquello incluiría a Derrick o si, en cierto modo, se sentiría aliviado al saber que podía ir a por Crystal sin tener que preocuparse por ella.

Entonces se sintió culpable por pensar siquiera que Derrick podía engañarla. Él decía que la quería. Habían estado hablando de casarse.

Pero eso había sido antes de que Crystal apareciera en su vida seis meses atrás. Desde entonces, había comenzado a decir cosas tales como «no hace falta precipitarse». ¿Sería una mera coincidencia?

–¿Preferiría quedarse en su pueblo? –preguntó Kyle–. Puedo intentar buscarle alojamiento en Angel's Camp.

Desde luego, aquella no era una opción. Aunque añoraba el pueblo en el que había crecido, en aquel momento necesitaba preservar el anonimato.

–En absoluto.

–Pero tendrá que ir a alguna parte.

Ella negó con la cabeza.

–No, no pienso moverme de aquí.

Kyle profundizó su ceño.

—Pues no le va a quedar otro remedio.

Se quedaron mirando el uno al otro en una silenciosa batalla de voluntades, hasta que él suspiró y se pasó la mano por el pelo.

—Vamos, señora Bennett. Solo pretendo que esté cómoda y en un lugar caliente.

—Muy bien, señor Houseman —le resultaba raro dirigirse a él de una manera tan formal, pero había sido Kyle el que había empezado tratándola de usted—. Si es eso lo que quiere, iré a su casa.

Kyle se quedó boquiabierto.

—¿Qué quiere decir?

—Me ha dicho que vive cerca de aquí. Podría quedarme en su casa hasta mañana por la mañana. Siempre y cuando a su esposa no le importe que duerma en el sofá.

—No estoy casado.

—Entonces es todavía más fácil.

—Pero... usted no me conoce.

—No creo que el hecho de que nos quedemos solos en su casa le proporcione nuevas oportunidades.

—¿Eso qué significa?

—Ya estamos solos ahora, ¿no? Además, estoy segura de que tiene otra llave de esta casa, así que podría venir en cualquier momento.

—Sí, tengo una llave de esta casa —admitió—. Pero solo por si se pierde la que le he dado, se queda encerrada o algo parecido. No pienso hacerle ningún daño.

La perplejidad que mostraba su rostro daba una total credibilidad a sus palabras.

—Eso es lo que quería decir. Voy a buscar el bolso.

Pero Kyle contestó antes de que pudiera abandonar la habitación.

—¿Quedarse en mi casa? ¿Esa es la solución?

—Si eso significa que no tengo que ver ni hablar con nadie más, sí.

–Vivo solo. Ni siquiera tengo perro, porque trabajo mucho.

–¿Lo ve? Es la solución perfecta. Bueno, todo lo perfecta que puede ser en estas circunstancias. No tenemos que ir muy lejos y es probable que tenga la nevera llena.

–¿Tiene hambre?

–Sí. Y, por lo que a mí concierne, me debe una cena. Así que su casa me parece la mejor solución.

–De acuerdo entonces –cedió.

Pero parecía tan asombrado que Lourdes estuvo a punto de soltar una carcajada mientras corría hacia el dormitorio.

–Siento los inconvenientes que le he causado –se disculpó Kyle tras ella–. En realidad, en esta casa todo es nuevo. La arreglé cuando hacía buen tiempo, así que ni siquiera se me ocurrió probar la caldera. Y ahora estoy convencido de que la persona que la instaló tampoco la revisó a conciencia.

–Sé que no ha sido intencionado.

Agarró la maleta y la sacó de la habitación, agradeciendo no haberla deshecho del todo.

Encontró a Kyle apoyado contra la pared, con la caja de herramientas a los pies y las manos hundidas en los bolsillos del abrigo.

–Si se siente más cómoda, puedo pedirle a alguna amiga mía que la aloje esta noche –le dijo–. No se lo he ofrecido porque... Bueno, no se me ocurrió pensar que podría preferir quedarse en mi casa a alojarse en un hostal. Pero Callie está casada y embarazada, y vive fuera del pueblo. Seguro que le encantaría su granja.

–No tengo ganas de ver a nadie más, así que su casa es el lugar perfecto –agarró la guitarra. No pensaba marcharse sin ella–. Vamos. Cada vez hace más frío y supongo que le llevará algún tiempo preparar la cena.

Capítulo 3

Los armarios de Kyle no contenían los ingredientes necesarios para preparar una cena digna de Lourdes Bennett, ni de ninguna otra mujer a la que quisiera impresionar. No había ido al supermercado en toda la semana, lo que significaba que sus recursos se reducían a varios condimentos, algo de carne congelada, unos cuantos huevos y media hogaza de pan.

Mientras clavaba la mirada en el interior del refrigerador, intentando averiguar qué podía hacer, su improvisada huésped paseaba por el cuarto de estar. Por lo menos la estudiante que le limpiaba la casa y la oficina había ido el día anterior. Kyle nunca se había alegrado más de haber dejado que Molly Tringette le convenciera de que la contratara a tiempo parcial porque necesitaba ahorrar para ir a la universidad.

–Parece que le gustan las casas antiguas –señaló Lourdes.

Kyle renunció a seguir buscando en la nevera y se acercó a la despensa.

–Sí, me gustan. Pero no tuve que hacer nada especial para comprar esta. Esta casa estaba en el terreno en el que levanté la planta. Pensé que era lógico vivir aquí.

–Parece que la han arreglado hace poco.

–Sí. Estuve viviendo en una casa más pequeña que estaba todavía más cerca de la planta durante quince años, desde que salí de la universidad. Esta la tuve alquilada durante una temporada.

–¿Fue entonces cuando montó su negocio? ¿Hace quince años?

–Comencé a fabricar paneles solares en cuanto me puse a trabajar.

–Sus padres deben de ser muy ricos si pudo montar un negocio tan caro en cuanto salió de la universidad.

–No, en absoluto.

–¿Entonces cómo lo consiguió?

Latas. Galletas saladas. Copos de avena... Nada que le resultara apetecible. Pero suponía que no iba a encontrar una ensalada César, ni beicon, ni patatas con queso fundido y un *filet mignon* en la despensa. Tendría que preparar la cena y no tenía muchos ingredientes para hacerlo.

–Me las arreglé para convencer al presidente del banco del pueblo de que me concediera un préstamo. Algo que, con las nuevas regulaciones, ahora habría sido imposible. Me prestó el dinero basándose solamente en la confianza que tenía en mí.

–Puedo imaginarle en aquella época, tan joven y lleno de ambición.

–Desde luego, tenía una gran motivación. Pero en aquella época la energía solar era una jugada arriesgada. Cuando pienso en ello, todavía me sorprende que me concediera el crédito.

Renunció a la despensa, pero volvió a la nevera como si fuera a encontrar algo distinto a lo que había visto la primera vez.

–¿Por qué dice que era una jugada arriesgada? Mucha gente lo considera una apuesta de futuro.

–En aquella época, era una opción demasiado cara y

solo se la podía permitir gente con dinero. Por eso era una idea difícil de vender.

—Yo también habría apostado por usted. Sin pensármelo siquiera.

Kyle se volvió para mirarla.

—¿Y a qué debo ese cumplido? ¿Tengo un rostro que inspira confianza?

—Yo le atribuiría el mérito a la confianza que transmite. Cree en lo que hace, sea lo que sea, y eso hace que también crea la gente que le rodea.

¿Cómo podía haber llegado a aquella conclusión? No podía decirse que se conocieran el uno al otro.

—No sabía que transmitía tanta confianza que hasta una completa desconocida podía decirlo.

—Se me da bien juzgar a la gente —señaló a su alrededor—. Así que, saldó su deuda con el banco y remodeló la casa.

Kyle se preguntó si le importaría que fuera al pueblo a comprar algo para la cena. Había estado a punto de sugerirlo. Pero ella había dicho que tenía hambre e imaginaba que preferiría no tener que esperar.

—No tenía prisa en invertir más dinero en la casa. El negocio siempre ha sido mi máxima prioridad. Pero el año pasado, cuando compré la propiedad con la casa que ha alquilado y decidí arreglarla, pensé que también podía arreglar esta y venir a vivir aquí.

Que al final hubiera seguido adelante y hubiera hecho tantas mejoras había puesto a Noelle de los nervios, puesto que, cuando estaban casados, era ella la que se moría por arreglar alguna de sus casa. En realidad, había comenzado suplicándole que le comprara una casa grande en el centro, una casa que sirviera para exhibir su dinero y su estatus y le permitiera estar en el centro de la actividad del pueblo. Él se había negado y su negativa había causado tantas discusiones entre ellos que cuando al final

Noelle había renunciado y le había pedido que, en vez de comprar una casa, remodelara alguna de las que tenía, la había ignorado por completo.

En aquel momento se sentía estúpidamente cabezota. Podría haberle permitido disfrutar del proceso de remodelación y también del producto final. Pero estaba tan enfadado por lo superficial que era y se sentía tan mal estando casado con ella que no había dado su brazo a torcer.

Al reflexionar sobre lo ocurrido, comprendía que el haberla obligado a vivir en una casa antigua que podría haber reformado había sido su venganza por haberse dejado atrapar en aquel matrimonio.

–Y parece que ha utilizado siempre al mismo contratista –comentó Lourdes.

–Sí, es uno de mis mejores amigos, Riley Stinson.

–Hace un trabajo de calidad.

–La próxima primavera está pensando en renovar la casa de al lado, que ahora le estoy alquilando a uno de mis empleados, y también otra casa que está cerca de la planta y ahora está vacía. Cuando las acabe, serán irreconocibles.

Lourdes fijó la mirada en la nieve que caía en el jardín que, más que un jardín, parecía un enorme campo.

–¿Cuántos empleados tiene?

–En este momento, catorce.

–Supongo que eso le convierte en el empresario con más empleados de Whiskey Creek.

Kyle rio para sí mientras apartaba el kétchup y los encurtidos para ver si había algo detrás.

Encontró... mantequilla. Genial.

–Es posible –respondió–. Pero eso no es decir mucho.

–¿Nació aquí?

–Sí.

¿Qué tal unas tostadas con huevos? No era una comida muy elaborada, pero tenía cantidad de mermelada casera que le había comprado a la pareja de Morgan, que preparaba conservas cada primavera y se las endilgaba a él cuando no podía venderlas en otra parte. Junto con un buen café y unos huevos fritos podía ser una cena sabrosa.

–¿Alguna vez ha pensado en irse? –le preguntó ella.

Kyle se irguió.

–¿De Whiskey Creek? No, la verdad es que no. ¿Por qué voy a querer irme?

–¿No se siente… demasiado limitado?

Pensó en Noelle. A ella sí se lo parecía. Pero él no era así. Le encantaba vivir allí, no podía imaginarse viviendo en ningún otro lugar. Noelle era la única razón por la que alguna vez había pensado en irse.

–No, mis padres viven en el pueblo y se están haciendo mayores. Como mi hermana y sus hijos viven en Pennsylvania, necesito estar cerca de ellos. No quiero dejarle toda la responsabilidad a mi hermanastro, Brandon. Además, me gusta la gente de aquí, el paisaje, la libertad. Lo de vivir en una gran ciudad, con el tráfico, el frío y la polución… eso no es para mí.

–Ya entiendo. Es un vaquero de corazón.

–No, un vaquero no. No sé montar a caballo ni lanzar el lazo. Ni siquiera tengo unas botas vaqueras, ni un cinturón. Pero, definitivamente, soy un hombre de pueblo –alzó el cartón de huevos–. ¿Le parece bien que prepare un desayuno para cenar?

Ella se apartó de la ventana.

–Ahora mismo podría comerme cualquier cosa.

–¿Por qué no paró a comprar algo cuando aterrizó en Sacramento?

Excepto porque no tenía mucho donde elegir, no le importaba invitarla a cenar. Pero teniendo en cuenta lo decidida que parecía a evitar los lugares públicos, ¿qué habría comido si se hubiera quedado en su casa aquella noche? Allí no había nada, aparte de algo de café que se le habían ocurrido llevar. Le habían pedido que amueblara la casa, no comida.

–Debería haberlo hecho –admitió–. Pero tenía prisa. Como no había visto la casa, no estaba convencida de que fuera a ser conveniente para mi retiro y, en ese caso, no sabía adónde iba a ir. Pensé que debía ahorrar tiempo por si hacía falta un plan B.

–Supongo que tiene sentido –localizó la espumadera, pero entonces comenzó a preguntarse si debería darle otras opciones. No a todo el mundo le gustaban los productos de granja–. ¿Prefiere una sopa de lata? Tengo de tomate y de verdura.

–No, prefiero los huevos.

Kyle sacó una sartén.

–Buena elección.

Los huevos se inflaban y salpicaban mientras los hacía. Mientras esperaba a que terminara de hacerlos, Lourdes se acercó a la repisa de la chimenea para ver las fotografías que tenía allí enmarcadas.

–¡No me diga que ese es Simon O'Neal!

Kyle podía comprender su sorpresa. Simon era una de las estrellas más importantes de los Estados Unidos.

–Pues sí –le dijo–. Hace unos años, Gail, una de mis mejores amigas, abrió una agencia de relaciones públicas en Los Ángeles. Consiguió a Simon como cliente y, por resumir, se enamoraron. Ahora están casados y tienen tres hijos.

–¿Y los frecuenta?

–Viven en Los Ángeles, pero nos reunimos siempre que vienen al pueblo.

Lourdes continuó viendo las fotografías.

–Y el resto de las fotos son...

–Los de la izquierda son mis padres. Esos niños son mi sobrina y mi sobrino.

—¿Los hijos de esa hermana que vive en Pennsylvania?
—Sí. Vive allí desde que se casó hace unos años. Durante un tiempo, estuvo viviendo en una de mis casas.
—¿Y esas fotografías?
Kyle miró hacia donde Lourdes señalaba.
—Mis amigos.
—Tiene muchos amigos —dijo ella.
—Supongo que usted también.
—Los amigos nuevos no son lo mismo que los de siempre.
¿Se estaba refiriendo a la paradoja de ser famosa y sentirse sola?
—¿Echa de menos su hogar? —suponía que aquello explicaría los motivos por los que había regresado a las montañas de Sierra Nevada.
—Hay algo que echo de menos.
Kyle les dio la vuelta a los huevos.
—¿Y es?
Lourdes dio media vuelta y se dirigió hacia la mesa.
—Nada. No importa.

Lourdes disfrutó de la cena. Kyle, con el que ya había comenzado a tutearse, era un hombre con los pies en el suelo. No parecía afectarle el hecho de que fuera una mujer famosa. No era excesivamente solícito y se comportaba de forma muy natural. Aquello la ayudó a estar tranquila, a sentirse como en su propia casa después de haber pasado tanto tiempo en tensión. A lo mejor, como estaba acostumbrado a tratar con alguien más famoso que ella, no lo consideraba algo importante.

O a lo mejor era un hombre que se sentía cómodo en su propia piel. ¿Había conocido alguna vez a alguien que se sintiera más seguro de sí mismo? Debido a su trabajo, se encontraba con muchos hombres arrogantes. Y vanidosos. La vanidad era peor que la arrogancia. Pero Kyle era diferente. Parecía estar en paz consigo mismo y ella no podía menos que admirar su tranquila fortaleza, aunque apenas le conociera.

Era la calma en el centro de la tormenta, pensó, y sintió una chispa de emoción creativa. ¡Eso era! ¡Ahí tenía su primera idea! Escribiría una canción sobre cómo una persona podía convertirse en un puerto seguro para los otros en medio del caos y la confusión de la vida.

El hecho de tener ganas de escribir algo le levantó el ánimo. Era la primera vez que experimentaba aquel deseo desde que había terminado su último álbum.

–¿Por qué sonríes? –le preguntó Kyle.

Lourdes se puso seria.

–Por nada. Es solo que me gusta la sensación de estar llena. Y en un lugar caliente.

–Puedes subir el termostato si quieres –arqueó una ceja–. Pero yo tendría que irme a dormir al garaje.

Ella se echó a reír. Le tendió su plato, puesto que él estaba en el fregadero, y continuó quitando la mesa.

–Estás a salvo. La temperatura me parece perfecta.

–Me alegro de oírlo.

–Así que... estás soltero –le dijo mientras le llevaba las tazas.

A Kyle pareció sobresaltarle aquel comentario.

–Sí.

–¿Eres un soltero empedernido?

–No. Estoy divorciado.

Lourdes vaciló un instante antes de ir a buscar su zumo de naranja.

–¿Tienes hijos?

–No, y, teniendo en cuenta cómo es mi ex, es una bendición.

Lourdes quería seguir haciéndole preguntas, saber cuánto tiempo había estado casado, cómo había conocido a su esposa o si esta continuaba viviendo en el pueblo. También quería saber, aunque no se lo preguntaría, por qué no habían tenido hijos. Pero en ese momento vibró su teléfono sobre el mostrador, donde lo había dejado al llegar. Le había enviado a Derrick varios mensajes mientras estaba en el aeropuerto, y también cuando había llegado a Whiskey Creek, y seguro que aquella era su respuesta.

Por fin...

–Perdón –le dijo.

Agarró el teléfono y se dirigió a la habitación de invitados.

Kyle intentó ignorar la voz de Lourdes. Estaba susurrando, así que no podía distinguir lo que decía, pero lo hacía con tanta fuerza que la verdad era que atraía la atención hacia la conversación.

Estuvo a punto de encender el televisor. Fuera lo que fuese lo que tenía que decirle a Derrick Meade, y no había duda de que fuera él porque había pronunciado su nombre varias veces, no era asunto suyo. Pero percibió entonces las lágrimas en su voz y no pudo evitar detenerse a escuchar.

–Tienes que haber estado con ella... Entonces, ¿dónde has estado durante todo el día? Sabías que estaba intentando localizarte y siempre llevas el teléfono encima. Si pudieras te lo implantarías en la oreja. Eso es lo que no paras de decirme, pero no es lo que siento... ¿Y por qué continúas retrasando la boda? Antes de conocer a Crystal tenías mucha prisa... ¿Entonces lo que te ha hecho arrepentirte es lo que ha pasado a mi carrera? ¿Si no soy la mejor cantante de Nashville ya no estás interesado en mí?... Sí, lo entiendo, ¿pero qué otra cosa puedo pensar?... ¿Pero vas a venir aquí o no?... No importa. Adelante, haz todo lo que tengas que hacer por Crystal... ¡No, claro que no! Eres tú el que se está comportando de forma extraña. Olvídalo.... Yo también tengo muchas cosas que hacer. Estoy muy bien sin ti.

El repentino silencio le hizo pensar a Kyle que había colgado. Imaginó también que estaba llorando. A él así se lo parecía.

¿Debería llamar a la puerta e intentar consolarla? Él siempre había intentado arreglar todo cuando se estropeaba, y aquello incluía a las personas que formaban parte de su vida. Pero no creía que una actitud tan intrusiva fuera acertada en aquel caso. Apenas se conocían.

Dando por sentado que Lourdes preferiría estar a solas, puso el partido de fútbol del jueves. Con un poco de suerte, aquello le distraería y proporcionaría ruido suficiente como para apagar los sollozos de su invitada.

Pero quince minutos después, la puerta del dormitorio de invitados chocó contra la pared y Lourdes salió decidida del dormitorio.

–¿Kyle?

Kyle bajó el volumen del televisor y se volvió hacia ella. Sus ojos enrojecidos e hinchados dejaban claro que había habido lágrimas.

–¿Estás bien? –le preguntó.

Lourdes se secó las mejillas.

–En realidad, no, pero hace tiempo que no estoy bien.

–¿Qué te pasa?

–Es cosa mía, y me encargaré de ello, pero me estaba preguntando si podrías hacerme un favor.

Kyle bajó los pies de la mesita del café y se irguió en la silla.

–¿Qué clase de favor?

–Voy a hacerte una petición un poco extraña.

Aquello despertó el recelo de Kyle. Noelle siempre se acercaba a él con peticiones extrañas.

–Te escucho.

—Quiero pedirte que llames a mi mánager y le preguntes por Crystal Holtree.
—¿Quién es Crystal Holtree?
—Si todavía no lo sabes, lo sabrás el año que viene. Es otra cantante. La nueva niña mimada de Nashville. Derrick también se está encargando de su carrera.
—Y quieres comprobar si también se está encargando de algo más.
Lourdes respiró hondo, alzando el pecho.
—Sí.
—¿Estás segura de que quieres comprobarlo de esta manera?
—Mi corazón me dice que nunca me engañaría, pero mi cabeza me dice lo contrario. Me estoy volviendo loca, me siento insegura. Necesito saber si el problema es él... o soy yo.
Kyle se frotó la barbilla, como si estuviera pensando en su petición.
—Solo es una llamada de teléfono —insistió Lourdes.
—Pero él sabe quién soy yo.
—De acuerdo, solo es una llamada de teléfono y tendrás que fingir que eres otra persona.
—Como por ejemplo...
Lourdes extendió las manos.
—Robin Graham.
—¿Quién es Robin Graham?
—Nadie. Me acabo de inventar el nombre. Puedes decirle que eres Robin Graham de *Country Weekly*, o de la Country Music Television, y que te gustaría entrevistar a Crystal. Es lo único que tienes que hacer. Seguro que no quiere que Crystal se pierda esa oportunidad. Si está con él, le pasará el teléfono, y si le pasa el teléfono, es que me ha mentido.
—Pero él tiene mi número de teléfono. Lo puse en el anuncio de la casa.

Lourdes se mordió el labio inferior con un gesto de inseguridad.

–Si bloqueamos el número, no resultará creíble.

–Podríamos ir a la oficina. Tengo una línea extra de teléfono que no figurara con el nombre de mi empresa en un identificador de llamadas.

Lourdes se mostró más esperanzada.

–¿Te importaría?

En realidad, él no tendría por qué involucrarse en algo así. Además, estaba nevando con fuerza. Podía oír el viento sacudiendo la casa. Pero tenía un cuatro por cuatro, no tendrían que ir muy lejos y la tormenta no parecía ser tan terrible como había anunciado el pronóstico del tiempo, por lo menos, no mucho más que otras que habían caído en años recientes.

Además, podía sentir la inseguridad de Lourdes. A lo mejor Derrick Meade no la estaba engañando. A lo mejor podía aliviar su ansiedad y ayudarla a concentrarse en aquellas canciones que había mencionado. Lourdes parecía estar pasando una mala racha, aunque no en el mismo sentido que Noelle. Ella era una cantante de éxito. A lo mejor, en su caso, una pequeña ayuda podía suponer una gran diferencia.

–No me importa, pero… –miró el reloj–, en Nashville son cerca de las nueve. ¿No parecerá un poco raro que haga una llamada de trabajo tan tarde?

–No si es de un periodista con prisa intentando cumplir con la fecha de entrega de un trabajo.

–De acuerdo –contestó–. Vamos.

Capítulo 4

Después de que Kyle la invitara con un gesto a sentarse frente a él y descolgara el teléfono del escritorio, Lourdes no era capaz de hacer otra cosa que retorcerse las manos. ¿Estaría a punto de averiguar que toda la ansiedad y la preocupación que había estado sintiendo tenían una base real?

–¿Cuál es el número? –le preguntó Kyle.

Podía buscarlo en su móvil, pero no era necesario, puesto que ella se lo sabía de memoria.

Lourdes recitó los números al tiempo que se sacudía la nieve del abrigo. Después, contuvo la respiración mientras él marcaba. En el camino hacia allí, le había aleccionado para que pareciera un auténtico periodista de una revista de música *country*, pero no sabía cómo se iba a manejar Kyle cuando Derrick contestara.

–¿Hola?

¡Derrick debía de haber contestado! A Lourdes se le hizo un nudo en el estómago.

Kyle se levantó y se aclaró la garganta.

–¿Derrick Meade? Soy Graham… Gibb, de *Country Weekly*.

Le dirigió a Lourdes una mirada con la que le hizo saber que se había olvidado del nombre que le había dicho y había tenido que improvisar. Por suerte, había recordado el nombre de la revista. Habría sido mucho más difícil engañarle en ese caso, pues Derrick conocía todas las revistas relevantes del mundo de la música.

–Tengo entendido que es usted el mánager de Crystal Holtree... Sí, he oído esa canción. Es increíble. Siento llamar a estas horas, pero estoy trabajando contra reloj y me estaba peguntando si podría hacerle una entrevista rápida... Mm. Exacto... Lo que tenía planeado en un primer momento se me ha caído y he pensado cambiarlo por un artículo sobre una artista emergente... De acuerdo... Claro.

Tapó el teléfono.

–Me está dando su número –le dijo a Lourdes moviendo los labios–. ¿Qué hago?

–Colgar –susurró ella.

–¿No sospechará?

–No imaginará que he sido yo. Nunca he hecho nada parecido –nunca había sentido que tuviera que hacerlo, hasta que Crystal había entrado en sus vidas.

Kyle se apartó el pelo de la cara y retiró la mano del teléfono.

–Siento la interrupción. Mi esposa me está diciendo que mi editora está intentando localizarme. Por lo visto ha sustituido la entrevista por otra, así que le pido disculpas por esta falsa alarma. En cualquier caso, tendré en cuenta a Crystal Holtree para futuros artículos, aunque... Sí, estoy de acuerdo. Es una cantante con mucho talento. Veré lo que puedo hacer durante los próximos meses.

Colgó el teléfono y se hundió en la silla.

–No estoy seguro de que haya sonado muy creíble.

Tampoco ella. Había forzado mucho la situación haciendo que Kyle llamara a aquellas horas. Crystal suscitaba suficiente interés como para que no resultara inconcebible, pero, últimamente, Lourdes se estaba dejando guiar por los sentimientos en vez de por la razón. Tenía que poner sus prioridades en orden, analizar los últimos contratiempos con cierta perspectiva.

−Lo has manejado muy bien.

−Pero no he conseguido ninguna información. A lo mejor Crystal estaba allí, pero Derrick ha sido lo bastante inteligente como para no delatarse.

−¿Ni siquiera ha intentado sugerir que me entrevistaras a mí? ¿No ha propuesto una entrevista para más adelante?

−No, pero a lo mejor lo habría hecho si hubiéramos seguido hablando.

−Hace un año lo habría hecho fuera como fuera.

Kyle tamborileó con los dedos sobre el escritorio.

−A lo mejor no podía.

−¿Crees que estaba ella allí?

−Yo no he dicho eso.

−Pero has notado que vacilaba, o has notado algo que te hace preguntártelo.

Kyle esbozó una mueca, como si no quisiera admitirlo, pero ella sabía que era cierto.

Dejó caer la cabeza entre las manos.

−Mierda.

Antes de que Kyle hubiera podido contestar, sonó el teléfono de la oficina. La miró.

−Es la línea que acabo de utilizar, y no es habitual recibir una llamada a estas horas.

A Lourdes comenzó a latirle con fuerza el corazón.

−¿Qué pasa si no contestas?

−Que la llamada se desvía a la línea regular y al final salta el contestador de First Step Solar.

−Contesta −le pidió Lourdes.

Pero él ya debía de haber llegado a la misma conclusión, porque estaba alargando la mano hacia el teléfono.

−Graham Gibb.

Lourdes contuvo la respiración. Si la persona que llamaba a Kyle estaba buscando paneles solares, no iba a comprender nada. Pero al segundo se hizo evidente que era Derrick, tal como ambos habían temido, devolviendo la llamada.

–Genial –dijo Kyle–. Me parece muy bien –se presionó la frente con la mano, como si se estuviera arrepintiendo de haber participado en aquella estratagema o estuviera preocupado por los efectos colaterales–. Claro que me gustaría hablar con ella. Por supuesto. Pásemela.

Derrick debía de haberle pasado el teléfono a Crystal porque, durante los siguientes minutos, Lourdes tuvo que permanecer allí sentada mientras Kyle fingía interesarse en la pujante carrera musical de la joven. Cuando comprendió que podía interrumpir la llamada sin parecer demasiado irrespetuoso, la cortó para decirle que tenía que colgar si quería terminar el artículo aquella noche, que había sido un placer hablar con ella y que, si alguna vez tenía oportunidad de hacerle un hueco en la revista, volvería a ponerse en contacto con ella.

Cuando colgó, se pasó la mano por la boca.

–¿Qué te parece todo esto?

–Te ha devuelto la llamada muy rápido.

–Derrick ha dicho que acababa de colgar cuando Crystal se ha pasado por allí para dejarle algo.

Lourdes sintió que se le retorcía el estómago. Deseaba poder creer que se trataba de una mera coincidencia, tal y como Derrick había planteado, pero su intuición no se lo permitía.

–¿Qué podría necesitar entregarle Crystal que no pudiera mandarle por correo electrónico?

Kyle negó con la cabeza.

–¿Y qué te ha dicho ella? –preguntó Lourdes.

–Que quería ponerse en contacto conmigo para decirme que estaría encantada de hablar conmigo cuando quisiera. Que podríamos comer juntos incluso. Ese tipo de cosas.

—¿Te ha parecido convincente?

Kyle no parecía tener muchas ganas de comprometerse.

—¿Kyle? ¿Has tenido la impresión de que Derrick estaba fingiendo que Crystal ha aparecido de pronto?

—Esa es una pregunta difícil.

Lourdes se sopló las manos, que no había conseguido hacer entrar en calor desde aquel trayecto en medio de la tormenta.

—¿Porque crees que están teniendo una aventura?

—¡Porque no lo sé!

—Dios mío, odio todo esto —se lamentó—. Odio que me tomen por idiota. Y odio no poder confiar en el hombre que amo.

—¿Te había engañado alguna vez?

—No que yo sepa. Pero tampoco había estado nunca tan preocupado o tan distante conmigo. Ni tan entusiasmado con otra cantante.

Derrick tenía una aventura extramatrimonial con una becaria en su historial, algo que había ocurrido mucho antes de conocerla a ella, pero Lourdes no iba a proporcionarle a Kyle aquella información. Ella había decidido creer que había sido una equivocación de la que Derrick se arrepentía, pero comprendía que otros no estuvieran dispuestos a concederle el beneficio de la duda. A lo mejor solo estaba enamorado del potencial de Crystal, como él defendía.

—El hecho de que sea más joven, más guapa y tenga más talento que yo no ayuda mucho —gruñó.

Kyle parecía perplejo.

—Es posible que sea más joven, y yo no soy capaz de juzgar su talento musical, así que no voy a meterme en eso. Pero es imposible que sea más guapa.

Era un bonito cumplido. Y había parecido sincero.

A lo mejor, si no hubiera estado tan deprimida, habría sido capaz de apreciarlo.

Después de meterse en la cama, Kyle permaneció con la mirada clavada en el techo durante más de una hora. Se sentía mal por Lourdes. Era evidente que estaba sufriendo el infierno destinado a las parejas de los infieles. «¿Puede cambiar? ¿Cambiará? ¿Debería darle la oportunidad de cambiar? ¿La quería a ella o estaba enamorada de Crystal?» Kyle había estado con Lourdes, dando vueltas a todas aquellas preguntas durante tres horas. Mientras las nieve continuaba cayendo, habían compartido una botella de *pinot noir* y Lourdes le había dicho que, aunque lo de ir a Whiskey Creek había sido idea suya y lo había visto como una manera de retirarse de la vida pública para descansar, Derrick había prometido ir con ella. Le había dicho que pasarían todo el tiempo que no dedicara a escribir a reconstruir su relación, puesto que estaban teniendo tantas dificultades para llevarse bien. De modo que, incluso en el caso de que no hubiera estado mintiendo aquella noche, se había quitado a Lourdes de en medio, lo que a Kyle le invitaba a pensar que era probable que quisiera ponerse al día con su nueva cantante. El hecho de que Crystal le hubiera llamado tan pronto era sospechoso a pesar de la explicación de Derrick, una explicación, como poco, endeble.

Lourdes parecía una buena persona que no se merecía la tormenta emocional que estaba atravesando. Pero él no solo estaba pensando en si Derrick le estaba siendo infiel o no. Hablar de los problemas de Lourdes le había forzado a enfrentarse al hecho de que necesitaba cambiar su propia vida. La mujer de la que estaba enamorado, la mujer a la que siempre había amado, estaba casada con su hermanastro, lo que suponía un complicado desafío para él cada vez que les veía. Y les veía a menudo. Para empeorar las cosas, tenía una exesposa de la que no conseguía liberarse que decía seguir enamorada de él, aunque, por lo que él recordaba, su matrimonio le había gustado tan poco como a él. Y casi todos sus amigos no solo estaban emparejados, sino que estaban comenzando a tener hijos. Habían sacado adelante sus vidas, pero él no. Cuando no estaba trabajando, se sentía solo, inquieto. Así que trabajaba cada vez más horas, lo que hacía más difícil que pudiera llegar a conocer a alguien.

Se estaba acercando a los cuarenta. Si quería casarse y tener hijos, tendría que hacerlo pronto. Pero todavía no había conocido a una mujer que pudiera reemplazar a Olivia y estaba empezando a pensar que nunca lo haría.

Vibró su teléfono. Se apoyó sobre un codo y entrecerró los ojos para mirar la pantalla y ver quién le había escrito. Era un mensaje de Riley Stinson, el último de sus amigos que había encontrado pareja.

¿Estás despierto?

Kyle se había perdido una llamada de Riley. No le había contestado, así que, aunque estaba agotado, se incorporó para sentarse en la cama.

Sí. Siento no haberte contestado. Una persona ha alquilado la antigua alquería. Me he estado ocupando de eso. ¿Qué pasa?

Kyle no estaba seguro de por qué lo había preguntado. Sabía lo que le pasaba a Riley. Después de meses intentando reparar una difícil relación, por fin había convencido a Phoenix Fuller de que se casara con él. Habían decidido celebrar la boda el treinta de diciembre. Su amigo no era capaz de hablar de otra cosa. Y, para ser sincero, aquello le quitaba las ganas de contestar a sus llamadas. Cuando Riley se casara, él sería el único soltero del grupo, aparte de Baxter y, como bien había señalado Noelle, su relación con Baxter no era la más propicia para conocer a una mujer.

En vez de enviarle un mensaje, Riley le llamó.

—Eh, has alquilado la casa, ¿verdad?

Kyle oía el viento sacudiendo los árboles contra la casa, pero lo peor de la tormenta parecía haber pasado.

—Sí —contestó mientras se dejaba caer contra las almohadas.

—¿A quién?

Tenía la frase «a alguien de Nashville» en la punta de la lengua. Era lo que había pensado decirle a la mayoría de la gente, pero Riley era uno de sus mejores amigos. Le confiaría su vida.

—A Lourdes Bennett.

—¿Lourdes qué?

—Bennett. Es una cantante de *country*. Canta *Heartbreak* y *Stone Cold Lover*.

—¿Te refieres a esa Lourdes Bennett? ¿Estás de broma?

—No, pero no se lo digas a nadie. Está intentando pasar desapercibida.

—No se lo diré a nadie. Pero si Lourdes quería mudarse aquí, ¿por qué no se ha comprado una casa? Tiene dinero más que suficiente.

—Solo va a estar un tiempo, hasta que termine de escribir las canciones de su siguiente álbum.

—¿Pero la mayoría de los cantantes no contratan a gente para que les escriban las canciones?

—Sí, supongo que sí, pero ella prefiere escribir sus propias canciones.

Oyó la cisterna del cuarto de baño del pasillo. Lourdes todavía estaba despierta, y no le sorprendió. Derrick la había llamado cuando estaban terminando la botella. Seguramente había terminado hablando con él.

—¿Necesitabas decirme algo importante cuando me has llamado antes?

—Sobre todo, quería saber cómo estabas, qué tal te iba. Andamos los dos tan ocupados con el trabajo que apenas hablamos.

No era por culpa del trabajo. Era porque la vida privada de Riley estaba siendo tal y como debería y la de él, no. Pero no hizo ningún comentario al respecto. A nadie le gustaba oír quejarse a los demás de aquello que no tenían.

—Nos veremos mañana por la mañana en el Black Gold, ¿verdad?

—Sí, allí estaré. Y también Phoenix. Pero, además de saber cómo estabas, quería hablarte de la boda.

La boda. Por supuesto. La estaba organizando Olivia, así que Kyle también tenía noticias de la boda a través de ella.

—¿Cuánto falta? ¿Cuatro semanas? Es una locura.

—Es muy pronto, y por eso tengo tanta prisa.

—¿Tanta prisa en...?

—Me preguntaba si querrías casarnos.

A Kyle estuvo a punto de caérsele el teléfono. El hijo adolescente de Riley sería el padrino. Él no esperaba tener que hacer nada más que permanecer junto a Riley, al igual que el resto de los hombres de su grupo de amigos.

—¿Te refieres a que oficie yo la ceremonia?

—Exacto.

—¿Pero eso no tiene que hacerlo un sacerdote?

—Por lo visto, no. El otro día estaba remodelando una cocina y el tipo que me había contratado me dijo que él había oficiado la boda de su hija. Me dijo que lo único que había que hacer era inscribirse a través de internet.

—¿Dónde?

—Estoy seguro de que lo averiguarás si buscas en Google. Si no lo encuentras, llámame y se lo preguntaré.

—¿Y Phoenix...? ¿Está de acuerdo en que sea yo el que haga ese papel?

—Ya sabes lo que siente Phoenix por ti. Se emocionó cuando lo sugerí.

—Pero tus padres esperarán que lo haga un sacerdote, ¿no?

—No son ellos los que se casan y yo pienso asegurarme de que sea tal y como Phoenix quiere.

Kyle sonrió, aunque Riley no pudiera verle.

—Estás realmente enamorado de esa chica —dijo, y comprendía por qué.

Él también había llegado a tener una relación muy especial con Phoenix. Deseaba haberla escrito cuando estaba en prisión para poder ofrecerle apoyo emocional. Lo que había pasado aquella mujer había sido terrible. Había sido condenada por algo que no había hecho. Pero había permanecido en pie durante todos aquellos años completamente sola.

—Es la mujer de mi vida —dijo Riley—. No puedo explicar por qué es diferente a todas las demás mujeres con las que he salido, pero lo es.

—Me alegro mucho por ti.

Una frase que parecía estar repitiendo últimamente. Se alegraba por Brandon, por Olivia y por su matrimonio perfecto. Se alegraba por Riley y por Phoenix, se alegraba de que pudieran volver a estar juntos, algo que habría sucedido años atrás si la vida fuera justa. Se alegraba por Callie y por Levi, que estaban esperando su primer hijo, y por Eve y por Lincoln, que habían tenido su primer hijo unos meses atrás. Todo el mundo tenía algo que celebrar.

Si Noelle encontrara otro hombre en el que tuviera algún interés, quizá también él tuviera un motivo de celebración.

—¿Entonces lo harás?

Intentó imaginarse de pie ante el altar, con Riley y

Phoenix a su lado, y sintió que no estaba preparado para hacerlo, ¿pero cómo iba a decirle que no a uno de sus mejores amigos?

—Para ser sincero, tengo que reconocer que jamás en mi vida me he imaginado oficiando una boda, pero, claro. Gracias por pedírmelo.

—Me alegro de que estés dispuesto. Y te prometo que cuando tú te cases haré cualquier cosa que me pidas.

—¿Esperas que me case pronto? —bromeó Kyle.

—Nunca se sabe, tío. Y si no fueras tan exigente, a estas alturas ya podrías estar casado.

Su padre le decía lo mismo, pero Kyle pensaba que no estaba siendo exigente, sino prudente. Preferiría continuar soltero durante el resto de su vida a cometer otro error. Ya llevaba seis años pagando por el último.

Pensó en la llamada de Noelle pidiéndole un calentador, en el dinero que había pagado por su operación de pecho y en lo que le había prestado para pagar el agua y la luz. Y continuaba pagándole. No debería haberse casado con ella, pero tenía la secreta sospecha de que si no lo hubiera hecho, ella habría seguido adelante con el embarazo, forjando un vínculo mucho más fuerte entre ellos. Su error había sido dejar que le sedujera, en primer lugar. Todo había empezado en una estúpida noche de borrachera en la que Noelle le había asegurado que estaba tomando la píldora.

—Estoy bien así.

—Noelle te ha metido el miedo en el cuerpo. Y lo entiendo. Es una psicópata. Sabíamos que era una mujer problemática antes de que os casarais y si no se hubiera quedado embarazada jamás habrías terminado con ella. Eso es algo que no va a volver a ocurrir.

Podría llegar a ocurrir cualquier cosa. Aquella era la razón por la que estaba siendo más cauteloso.

—Fui un idiota al dejarme atrapar.

—Noelle es un ejemplo muy extremo. Olvídate de ella.

Ojalá pudiera. Pero ella no se lo permitía.

—¿Y qué me dices de esa chica a la que llevaste a la fiesta de Halloween de este año? ¿Danni Decker? –preguntó Riley–. Parecía maja.

—Para empezar, vive en la zona de Bay Area. Y, para terminar, ocupa un puesto de gran responsabilidad.

—Lo dices como si fuera algo malo.

—Somos demasiado parecidos. Ella nunca renunciará a su trabajo para venir aquí. Y yo no me iría a vivir allí. Así que, ¿por qué voy a intentar tener una relación con ella cuando está destinada a hacernos desgraciados a los dos? Además, no quiere tener hijos y esa es una línea roja para mí.

—¿Estás buscando un ama de casa?

—No un ama de casa, pero sí una mujer que quiera ser madre. Pero, sobre todo, quiero a alguien que esté satisfecha con lo que soy, lo que hago y en dónde vivo.

No podría ser feliz con una mujer que se pasara la vida insistiendo en que se fueran de Whiskey Creek. Ya había pasado por eso.

—Supongo que no es mucho pedir, pero... antes tienes que superar lo de Olivia, Kyle.

Aquella era la segunda vez en el día que alguien mencionaba sus sentimientos por Olivia. Noelle se burlaba de él cada vez que podía. Decía que habían sido sus sentimientos por Olivia los que habían dado al traste con su matrimonio, pero ella ya sabía que sentía algo por Olivia cuando se había acercado a él en el bar. Había estado saliendo con Olivia durante dos años antes de que esta hubiera interrumpido su relación para mudarse a San Francisco y montar allí su negocio de organizadora de bodas.

—Hace años que superé lo de Olivia –dijo.

Pero no había dejado de repetirlo desde que Olivia se había casado con Brandon.

Riley no respondió.

−¿Todavía estás ahí? −preguntó Kyle.
−Sí, es solo que… No importa.
Riley se mostraba escéptico. Sabía que no había cambiado nada, pero Kyle no podía admitirlo. No, sin hacer daño a su hermano. Él quería superar lo de Olivia. Y deseaba que su maldito corazón cooperara.
−No te preocupes por mí −le dijo−. No necesito una mujer.
−Aun así, me gustaría que pudieras encontrar a alguien. El matrimonio no tiene por qué ser como la relación que tuviste con Noelle.
El problema era que… todavía tenía que encontrar alguna alternativa disponible. La mayoría de las mujeres de su edad ya estaban comprometidas en una relación, como Olivia o, incluso, Lourdes. O tenían una carrera profesional en otra parte. O no saltaba la chispa entre ellos.
−¿Quién iba a imaginar que Phoenix y yo terminaríamos juntos? −dijo Riley−. Encontrarás a alguien. Encontrarás a la persona con la que tienes que estar.
No mientras esa persona estuviera casada con su hermanastro.
−Como te he dicho, no me importa no encontrarla.
−Estoy agotado. Tengo que colgar. Le diré a Phoenix y a Olivia que oficiarás tú la ceremonia. Se alegrarán de oírlo.
−Yo me pondré a investigar mañana mismo, después de que nos veamos en el Black Gold Coffee.
−Me parece genial. Te lo agradezco.
Kyle estaba comenzando a colgar, pero Riley le detuvo.
−¿Kyle?
−¿Sí?
−Antes de colgar… ¿puedo preguntarte algo?
Kyle suspiró.
−¿Tiene algo que ver con Olivia? Porque estoy harto de ese tema.

–Solo quiero saber por qué les has invitado a ella y a Brandon a tomar el café de los viernes con nosotros. Siempre me lo he preguntado. Y creo que los demás también.

–¿Qué te puedo decir? Es mi hermano.

No había escapatoria. Y él tenía la culpa de que las cosas fueran como eran. ¿Por qué no iba a incluir a Brandon? Él no había hecho nada malo.

–No creo que te resulte fácil verles tan a menudo.

–Noelle es la única que me complica la vida –bromeó, esperando aligerar el tono de la conversación.

–¿Sigue presionándote para que volváis?

Kyle recordó que le había ofrecido mantener relaciones sexuales con ella y esbozó una mueca.

–Sigue llamándome demasiado a menudo.

–A lo mejor termina yéndose de aquí. Lleva años hablando de irse a Nueva York o a otra gran ciudad.

–A veces me entran ganas de darle el dinero para hacernos felices a los dos. Creo que Londres sería una buena opción.

Riley soltó una risita.

–El problema es que volvería en cuanto se quedara sin dinero.

–Esa es la razón por la que no lo hago –le dijo–. Que duermas bien.

–Te veré mañana.

Kyle colgó, enchufó el teléfono al cargador e intentó, una vez más, dormirse. Pero podía oír un sonido amortiguado que le hacía pensar que Lourdes estaba manteniendo otra conversación acalorada con Derrick. Desde luego, no envidiaba ni su tristeza ni sus discusiones, ni las dudas y las sospechas que la estaban devorando.

Era evidente que no a todo el mundo le funcionaba el amor.

A lo mejor era cierto que estaba mejor solo.

Capítulo 5

—¡Ay, Dios mío! ¿Es verdad que tienes a Lourdes Bennett en la antigua alquería?

Kyle parpadeó sorprendido. Acababa de entrar en el Black Gold Coffee para encontrarse con sus amigos, apiñados alrededor de las mesas de siempre, situadas en una esquina de la parte trasera del bar, cuando se vio enfrentado a aquella pregunta. Llegaba de labios de Callie Vanetta-Pendleton, la mujer con la que le había sugerido a Lourdes que se quedara, pero él no miró a Callie. Giró para mirar a Riley.

—¿Se lo has contado? ¿Y no te acuerdas de eso de «no se lo cuentes a nadie, está intentando pasar desapercibida»? ¿O el «soy Riley, el amigo al que le puedes confiar cualquier cosa»?

Riley se encogió.

—No recuerdo haber dicho eso de que podías confiarme cualquier cosa.

Dylan y Cheyenne estaban allí con su hijo de un año. Adelaide y Noah con Emily, que era algo mayor que el hijo de Dylan y Cheyenne. Eve había aparecido sin marido ni hijo. Continuaba dirigiendo el hostal que sus padres tenían en el pueblo, pero ella se había mudado a Placerville. Ted y Sophia, Levi, que era el marido de Callie, Riley y su prometida, Phoenix, conformaban el grupo, al igual que Brandon y Olivia, por supuesto.

Como siempre, Kyle fue extremadamente consciente de su presencia. Daba igual que se sentara cerca o lejos de ellos. Imaginaba que, como no era capaz de dejar a Olivia en el pasado, sería consciente de ese tipo de detalles durante toda su vida.

–A lo mejor no lo dije, pero lo pensé.

Riley se mostró avergonzado.

–Lo siento. Pero si hubiera sido algo importante, algo más que una anécdota interesante que, de todas formas, a ti no te afecta de ninguna manera, no habría dicho una sola palabra. Y solo se lo he dicho a todos estos amigos que ves aquí. Puedes confiar en ellos tanto como en mí, ¿verdad?

–¡Espero poder confiar más que en ti! –teniendo mucho cuidado de no mirar a Olivia, sacó una silla y la corrió hacia la izquierda para evitar que se rozaran sus rodillas.

Callie había enmudecido en cuanto se había dado cuenta de que había delatado a Riley, pero al oír a Kyle, se inclinó hacia adelante.

–Tu secreto está a salvo conmigo, con todos nosotros. ¿Crees que vendrá alguna vez al pueblo? A lo mejor puedo hacerme la encontradiza con ella.

–Seguro que en algún momento tendrá que venir a comprar al pueblo –le dijo–. Pero es cierto que quiere pasar desapercibida, Callie, así que ve con tacto a la hora de acercarte a ella.

–¿Por qué está aquí?

Fue Olivia la que hizo aquella pregunta, así que tuvo que mirarla, pero se esforzó en parecer impasible. Con aquellos enormes ojos azules y su pelo rubio, continuaba siendo una de las mujeres más atractivas que había visto en su vida.

–Parece que está pasando por un momento complicado. No creo que esté dispuesta a contarme mucho más.
–¡Vaya! Da la sensación de que ya te ha contado lo que le pasa y tú la estás protegiendo –apuntó Brandon.
Kyle frunció el ceño.
–Solo estoy intentando darle el espacio y la intimidad que me ha pedido.
–¿Está sola? –preguntó Callie.
Agradeciendo la distracción, Kyle desvió la mirada de Brandon y Olivia mientras asentía.
–¡Ay, no! –exclamó–. ¡No me digas que Derrick y ella han roto!
–¿Sabes cómo se llama su novio? –preguntó Kyle–. Eso sí que es ser una auténtica fan.
Callie se llevó la mano a su abultado vientre. Kyle tuvo la impresión de que el niño se había movido, pero ella no hizo ningún comentario. Estaba demasiado pendiente de sus noticias.
–Cualquiera que la siga en Twitter conoce el nombre de Derrick. Durante algún tiempo, estuvieron hablando de casarse. Ella incluso subió unas fotografías de las sortijas de compromiso que le gustaban. Pero él todavía no le ha regalado ninguna, por lo menos que ella haya dicho. ¿Qué pasa?
Kyle se encogió de hombros.
–En toda relación hay altibajos.
Eve le miró con el ceño fruncido.
–¿De verdad? ¿Eso es todo lo que tienes que decir?
–Estoy intentando ser discreto.
–¿Con nosotros? –Callie se mostró herida.
Kyle suspiró.
–Tienen problemas, ¿de acuerdo? Tal y como te has imaginado.
–¿Por eso ha venido aquí? –preguntó Callie–. ¿Para alejarse de él?

Mierda. Había hablado demasiado.

—No, ha venido por una cuestión de trabajo, para escribir las canciones de su próximo álbum. Necesita paz y tranquilidad. Así que... que todo el mundo mantenga la boca bien cerrada.

Callie volvió a moverse otra vez. Era obvio que se sentía incómoda con su avanzado estado de embarazo.

—¿Será un disco de música *country*?

—Por supuesto. ¿Por qué no iba a serlo?

—Porque el último no lo fue y no se vendió muy bien —Cheyenne levantó a su bebé regordete de su sillita—. Yo creo que se alejó demasiado del estilo que la hizo famosa.

—No he oído el disco —dijo Kyle y algunos de sus amigos, sobre todo varones, dijeron lo mismo.

—Era un disco más... *pop* —le explicó Cheyenne mientras Dylan la ayudaba a preparar un biberón.

—A mí tampoco me gustó tanto como el anterior —se mostró de acuerdo Adelaide—. Y me encanta la música *pop*. Lourdes Bennett. Es más... es más auténtica como cantante *country*, si es que tiene algún sentido lo que estoy diciendo.

—¿Tú también la escuchas? —preguntó Kyle.

—¿Tú no?

—He oído algunas de sus canciones por la radio, pero no puedo decir que me las haya descargado en mi iPod.

Adelaide enrolló una servilleta y la dejó caer al lado de su planto vacío.

—¿Es tan guapa en persona como en las fotografías?

—Creo que sí.

Era cierto, pero Kyle lo comentó sin darle la menor importancia para no delatar la intensidad de sus sentimientos al respecto. Después, ansioso por evitar la atención que estaba recibiendo, desvió la mirada hacia la cola que había ante la caja registradora. Cuando había entrado, llegaba hasta la puerta. Todavía tenía que pedir su café y su magdalena, pero había estado intentando evitar el momento de más afluencia de clientes.

–Debe de ser muy guapa –el tono de Adelaide le indicó que no la había engañado–. ¿Y se está quedando en la antigua alquería? Eso está muy cerca de tu casa.

–Te sugiero que te pases por allí de vez en cuando, por si le apetece salir a cenar fuera –intervino Noah, pillando la insinuación.

–O, mejor todavía, por si le apetece cenar dentro – bromeó Dylan.

La cola no se había reducido. Más bien, había aumentado, y Kyle no tenía ganas de esperar, no cuando podía pedirle después a Morgan que le llevara un café.

–¿Por qué conformarme con una cena? Ahora mismo está en mi casa. Podría llevarle el desayuno.

Sabía que era preferible que no se emocionaran, pero no fue capaz de resistirse a un poco de diversión.

Eve dejó su taza en la mesa con tal brusquedad que se derramó parte del café.

–Así que ha roto definitivamente con su novio.

–No.

–¿Entonces qué está haciendo en tu casa? –quiso saber Riley.

–Cuando me he ido estaba durmiendo –respondió Kyle, llevando la broma un poco más lejos.

–¡Hala! –exclamó Brandon–. ¿Has pasado la noche con Lourdes Bennett?

–Kyle, deberías tener más cuidado –le advirtió Eve–. No querrás que se presente de pronto en tu casa un novio enfadado.

Tras haber provocado la reacción que estaba buscando, Kyle alzó la mano.

–Os estaba tomando el pelo, chicos.

Brandon le miró con recelo.

–¿Entonces no está en tu casa?

—Sí, está en mi casa, pero solo por razones prácticas. Ayer no fui capaz de arreglar la caldera de su casa y no quería que se congelara hasta morir. Así que le presté el dormitorio de invitados.

—¿Y ella aceptó? —preguntó Noah—. ¿Se quedó en tu casa?

Kyle se encogió de hombros.

—Le ofrecí ir a Little Mary's, pero no quiso ni oír hablar de ello.

—¿Qué tiene de malo mi hostal? —quiso saber Eve—. Es el mejor del pueblo, a pesar de todo lo que ha hecho A Room With a View para robarme el negocio.

—No tenía nada que ver con tu hostal —contestó Kyle—. Tampoco habría ido a A Room With a View. No quiere que la vean en público, necesita alejarse de todo eso, como os he dicho.

Brandon le palmeó la espalda.

—Eres un tipo con suerte. Es una mujer rica y famosa. Te aconsejo que la ayudes a olvidar a ese estúpido de Derrick. Intenta conquistarla.

Era lógico que Brandon dijera algo así. Tenía que estar cansado de intentar ignorar el hecho de que su hermano estaba enamorado de su esposa.

Ted Dixon, un escritor de novelas de suspense que solía acercarse a cualquier tema con mucha más prudencia que el resto de sus amigos, acercó los sobres de azúcar a Levi.

—¿Te gusta?

—Pues sí. Curiosamente, es tan agradable como atractiva.

Kyle no pudo evitar preguntarse si a Olivia le importaría que estuviera alabando a otra mujer. Le avergonzó al instante aquel pensamiento. Ese tipo de cosas eran las que le hacían evitar los acontecimientos familiares. En otro momento de su vida había llegado a pensar que, con el tiempo, la olvidaría y toda aquella incomodidad desaparecería. Pero seis años después no habían desaparecido aquellos sentimientos. Y se sentía peor incluso por albergarlos.

Dylan se sacudió las migas de magdalena de las manos.

—En ese caso, yo diría que puede ser un objetivo.

Kyle lo descartó con un gesto.

—Solo se va a quedar unos meses en el pueblo. Y estoy seguro de que al final volverá con Derrick. Es el hombre perfecto para ella.

—¿En qué sentido? —preguntó Eve—. ¿Es que también le conoces a él?

—No, pero trabaja con ella, comprende el negocio de la música, apoya su carrera, no le importa viajar. Yo quiero... otra cosa —estiró las piernas y las cruzó a la altura de los tobillos, esperando haber dicho lo suficiente como para zanjar el tema—. ¿No teníamos que hablar de algunos temas relacionados con la boda? —sonrió a Riley—. Como de quién va a oficiar la ceremonia.

—Riley ha dicho que ibas a hacerlo tú —contestó Brandon y, afortunadamente, la conversación giró hacia aquel tema.

Estuvieron hablando de otros aspectos de la boda, como de la manera de sacar el mayor partido a la temática del invierno, de en qué iba a consistir la colaboración de cada uno de ellos y de cuándo deberían celebrar las despedidas de solteros. En cuanto terminaron de dar vueltas a todos los detalles, Noah dijo que se había enterado de que Baxter iba a regresar al pueblo antes de Navidad, así que le llamaron utilizando el teléfono de Noah y lo pusieron en manos libres. Él les dijo que se suponía que su último día de trabajo sería el quince, pero que, incluso en el caso de que no pudiera acabar entonces, podría ir a la fiesta el veintitrés. Una buena noticia.

Por suerte, nadie le habló a Baxter de la presencia de Lourdes Bennett en el pueblo, así que Kyle no tuvo que hacer jurar a una persona más que lo mantendría en secreto.

En cuanto colgaron el teléfono, se levantó.

—¿Vas a por tu magdalena?

Brandon giró la cabeza hacia la caja registradora para señalar que ya no había tanta cola.

—Sí —contestó Kyle—, pero tengo que irme. Tengo mucho trabajo.

Brandon arqueó las cejas.

—¿Ya te vas?

—Me espera un día de mucho trabajo. Tengo que conseguir que el tipo que instaló la caldera la arregle antes de este fin de semana.

—¿Por qué tanta prisa? —Riley le dirigió una significativa sonrisa—. Si te gusta tenerla en tu casa, podrías pedirle a ese tipo que fuera el lunes.

Kyle elevó los ojos al cielo.

—Esa mujer no es mi tipo.

—¿Cómo que no es tu tipo? —preguntó Ted—. Has dicho que te gustaba.

—Debe de tener veintiocho o veintinueve años, así que tengo unos cuantos años más que ella. Y no me gusta su forma de vida.

—A lo mejor se retira —sugirió Eve.

Kyle la miró con el ceño fruncido.

—¿Estás de broma? Le gusta la fama. Lo lleva en la sangre.

—Entiendo que eso te haga vacilar —dijo Dylan—. A mí tampoco me gustaría estar con una persona tan famosa. Gail y Simon lo llevan bien, pero yo soy demasiado reservado. Me gusta tener mi propio espacio y no tener que viajar constantemente. Y no me gustaría que Cheyenne estuviera yéndose cada poco tiempo.

–A mí tampoco me gustaría que Phoenix tuviera que viajar mucho –admitió Riley.

Eve apartó su taza.

–Hace falta ser una persona muy especial para enfrentarse a los desafíos que implica tener una pareja con ese tipo de exigencias. Tienes que ser capaz de asumirlas junto a ella.

–Y no tiene que ser fácil –dijo Sophie.

–Me alegro de que estemos todos de acuerdo.

Pero tanto si estaban de acuerdo como si no, después de todo lo que había sufrido con Noelle, Kyle comprendía sus limitaciones.

Miró el reloj.

–Me alegro de haberos visto. Será mejor que me vaya.

–Gracias por regalarle a Noelle un calentador –dijo Olivia antes de que se hubiera marchado–. Has sido muy amable.

Lo que Noelle había hecho para conseguir que se casara con ella había abierto una brecha entre las dos hermanas durante años. Pero la última Navidad habían comenzado a reconstruir su relación, aunque para ello había hecho falta una gran dosis de paciencia, comprensión y capacidad de perdón por parte de Olivia (como a cualquiera que tuviera que soportar a Noelle) y desde entonces se estaban comportando más como hermanas que nunca. Kyle se alegraba de que, al menos en aquel sentido, hubieran hecho progresos.

–No es nada –dijo, evitando que le diera las gracias.

Aunque ella decía haberle perdonado y al final había sido él el que más había sufrido, estaba seguro de que Olivia pensaba que estaba recibiendo lo que se merecía: soportar casi a diario las tonterías de Noelle.

–Si decides organizar una fiesta de Navidad para que podamos conocer todos a Lourdes, dínoslo –bromeó Callie.

—Ni siquiera he puesto el árbol —le dijo.
Eve le sonrió radiante.
—Ya has visto cómo he decorado el hostal. Eso puedo arreglarlo yo.
—Ya veremos si surge la oportunidad.
Le encantaba reunirse con sus amigos los viernes. Pero desde que Brandon y Olivia se habían sumado a aquellos encuentros, aquel ritual semanal se había transformado en una suerte de tortura. De modo que, en el instante en el que puso un pie en la calle, tomó aire con tantas ganas de salir de allí para continuar con su rutina como las que había tenido de llegar.

Lourdes acababa de salir de la ducha cuando Kyle regresó. No había podido meter todo lo que habría querido llevarse a California en la maleta y no se había llevado albornoz, así que Kyle se la encontró envuelta en una toalla mientras se dirigía por el pasillo a su habitación. Kyle la recorrió con la mirada, sin lugar a dudas, reparando en su casi absoluta desnudez, pero no la hizo sentirse amenazada en ningún sentido, ni siquiera cohibida. Se comportó como si no tuviera ninguna importancia. Como si fueran compañeros de piso y verla de aquella guisa fuera algo habitual.

Lourdes no sabía si sentirse aliviada por el hecho de que respetara los límites o desilusionada porque no pareciera impulsado a traspasarlos. Era una reacción extraña por su parte, una prueba evidente del estado de su autoestima. Al estar perdiendo la capacidad de control sobre todo aquello que en otro tiempo había tenido, quería tener la certeza de que todavía podía seducir a un hombre atractivo. Sobre todo, a un hombre al que no le importaba la fama. Solo en aquello ya encontraba algo estimulante.

O, quizá, no quería admitir que se sentía atraída por Kyle. No estaba segura de cómo era posible, cuando estaba enamorada de otra persona, pero...

—Te he traído algo de desayunar —Kyle alzó una bolsa con un logo que decía *Black Gold Coffee*—. Lo dejaré en el mostrador para cuando te vistas.

—Muy amable por tu parte. Muchas gracias.

Volvía a tener los ojos rojos e hinchados, pero no buscó ninguna excusa para ello y él fingió no notarlo. Lourdes sabía que Kyle comprendía por lo que estaba pasando. Él no había hablado mucho de sí mismo la noche anterior, pero le había contado que estaba enamorado de una mujer con la que había estado saliendo durante dos años y en aquel momento estaba casada con su hermano. Aquello tenía que hacerle sufrir, pensó.

—De nada —contestó—. Pero tengo una mala noticia. Así que, cuando estés lista, me gustaría hablar contigo.

—Espera un momento.

Corrió a su habitación y se puso el chándal que llevaba la noche anterior. Le habría gustado secarse el pelo, que le estaba goteando por la espalda. Pero estaba demasiado ansiosa por oír la mala noticia de Kyle para así poder decidir si había alguna nueva crisis de la que preocuparse. Tal y como estaba yendo su vida, no la sorprendería que alguien hubiera ido a arreglar la caldera y hubiera descubierto un moho tóxico, lo que significaría que tendría que encontrar otro refugio, y sin contar con la ayuda de Derrick.

Sin embargo, tendría que tomarse algún tiempo en ponerse presentable. Cuando se reencontró con Kyle en la cocina, este estaba haciendo una llamada de trabajo.

En vez de ir a secarse el pelo, se sentó. Además de tener que enfrentarse a un considerable enfado, estaba demasiado ocupada vacilando entre la determinación de sobreponerse al engaño de Derrick y el desánimo más debilitante que había experimentado en su vida. Estaba tan cansada que ni siquiera le quedaban fuerzas para preocuparse por su pelo o su ropa.

—¿Qué ha pasado? —preguntó en cuanto él colgó el teléfono.

Kyle le acercó la bolsa que le había llevado.

—La caldera de tu casa se la compré a Owen's Heating & Hair. Les he llamado poco después de que abrieran esta mañana, pero Owen ya había salido hacia Stockton para ocuparse de un trabajo importante.

—¿A cuánto está Stockton de aquí? ¿A una hora más o menos?

—Exacto, pero cree que no regresará hasta muy tarde y este fin de semana quiere llevarse a su esposa al lago Tahoe para celebrar su cumpleaños.

Aliviada porque el problema fuera solo de la caldera, y no de toda la casa, Lourdes sacó de la bolsa un vaso de café, además de un *bagel* con queso y una magdalena de arándanos.

—¿Es todo para mí?

—Sí. No sabía lo que te gustaba.

—Por desgracia, me gusta todo.

Y estaba lo bastante triste como para comérselo también. Si no tenía cuidado, iba a engordar tanto en Whiskey Creek que no le iba a caber una sola de las prendas que se ponía para actuar.

Otro motivo por el que preocuparse.

—¿Has oído lo que te he dicho sobre Owen's Heating & Air?

—Sí. Me has dicho que no arreglarán la caldera hasta el lunes.

—Lo siento. Podría llamar a otras empresas, pero seguro que me dirían que no podrían mandar a nadie hasta el lunes y, siendo así, prefiero esperar a Owen. Debería ser él el que asumiera la responsabilidad de lo que hizo

–inclinó la cabeza para examinar su rostro–. Espero que no te afecte mucho.

Era probable que estuviera perdiendo al hombre con el que había esperado pasar el resto de su vida y, a no ser que fuera capaz dar el golpe con su próximo disco, estaba contemplando también el final de su carrera. Tener que esperar un par de días a que le arreglaran una caldera era un problema menor comparado con todo aquello.

–No –sintió que Kyle la observaba mientras probaba el café–. Está muy bueno.

–Me alegro de que te guste. En ningún lugar hacen un café mejor que el de Black Gold Coffee. Así que... ¿qué quieres hacer? Vuelvo a decirte que estaría encantado de pagarte una habitación en un hostal. Pero también puedes quedarte en mi casa hasta que funcione la caldera.

Ella no quería ir a ninguna otra parte. No estaba convencida de que, en el estado en el que se encontraba, fuera capaz de sonreír a los desconocidos con los que podría encontrarse. Además, la perspectiva de quedarse algún tiempo más en casa de Kyle no era desagradable. Tenía una casa limpia, confortable y llena de habitaciones. Teniendo en cuenta el estado de su relación con Derrick, podría serle útil contar con una compañía agradable. No quería terminar derrumbándose y llamando a Derrick. La noche anterior, durante la conversación final, le había pedido que no volviera a llamarla hasta que Crystal no hubiera conseguido otro mánager. Tenía miedo de sentirse más propensa a ceder si estaba sola.

–Solo será un fin de semana –dijo Lourdes–. Siempre y cuando estés dispuesto a aguantarme, por mí no hay ningún problema.

Kyle pareció sorprendido.

–¿Prefieres quedarte aquí?

Lourdes asintió.

–Tener a alguien con el que hablar ayer por la noche...

me ayudó –reconoció–. Pero no te preocupes, no pienso seguir llorando sobre tu hombro.

–¿Tuviste oportunidad de arreglar las cosas con Derrick?

–No, pero hice lo que tenía que hacer.

No preguntó lo que era, aunque Lourdes sabía que se lo estaba preguntando, así que le explicó:

–He decidido esperar hasta que él decida lo que siente por Crystal.

–¿Ha admitido que está con ella?

–No, jamás lo admitirá. No quise decírtelo ayer, pero engañó a la mujer con la que estuvo casado. La engañó con una becaria que trabajaba en un importante sello discográfico.

–¿Estuvo casado?

–Sí, pero no durante mucho tiempo.

Le había creído cuando le había contado lo exigente que era su primera esposa, lo desgraciado y frustrado que se sentía en aquel matrimonio y cómo habían escapado las cosas a su control sin que fuera aquella su intención cuando había comenzado a coquetear con la becaria.

¿Habría sido un error como él había dicho? ¿O Derrick era un hombre que iba de infidelidad en infidelidad y había sido culpable de su divorcio aunque no hubiera querido reconocer nunca aquella responsabilidad?

Kyle le había dicho que su matrimonio tampoco había durado mucho, pero no lo mencionó en aquel momento.

–¿Fue esa infidelidad la que les llevó a separarse?

–¿Quién puede saber lo que pasa dentro de un matrimonio? Yo solo conozco su versión. Lo único que sé es que su ex todavía sigue resentida.

–Así que, por lo menos, ya fue infiel en otra ocasión.

–Sí. Y por mucho que me repita que ha cambiado, sé que ha pasado algo. Le noto distinto. De modo que, a no ser que esté dispuesto a olvidarse de Crystal, no puedo seguir con él.

—Me parece admirable que hayas sido capaz de plantarte.

—Si me quisiera a mí, lo habría dejado claro. Y yo no tendría por qué estar planteándome todas estas sospechas, ni sufriendo esta angustia y este dolor, ¿no?

Al reconocer las dudas que reflejaba su voz, Kyle le dirigió una sonrisa.

—Lo siento.

A Lourdes se le hizo un nudo en la garganta, pero luchó contra las lágrimas y consiguió reprimirlas.

—Comprendes lo que se siente, ¿verdad? Sabes lo mucho que duele.

—Sí.

—Genial. Tenemos un corazón roto en común —rio sin humor—. ¿Hay alguna posibilidad de que traigas otra botella de vino a casa cuando salgas del trabajo?

—Sí, puedo encargarme de ello. ¿Pero te quedarás bien sola?

¿Creía que podría llegar a hacerse daño a sí misma? Esperaba que no, pero comprendía el motivo de su pregunta. No la conocía suficientemente bien como para saber cómo podría reaccionar ante lo que le estaba pasando.

—No voy a suicidarme, si es eso lo que te preocupa.

—Mejor, porque todavía te quedan muchas cosas por vivir. ¿Te acuerdas de tu nuevo álbum? Va a lanzarte al estrellato. Así que, a lo mejor, deberías empezar a trabajar en él.

Lourdes frunció el ceño, insinuando que no estaba segura de que pudiera asumir un desafío como aquel en ese momento.

—El trabajo podría ayudarte a... a pensar en otras cosas. Puede ser una vía de escape —añadió.

Pero Lourdes todavía tenía los sentimientos demasiado a flor de piel como para poder concentrarse. Miró el teléfono antes de meterse en la ducha. Derrick no había intentado ponerse en contacto con ella. Después de cómo había terminado su conversación la noche anterior, creía que llamaría a primera hora de la mañana para decirle que le había pedido a Crystal que se buscara otro mánager. En Nashville eran dos horas más tarde que allí, casi las nueve. Tenía que estar despierto. Y ni siquiera le había puesto un mensaje.

¿De verdad habían terminado? ¿Después de tres años de relación y cuando estaban a punto de casarse?

Le resultaba casi inconcebible que pudieran cambiar tantas cosas en tan poco tiempo. ¿Cómo podía hacerle una cosa así cuando todavía estaba intentando superar la decepción que había sufrido el año anterior? Sabía a lo que se estaba enfrentando y, aun así, no parecía importarle. De lo único que era capaz de hablar, cuando ella le oía hablar con otros, era del gran talento de Crystal. Parecía que toda la industria de la música había volcado su atención en Crystal y se había olvidado de ella.

—Lo intentaré —dijo.

Pero en cuanto Kyle se marchó, apenas le echó un vistazo a la guitarra antes de arrastrarse de nuevo hasta la cama.

Capítulo 6

Después de intercambiar un breve saludo con Morgan, que le puso al tanto de cómo iba la producción en la planta, Kyle fue directo a su despacho, cerró la puerta y buscó en internet las diferentes empresas de ventilación, calefacción y aire acondicionado de la zona. Lourdes parecía estar de acuerdo con quedarse en su casa unos días más. Podía dejar el tema y esperar a que Owen apareciera a la semana siguiente. Pero sospechaba que no era la decisión más inteligente. Saber que el hombre al que amaba la estaba dejando por otra mujer colocaba a Lourdes en una situación de vulnerabilidad y, teniendo en cuenta cómo había reaccionado su cuerpo cuando la había visto envuelta en la toalla, también él se sentía vulnerable. No quería que lo que había comenzado como una prometedora amistad tomara un rumbo equivocado. Pero siempre había algún riesgo. Llevaba tanto tiempo sin disfrutar del sexo que estaba comenzando a pensar en él en los momentos y en los lugares más inoportunos. Aquello no le ayudaría a ser muy discreto sobre su huésped.

Su búsqueda le condujo hasta varias empresas de calefacción y aire acondicionado, la mayoría en Stockton, Modesto, Sacramento o Bay Area. Llamó a varias, a pesar de la distancia. Pero imaginaba que, ofreciéndose a pagar un dinero extra para compensar la inmediatez del aviso, podría convencer a alguien para que se ocupara ese mismo día del trabajo. Ya había pasado la tormenta, de modo que no tendrían por qué enfrentarse a un tiempo particularmente malo.

Después de varios intentos, localizó a una mujer que le dijo que enviaría a alguien a arreglar la caldera. Animado por la posibilidad de que su vida volviera pronto a la normalidad, abandonó la búsqueda de empresas de calefacción y aire acondicionado y comenzó a buscar información sobre cómo oficiar una boda legal en el condado de Amador. Sin embargo, todavía no había terminado de recopilar la información cuando la recepcionista de la empresa con la que había llegado a un acuerdo llamó para decirle que no había conseguido ningún técnico dispuesto a desplazarse hasta Whiskey Creek.

Así que tendría que dejar que Lourdes se quedara aquella noche en su casa, pensó mientras ponía fin a la llamada. No tenía por qué quedarse con ella. Había ido a Whiskey Creek para estar sola y poder concentrarse en su trabajo. Además, habían pasado siglos desde la última vez que él había salido a tomar una copa.

¿Pero a dónde podía ir? Noelle trabajaba en el único bar del pueblo de modo que, si de verdad pensaba divertirse, estaba descartado. Pero si iba a cualquier otra parte, no conocería a nadie.

La visión de Lourdes envuelta en la toalla invadió de nuevo su mente. Agarró entonces el teléfono del escritorio y llamó a Riley, que contestó a la primera.

—¡Eh, Kyle! ¿Qué pasa?

—Acabo de enviar el formulario para ser ordenado Ministro Matrimonial —anunció Kyle.

—¿Tienes que convertirte en ministro? No era eso lo que tenía entendido.

—Es solo de nombre. En la web dice que no necesito

tener un título superior ni ninguna experiencia y puedo pertenecer a cualquier creencia o antecedentes. Ni siquiera tengo que estar censado. Al parecer, solo hay una norma que se aplica a rajatabla: tengo que tener más de dieciocho años.

—Hace ya mucho tiempo que ninguno de nosotros tiene dieciocho años, así que en eso estamos de suerte —respondió Riley con ironía—. ¿Cuánto te costará?

—Nada, y el título no caduca. Solo te cobran algo si pides una documentación extra. Hay un vínculo que enseña cómo rellenar una licencia matrimonial para que después quede registrada. Es fácil.

—Pues es un alivio. No estarás nervioso, ¿no?

—¿Por qué iba a estar nervioso? —respondió.

No tenía sentido preocupar a Riley, pero claro que estaba nervioso. Jamás había oficiado una boda y no le gustaría estropear la de Riley y Phoenix sabiendo lo mucho que les había costado encontrar la felicidad. Su hijo ya estaba en el instituto y hasta entonces no habían podido estar juntos.

Su mente regresó de nuevo a Lourdes y a su reciente dilema.

—¿Qué vas a hacer esta noche? —le preguntó a su amigo.

—Phoenix y yo queríamos llevar a su madre a ver las luces de Navidad.

—¿Lizzie Fuller está dispuesta a abandonar el tráiler?

Aquello iba a ser algo épico. La madre de Phoenix era una mujer con una obesidad severa que llevaba años negándose a que la vieran en público.

—No le hace mucha gracia, pero desde que es Phoenix la que cocina, ha perdido algo de peso. Y hemos alquilado una limosina lo bastante grande como para que quepa en ella. Tiene que salir de ese maldito tráiler alguna vez o no será capaz de aguantar la boda. Y, a pesar de todas sus bravatas y de que no le haga gracia que se case conmigo, no quiere perderse la boda de su hija.

Kyle rio para sí. No era solo Riley el que no le caía bien a Lizzie. No le gustaba nadie, ni siquiera ella misma.

—Parece que va a ser un acontecimiento importante. Es una suerte que haya mejorado el tiempo.

—De todas formas, después de que nos metieran miedo diciéndonos que iba a ser la peor en veinte años y todo eso, la tormenta se quedó en nada.

—Ha hecho bastante frío.

—Es cierto, pero aunque empezara a nevar otra vez, intentaríamos sacar a Lizzie. Si queremos ayudar a que se sienta bien en público para que pueda venir a la boda, no nos queda mucho tiempo.

Y él solo quería salir a tomar una copa. Algo de lo más trivial, en comparación.

—¿Vendrán los hermanos de Phoenix a la boda?

—Sí. Me va a tocar pagarles el viaje. Pero no se lo digas a Phoenix. Me temo que eso podría estropearle la alegría de saber que han aceptado venir.

—No diré una sola palabra.

—¿Qué piensas hacer esta noche? Podrías venir con nosotros.

Acababa de comprender la razón por la que Kyle había llamado. Antes de que Phoenix regresara a su vida, siempre salían juntos los fines de semana.

—No te preocupes. Solo quería que supieras que tengo mis deberes ministeriales bajo control. Puedes tachar esa tarea de la lista.

—Te lo agradezco. Con una familia tan disfuncional como la de Phoenix, no damos abasto.

—Me lo imagino.

—Gracias por ayudarnos.

—Estoy encantado de poder hacerlo.

Kyle suspiró y colgó el teléfono. Suponía que podía

acercarse a casa de sus padres. O ir a ver a Sophia y a Ted. O a Cheyenne y a Dylan, o a cualquiera de sus amigos. Pero sus padres se acostaban pronto y la mayoría de sus amigos tenían hijos o estaban esperándolos. Callie había estado sometida a un trasplante de hígado antes de casarse con Levi, así que el suyo era un embarazo de riesgo. Tenía que ser muy cuidadosa con la medicación y descansar mucho.

Y, en pocas palabras, Kyle no quería pasar la noche del viernes viendo la televisión y yéndose pronto a la cama. Aquello no le serviría para olvidar a la preciosa mujer que tenía en casa.

Sonó el teléfono. Esperaba que no fuera Noelle para darle las gracias por el calentador. Sería muy propio de ella. Utilizaba cualquier excusa para ponerse en contacto con él. No necesitaba que le diera las gracias. Necesitaba espacio. Alejarse de ella.

No era Noelle, gracias a Dios. Pero era Brandon. Kyle no estaba seguro de qué era peor. Desde que Lourdes había llegado, todo el asunto de Olivia había comenzado a ocupar un lugar predominante en su cerebro y, de repente, ya no lo estaba afrontando con la misma efectividad que durante los años anteriores.

Lo sentía como si fuera algo muy reciente.

Pero no lo era, se recordó a sí mismo. Y el que le llamaba era su hermanastro, una persona a la que apreciaba. Así que contestó.

—¿Diga?

—¡Hola! Me alegro de haberte pillado.

—¿Qué pasa?

—Me preguntaba si tendrías unos minutos para que quedáramos esta tarde. Me gustaría hablar contigo. Puedo pasarme por tu oficina.

Kyle se enderezó. ¿Hablar con él sobre qué? Se habían visto en el Black Gold Coffee esa misma mañana.

Brandon no había mencionado que tuviera nada que comentarle. A no ser que fuera un asunto privado. ¿Pero qué podría ser que no pudiera decirle delante de sus amigos?

¿Al final se habría decidido a preguntarle por Olivia?

Cerró los ojos y apoyó la cabeza en el respaldo de la silla. Si aquella era la intención de Brandon, suponía que tendría que aguantarse. ¿Pero qué podía hacer? Él no se estaba aferrando a aquellos antiguos sentimientos a propósito.

–Claro. Voy a estar aquí toda la tarde. Puedes pasarte cuando quieras.

–Lo haré –contestó Brandon.

A partir de entonces, Kyle empezó a mirar el reloj, preguntándose, a qué hora exactamente abordaría Brandon el asunto Olivia y qué sugeriría que hiciera al respecto.

Había alguien en casa; Kyle debía de haber vuelto.

Lourdes no pensaba pasarse el día durmiendo, pero, al oír ruido en la cocina, abrió los ojos y descubrió que era de noche. Al parecer, había estado durmiendo durante horas, pero, entonces, ¿por qué estaba agotada?

–¡Arriba ese ánimo! –susurró para motivarse.

Pero la escasa energía que le insuflaron aquellas palabras murió aplastada bajo el recuerdo de Derrick.

¿Habría intentado llamarla?

Alargó la mano hacia el teléfono para comprobarlo.

No había recibido ningún mensaje. Ni ninguna llamada.

Se le cayó el alma a los pies. ¿Habría renunciado a ella con tanta facilidad? ¿Habría elegido a Crystal?

Haciendo una mueca ante la intensidad del dolor que la golpeó, se hizo un ovillo. Existían los abandonos. Y los corazones rotos. Y los reveses. No era la única y tenía las mismas opciones que cualquier otra persona. Por imposible que pareciera en aquel momento la tarea, tenía que enfrentarse a aquel desafío.

Y podía empezar a hacerlo levantándose de la cama.

«Dentro de un minuto», se dijo a sí misma, y se enterró bajo el edredón hasta que el olor que entró en su dormitorio la animó a sentarse. Kyle debía de haber llevado algo de cenar. Comenzaba a ser una suerte el poder quedarse en su casa. Si hubiera estado en la casa que había alquilado, se habría quedado sin cenar porque, desde luego, no se sentía con fuerzas para conducir hasta el pueblo. Si ni siquiera era capaz de maquillarse o pasarse un cepillo por el pelo, no era probable que pudiera hacer mucho más.

Con la promesa de la comida como motivación, se obligó a levantarse de la cama. Tuvo que permanecer en pie durante varios segundos hasta alcanzar el equilibrio. Después, se pasó la mano por el pelo para intentar alisar sus greñas.

–¡Qué bien huele! ¿Qué has traído? –preguntó con un bostezo mientras salía al pasillo.

Llegó a la cocina un segundo después y descubrió que no era Kyle el que estaba allí. Había una mujer, aproximadamente de su edad, delante de la cocina. Acababa de meter varias fuentes en el horno y en aquel momento estaba de nuevo erguida, mirando a Lourdes boquiabierta.

–¿Y tú quién eres?

Lourdes no tenía que contestar a aquella pregunta muy a menudo. La mayoría de la gente la reconocía. Pero sabía que, en aquel estado, no se parecía mucho a la mujer que aparecía en las fotografías.

–Soy… soy la inquilina de Kyle –dijo, deseando evitar más revelaciones y las exclamaciones que llegarían con ellas–. ¿Quién eres tú?

—Su exesposa.

Kyle le había contado que la relación con su ex había terminado. Pero entonces, ¿qué estaba haciendo allí, llevándole la cena? Sobre todo una cena que era obvio le había costado trabajo preparar.

La mujer la miró con los ojos entrecerrados, como si no le hubiera hecho mucha gracia encontrarse con una posible rival en casa de Kyle.

—¿Acabas de levantarte?

—Sí.

—Pero... si estás alquilándole la casa, ¿qué estás haciendo aquí?

—En la otra casa no funciona la caldera.

—¡Ah! ¿Y... dónde está tu marido? Tú debes de estar casada con ese tipo que venía de Nashville, ¿verdad?

—Al final vine yo sola.

Noelle frunció el ceño.

—Kyle no me dijo que le había alquilado la casa a una mujer. Me pregunto por qué... —enmudeció en el instante en el que la reconoció. Era evidente que la mención de Nashville había encendido la chispa y había hecho la conexión—. ¡Dios mío! ¡Eres Lourdes Bennett, la cantante de *country*! Oigo tus canciones continuamente cuando estoy en el trabajo. En el Sexy Sadie's —añadió, como si tuviera que conocerlo.

—¿Es algún bar?

—Sí, el único del pueblo.

Aquello explicaba la ropa que vestía. Una blusa de escote muy pronunciado y una minifalda, un uniforme de lo más arriesgado.

—Supongo que ibas hacia allí.

—Sí, y no puedo llegar tarde si no quiero que me despidan. Mi jefe es un imbécil.

¿Por esperar que llegara pronto al trabajo?

—Así que no habías quedado con Kyle.

—No, esta noche no —contestó—. Tengo que ir a trabajar. Si no... eh... es probable que hiciéramos algo.

¿De verdad? Kyle no hablaba de ella como si continuara haciendo planes con su ex, o como si se hubiera arrepentido de haberse separado.

—¿Sabe Kyle que estás aquí?

—No, quería darle una sorpresa. Y, en cambio, ¡mira con lo que me encuentro! La sorpresa me la he llevado yo. Espera a que le cuente a todo el mundo en el trabajo que tenemos a otra celebridad en Whiskey Creek y que vas a pasar meses aquí. Simon O'Neal suele venir unas tres veces al año, pero nunca se queda mucho tiempo. ¿Por qué iba a quedarse aquí cuando tiene media docena de casas de ensueño repartidas por todo el mundo? Si fuera yo, no vendría nunca.

Lourdes alzó la mano.

—Has dicho que ibas a contarle a todo el mundo que me habías visto. Pero, por favor, no lo hagas. He venido aquí a trabajar.

—¿Vas a actuar? ¿Dónde?

—No. Me refiero a que voy a escribir las canciones para mi próximo disco y preferiría que nadie me molestara.

—¡Oh! —no se mostró muy entusiasmada ante aquella idea.

—¿Cómo has dicho que te llamabas? —preguntó Lourdes.

—Noelle. Noelle Houseman.

—Estoy segura de que Kyle apreciará la comida, Noelle.

La ex de Kyle miró satisfecha todo lo que había cocinado.

—Son sus platos favoritos.

—Has sido muy amable.

—Gracias —intentando dejarlo todo perfecto, volvió a

ocuparse de los preparativos–. Ahora tengo que irme –anunció unos minutos después–. Voy a dejar el pollo al limón y los frijoles en el horno para que se calienten, así que acuérdate de decirle a Kyle que los saque en cuanto llegue a casa. El calor no les hará ningún daño a los frijoles, pero no me gustaría que se secara el pollo.

–Lo haré –le aseguró Lourdes.

Tras dirigirle una mirada final, Noelle corrió hacia la puerta, donde se volvió en el último momento.

–¡Ah! Y si te pregunta, ¿puedes decirle que has sido tú la que me ha dejado entrar?

Lourdes arqueó las cejas de forma involuntaria. Había dado por sentado que Noelle había encontrado la puerta abierta.

–Eh... como estoy aquí, no creo que lo pregunte.

–Bien pensado –vaciló de nuevo–. No me puedo creer que Lourdes Bennett esté alquilando la antigua alquería. ¡Voy a matar a Kyle por no habérmelo dicho! Espera a que lo pille.

–Soy yo la culpable de que no te haya dicho nada.

–Oh, entendido. Bueno, ¿podré hacerte una fotografía cuando vuelva?

¿Noelle no había entendido lo que acababa de decirle?

–¿Estás pensando en volver esta noche?

–No, trabajo hasta tarde. ¿Pero qué tal si vengo mañana?

Lourdes esperaba que no volviera nunca.

–Claro. Siempre y cuando esté... en condiciones de recibirte, por supuesto.

Noelle la recorrió de los pies a la cabeza con la mirada.

–¿Qué te pasa? ¿Estás enferma?

–Algo así.

Tras dejar escapar un suspiro de alivio cuando la puerta se cerró, Lourdes se acercó a la nota que Noelle había apoyado contra la botella de vino que había dejado en el centro de la mesa. Sabía que no tenía derecho a leerla. Era para Kyle. Pero había algo que no encajaba en la visita de Noelle y aquello despertó su curiosidad. ¿Estaría Kyle saliendo con ella o no?

Sacó la tarjetita del sobre.

Gracias por ayudarme ayer. Es maravilloso tener agua caliente otra vez. Te debo una, y estaré encantada de devolvértela. Besos y abrazos.

El teléfono, que había dejado en el dormitorio, sonó y Lourdes volvió a guardar la tarjeta en el sobre para poder así contestar. Pensó que a lo mejor por fin tenía noticias de Derrick. Pero no era él. Su madre estaba intentando localizarla, sin duda alguna para asegurarse de que había llegado sana y salva a California.

Lourdes se sentó en la cama, sostuvo el teléfono en la mano y fijó la mirada en la llamada entrante. A su madre no le había hecho mucha gracia que hubiera decidido marcharse de Tennessee antes de Navidad. «Pero volverás para las fiestas, ¿no?», le había preguntado por lo menos una media docena de veces antes de que llegaran al aeropuerto.

Lourdes no quería volver a su casa en Navidad. Ni siquiera quería celebrar la Navidad. Tenía la plena seguridad de que iban a ser las peores de su vida.

Saltó el buzón de voz y Lourdes no fue capaz de contestar.

Brandon apareció cuando Kyle estaba preparándose para poner fin a la jornada. Estando Lourdes en su casa, y seguramente con ganas de cenar, no podía quedarse allí hasta tarde. Todavía tenía que ir a hacer la compra.

–Por fin apareces –dijo cuando Brandon llamó a la puerta antes de entrar en su despacho–. Empezaba a pensar que habías cambiado de opinión.

Su hermanastro cerró la puerta.

–No, no quería interrumpir tu trabajo e imaginaba que a estas alturas ya habrías terminado.

–Sí, y ya he terminado. Has llegado en muy buen momento –si no hubiera sido porque había pasado todo el día preguntándose de qué demonios querría hablarle Brandon–. ¿Quieres sentarte?

–Claro.

Se dejó caer en una de las dos sillas que tenía Kyle delante del escritorio.

–¿Va todo bien? –preguntó Kyle.

Su hermanastro cruzó una pierna sobre la otra y las cambió de nuevo.

–Esta va a ser una conversación difícil, pero me importas lo suficiente como para querer tenerla.

Aquella presentación no le puso las cosas más fáciles.

–Adelante.

–No siempre nos hemos llevado bien, pero... he llegado a admirarte. No importa lo que haya pasado o dejado de pasar en el pasado, en el fondo de mi corazón sé que eres un hombre bueno.

Kyle podría haberse sentido halagado. Brandon no hablaba de aquella manera muy a menudo. Habían conseguido salir adelante sin mencionar el pasado, puesto que nada de lo que pudieran decir serviría para cambiar o mejorar la situación. Pero Kyle sintió aquel «he llegado a admirarte» como una trampa.

–Casi me da miedo darte las gracias, porque veo que viene algo detrás.

–Como ya habrás imaginado, esto tiene que ver con Olivia.

A Kyle se le tensó el estómago.

–¿Qué pasa con Olivia?

–Francamente, me siento mal estando con la mujer a la que tú quieres. Y cuanto más te aprecio, más duro me resulta. Lo que me resulta extraño es que... yo pensaba que ya lo habíamos superado.

–Y lo habíamos superado –dijo Kyle–. Quiero decir, lo hemos superado.

–No –Brandon sacudió la cabeza–. Últimamente, todo parece haber cambiado. Tengo la sensación de que el pasado se está interponiendo entre nosotros y me gustaría acabar con todo eso.

–El pasado no se está interponiendo entre nosotros. Nada puede interponerse entre nosotros. Y sabes que soy sincero cuando digo que no me gustaría que Olivia y tú rompierais. No estoy aquí sentado, frotándome las manos y esperando a que surja otra oportunidad de estar con ella. Es algo que siempre he querido decirte. Me alegro de que estéis juntos. Os merecéis el uno al otro. Y, por cierto, haría cualquier cosa para evitar que cualquiera de vosotros sufriera.

Brandon apretó los labios y unió las puntas de los dedos.

–Ya lo sé, no lo dudo. Creo que prefieres verme feliz aunque tú no puedas serlo. Y eso hace que todo esto me cueste mucho más.

–Le estás dando demasiadas vueltas –repuso Kyle–. Deja de preocuparte.

Brandon se levantó.

–No puedo evitarlo. Saliste perdiendo con todo lo que ocurrió. Todavía me impresiona que dieras un paso adelante y te casaras con Noelle. Ya te dije entonces que era una tontería, pero... fue un gesto muy noble. Eso es lo que no te había dicho hasta ahora. Y siempre te he admirado en secreto por ello.

Kyle también se levantó.

—No me compadezcas, Brandon. Eso solo sirve para empeorar las cosas. Como muy bien sabes, me busqué lo que me pasó.

—Cometiste un error. Un error comprensible. Olivia y tú ni siquiera estabais juntos en aquel momento.

—No importa. Me acosté con su hermana.

—Estabas enfadado con Olivia. Y su hermana te sedujo a propósito cuando estabas borracho. Esas dos cosas juntas te hicieron caer.

—Quizá. Pero todos los actos tienen consecuencias y estoy dispuesto a asumir las de los míos.

Brandon esbozó una mueca como si no fuera a conformarse con aquella respuesta.

—Pero tu castigo, si podemos llamarlo así, debería haber terminado cuando te divorciaste. Estar casado con Noelle ya fue bastante malo.

Kyle sonrió. Brandon no sabía hasta qué punto.

—Desde luego, esa mujer representa todo un desafío. Pero ahora estoy bien.

—¿Estás seguro? —hundió las manos en los bolsillos—. Porque mamá dice que lo estás pasando mal. Que cada vez que te invita a cenar preguntas si vamos a ir Olivia y yo, y si la respuesta es sí inventas alguna excusa lamentable para no ir.

¿Había sido tan evidente?

—¿Tu madre te ha dicho eso?

—Por si te sirve de algo, ella te considera también hijo suyo.

—¿Entonces por qué intenta causar problemas entre nosotros?

—No era eso lo que pretendía. Está preocupada. Quiere que haga algo para solucionar lo que está ocurriendo.

Así que había ido allí para...

—¿Es verdad lo que dice? —preguntó Brandon.

Kyle se frotó el cuello.

—Estoy intentando averiguar cómo enfrentarme a mi vida a partir de ahora, eso es todo.

—Eso era lo que me temía.

—Mira, no es problema tuyo. No quiero que os afecte ni a ti ni a Olivia.

—¡No puedo evitar que nos afecte! Sobre todo porque lo que voy a decirte no te va a facilitar mucho las cosas.

—¿Y es…?

Brandon se inclinó hacia delante, apoyando los nudillos en el escritorio.

—Kyle, ¿te acuerdas de lo mal que lo pasó Olivia cuando tuvo un aborto en febrero?

—Por supuesto.

—La aterraba quedarse embarazada y que volviera a ocurrirle otra vez. Pero yo quería que fueras el primero en saber que… estamos esperando un hijo.

Kyle se forzó a esbozar la que esperaba que fuera una sonrisa creíble, tal y como había estado haciendo desde la boda de Brandon y Olivia.

—Es maravilloso. Me alegro mucho por los dos.

—¿De verdad?

Resistiéndose a los celos contra los que llevaba batallando durante tanto tiempo, Kyle rodeó el escritorio para palmearle la espalda a su hermano.

—Sí, de verdad. Y espero que esta vez todo vaya bien.

—Siento haber sido tan competitivo y tan estúpido cuando era más joven, Kyle. Creo que no te lo he dicho nunca.

—Yo no fui mucho mejor contigo.

—Es cierto –bromeó Brandon y Kyle se echó a reír.

—Gracias por pasarte por aquí –dijo Kyle–. Te lo agradezco.

—Me alegro de que hayamos tenido esta conversación.

—Yo también.

Brandon sacó las llaves del bolsillo.

—¿Entonces irás este domingo?

—¿Adónde?
—A ver a mamá y a papá. No te hagas el tonto. Mamá también te ha invitado.
—¡Ah, sí! Ahora me acuerdo.

Estuvo a punto de inventar una excusa. No pensaba ir, no en aquel estado mental. Pero aquello solo alimentaría las preocupaciones de Brandon y él no quería que se distanciaran cuando por fin habían conseguido encontrarse como hermanos.

—¿Es este domingo?
—Pasado mañana —respondió Brandon—. Olivia y yo somos tu familia. No intentes evitarnos.

Kyle ahogó un suspiro.

—No estoy intentando evitaros —dijo—. Allí estaré.

Capítulo 7

Cuando Kyle vio todos aquellos platos en la mesa, pensó que Lourdes había salido a comprar en el coche que había alquilado y había preparado la cena. Fue una agradable sorpresa. No se esperaba nada parecido. Pero cuando la vio salir del cuarto de baño, se dio cuenta de que ni siquiera se había peinado, así que dudo que fuera ella la artífice de aquella comida.

Después vio la nota en la mesa. Acababa de dejar el vino que había comprado y estaba alargando la mano hacia ella cuando Lourdes dijo:

–Se ha pasado por aquí tu ex.

–¿Mi ex? ¿Por qué? –preguntó exasperado.

Lourdes se encogió de hombros.

–Por lo que ha escrito en la nota, siente que está en deuda contigo.

Kyle se volvió hacia ella.

–¿Has leído la nota?

Lourdes le miró avergonzada.

–Es una persona interesante. Desde luego, ha despertado mi curiosidad.

–Es una mujer obsesiva. No consigo librarme de ella.

–¿Quieres decir que te está acosando?

–Eso es lo que estoy empezando a sentir.

—En ese caso, es posible que quieras recuperar la llave que tiene de tu casa.

Kyle frunció el ceño.

—¿Qué quieres decir? No tiene la llave de mi casa.

—Ha abierto ella la puerta —le explicó Lourdes—. Yo estaba en mi dormitorio cuando la he oído preparando todas estas cosas.

El enfado le atravesó como una bala.

—¿Estás de broma?

—No. Me pidió que te dijera que había sido yo la que le había abierto, pero te debo más lealtad que a ella.

—¿Pero cómo ha conseguido la llave?

Lo preguntó más para sí mismo que para Lourdes. Intentó rebuscar en su memoria el momento en el que podría haberle dado una llave a Noelle, pero ni siquiera recordaba haber hablado de ello.

—Vivió aquí cuando estaba casada contigo, ¿no? —dijo Lourdes—. O al menos tuve esa impresión cuando me hablaste anoche de ella.

—Vivíamos en otra casa, pero... Tengo todas las llaves en un cajón.

—¿Es posible que las haya agarrado ella por su cuenta?

—Debería haber cambiado todas las cerraduras. Pero su tío es el cerrajero del pueblo. No quería que su familia pensara que estaba sugiriendo que era una mujer peligrosa. Noelle ya estaba suficientemente enfadada porque le había hecho firmar un acuerdo prematrimonial y no podía quedarse la mitad de mis cosas. Yo intenté que el divorcio fuera lo más amistoso posible, así que solo insistí en que me devolviera la llave de la casa en la que vivíamos juntos.

—Es probable que también tuviera una copia de la de esta.

No conseguía sacarla de su vida. Y, aun así, él siempre había pensado que Noelle tenía tantas ganas de deshacerse de él como él de ella. Durante su corto matrimonio habían discutido mucho, ella le había dedicado insultos que él no le habría dirigido ni a su peor enemigo. Pero teniendo en cuenta cómo se había comportado desde entonces, como si tuviera la esperanza de una reconciliación, quizá todavía conservara varias llaves.

¿Cuántas veces habría entrado en su casa y habría rebuscado entre sus cosas?

Kyle odiaba pensar en la respuesta a aquella pregunta.

–Voy a cambiar todas las cerraduras.

–Eso solucionaría el problema –Lourdes miró la mesa con el ceño fruncido–. Gracias a Dios, ya no tendrás que soportar más cenas salidas de la nada.

Kyle comprendió que estaba intentando hacer una gracia. Pero cuando la miró con atención, advirtió el rubor de sus mejillas y el brillo vidrioso de sus ojos y decidió que estaba un poco achispada.

–¿Has bebido?

–He pensado que no te importaría, porque habías dicho que ibas a traer más. Concentrarme en algo que no sea mi propia desgracia me ayuda.

–¿En algo como el alcohol? ¿Qué ha pasado mientras he estado fuera? ¿Has tenido alguna noticia de Derrick?

Los ojos se le llenaron de lágrimas mientras negaba con la cabeza.

–Él se lo pierde, Lourdes.

Lourdes parpadeó con fuerza.

–Sí. Eso es lo que se supone que tengo que decirme.

–En este caso, estoy convencido de que es cierto. Me pareces una gran persona.

–Y tú a mí. Es evidente que eres una buena persona. Me has acogido en tu casa.

–No me concedas ningún mérito. Se suponía que tenía que tener la casa lista para ser ocupada, ¿no?

Lourdes se aclaró la garganta y, de alguna manera, consiguió reprimir las lágrimas.

—Lo has intentado. Pero… dime una cosa, ¿te molesta que esté aquí?

Kyle recordó el esfuerzo que había hecho para encontrar a alguien que arreglara la caldera y así Lourdes pudiera marcharse. Pero no era porque le molestara.

—En absoluto.

—¿Estás seguro?

—Completamente —apoyó las manos en el respaldo de una de las sillas de la cocina—. ¿Noelle te ha reconocido?

—Al principio, no. Pero sí al cabo de unos minutos.

—Apuesto a que ha alucinado.

—Ha dicho que estaba deseando contárselo a todo el mundo en el trabajo. Por lo visto trabaja en un bar en el que ponen mi música.

—Sí, en el Sexy Sadie's.

—Le he pedido que no le diga a nadie que me ha visto.

—Eso no cambiará nada. Odio decir esto, pero deberías prepararte. Hará correr la noticia por todo el pueblo.

Lourdes se tapó la cara, se frotó los ojos y dejó caer las manos.

—Es lo último que necesitaba. A nadie le gusta que se le queden mirando con la boca abierta cuando más vulnerable se siente.

—No dejaré que eso ocurra —le aseguró Kyle—. Mientras estés aquí, me ocuparé de que no te pase nada.

—¿Y cuando me vaya a la otra casa?

Entonces él no podría hacer nada. Sería su vecino, pero no podría pasarse la vida delante de su puerta.

—Ya se nos ocurrirá algo.

Lourdes volvió la cabeza hacia la nota que Kyle había apartado.

—¿Cómo ayudaste a Noelle?

—Dándole un calentador de segunda mano.

—Qué romántico.

Kyle sonrió ante su sarcasmo.

—No pretendía serlo.

—Así que ella cree lo que quiere creer.

—Busca cualquier motivo para incordiarme. Lleva haciendo lo mismo desde que nos divorciamos. Se concentra en volver conmigo, yo no respondo y ella renuncia. Hasta que decide volver a intentarlo. A veces, cuando empieza a conocer a alguien, me da un descanso. Pero cuando la relación fracasa, se siente sola y lo siguiente que sé es que vuelve a fijarse en mí.

—Porque no hay nadie en tu vida —señaló Lourdes—. Así que piensa que por qué no puede ser ella, puesto que ya estuvo antes.

Kyle se encogió de hombros.

—Sobre eso no puedo hacer mucho.

—Quizá no. Pero podrías dejar de darle cosas, como un calentador, si de verdad quieres que te deje en paz.

—Créeme, lo he intentado. Me desquicia de tal manera que al final cedo para deshacerme de ella.

—Esto no es una acusación, y tampoco pretendo inmiscuirme en tu vida, pero si sigues acostándote con Noelle es posible que nunca te deshagas de ella.

Kyle se enderezó.

—¡No me estoy acostando con ella!

—Bueno, pues ella se está ofreciendo —señaló la comida—. Eso es lo que significa todo esto.

—Pues no me interesa.

—¿Cuándo fue la última vez?

—¿Que nos acostamos?

Lourdes asintió.

—Antes del divorcio.

—¿Y desde entonces... has estado con alguien?

Kyle estuvo a punto de soltar una carcajada.

—¿Me estás preguntando que si me he acostado con alguien desde entonces?

Lourdes hizo un gesto con la mano.

—Lo siento. No tienes por qué contestar. Me estoy dejando llevar por la curiosidad.

Por la curiosidad y por el exceso de alcohol. Pero Lourdes no vivía en Whiskey Creek y tampoco iba a quedarse mucho tiempo por allí, al menos, no el suficiente como para coincidir con mucha gente del pueblo. Así que no tenía por qué ser precavido con ella.

—Cerca de tres años —contestó.

Lourdes se frotó las manos en el chándal.

—¡Hala! Yo solo hace un mes y ya tengo la sensación de que ha pasado una eternidad.

—¿Llevas un mes sin acostarte con Derrick?

—Estamos teniendo problemas, ¿cuál es tu excusa?

—Vivo en un pueblo pequeño. Aquí no se presentan muchas oportunidades, no sé si entiendes lo que quiero decir. Y, fuera de aquí, una relación tiene que ser seria antes de... llegar a algo serio.

—Y, además, está aquella antigua llama que sigue interponiéndose en el camino. ¿Cómo se llamaba?

Kyle deseó no haber mencionado a Olivia. Quizá, si dejara de reconocer lo que sentía por ella incluso ante sí mismo, dejara de quererla.

—No hay nadie en mi vida.

—Estoy hablando de la mujer que se casó con tu hermanastro.

—Ya lo sé. Pero prefiero que nos olvidemos de ella.

—Claro, por supuesto. Y entiendo lo que dices sobre la falta de oportunidades. Yo también crecí en un pueblo pequeño ¿recuerdas? Angel's Camp no es distinto de Whiskey Creek. Pero tres años... —soltó un silbido—. Podías ir a alguna ciudad grande de vez en cuando, ¿por qué no lo haces?

—Lo haría si tuviera veinte años. ¿Pero a los treinta y ocho años? ¿No crees que salir para buscar a alguien con quien acostarse es un poco... superficial?

—Sí, no me hagas caso –dijo–. Estoy borracha.

—Y esa es la razón por la que no me estoy tomando en serio lo que dices. Además, no es solo por culpa de Olivia por lo que no hago nada más en esa faceta de mi vida. No me gusta ponerme en situaciones incómodas.

Lourdes arrugó la nariz.

—¿El sexo te hace sentirte incómodo? Jamás me lo habría imaginado.

Kyle elevó los ojos al cielo.

—No, son las expectativas las que me hacen sentirme incómodo. Y no hay nada que genere más expectativas que el sexo. La última mujer con la que estuve…en ese sentido…

—Hace tres años –le interrumpió ella.

—Sí, eso ya ha quedado claro.

Lourdes sacudió la cabeza.

—Me resulta difícil creerlo.

Kyle la ignoró.

—El caso es que la última mujer con la que me acosté se tatuó mi nombre en el brazo a las dos semanas de estar saliendo conmigo.

—Debes de ser muy bueno –dijo Lourdes riendo.

—No debía de andar bien de la cabeza.

Lourdes chasqueó la lengua.

—Parece que sacas la vena más loca de las mujeres.

—Por fortuna, no hay ningún peligro de que lo haga contigo.

—Es verdad –esbozó una mueca–. Eso ya lo ha hecho Derrick.

Aunque no le hacía ninguna gracia que Noelle hubiera entrado en su casa cuando no estaba él, Kyle tenía hambre y la comida olía muy bien.

—Hay pollo al limón.

—Te ha hecho todos tus platos favoritos.

Aquello suavizó el golpe de saber que había entrado

en su casa, que era, seguramente, lo que Noelle quería, puesto que no se había tomado muchas molestias para ocultarlo. ¿Cómo habría explicado la aparición de toda aquella comida en su casa si Lourdes no hubiera estado allí?

Habría dicho que se había dejado la puerta abierta, algo que a veces hacía, puesto que trabajaba cerca de allí y aquella era una zona sin apenas delincuencia.

—Debería guardarlo todo y dejárselo en su casa. Si acepto su comida, se animará a hacerlo otra vez.

—Pero esto te evitará el tener que cocinar. Y a lo mejor solo quiere dejar de estar en deuda contigo. Tú la has ayudado y ella te lo está agradeciendo.

—Tienes una manera muy positiva de verlo.

—Sería una pena que esto se echara a perder.

Lourdes tenía hambre, y él también.

—En eso tienes razón. Últimamente no estoy comiendo mucha comida casera —y menos desde que evitaba las comidas familiares de los domingos—. ¿Cenamos?

Lourdes rodeó la mesa y sacó una silla.

—Tenía miedo de que no fueras a decirlo nunca.

Kyle se echó a reír.

—Has leído una nota que iba dirigida a mí, has estado a punto de ventilarte el vino, ¿y no te has atrevido a comer sin mí?

—No quería pasarme —contestó Lourdes con una sonrisa traviesa.

Estaba muy guapa a pesar de su desaliño. Derrick tenía que ser un idiota, pensó Kyle mientras sacaba el pollo del horno. Lourdes había dicho que Derrick tenía cuarenta años. ¿Qué podía contarle una jovencita de veintitrés que pudiera encontrar interesante?

—¿Tienes planes para esta noche? —le preguntó Lourdes.

A Kyle le habría gustado salir a hacer algo, aunque

fuera solo. No sabía si quería pasar mucho tiempo con Lourdes. Pero ella no parecía estar en su mejor momento.

–No, me quedaré aquí a beber contigo.

–Genial. Sírveme otra copa.

Para las diez de la noche, los dos estaban bebidos. Y riéndose. Kyle no sabía por qué todo le parecía tan divertido, pero hacía décadas que no se dejaba llevar de aquella manera. Se desafiaron el uno al otro jugando a las cartas. Jugaron a encestar pelotas de ping-pong en vasos llenos de cerveza e hicieron competiciones de fuerza, pulsos incluidos, algo en lo que, por alguna extraña razón, ella insistía en poder ganar, algo ridículo, porque apenas fue capaz de oponer alguna resistencia. Kyle no podía recordar en qué momento se habían puesto a ver una película, pero cuando se despertó ya eran las tres de la madrugada, estaban tumbados en el suelo con una almohada y una manta y Lourdes dormía con la cabeza apoyada en su hombro.

Sintió una punzada de pánico al descubrirla en su brazo, hasta que se dio cuenta de que estaban vestidos.

–¡Eh! –dijo Kyle, despertándola–. Es tarde. Será mejor que nos acostemos.

Cuando Lourdes alzó la mirada hacia él, Kyle sintió una inesperada ternura. Para ser una persona tan famosa, no era en absoluto arrogante. Y, aunque tenía el pelo hecho un desastre y no le había visto con nada más glamuroso que un chándal holgado, seguía pareciéndole tan atractiva como cuando había salido del coche el primer día.

–¿Qué has dicho? –musitó todavía adormilada.

–He dicho que será mejor que nos vayamos a la cama.

Alzó la cabeza para mirar hacia la televisión, que estaba emitiendo un anuncio sobre un medicamento para adelgazar.

—¿Ha llamado Derrick?
—No lo sé —respondió Kyle—. Creo que no has mirado el teléfono.
—Bueno, eso ya es algo —le dijo—. Si continúo empapando el cerebro en alcohol, a lo mejor supero los próximos meses, cuando la ruptura aparezca en la prensa y comiencen a publicar fotografías de Crystal y Derrick.

Kyle dio por sentado que estaba de broma.
—No creo que quieras ir por ahí.
—¿Y por qué no voy a querer?

Entonces tuvo la certeza de que estaba bromeando, pero contestó como si se lo hubiera preguntado en serio.
—Estás pensando en escribir un disco. El alcohol podría interferir en tu trabajo. Además, no habría mejor venganza que tener un gran éxito sin él.

Aquello provocó en Lourdes una expresión pensativa.
—Es verdad. Nada me gustaría más. Pero si le pierdo, mi vuelta será mucho más dura. Tendré que encontrar un nuevo mánager y eso es mucho más fácil cuando estás en un buen momento. Ahora mismo, a nadie le hará mucha gracia hacerse cargo de mí.
—No des el rechazo por sentado. De todas formas, es fin de semana. Utiliza estos dos días para recuperarte y el lunes comienza a hacer llamadas.

Lourdes sacó el teléfono del bolsillo y miró la pantalla con los ojos entrecerrados.
—Ni siquiera ha intentado ponerse en contacto conmigo. No me lo puedo creer.

Kyle no podía creer que no se hubiera apartado de él. Estaban acurrucados como si... como si se conocieran el uno al otro mucho mejor de lo que se conocían.
—A lo mejor se está tomando algún tiempo para tomar una decisión.
—Si tiene que pensarse tanto si quiere estar conmigo o no, entonces soy yo la que no quiere estar con él.

Kyle le apartó el pelo de la cara.

−No le necesitas.

Ella no respondió. Kyle estuvo a punto de decir que deberían acostarse, pero ya había hecho aquella sugerencia en una ocasión y Lourdes no había reaccionado. Tenía la sensación de que necesitaba que la abrazara.

−¿Por qué no me habré enamorado de un tipo como tú? −preguntó ella.

Kyle sintió que se le tensaba la entrepierna. Lourdes le estaba mirando de tal manera que parecía estar pidiéndole un beso. Pero tenía que estar equivocado. Y, en el caso de que no lo estuviera, sabía que al día siguiente se sentirían incómodos si la besaba.

−Porque jamás serías feliz en un pueblo tan pequeño. Tú estás hecha para cosas más grandes.

−El año que viene estaré muy sola...

¿Y esperaba que él pudiera llenar aquella soledad? Kyle podía sentir la repentina tensión que había surgido entre ellos, sabía lo que significaba. Y el contacto de su mano con la piel de su cuello le tentaba.

−Pero, con el tiempo, tu corazón sanará −le aseguró−. Y conocerás a alguien.

−¿Quieres decir que lo superaré como tú has superado lo de Olivia?

Ahí le había pillado.

−¿Has tenido alguna cita?

−Sí, tengo citas de vez en cuando.

−No creo que hayas tenido muchas si llevas tres años sin acostarte con nadie.

−No he conocido a la mujer adecuada.

−A lo mejor necesitas buscarla −sonrió−. ¿Has pensado en eso alguna vez?

En aquel momento, Kyle no podía pensar en nada que no fuera la atracción que sentía hacia ella.

−He estado muy ocupado.

—Esa no es una excusa. Ni una razón.

Kyle no podía encontrar ni un defecto a su lógica. Así que no dijo nada y continuaron mirándose el uno al otro como si algo les hubiera paralizado.

—No importa —le dijo Lourdes al final, y se apartó—. No quiero hacértelo pasar mal. Es maravilloso tener un amigo aquí. Pensaba que quería estar sola para trabajar, pero soy consciente de lo mal que me sentiría estando sola en este momento de mi vida. Así que, gracias.

¿Un amigo? ¿Estaba intentando decirle algo? ¿Estaba intentando decirle que lo que le pedía el cuerpo y lo que le decía la cabeza eran dos cosas diferentes? Él no pensaba aprovecharse de aquel conflicto. Odiaría empeorar su situación.

—Tampoco eres tan difícil de aguantar.

Lourdes se apartó lo suficiente como para apoyarse sobre un codo.

—Voy a hacerte un favor —anunció.

Con las manos ya libres, Kyle se tapó un bostezo.

—¿Y es?

—Antes de irme, voy a buscar a la mujer perfecta para ti. Me aseguraré de que olvides a Olivia.

Como nada de lo que había intentado hasta entonces había funcionado, Kyle no estaba convencido de que fuera posible.

—Tú misma —le dijo.

Pero no tuvo la menor idea de hasta dónde podría llevarles aquella simple conversación hasta la mañana siguiente.

Capítulo 8

—¿Puedo hacerte una fotografía?

A Kyle le sorprendió encontrar a Lourdes levantada en la cocina. No habían dormido mucho y apenas eran las diez. Podría haberlo entendido en el caso de que no hubiera podido dormir por culpa de las lágrimas, pero no había nada que evidenciara que hubiera estado llorando. Parecía encontrarse mejor. Incluso se había duchado y se había puesto una blusa de color azul claro mucho más ajustada que aquellas sudaderas menos favorecedoras que se había puesto hasta entonces.

—¿Para qué necesitas una fotografía mía? —abrió la nevera vacía y miró el interior.

Estaba esperando que, por alguna especie de milagro, apareciera un zumo de naranja. Quizá dejado por Noelle cuando le había llevado la cena. El zumo de naranja también era una de sus comidas favoritas, ¿no?

—No tenemos nada de comer —dijo Lourdes—. Ya he revisado la nevera. A no ser que quieras comerte las sobras del pollo al limón y el arroz para desayunar, tendrás que ir a comprar.

Kyle debería haberlo hecho la noche anterior, y lo habría hecho si Noelle no les hubiera llevado la cena. El vino lo había llevado del trabajo, era un regalo que uno de sus vendedores le había enviado con motivo de la Navidad, y se había pasado por casa para saber qué le apetecía comer a Lourdes. Pero al ver toda aquella comida en la mesa, le había parecido innecesario.

—¿Para los dos?

—Yo contribuiré con los gastos, pero la compra te la dejo a ti. No quiero que me vean, ¿recuerdas?

Kyle esbozó una mueca, intentando vencer el dolor de cabeza que le asaltó en el instante en el que abrió los ojos.

—No te preocupes por el dinero. Es lo menos que puedo hacer para compensarte por los inconvenientes que te he causado. ¿Pero cómo puedes hablar tan alto? ¿No te está matando el dolor de cabeza?

—Por suerte, tenía ibuprofenos en el bolso, porque no parece que tengas analgésicos en los armarios.

—Creo que jamás he comprado uno. Ni me acuerdo de la última vez que lo he necesitado.

—Bueno, pues creo que ahora lo necesitas. Y, después de lo de anoche, he imaginado que no te encontrarías muy bien al levantarte, así que tienes un vaso de agua y dos analgésicos en el mostrador —señaló hacia allí antes de concentrarse de nuevo en lo que quiera que estuviera haciendo en el ordenador.

Había sido muy considerado por su parte anticiparse a sus necesidades.

—Entonces... ¿esto es una buena señal? —preguntó Kyle tras tomarse las pastillas—. ¿Te has puesto a trabajar?

—No. Lo que estoy haciendo es cumplir la promesa que te hice. Como solo tengo tres meses, he pensado que debía empezar cuanto antes. Además, así he tenido una motivación para levantarme de la cama esta mañana.

—Siempre tienes ese disco que has venido a escribir.

—Deja de recordármelo —gruñó—. Solo sirve para añadir más presión.

Desde luego, aquella no era su intención.

—Deduzco que no has vuelto a tener noticias de Derrick.

—En realidad, sí. Esta mañana me ha escrito un mensaje diciendo que no estoy siendo razonable.

Y aquello sugería la pregunta: ¿qué había estado haciendo Derrick la noche anterior? Lourdes no mencionó que le preocupara, así que él no lo mencionó. Sin embargo, Kyle se preguntó si aquel corto mensaje sería suficiente para cambiar la situación. A lo mejor Lourdes decidía volver a Nashville para luchar por el hombre de su vida.

—¿Y tú qué le has respondido?

—No le he dicho nada. Creo que si él ha sido capaz de dejar que me consumiera durante todo un día, yo debería tener el mismo privilegio.

Kyle le sonrió.

—Esta mañana te has levantado guerrera.

Lourdes se presionó el labio inferior con los dedos mientras miraba algo en la pantalla.

—He encontrado algo para distraerme del dolor.

—Haciéndome un favor.

—No hay nadie capaz de escribir una solicitud que resulte atractiva para una cita mejor que yo.

Kyle dejó el vaso en el mostrador y rodeó la mesa a toda velocidad.

—¡Oh, no! No vas a...

Lourdes pareció extrañarse de su disgusto.

—¿Qué pasa? No habrá una sola mujer en Single Central que no quiera contestar a este anuncio.

—Yo no concierto citas por internet.

—Es evidente, porque no estás saliendo con nadie. Eso ya quedó claro ayer por la noche.

Kyle leyó lo que había escrito hasta entonces.

—¿Me parezco a Dierks Bentley? No, claro que no. Vamos, no pongas eso.

Lourdes le miró con el ceño fruncido.

–¿Cómo vas a superar lo de Olivia si ni siquiera lo intentas?

–No es que no quiera tener citas. Es que eso de las citas por internet me parece para gente... desesperada. Sobre todo cuando se llega a mi edad.

–No es para gente desesperada. Resulta muy práctico. Sobre todo para alguien que lleva tan poco tiempo en el mercado.

–Lourdes, no.

–¡No te resistas a algo que necesitas! –replicó–. No sabes con quién podrías encontrarte. Y no te preocupes. Yo te ayudaré a revisar a las mujeres que respondan. Será fácil.

–Si tan fácil te parece, ¿por qué no creas también un perfil para ti? –imaginaba que con aquello se acabaría todo.

–No puedo y lo sabes. Además de por el revuelo que provocaría en los medios de comunicación y de los cazafortunas que darían un paso adelante, estoy enamorada de otro hombre. Eso me convierte en una persona no disponible a nivel sentimental.

Kyle abrió la boca, pero Lourdes habló antes de que pudiera contestar.

–La persona de la que estás enamorado lleva casi cinco años casada con tu hermano. Tienes que olvidarla. Ya es hora.

–Pero no puedo volver a estar con una mujer como Noelle, con una persona tan narcisista y obsesiva.

Lourdes tamborileó con los dedos sobre la mesa, como si estuviera considerando aquella objeción.

–Por supuesto, hay alguna que otra historia de terror relacionada con las citas por internet. Pero también hay mucha gente que se ha conocido de ese modo y ha terminado formando una pareja. Seremos capaces de descubrir a las indeseables y descartarlas.

—No es tan sencillo. Si fuera tan fácil distinguirlas, no estarían destrozando las vidas de personas inocentes continuamente.

—Si buscas las cualidades adecuadas, no es tan complicado —le aseguró—. No puedes dejarte engañar por una cara bonita o por un par de... bueno, ya sabes.

—¿Crees que es fácil que me deje engañar por eso?

—Eres un hombre, ¿no?

—Eso sí que es un estereotipo.

—Los estereotipos lo son por algún motivo. Te vi salivar cuando me descubriste envuelta en una toalla.

—¿Salivar? —preguntó indignado.

—De acuerdo, solo fue el brillo de tus ojos, pero bastó para dejarme claro que había pasado mucho tiempo desde la última vez que habías estado con una mujer. Y eso me lleva a pensar que podrías ser susceptible de dejarte atrapar de nuevo por un físico —pareció repensarse sus palabras—. Ahora que lo menciono, a lo mejor deberíamos trabajar primero en que consigas algún ligue. Dar por terminada tu sequía te recordaría lo que te estás perdiendo y te animaría a buscar a alguien olvidando tus prejuicios y barreras.

—No es una cuestión de barreras o prejuicios. Para tu información, tengo los mismos que todo el mundo. Vas a tener que buscar una manera de olvidar tus problemas que no sea intentar resolver los míos.

—¿Por qué? —preguntó—. Yo creo que somos amigos. Y me gustaría que fueras más feliz por haberme conocido.

—Soy feliz. Tengo muchas cosas que agradecer. Estoy satisfecho con mi vida.

Lourdes se colocó el pelo detrás de las orejas.

—Pero no puedes serlo del todo porque no tienes a Olivia.

—Ahora Olivia está con mi hermanastro, que ayer mismo me dijo que están esperando su primer hijo. Yo jamás haría nada que pudiera hacerles daño.

–Y esa es la razón por la que tienes que renunciar a ella –se volvió en la silla y apoyó el brazo en el respaldo mientras Kyle buscaba las llaves de casa–. ¿Puedes decirme por qué?

Las encontró debajo del correo, que todavía tenía que revisar.

–¿Por qué qué?

–¿Qué te llevó a hacerlo? ¿Por qué te acostaste con la hermana de Olivia?

Sus amigos se lo habían preguntado cientos de veces. No tenía una explicación. Probablemente nunca encontraría una buena respuesta. Había sido casi como estrellarse de forma voluntaria contra un muro de piedra.

–Ya te lo conté. Olivia y yo habíamos roto. Yo estaba borracho y Noelle se acercó a mí.

–Ayer por la noche también estabas borracho y te comportaste como un auténtico caballero.

A pesar de lo que había sentido. De modo que Lourdes se había dado cuenta. Pero, con los años, se había hecho más sensato, era más consciente de las consecuencias de sus actos.

–Es difícil de explicar. Yo estaba dispuesto a casarme con Olivia cuando ella decidió ir a Sacramento a montar su negocio. El hecho de que me dejara a pesar de que le había propuesto matrimonio me dejó claro que yo no significaba para ella lo mismo que ella significaba para mí.

Lourdes jugueteó con la cremallera de su chaqueta.

–A lo mejor no estaba preparada para casarse.

–A mi modo de ver, debería haberlo estado. No podía decirse que acabáramos de salir de la universidad. Mirándolo con perspectiva, comprendo que debería haber dado un paso atrás y haberle dado tiempo. Había nacido y crecido aquí, quería experimentar lo que era vivir fuera de un pueblo tan pequeño antes de comenzar a formar una familia. Pero jamás esperé que decidiera interrumpir nuestra relación, ni siquiera de forma temporal, y dejarme. Tuve miedo de que conociera a alguien y no volviera a casa. Tenía la sensación de que había ido a buscar a alguien fuera de aquí.

–Es razonable. Estabas herido y enfadado, así que lo fastidiaste todo.

–Estaba más herido que enfadado. Cuando se fue, me sentí tan solo que no sabía qué hacer con mi vida. Era como si me hubiera divorciado. Estaba acostumbrado a verla cada noche. A comer con ella, a dormir con ella. Cuando decidió irse, en vez de venir a vivir conmigo, como yo esperaba y como esperaba todo el mundo, me dejó estupefacto y desolado.

Lourdes se encogió por dentro.

–¿Y decidiste llenar ese vacío con su hermana? ¿No podías haber elegido a otra persona?

–Ahora llegamos a eso. Yo estaba apático, aburrido y sexualmente frustrado. Y no paraba de pensar en que me había abandonado. Todos los demás estaban tan impactados como yo. Casi a diario, oía a alguien recordándome que pensaba que nos íbamos a casar, como si creyeran que Olivia había decidido seguir su vida sin contar conmigo. En cualquier caso, yo intentaba llenar las horas que antes pasaba con ella en el trabajo, pero, cuando por las noches no podía dormir, me acercaba al Sexy Sadie's.

Se puso el abrigo.

–En aquella época bebí más que en toda mi vida.

–Y Noelle trabajaba allí.

–No a tiempo completo –se aclaró la garganta–. Al igual que yo, aquella noche iba como cliente.

–Y cuando llegó...

Kyle la recordó con aquel vestido rojo y ajustado que dejaba tanto al descubierto, y con aquellos tacones que hacían espectaculares sus piernas.

–Llegó y...

Enmudeció al recordar cómo se restregaba contra él mientras bailaban. Cómo le había susurrado al oído que se acariciaba a menudo fingiendo que era él.

–¿Hola? –le urgió Lourdes.

Kyle deseó apartar aquellos recuerdos de su mente. Se avergonzaba de haber caído en aquella trampa.

–Dejó muy claro lo que quería –terminó diciendo.

–Te quería a ti.

–Básicamente. Ya había intentado coquetear conmigo en otras ocasiones y yo no había tenido ningún problema para resistirme. Pero aquella noche fue más descarada de lo habitual. Y como estaba convencido de que ya había perdido a Olivia, no vi ningún motivo para rechazarla. A lo mejor incluso estaba buscando una manera de vengarme, puesto que a ella le había costado tan poco seguir haciendo su vida.

–¿Le contaste a Oliva lo que habías hecho?

Kyle se frotó la cara.

–No hizo falta. La noticia de que había ido a casa de Noelle corrió por todo el pueblo y estoy seguro de que ella tuvo algo que ver. Quería que la gente lo supiera, se sentía muy orgullosa de haber podido... captar mi atención –dijo, optando por un eufemismo en vez de utilizar la expresión más vulgar que acudió a su mente y que describía mejor la situación.

–Debió de ser horrible.

–Fue el peor año de mi vida.

–¿Le pediste perdón a Olivia?

–Al principio, no. Después de haberme acostado con Noelle, pensé que había acabado con cualquier oportunidad de volver con Olivia. Sabía que ella jamás lo superaría. Así que, durante un fin de semana desesperado, intenté mostrarme más abierto en lo que a Noelle se refería, intenté convencerme de que me había acostado con ella porque me atraía y de que no me había destrozado la vida.

—Puedo imaginarme hasta qué punto funcionó.

Kyle no había tardado en descubrir que Noelle le disgustaba tanto que apenas soportaba estar sentado a su lado. Así de bien había funcionado.

—¿Y qué pasó?

—La situación era patética —admitió—. Daba miedo la rapidez con la que habían cambiado mis perspectivas. Olivia necesitaba un año para experimentar lo que era vivir en otro lugar y montar su negocio y, de pronto, aquello no me pareció tan terrible. Me di cuenta de que había sido un auténtico imbécil al haber sacrificado mi mejor oportunidad de ser feliz.

—No estuviste solo en lo que hiciste. ¿Qué interés tenía la hermana de Olivia en acostarse con su novio?

—Tendrías que conocerla para comprenderlo. Siempre ha estado celosa de Olivia, siempre ha querido tener todo lo que ella tenía y ha intentado superarla. En parte, por eso me sentí tan mal. Había permitido que me utilizara y me convirtiera en la mejor arma que podría haber esperado encontrar.

—Por fin había encontrado un buen bate con el que golpear a su hermana.

—Exacto. Pero intentó hacerse pasar por inocente diciéndole a su familia que yo había estado intentando seducirla en secreto desde hacía años. Que estaba borracha y yo la había pillado en un momento en el que era vulnerable.

—¡Así que te echó la culpa a ti!

—Sí.

—Pero supongo que no la creyeron.

—Para ellos era más fácil creer sus mentiras que enfrentarse a la verdad: que había destruido intencionadamente la felicidad de su hermana. Tuve la impresión de que su padre no se lo tragó del todo. ¿Pero su madre? Es probable que sí.

—¿Y tú no lo aclaraste?

—Pensé que no tenía sentido discutir. No debería haberme acostado con ella. Además, de los dos, yo era el único al que Olivia podía sacar de su vida. La familia es la familia. Siempre estará ahí. Y un exnovio...

—¿Te hizo a ti más responsable que a su hermana?

—Esperaba más de mí. Lo que hizo Noelle no fue una sorpresa para ella.

—Pero supongo que, conociendo a su hermana tal y como la conocía, con el tiempo podría haberlo superado.

—Si no hubiera sido porque, cuando estaba empezando a tener alguna esperanza de que eso ocurriera, Noelle me llamó para decirme que estaba embarazada.

—¡No!

—Sí.

Lourdes se levantó y se acercó a él.

—¿Y era hijo tuyo?

—Tenía que aceptar que lo era, por lo menos hasta que naciera el bebé y pudiéramos hacer las pruebas de paternidad.

—Me dijiste que no tenías hijos. No me digas que, después de casarte con ella, resultó que el hijo era de otro.

—Es imposible decirlo. Lo perdió a los cinco meses y nos separamos poco después –si era cierto que lo había perdido.

Él solo sabía que había habido un bebé; había hecho que Noelle le enseñara los resultados de la prueba de embarazo. Pero lo que había pasado con el bebé continuaba siendo un misterio para él. Noelle había salido llorando un día del cuarto de baño, diciendo que estaba sangrando.

—¿Y ahora te ronda esperando que vuelvas con ella?

—Sabe que, ahora que Olivia está felizmente casada, nunca volveré con ella, así que, como ya te he dicho, hasta que no aparezca alguien en mi vida, es probable que siga viéndome como una oportunidad.

—Es una mujer tenaz, eso hay que reconocérselo.

—Tiene la piel muy gruesa.
—Eso es evidente. Pero no cuenta conmigo.
—¿Contigo?
—Sí. Voy a llevarte de la mano durante todo este proceso, voy a ayudarte a encontrar a alguien que sea todo lo que estás buscando. Una mujer de la que te puedas enamorar tan locamente que será como si Olivia nunca hubiera existido.

Su entusiasmo le tentaba a creer que era posible.

—Y crees que buscar una cita por internet es la manera de conseguirlo.
—Ya conoces a todas las mujeres del pueblo, ¿no?
—A todas las que están solteras y cercanas a mi edad.
—Ya es hora de que se te presenten nuevas oportunidades.

Kyle continuaba mostrándose reacio.

—Tendrían que ser mujeres de esta zona.
—¿Por qué?
—Porque me gusta vivir aquí. No pienso moverme de aquí.
—Estoy segura de que encontraremos a alguien que no viva lejos.
—Aun así, no puedo esperar que venga a Whiskey Creek si yo no quiero vivir en otra parte.
—No hace falta que intentes ser tan justo. La gente está dispuesta a cambiar de residencia para acercarse a la persona a la que ama. A lo mejor encuentras a una mujer que está buscando un cambio.
—¿A mi edad?
—¿Cuántos años tienes?
—Treinta y ocho.
—Hablas como si fueras un anciano.
—A esta edad la mayor parte de la gente ya tiene una vida estable. Y si no, comienza a ser una seria señal de advertencia de que tiene algún problema.

—En ese caso, buscaremos a alguien un poco más joven.

Kyle la miró con cierto desdén.

—¿De cuántos años?

—Veintiocho, veintinueve...

—No. Eso es casi una década de diferencia.

—¿Qué tiene eso de malo?

—En parte, fue la inmadurez de Noelle la que me agobió. Tenía la sensación de que nunca iba a crecer. En cualquier caso, el matrimonio ya es bastante difícil sin una diferencia de edad tan marcada.

—Mucha gente se casa con personas que son mayores que ellas y la diferencia de edad no supone nunca ningún problema.

—Yo creo que tendré más posibilidades de éxito si conozco a una mujer de mi edad. Una mujer de veintinueve años me parece demasiado joven.

Lourdes le miró resentida.

—¡Eh! Yo tengo veintinueve años. Y te caigo bien, ¿no?

—Tú estás descartada —dijo, y disimuló una sonrisa al ver que con aquella respuesta solo había conseguido ofenderla más.

—¿Por qué? ¿Ya te has aburrido de mí? ¿Estás enfadado conmigo?

—Claro que no. Pero no saldría contigo aunque fueras una de las mujeres que respondiera a mi perfil en internet porque eres demasiado joven.

Lourdes puso los brazos en jarras.

—¿Qué pasa?

Kyle comprendió que no le había gustado que la hubiera descartado. Pero no podía protestar porque no la tuviera en cuenta. No solo estaba en medio de una desagradable ruptura con el hombre del que estaba enamorada, sino que ni siquiera vivía por la zona.

—¿Te das cuenta de que lo haces todo mucho más difícil? —le preguntó Lourdes.

Él sabía que no era solo eso lo que la molestaba. Pero era la respuesta más prudente.

—Lo de hacerte cargo de mi vida amorosa ha sido idea tuya —señaló.

—¡Y es una buena idea! Entonces, ¿me darás una fotografía? ¡Ah, espera! Te haré una con el teléfono.

—No, olvídalo —le advirtió él—. Voy a ir a comprar el desayuno.

Estaba ya a medio camino de la puerta cuando Lourdes le llamó. En cuanto se volvió, le hizo una fotografía.

—Un segundo —dijo mientras la examinaba—. De acuerdo. Puedes irte ya.

Kyle estuvo a punto de pedirle que se la enseñara. No creía que le hubiera sacado muy favorecido. Pero pensó que sus esfuerzos estaban condenados al fracaso desde el principio. ¿Cómo iba a encontrar otra persona a la mujer perfecta para él?

—Pondré que estás buscando a alguien entre los treinta y cinco y los cuarenta años —respondió—. Pero pienso que estás dejando fuera a un enorme sector de posibles mujeres. En realidad, deberías buscar mujeres a partir de los veinticinco años.

—¡Imposible!

—¿Y de treinta? A partir de esa edad, ya estarás buscando en el mercado secundario.

—¿Mercado secundario? —repitió Kyle, agarrando la puerta—. ¿De verdad has utilizado esa expresión?

—Sí. Estoy hablando de personas que han estado casadas, tienen hijos, ex con los que tratar, etcétera.

—Quieres decir que son como yo.

—No del todo. Tú no tienes hijos. Y lo de Noelle fue una metedura de pata, no un verdadero matrimonio.

—Pero fue igual de real. Y por si has olvidado hasta qué punto, todavía utiliza mi apellido.

—Se siente orgullosa de haber estado casada contigo.

Kyle esbozó una mueca.

—Para mí es un recuerdo constante de mi propia estupidez.

—Permitiste que una mujer interesada te echara el guante y ahora, con mi ayuda, vas a librarte de ella y del daño que te ha causado.

Kyle entrecerró los ojos.

—No estoy seguro de que quiera que te metas en esto.

—¡Vamos! Ten un poco de fe en mí. Tú me has rescatado. Deja que te rescate yo a ti.

—¿Cómo te he rescatado yo?

—Cuidándome. Fue una suerte que se estropeara la caldera. Si no, no habrías entrado en mi vida cuando lo has hecho.

¿Solo estaba buscando su amistad? Después de la última noche, la situación con Lourdes era un poco confusa. El sentimiento de atracción no parecía haber desaparecido con la sobriedad. Pero, por supuesto, él no iba a permitir que la atracción por la mujer equivocada, o por cualquier otra, le hicieran tropezar por segunda vez.

—Estoy seguro de que tienes otros amigos que podrían haberte apoyado.

—No habría sido lo mismo. He estado demasiado ocupada, demasiado aislada, por culpa del trabajo como para hacer mucha vida social. Y todos tendrían algo que decir. Tú no me presionas para que rompa con Derrick, ni para que le dé otra oportunidad. Eres neutral y, al mismo tiempo, has sabido apoyarme. Es perfecto.

¿De verdad creía lo que decía? Porque estaba muy lejos de ser neutral, y aquello le preocupaba.

—No conozco a Derrick. Es probable que si le conociera te estuviera dando más consejos. Así que, por favor, no pienses que tienes que hacer nada a cambio. Ya me han buscado citas en otras ocasiones. En muchas, de hecho. Y nunca funciona.

—Esta vez funcionará. Ya lo verás. Empieza a partir de los treinta. Me lo agradecerás.

Parecía tan convencida que Kyle comprendió que no iba a poder disuadirla. Y, de todas formas, él tampoco estaba tan motivado como para resistirse. Le gustaba que se interesara por su vida sentimental, aunque fuera buscando de forma tan evidente a otra persona para él. Así que decidió dejar que se divirtiera. Él se limitaría a rechazar a cualquier mujer que no le pareciera prometedora. Podría hacerlo hasta que Lourdes perdiera el interés. No tardaría mucho en regresar a Nashville para intentar relanzar su carrera. Entonces se olvidaría de buscarle esposa. No iba a tener tiempo para ocuparse de cuestiones de ese tipo.

De modo que elevó los ojos al cielo y dijo:

—Muy bien. A partir de treinta —y se marchó.

Capítulo 9

Noelle llamó cuando Kyle estaba en el supermercado.

−No me puedo creer que tengas a Lourdes Bennett en tu casa −dijo en cuanto contestó.

Kyle había contestado a la llamada porque sentía que tenía que darle las gracias y así podría decirle que se pasaría por su casa para dejarle las fuentes. No quería que tuviera una excusa para volver a la suya. Si lo calculaba bien, podía dejárselas en la puerta de su casa cuando ella estuviera en el trabajo.

−Necesita intimidad, Noelle. Le ayudarás a no perderla, ¿verdad?

−¡Por supuesto! No se lo diré a nadie.

Kyle estaba dispuesto a apostar que ya se lo había contado a más de uno. Era probable que no hubiera hablado de otra cosa en el trabajo.

−Lo digo en serio.

−Deja de ser tan gruñón. Si al final corre la noticia, no será culpa mía.

−Claro que sí −insistió−. Eres la única que sabe que está aquí.

−¡No soy la única!

En vez de agarrar un carrito y entrar en el supermercado, Kyle se apartó a un lado, alejándose de las puertas automáticas.

—Si sabes eso es porque ya has hablado con alguien.

—Solo con Olivia, mi hermana. Tú confías en ella, ¿no? Supongo que sí, porque tú mismo se lo contaste.

Kyle suspiró y se pasó la mano por el pelo.

—Lo único que estoy diciendo es que Lourdes no quiere que la molesten, ¿de acuerdo?

—En ese caso, a lo mejor deberías dejar de contar a todo el mundo que está aquí.

—¡Solo se lo he contado a personas en las que confío! —Noelle debía de habérselo dicho a Olivia. Si no, ella jamás lo habría mencionado.

—¡Yo también!

Kyle sintió que volvía a activarse aquel tic en sus ojos.

—Muy bien, como tú quieras. No voy a discutir. Lo único que te estoy pidiendo es discreción. En cualquier caso, gracias por la cena de anoche.

—¿Te gustó?

Pareció tan encantada de oírle que hasta le permitió cambiar de tema sin protestar.

—Sí, todo estaba muy rico, de verdad.

—¿Lo ves? Sé cómo complacerte. Recuerdo cada detalle.

Kyle forcejeó contra la repugnancia que aquellas palabras despertaron en él. No podía señalar exactamente por qué albergaba sentimientos tan negativos hacia ella en un momento en el que había tenido un gesto amable. El problema era que sabía que tenía segundas intenciones. Ignorando lo de «sé cómo complacerte», puesto que era obvio que estaba refiriéndose a sus preferencias sexuales y no a sus gustos culinarios, continuó:

—Te dejaré las fuentes en tu casa. ¿Trabajas esta noche?

Si trabajaba, se pasaría por su casa cuando supiera que no estaba.

—Se suponía que tenía que trabajar, pero he estado trabajando tantas horas que he conseguido que me cambien el turno. Había pensado que podríamos llevar a Lourdes a San Francisco y enseñarle la zona.

Era imposible que hubiera dicho algo así.

—¿Estás de broma?

—¿Por qué voy a estar de broma?

—Lourdes no quiere ir a San Francisco, Noelle.

—¿Cómo puedes estar tan seguro? ¿Se lo has preguntado?

—Porque sé por qué está aquí. Ha venido a componer las canciones de su próximo disco. Sin interrupciones.

—Bueno, no puede pasarse todo el día trabajando. Podríamos salir tarde, a las ocho o las nueve. La mayor parte de los clubs que merecen la pena no están llenos hasta las diez.

Kyle reprimió la diatriba que le estaba pasando por la cabeza, en la que empezaba recordándole a Noelle que eran ex, no amigos. Solo conseguiría que le dijera que estaba siendo desagradable.

Tomó aire para no perder la paciencia y optó por un simple:

—No.

—¿No qué?

—No vamos a ir contigo.

Se produjo un momento de silencio.

—¿Entonces vais a ir sin mí?

Kyle se llevó la mano a la frente. El analgésico de Lourdes ya había dejado de hacer efecto.

—Lourdes tiene un novio. No vamos a salir a ninguna parte. Yo soy su casero. El único motivo por el que permito que se quede en mi casa es que la caldera de la antigua alquería no funciona. En cuanto la arreglen, volverá a su casa.

—¿No te gusta?

Kyle no estaba dispuesto a admitir nada.

—Es demasiado famosa para mí. No me gustaría ser blanco de tantas atenciones.

—Y nadie puede sustituir a Olivia —su voz se tornó amarga—. Créeme, puedo imaginarme lo que estás pensando.

Kyle se llevó la mano a la cabeza y cerró los ojos con fuerza hasta que alguien le tocó el brazo.

—Kyle, ¿estás bien?

Kyle abrió los ojos y vio a la señora Higgins, una anciana viuda del pueblo, mirándole con curiosidad.

Curvó los labios en una sonrisa y asintió.

—Sí, por supuesto. Estoy bien. ¿Cómo se encuentra?

—Decrépita. Pero me siento así casi todos los días. Es algo propio de la edad —bromeó antes de poner fin a la conversación.

—¿Dónde estás? —preguntó Noelle.

—Comprando en el supermercado.

—¿Por qué no te pasas por aquí? Podríamos hablar. Tengo la sensación de que cuanto más amable soy contigo, más desagradable eres tú conmigo.

Aquellas palabras no le ayudaron a relajarse, pero se esforzó en disimular su irritación.

—Perdona —le dijo cortante—. No es algo intencionado.

—Eso está mejor. ¿Entonces vas a pasar por aquí?

—No.

—¿Por qué?

—¡Porque no tengo nada de lo que hablar contigo! Te regalé un calentador, tú me lo has compensado con una cena y estoy buscando el momento de devolverte las fuentes. Me parece que es un educado intercambio.

—¿Educado? ¿No importa que hayamos estado casados? No vas a volver con Olivia, Kyle. Podrías conformarte conmigo.

Jamás llegaría a estar tan desesperado.

—Estamos divorciados, Noelle. Las personas divorciadas no continúan quedando.

—¡Eso no es verdad! Muchas continúan viéndose. Y algunas vuelven a casarse.

—Lo siento, pero en nuestro caso no va a haber reconciliación. Nunca.

—¿Por qué? Te casaste conmigo. Supongo que fue porque te gustaba.

¿Se había olvidado del embarazo? ¿Del hijo que había utilizado para obligarle a decidirse?

—He cambiado —continuó diciendo ella—. Si me dieras una oportunidad, podría demostrártelo. Pero estás demasiado ocupado guardándome rencor.

—No te guardo rencor. Y estoy siendo todo lo amable que puedo.

—Estás reprimiendo tus sentimientos porque no quieres que vuelvan a hacerte daño. Pero no te haré sufrir. Esta vez seré una esposa mucho mejor, te lo prometo.

Kyle echó la cabeza hacia atrás, pidiendo al cielo clemencia. ¿Aquello estaba ocurriendo de verdad? ¿En qué momento le había dado a Noelle alguna esperanza?

—Lo siento. No estoy interesado.

—¿No vas a considerarlo siquiera? Espera a que veas lo que llevo puesto —su voz se tornó mucho más sensual—. No serás capaz de resistirte.

—Noelle...

—Dejaré que me ates a la cama. Puede ser divertido, ¿no crees? Puedo ser tu esclava sexual durante todo el fin de semana. Te dejaré hacer cosas que jamás habrías soñado hacer con una mujer.

—¡Ya basta! —gritó—. Intentamos llevarnos bien y no funcionó.

—Pero ya no somos los mismos de antes. ¿Por qué continuar solos cuando nuestras vidas podrían ser mucho más divertidas... y confortables? Trabajo mucho, pero apenas puedo llegar a fin de mes. Tú tienes dinero, pero seguro que estás cansado de vivir sin una mujer en la cama. Cada uno de nosotros puede darle al otro lo que necesita.

—Deja de ofrecerme el sexo como incentivo. No es… —buscó una manera más amable de decir lo primero que se le había pasado por la cabeza—. No es una opción, ¿de acuerdo? Estoy bien tal y como estoy.

Noelle endureció la voz casi al instante.

—No te voy a gustar como enemiga, Kyle.

¿Qué demonios quería decir con eso?

—¿Perdón?

—Ya me has oído —contestó y colgó, dejando a Kyle rascándose la cabeza y con la mirada clavada en el teléfono.

Kyle estuvo muy callado cuando volvió. Había comprado cantidad de comida, pero no estaba de muy buen humor. Lourdes se preguntó si sería por la perspectiva de las citas *online*, por la resaca o, sencillamente, por haber tenido que ir a hacer la compra.

—¿Estás bien? —le preguntó mientras freía las salchichas y él se encargaba de las tostadas francesas.

—Por supuesto, ¿por qué?

—Pareces enfadado.

Kyle continuó batiendo los huevos en un cuenco rojo y tardó en contestar.

—¿Kyle?

—No estoy enfadado —contestó—. Solo molesto. Mi exesposa me saca de mis casillas.

—¿Has hablado con ella esta mañana?

—He contestado a su llamada porque quería devolverle las fuentes y evitar que volviera a pasar por casa.

—Te lo agradezco. Pero… supongo que a ella no le ha gustado.

Kyle la miró con expresión perpleja.

—Pretende que vuelva a acostarme con ella. Puedo parecer un idiota por lo que estoy a punto de decir, pero preferiría prescindir del sexo durante el resto de mi vida.

Lourdes le dio un codazo.

—No tendrás que prescindir del sexo durante mucho más tiempo.

Kyle la sorprendió soltando una sonora carcajada.

—¿Y tú cómo lo sabes?

—Porque ya han contestado algunas mujeres interesantes en esa página de citas. Si quieres, después de desayunar podemos echar un vistazo a las que me han parecido más prometedoras.

Aunque desapareció su sonrisa, Kyle se mostró más animado.

—¡Qué diablos! A lo mejor merece la pena intentarlo.

Cuando la madre de Lourdes llamó un par de segundos después, Kyle se ofreció a sustituirla con las salchichas, pero ella le hizo un gesto con la cabeza para que continuara con las tostadas.

—¡Hola, mamá! Siento no haberte devuelto la llamada —sujetaba el teléfono con una mano mientras con la otra les daba la vuelta a las salchichas—. He estado muy ocupada.

Ocupada rompiendo con Derrick. Se preguntaba cómo reaccionaría su madre ante aquella noticia. Sentía curiosidad, pero vaciló a la hora de mencionarlo. Su madre estaba emocionada ante la perspectiva de la boda y ella no veía ninguna necesidad de sumar la decepción de su familia a la suya. ¿Por qué no darse un tiempo para recuperarse? Al fin y al cabo, no habían fijado una fecha de boda, no habían reservado el lugar para celebrarla ni habían comprometido ningún dinero.

—Solo quería estar segura de que habías llegado a salvo y que la casa era tal y como esperabas —dijo su madre.

—La casa es perfecta.

—Es un alivio. Derrick te cuida mucho.

—¿Ah, sí? —durante los últimos seis meses, no había hecho un gran trabajo en ese sentido.

—¿No fue él el que alquiló la casa?

—Sí, claro —porque ella se lo había pedido.

—¿Se reunirá pronto contigo?

Lourdes retrocedió mientras Kyle alargaba la mano hacia el espray del aceite, que estaba en el armario que tenía encima de su cabeza.

—Ese era el plan de original, pero...

—¿Ha pasado algo?

—Derrick está muy ocupado. No sé si va a poder venir.

—Espera... ¿quieres decir que te ha dejado sola?

—Casi prefiero que no venga —contestó—. Necesito concentrarme en lo que estoy haciendo.

—¿Pero no te sientes sola? No conoces a nadie en Whiskey Creek. ¿O estás pensando ir a Angel's Camp?

—Me gustaría volver al pueblo y ver nuestra antigua casa. Y quizá incluso visitar a algunos amigos. Pero antes quiero tener el disco preparado.

Para entonces, esperaba tener un mayor control sobre la situación, ser más capaz de enfrentarse al millón de preguntas que iban a plantearle sobre el futuro de su carrera y lo que pensaba hacer a continuación.

—¿Cuánto tiempo te llevará?

—¿Quién sabe? Este disco tiene que ser el mejor que haya producido nunca. No quiero precipitarme.

Necesitaba sentirse más fuerte, más confiada, antes de comenzar a componer. Y en aquel momento se sentía como si la hubiera atropellado un autobús y la hubiera dejado tirada en la carretera. Aunque su reciente amistad con Kyle la estaba ayudando a sentirse medio humana.

—No comprendo por qué no puedes componer aquí —protestó su madre—. No creo que sea muy divertido estar allí sola, sobre todo ahora que se acercan las fiestas.

Kyle le dio un codazo, fingiendo que le estaba molestando, y ella sonrió. Por suerte, no estaba tan sola como había temido que iba a estar.

—Estoy en un lugar muy agradable.

—Pero sigues pensando en volver a casa por Navidad, ¿no?

La salchicha comenzó a chisporrotear y Lourdes le dio la vuelta.

—Todavía no lo he decidido.

—¿Es posible que te quedes allí?

—Ya te he dicho que ahora el disco es mi prioridad. Así que, si tengo que quedarme, me quedaré.

Aquello no le dejó a su madre mucho espacio para la queja. Comprendía que el futuro de Lourdes dependía de su próximo proyecto. Y estaba dispuesta a apoyar sus esfuerzos. Nadie comprendía mejor que ella las aspiraciones de Lourdes. Renate había renunciado a su sueño de forjarse una carrera como cantante para vivir en un pueblo y sacar adelante a su familia.

—¿Quieres que vayamos nosotras? Sí tú quieres, iremos.

La ternura de su madre hizo que se le llenaran los ojos de lágrimas.

—No, no tengo sitio para todas. Pero te agradezco el ofrecimiento.

—Podría ser divertido. ¿Estás segura de que estás bien? ¿Qué está pasando? ¿Por qué Derrick no se ha reunido contigo como teníais previsto?

Lourdes estuvo a punto de decirle que habían roto, pero al imaginar cuál sería la respuesta de su madre se sintió incapaz: sorpresa, indignación, decepción, enfado. Demasiados sentimientos para añadir a los que ya estaba experimentando ella. No sería capaz de soportar su compasión.

—Ya te lo he dicho, está ocupado. Y yo también.

Hablaron de sus hermanas y del árbol de Navidad que había puesto su madre. Después, Lourdes le dijo que tenía que colgar. Las salchichas ya estaban hechas y Kyle tenía una tostada francesa esperando al lado del fuego.

—A tu madre no le gusta que pases fuera la Navidad, ¿eh? —comentó Kyle cuando Lourdes dejó el teléfono en el mostrador.

—Esta será la primera vez que no la pasemos juntas.

—Podrías volver unos cuantos días.

—No. Me resultaría muy difícil. Derrick estará por allí, y también Crystal. No tendría manera de ocultar la verdad a mi familia y eso significaría que la Navidad terminaría siendo deprimente. Preferiría no hacerle eso a mi familia. Ni a mí misma.

Enero todavía sería muy pronto para enfrentarse a todo lo ocurrido. No sabía si había alguna posibilidad de que Derrick hablara con su madre mientras ella estaba fuera. Derrick siempre había estado demasiado volcado en su trabajo como para mantener una verdadera relación con su familia. Ni siquiera tenían su número de teléfono.

—Puedes celebrar la Navidad con mi familia.

Lourdes le miró a los ojos.

—¿Te refieres a Brandon y a Olivia?

—Y a su madre y a mi padre.

De alguna manera, la idea de reunirse con la familia de Kyle le resultó apetecible.

—Es una posibilidad.

Capítulo 10

Lourdes estaba encantada con las mujeres que había elegido para Kyle. Había varias propuestas de Single Central que a él también le habían parecido interesantes y atractivas. Y, por suerte, estaban los dos de acuerdo en cuál era la mejor opción.

–¿Y esta qué te parece? –le preguntó a Kyle–. Yo le he puesto un «quizá».

La fotografía mostraba a una mujer con los músculos bien tonificados y ropa de trabajo. Era atractiva.

–¿Por qué dudas? –bromeó.

Lourdes frunció el ceño.

–No me gusta lo que ha escrito en su perfil. Me parece demasiado superficial. Solo habla de culturismo y se centra demasiado en conocer a alguien que sea tan activo como ella, lo que yo interpreto como un eufemismo para decir que la persona con la que salga también tiene que vivir entregada al gimnasio.

Esperó a que Kyle leyera el perfil.

–Yo no voy al gimnasio, pero corro casi todos los días –le dijo–. Y hago pesas tres días a la semana. ¿No crees que será suficiente?

–Lo que no me gusta es la manera de abordarlo –había visto las pesas en una de las habitaciones de Kyle y era evidente que las utilizaba. Pero no parecía obsesionado con su cuerpo–. A mí me parece que tienes una visión más pragmática del deporte que la suya. Supongo que haces ejercicio para tener una vida saludable.

La expresión de Kyle indicaba que encontraba extraña aquella frase.

–¿Es que puede haber alguna otra razón?

–Sí. Para ella, el ejercicio es su vida. Ese cuerpo es como una medalla de honor.

–Nunca se sabe. A lo mejor me cae bien. A la mayoría de la gente le gusta estar atractiva, sobre todo si está soltera y quiere subir sus fotografías a una web como esta.

–Una opinión muy generosa por tu parte, pero supongo que también estará sometida a una dieta muy estricta. Una mujer no consigue tener tantos músculos como un hombre sin hacer algunos sacrificios… y tomar esteroides.

–Eso es más propio de espacios urbanos –reflexiono él–. No he visto a muchas mujeres levantando pesas por aquí.

–Pues en mi trabajo yo he visto a muchas. A mí me parece muy aburrido.

–¿Tú levantas pesas o haces algún tipo de ejercicio?

–Cuando estoy en casa, voy al gimnasio cada día. Tengo que ir si quiero mantenerme en condiciones de competir –Crystal era maravillosa–. Pero me molesta la presión de tener que estar perfecta.

–¿Pero quién te controla? Lo que quiero decir es, ¿estás segura de que no eres tú la que se impone esa presión?

–La prensa, para empezar. Deberías ver lo que dicen sobre gente como Kirstie Alley, Wynonna Judd, Garth Brooks y Kelly Clarkson.

Derrick le echaba esos nombres en cara cada vez que comía algo que no debía o no iba al gimnasio. Le decía que si no se cuidaba terminaría siendo la próxima gorda patética de la portada del *National Enquirer* y perdería popularidad, puesto que gran parte del éxito de una cantante dependía de su belleza. «Nómbrame una artista que sea fea», insistía cuando ella replicaba que su fama estaba basada en su talento. Y a ella nunca se le ocurría ninguna, a no ser que fuera una cantante que hubiera empezado años y años atrás, cuando tenía mucho mejor aspecto. Sin embargo, sí se le ocurrían montones de cantantes varones que no estaban en plena forma física. La industria era mucho más indulgente con los hombres.

En cualquier caso, aquellos comentarios de Derrick le resultaban irritantes, sobre todo porque él no hacía ningún ejercicio. «Yo no estoy bajo los focos», solía contestarle.

—Todo forma parte del mundo del espectáculo —le explicó a Kyle—. En cualquier caso, yo pasaría de esa Barbie. Estamos hablando de que encuentres pareja, no una mujer que solo está interesada en su propio aspecto.

Kyle se encogió de hombros.

—Me parece bien quedar con esas otras mujeres antes. Siempre podemos recuperar a esta más tarde.

A Lourdes le gustó que pareciera comprender lo que le estaba diciendo.

—¿Tienes una fotografía de Olivia? —le preguntó.

Kyle levantó la mirada de la pantalla del ordenador, donde había estado leyendo el perfil de otra candidata llamada Mandy Suffolk.

—¿Por qué quieres verla?

—Tengo curiosidad.

Tras una breve pausa, Kyle sacó el teléfono móvil del bolsillo y le enseñó una fotografía de una boda.

—¿Qué? ¿Eras uno de los acompañantes del novio cuando se casó con la mujer de la que estás enamorado?

—Olivia estuvo junto a Noelle cuando ella se casó conmigo. Creo que eso fue todavía peor, porque lo que yo había hecho era muy reciente.

—Lo que habíais hecho Noelle y tú –le corrigió, pero él la ignoró.

—Todavía me cuesta creer que la madre de Olivia le pidiera que nos organizara la boda –musitó.

Lourdes se irguió.

—¿Olivia organizó tu boda?

—Ahora ya no trabaja tanto. Brandon fue esquiador profesional y tiene todo el dinero que necesitan. Pero Olivia continúa organizando bodas de vez en cuando. Por ejemplo, ahora está organizando la boda de un amigo nuestro.

—Aun así, ¿organizar la boda de su hermana cuando su hermana le ha quitado el novio? Eso sí que es añadir sal a la herida.

—Les ahorró una buena cantidad de dinero a sus padres. Fue una cuestión práctica. Y, como yo mismo aprendí entonces, la familia es la familia.

—No siempre. Hay muchas familias que están distanciadas.

—En un pueblo tan pequeño como este, ese tipo de cosas es más complicado. Además, separar a las hermanas solo habría servido para castigar a los padres, que no habían hecho nada malo.

—Supongo que tienes razón.

Lourdes estudió a la novia. Era incuestionable que era una mujer muy guapa. Bastante más que Noelle. Quizá fuera aquella la razón de los celos de su hermana. A lo mejor se había sentido despreciada por Olivia y había decidido que, para variar, aquella era su oportunidad.

Brandon tampoco estaba nada mal, decidió Lourdes. Pero no iba a decírselo a Kyle.

—¿Entonces te gustan las rubias?

—No tengo preferencias –contestó él.

—Me alegro de oírlo, porque casi todas las mujeres que he elegido son morenas.

—Y me he fijado en que algunas tienen hijos —tomó el ratón y abrió algunos perfiles—. Pensaba que te oponías al «mercado secundario».

—No me opongo. Solo creo que complica la relación porque hay más variables implicadas —alargó la mano hacia el ratón y clicó el icono del correo de una mujer llamada Ruby Meyers—. Vamos a enviarles un mensaje a estas señoras, ¿de acuerdo?

—¿Vamos? —repitió él—. De ningún modo. Eso ya lo haré yo más adelante —se levantó y agarró el abrigo—. Es tres de diciembre, faltan tres semanas para Navidad. Lo que tenemos que hacer es ir a buscar un árbol.

—¿Quieres que vaya contigo? —le preguntó—. ¿Qué salga de casa?

—¿Por qué no? Nadie te verá. Podemos salir al bosque y cortar uno.

A pesar de todo, Lourdes sintió una chispa de emoción. Durante los años anteriores había estado tan ocupada con su carrera que no había prestado demasiada atención a las fiestas, y lo mismo podía decir de la Navidad. Aquello le recordó a las Navidades del pasado, cuando era una niña y salía con su familia a buscar el árbol.

—¿Lo haces todos los años?

—No. Mi asistente pone uno falso en el trabajo. Normalmente me conformo con eso, puesto que es en el trabajo donde paso la mayor parte del día. Pero... creo que te vendría bien un árbol de Navidad.

—¿A mí?

Kyle sonrió al oírla.

—No he sido yo el que ha estado llorando.

—¿Y crees que un árbol de Navidad va a solucionar mis problemas?

—No, pero no te hará daño recordar que hay otras muchas cosas importantes.

En eso tenía razón.
—De acuerdo —contestó—. Vamos.

Kyle acababa de cortar el árbol que había elegido Lourdes. Era tan grande que dudaba que cupiera en su casa, pero ella estaba tan convencida de que era perfecto que se había apostado cincuenta dólares con él.

—Estoy más fría que un témpano —se quejó Lourdes, frotándose las manos y saltando alternativamente sobre uno y otro pie—. Necesitamos un chocolate caliente.

Kyle no podía entender por qué tenía frío. No había llevado ropa apropiada para la nieve, así que él le había prestado un grueso anorak, un gorro y unos guantes. Pero, bueno, al fin y al cabo, había sido él el que había hecho todo el trabajo. No se había atrevido a dejar que lo cortara ella por miedo a que el árbol terminara cayéndole encima, aunque lo más probable era que hubiera perdido el tiempo en un vano intento de cortar el tronco a hachazos. Era evidente que nunca había utilizado un hacha.

—Podemos pasar por el supermercado y comprar chocolate para hacerlo en casa —le dijo—. O podemos comprarlo hecho en Gas-N-Go. Tú eliges.

—Pues vamos a Gas-N-Go. Lo quiero con nata.

Respirando con fuerza por el ejercicio, Kyle se estiró, intentando darse un descanso.

—No pareces muy deprimida.

—Es curioso, pero estoy contenta —admitió—. Siempre y cuando no piense en Derrick.

Por lo que Kyle había visto, no había mirado el teléfono ni una sola vez desde que habían salido, lo que le hacía pensar que todavía no había contestado al mensaje que le había enviado Derrick.

—Sí. Verme cortar un árbol es bastante emocionante.

Lourdes se echó a reír.

—Tengo que darte las gracias. Has conseguido hacerme olvidar mi depresión.

Kyle le dirigió una sonrisa irónica.

—Te encanta hacer de casamentera y hablar de todas esas mujeres que has encontrado.

Lourdes inclinó la cabeza.

—Y tú no pareces tener mucha prisa en ponerte en contacto con ellas.

—Ya encontraré el momento más adelante. Y, mientras tanto, ahí tienen mi perfil.

—¿Y eso qué significa?

—Que pueden escribirme si quieren.

—Pues sí que eres un arrogante.

—Y si dijera lo contrario, sería machista —bromeó.

Cuando Lourdes sacó el teléfono, Kyle pensó que se había decidido por fin a comprobar si Derrick había vuelto a escribir.

—¿Tienes cobertura? —le preguntó.

—No necesito cobertura. Voy a hacerte una foto —levantó el teléfono—. ¡Sonríe!

—¿Quieres otra fotografía para mi perfil? —le preguntó—. ¿Ahora vas a hacerme aparecer como un tipo que desborda alegría navideña?

—En realidad, esta fotografía es para mí. Me parece divertido verte luchar sin la ayuda de nadie contra ese árbol gigante para meterlo en la camioneta.

Kyle lo apoyó contra la camioneta y lo levantó sin ningún problema.

—Ahí lo tienes. Ahora todo el mundo en Single Central verá que no necesito ir al gimnasio —bromeó.

Lourdes soltó una carcajada. El frío transformó en vaho su respiración.

—¡Qué creído!

Después de otros diez minutos de maniobras, Kyle

por fin consiguió meter aquel maldito árbol en el lecho de la camioneta y asegurarlo.

–No me va a hacer mucha gracia cuando vea que ni siquiera entra por la puerta de casa –le advirtió a Lourdes mientras examinaba su trabajo–. Aunque vaya a ser cincuenta dólares más rico.

Lourdes se quitó la nieve de las botas golpeando los pies contra el suelo, unas botas demasiado grandes para ella, puesto que eran de Kyle.

–¿Al final formalizamos la apuesta?
–¿Hacía falta que lo hiciéramos?

Lourdes le miró con expresión escéptica.

–No quiero seguir apostando. Ahora me parece mucho más grande.

Kyle le dirigió una mirada asesina.

–No te atrevas a decir eso. He intentado advertirte, pero no has querido hacerme caso.

–Es posible que me haya equivocado –respondió Lourdes, sonriendo avergonzada–. Pero... siempre podemos cortarlo para que quepa...

Agotado, Kyle se montó en la camioneta al mismo tiempo que ella.

–La calefacción tardará un segundo en ponerse a funcionar –le avisó.

La puso a tope, pero no creía que Lourdes necesitara tanto aire caliente. Estaba prácticamente enterrada bajo sus prendas de invierno.

–Mírate –le dijo Kyle.

Alargó la mano para apartarle el gorro de los ojos, puesto que Lourdes tenía las manos inutilizadas por aquellos guantes enormes.

–Desde luego, sabes cómo divertir a una mujer –bromeó.

Kyle puso la marcha atrás.

–Yo lo he cortado, así que a ti te va a tocar decorarlo.

—Muy bien. ¿Tienes adornos?

—Ahora que pienso en ello, no —contestó—. Pero seguro que mi madre nos deja algunos.

—¿Tu madre o la madre de Brandon?

—La madre de Brandon. Mi madrastra.

—¿Qué le pasó a tu madre?

—Murió de una embolia por líquido amniótico cuando yo tenía cinco años.

—No sabía que eso podía pasar.

Kyle no sabía si explicárselo o no. No quería asustarla si en algún momento de su vida quería tener hijos.

—No es muy frecuente —esperaba que Lourdes se conformara con eso, pero no fue así.

—¿Estaba dando a luz? ¿El bebé pudo sobrevivir?

—Me temo que no. Por alguna razón, se puso de parto antes de lo previsto. Estaban intentando salvar a la que habría sido mi hermana pequeña cuando mi madre sufrió un infarto. Las perdimos a las dos.

—¡Es terrible! Lo siento mucho.

—Ojalá no hubiera pasado nunca. Pero eso fue hace mucho tiempo, así que ya está superado.

Cuando estaba a punto de abandonar el estrecho camino de tierra que habían tomado para llegar a aquel remoto rincón, sonó el teléfono de Kyle. Estuvo a punto de saltar el buzón de voz antes de que consiguiera sacar el maldito aparato del bolsillo y cuando lo sacó no estuvo seguro de si debía contestar.

—Es Derrick.

Permaneció donde estaba, dejando el motor al ralentí mientras le enseñaba a Lourdes la pantalla del teléfono, en la que aparecía un número con el prefijo de Tennessee.

Lourdes se mordió el labio.

—¿Por qué querrá ponerse en contacto contigo?

—No tengo ni idea. A lo mejor ha descubierto que fui yo el supuesto periodista que le llamó y está enfadado.

—No contestes —le pidió Lourdes.

Pero Kyle se llevó el dedo a los labios para pedirle silencio, puesto que ya había presionado la tecla para contestar.

—¿Diga?

—¿Kyle?

—¿Sí?

—Soy Derrick Meade, el mánager de Lourdes.

—Sí, me lo he imaginado cuando he visto el número. ¿Qué puedo hacer por ti, Derrick?

—No he conseguido localizar a Lourdes en todo el día. Me preguntaba si... ¿podrías pasarte por su casa para ver cómo está?

Kyle miró a la mujer en cuestión.

—Claro. ¿Hay algún motivo por el que deba preocuparme? ¿La has llamado al móvil?

—He intentado llamarla y le he puesto varios mensajes, pero no me ha contestado.

—Ya entiendo. Me pasaré por su casa y echaré un vistazo.

—Te lo agradecería.

—No me cuesta nada.

Después de cortar la llamada, Kyle dejó el teléfono entre los dos asientos.

—¿Qué quería? —preguntó Lourdes.

—Dice que no sabe nada de ti. Quiere que pase por tu casa para ver si estás bien.

—¿Por qué no le has dicho que estaba sentada a tu lado?

—Porque podría haberse dado cuenta de que la llamada que le hicimos fue falsa y la habíamos planificado entre los dos, cuando se supone que tienes que estar aislada y concentrada en tu siguiente disco.

Lourdes se quitó los guantes y el gorro.

—Voy a enviarle un mensaje —pero no reveló lo que pensaba decirle.

Capítulo 11

Kyle paró en Gas-N-Go para comprarle a Lourdes un chocolate caliente. Después se dirigió a casa de sus padres, con intención de que le prestaran unos adornos navideños. Pero cuando aparcó, vio que Brandon y su padre estaban fuera, colgando las luces. Se volvieron en cuanto oyeron el sonido de la camioneta, de modo que Kyle no tuvo oportunidad de pasar de largo.

—¡Mierda! —exclamó cuando su padre le saludó con la mano, confirmando así que le había reconocido.

—¡Ay, Dios mío! Ese es Brandon, ¿verdad? —Lourdes miraba alternativamente al hermanastro y al padre de Kyle.

—Sí, lo siento. Jamás habría imaginado que podría haber alguien fuera.

En la gasolinera, le había pedido que esperara en la camioneta mientras él corría a la tienda a comprar.

—No te preocupes. A no ser que escuchen música *country*, es probable que no me reconozcan —se volvió hacia el espejo retrovisor—. ¡Uf! De todas formas, no me reconocerían de ninguna manera con este gorro y sin maquillaje. Además, llevo puesto tu anorak. Estoy casi enterrada en él.

A lo mejor su padre no la reconocía, pero Brandon lo

haría. En el Black Gold Coffee, les había contado a él y a sus amigos que Lourdes estaba en el pueblo, así que Brandon imaginaría que era ella.

—Puedes quedarte aquí si quieres. Les diré que eres mi inquilina y que te he ayudado a buscar un árbol. Se conformarán con eso.

Pero Lourdes parecía reacia a aceptar aquella salida.

—No quiero que piensen que soy una maleducada.

—No lo harán.

Lourdes miró hacia la casa.

—¿Estará Olivia en casa?

—Es probable. Cuando no está trabajando, suele estar con Brandon.

—Entonces quiero entrar.

Kyle la agarró del brazo mientras ella alargaba la mano hacia la manilla de la puerta.

—¿Por qué?

—Porque me gustaría conocerla para saber contra quién están compitiendo mis candidatas de Single Central.

—No creo que sea una buena idea —respondió él con el ceño fruncido—. Cuanta menos gente te vea mejor, ¿no?

—No tenemos por qué explicar a qué me dedico. Y si lo averiguan por su cuenta, ya nos enfrentaremos a ello. Estamos hablando de cuatro personas, de tu familia. No voy a entrar en una habitación llena de desconocidos.

Kyle abrió la boca para decirle que, en realidad, ya se lo había dicho a Brandon, pero Lourdes salió de la camioneta antes de que hubiera podido pronunciar palabra.

Se reunió con ella delante de la camioneta.

—¡Eh, mira quién está aquí! —su padre acababa de bajar de la escalera a la que estaba subido y estaba caminando hacia ellos—. No te esperábamos hasta mañana —le dijo a Kyle—. ¿Qué ha pasado? ¿Por qué no estás trabajando?

—Es sábado —le recordó Kyle.

–¿Y para ti eso supone alguna diferencia? Porque durante estos últimos meses no ha sido así –se colocó la visera de la gorra para poder ver mejor a Lourdes–. ¿Y esta chica quién es?

Por si acaso Brandon no le había contado a nadie que tenían a una estrella de la música *country* en el pueblo, Kyle se precipitó a dar una respuesta que no revelara la identidad de Lourdes.

–Eh... mi nueva inquilina.

Pero Lourdes intervino de pronto, revelando su verdadero nombre mientras le tendía la mano.

–Encantada de conocerle.

Su padre sonrió y continuó mirándola mientras le preguntaba a Kyle:

–¿Y dónde has encontrado a esta muchacha?

–A través de una página de internet en la que se alquilan casas de todo el país.

–Ya he supuesto que no era de aquí. Me habría fijado en una chica tan guapa.

–Es de Nashville –Bob, su padre, no pareció reconocerla, lo que condujo a Kyle a creer que Brandon no había hablado de ella.

–Deberías haber puesto el anuncio mucho antes –bromeó Bob entre risas.

–No tenía ninguna casa disponible –señaló Kyle.

Brandon también bajó de la escalera.

–Me alegro de verte.

Kyle se preguntó si daría alguna señal de reconocer a Lourdes, pero no lo hizo. Se limitó a sonreír, se presentó y le estrechó la mano.

–Parece que papá te ha puesto a trabajar –Kyle señaló la guirnalda de luces que colgaba del tejado.

–Ha sido mamá la que nos ha pedido que viniéramos –le explicó Brandon–. Quería que Olivia la ayudara a hornear galletas para la fiesta de la parroquia de esta noche.

—¿Has dicho galletas? —preguntó Kyle—. ¿Ya las han hecho?

Brandon se echó a reír.

—Eso espero. Yo ya me comería una... O media docena.

Después de quitarse la gorra, el padre de Kyle se acercó a la camioneta y estudió su carga.

—¿Vas a poner árbol este año?

—Es Navidad, ¿no?

—Exacto. Pero durante muchos años, nadie se habría dado cuenta si hubiera entrado en tu casa.

Kyle se frotó las manos. Se las había lavado en Gas-N-Go, pero la savia era una de las sustancias más difíciles de quitar.

—Las cosas cambian, aunque admito que, en realidad, yo tampoco le veo mucho sentido.

—Scrooge —musitó Lourdes.

—Creo que fue idea mía —señaló el árbol que tanto le había costado cortar y fue recompensado con una sonrisa traviesa.

—Entremos en casa —Bob los condujo hacia allí—. Tu madre se va a poner muy contenta al verte.

—No tenemos por qué molestar a las cocineras. Solo queríamos llevarnos prestados algunos adornos del garaje, si es que os sobran.

—¡Claro que nos sobran! Paige tiene tantos adornos de Navidad que no sabe qué hacer con ellos. Pero no puedo dejar que te los lleves sin que pases a saludar.

—En ese caso, será mejor que entremos —dijo Lourdes con tanta dulzura que era probable que solo Kyle comprendiera cuál era su verdadera motivación.

Le estaba recordando que quería conocer a Olivia. Pero a él no le hacía ninguna gracia. Había admitido ante Lourdes lo que no había querido admitir ante nadie durante aquellos últimos seis años porque no esperaba que llegaran a conocerse. El problema era que... no podía marcharse sin herir los sentimientos de su madre.

–Muy bien. Pero será algo rápido. Apenas tenemos tiempo.

Pero una vez estuvieron dentro de la casa, fue evidente que no iba a poder llevarse a Lourdes de allí. Su madre la reconoció, aunque Kyle no podía decir si Olivia había tenido o no algo que ver en ello. Paige estuvo a punto de desmayarse antes de que Brandon dijera su nombre.

–Me encanta tu voz. ¡Tienes tanto talento! –le dijo.

Lourdes permitió que la abrazara, pero Kyle se sintió incómodo con aquellas muestras de entusiasmo. Seguro que Lourdes estaba cansada de que todo el mundo quisiera tocarla.

Sin embargo, no hizo nada que lo insinuara.

–Gracias –contestó–. Tienes una casa preciosa.

–No es muy elegante, pero a nosotros nos gusta.

Lourdes se centró entonces en Olivia.

–Y tú eres...

Kyle reprimió una sonrisa, porque era evidente que Lourdes estaba mucho más interesada de lo que estaba dando a entender.

–Es la esposa de Brandon.

–Olivia –Brandon, que les había seguido junto a su padre, añadió el nombre.

–Encantada de conocerte –dijo Olivia.

–Lo mismo digo –respondió Lourdes–. ¿Vivís cerca de aquí?

–No muy lejos –contestó Brandon–. A unos cinco minutos.

Una vez más, Lourdes intentó meter a Olivia en la conversación.

–Creo que he conocido a tu hermana.

Olivia miró a Kyle. Sin lugar a dudas, se estaba preguntando cuánto sabría Lourdes sobre su relación.

—Noelle se pasó ayer por casa para dejarme una cena con la que agradecerme lo del calentador.

—¡Ah! —Olivia suspiró—. Lo siento. No paro de decirle que no moleste a Kyle, pero...

—Estaba riquísima —dijo Lourdes.

Kyle pensó entonces en el extraño comentario que había hecho Noelle aquella mañana por teléfono, pero decidió no mencionarlo. Imaginó que era otra de las locuras de Noelle. Sus sentimientos la arrastraban en direcciones contradictorias. Tan pronto estaba enamorada de él como le odiaba.

—¿Os apetece un poco de caramelo con dulce de leche? —les ofreció Paige—. Es casero.

—¿Cómo voy a rechazar algo casero? —dijo Lourdes, y dejó que Paige la convenciera de que se sentara a la mesa de la cocina y lo probara todo.

Lourdes parecía sentirse más cómoda a medida que pasaba el tiempo, pero desviaba la mirada de vez en cuando hacia Olivia, que mostraba la misma curiosidad que ella. Cada vez que se cruzaban sus miradas, ambas sonreían y la apartaban con cierta vergüenza, y Kyle volvía a intentar sacar a Lourdes de allí. Pero Paige frustraba todos sus esfuerzos ofreciéndole a Lourdes algo a probar. De modo que tendría que esperar unos minutos más.

Al final, terminó levantándose.

—¿Por qué no nos preparas un plato para que nos lo llevemos a casa? —sugirió—. Me temo que Lourdes va a terminar enferma si sigue comiendo.

—¡Muy buena idea! —exclamó Paige.

Mientras su madre trasteaba en la cocina, Olivia se sentó al lado de Lourdes.

—¿Cuánto tiempo piensas quedarte en el pueblo?

—Si quieres que te diga la verdad, no estoy segura. Tengo mucho trabajo que hacer. Cuando lo termine, me marcharé.

—Tienes que sentirte muy sola estando tan lejos de tu casa, sobre todo en Navidad. Sé que hablo por los padres de Kyle si te digo que nos encantaría que vinieras a pasar la Navidad con nosotros.

Aquella amabilidad pareció sorprender a Lourdes. Kyle también se lo había propuesto, pero era diferente. Era Olivia la que se lo estaba ofreciendo.

—Gracias. Desde luego, me lo pensaré.

—Espero que vengas —la animó Olivia.

Y, por fin, Paige terminó su tarea. Armado con una montaña de caramelo con dulce de leche, galletas e indicaciones sobre dónde podían encontrar más adornos en el garaje, Kyle le hizo un gesto a Lourdes para que le precediera.

—¿Ahora no te arrepientes de haber querido entrar? —musitó una vez regresaron con los adornos a la intimidad de la camioneta.

Lourdes le miró con extrañeza.

—No, en absoluto. Pero me gustaría que no me hubiera caído tan bien.

—¿Te refieres a Olivia?

Lourdes esbozó una mueca.

—¿A quién si no? Sería imposible que tu madre no me hubiera caído bien.

Kyle puso el motor en marcha.

—No me digas que mi pequeña casamentera está desanimada.

—Un poco sobrepasada por el desafío al que me enfrento —contestó—. Pero he superado retos más difíciles.

Kyle se apartó de la acera.

—Exacto. Y volverás a hacerlo otra vez.

Cuando Lourdes le sonrió, Kyle supo que había entendido que no se estaba refiriendo al desafío de encontrarle pareja.

—Han desaparecido.

Kyle había conseguido meter el árbol por la puerta.

Había tenido que cortar más de medio metro de la base y la parte superior estaba aplastada contra el techo, de modo que parecía haber quedado reducido a la parte central. Pero, por lo menos, sus esfuerzos se habían visto recompensados al poder enderezarlo. Durante casi una hora, había estado pensando que tendrían que prescindir de aquel árbol y empezar de nuevo.

—¿Qué es lo que ha desaparecido? –preguntó Kyle con aire ausente mientras se sacudía las agujas de pino de la ropa.

—Todas las fuentes –contestó Lourdes–. Y hasta la comida.

Con aquella respuesta conquistó toda su atención, porque Kyle no era capaz de entender a qué se refería.

—¿Qué fuentes? ¿Qué comida?

—Las que trajo tu exesposa. Pensaba calentar las sobras para que cenáramos algo antes de ponernos a decorar el árbol, pero no queda nada...

Kyle desvió la mirada hacia la mesa, donde había dejado apiladas las fuentes vacías. Habían desaparecido, tal y como Lourdes acababa de decir.

—Trajo cuatro pechugas de pollo y solo nos comimos dos –recordó Kyle.

Lourdes se quedó helada al fijarse en algo más.

—¡Ay, Dios mío!

Aquel cambio de tono le aseguró a Kyle que su exclamación no estaba relacionada con las cuentas que había hecho de las sobras.

—¿Qué pasa?

Lourdes apartó los guantes y el gorro que había dejado en el mostrador y le entregó la nota que acababa de ver.

—«Jódete» –leyó. No estaba firmada–. Tiene que ser de Noelle, ¿verdad? –preguntó.

Kyle no conocía a nadie más capaz de fastidiarle de esa forma. Y tenía la llave de su casa.

—No puede ser de nadie más.

—Vaya. ¿Qué le ha pasado? Fue muy amable cuando hablé con ella.

Kyle continuó mirando aquella horrible palabra y la profunda marca dejada por el bolígrafo, que evidenciaba lo enfadada que estaba Noelle cuando la había escrito.

—No podría decírtelo. No creo haber hecho nada que merezca una cosa así.

—¿Está enfadada porque estoy aquí contigo? ¿Cree que hay algo entre nosotros?

En algunos momentos aislados, como la noche anterior, o cuando estaban cortando el árbol, o, incluso, cuando habían estado en casa de sus padres, Kyle había tenido la sensación de que estaba pasando algo entre ellos. Pero no podía decirlo. Si Lourdes estaba sintiendo algo parecido, se lo estaba negando a sí misma. Cada vez que la tocaba de forma accidental o que sus miradas se encontraban durante un segundo más de lo normal, sacaba a colación a aquellas mujeres que había encontrado en Single Central.

Recordó los muchos intentos que había hecho Noelle para volver a salir con él. Las llamadas incesantes, las sugerencias sobre que se dejara caer por el Sexy Sadie's cuando ella estuviera trabajando y las descaradas invitaciones que le había hecho después.

—No está consiguiendo lo que quiere, así que tiene una rabieta.

Lo había visto antes. En muchas ocasiones. Pero entonces estaba casado con ella. O compartiendo un duro proceso de divorcio. Era inaudito que estuviera ocurriéndole en aquel momento.

—¿Y qué quiere? —preguntó Lourdes.

—Que volvamos.

—¿Te lo ha dicho?

—No hacía falta que me lo dijera. Pero sí, esta mañana

me ha dicho que no hace falta que vivamos solos cuando podríamos estar juntos.

Lourdes le miró con atención.

—¿Estás seguro de que no sigues acostándote con ella? No me imagino a una mujer haciendo algo así a no ser que...

—Porque no conoces a Noelle —la interrumpió—. No he vuelto a hacer nada con ella, a pesar de sus muchos ofrecimientos. Hoy me ha ofrecido que saliéramos y yo me he negado. Eso es todo. He intentado ser amable, pero con ella es imposible. Presiona y presiona hasta que no te queda más remedio que ser brusco con ella.

—¿Deberías estar preocupada?

«No te voy a gustar como enemiga, Kyle»... Sabía que tenía carácter y no mucha conciencia, pero le costaba pensar que pudiera hacerle un serio daño a nadie. No la creía capaz de hacer algo que fuera más allá de unas cuantas mezquindades.

—No, la verdad es que no —miró alrededor de la casa, preguntándose qué otras cosas podría haber tocado. Aquella era una obvia demostración de poder, una manera de demostrarle que no estaba tan fuera de su alcance como pensaba—. Pero creo que ya va siendo hora de cambiar las cerraduras.

—¿Y crees que serviría de algo? Me dijiste que el cerrajero es su tío.

—Es un hombre en el que confío.

Mierda, ¿no se suponía que ese tipo de relaciones mejoraban con el tiempo? ¡Habían pasado más de cinco años desde que se habían divorciado!

Pero Noelle no había encontrado a nadie en todo ese tiempo. Por eso no era capaz de continuar con su vida y olvidarse de él. Le consideraba un hombre con dinero y estaba convencida de que eso resolvería todos sus problemas.

—Desde luego, esa mujer sabe cómo acabar con el espíritu navideño.

Kyle arrugó la nota y la tiró.

—Esto no es nada. No dejes que te afecte.

Sin embargo, Lourdes no parecía capaz de olvidarlo.

—A lo mejor deberíamos dormir en mi casa esta noche. No tiene la llave de mi casa, ¿verdad?

—No.

—Me alegro. No me gustaría convertirme en protagonista de un episodio de *Dateline*.

Kyle sabía que estaba bromeando, pero la verdad era que aquella repentina demostración de rabia por parte de Noelle le incomodaba, porque no había habido una provocación previa y porque no podía hacer nada para aplacarla. No iba a volver con ella hiciera lo que hiciera.

—En esa casa hace demasiado frío, ¿recuerdas? Estaremos mejor aquí.

Aunque todavía no se había quitado el abrigo y en aquella habitación hacía calor, Lourdes se frotó los brazos.

—Los amantes despechados pueden llegar a hacer todo tipo de locuras.

—Nos divorciamos hace cinco años. Supongo que eso debería suponer alguna diferencia. Es imposible que esté tan enamorada de mí como piensa.

—A lo mejor no eres tan fácil de olvidar como crees.

Se miraron a los ojos en uno de aquellos momentos en los que ninguno de los dos parecía capaz de desviar la mirada, aunque sabían que aquello no debería estar sucediendo.

—Olivia me olvidó sin ningún problema —replicó para romper el hechizo.

Lourdes le miró con el ceño fruncido.

—Todavía te quiere. La mayoría de la gente no puede decir nada bueno de sus antiguas parejas, pero Olivia te admira y quiere que seas feliz. Por lo menos, esa es la impresión que me ha dado.

—Bueno, ahora somos familia.

—Supongo que sentiría lo mismo aunque no lo fuerais.

Decidido a disimular lo que sentía cuando estaba con Lourdes, cruzó la cocina y fijó la mirada en el refrigerador.

—Debería haber enfadado a Noelle después de que nos hubiéramos terminado la comida. El calentador lo valía.

—Esta mañana has comprado muchas cosas. Prepararemos juntos la cena.

Kyle se volvió hacia ella.

—¿Sabes cocinar?

—Aunque no te lo creas.

—¿Qué piensas hacer?

—¿Qué te parece si tú vas poniendo las luces del árbol y yo te preparo una sorpresa?

Aunque habría preferido llamar a Noelle y dejarle las cosas claras, se mostró de acuerdo. El hecho de que hubiera entrado en su casa sin que estuviera él, aunque fuera para llevarse sus fuentes, evidenciaba hasta qué punto había perdido la cabeza. No importaba que hubieran estado casados. No tenía, y nunca tendría, el acceso a su casa y a sus pertenencias que había tenido en otra época de su vida. ¿Qué parte de la palabra «divorcio» no entendía?

—Me saca de mis casillas —musitó.

Pero Lourdes había utilizado el teléfono para poner villancicos y Kyle comenzó a apreciar las deliciosas fragancias que emanaban desde la cocina. No podía permitir que Noelle arruinara el buen rato que estaba pasando con Lourdes.

De modo que decidió sacar a su ex, y su desagradable nota, de la cabeza.

Capítulo 12

Derrick continuaba escribiéndole.
¿Por qué no contestas? ¿Qué te pasa? ¿Es que has perdido el juicio? ¿Sabes cuánto dinero perdería si traspasara a Crystal a otro mánager?

Le había dicho muchas otras cosas también, pero no estaba dispuesto a renunciar a Crystal. Y parecía tan convencido de que ella estaba siendo irracional que estaba empezando a dudar de sí misma. ¿Estaría malinterpretando la lógica emoción de un mánager ante una cantante con un futuro prometedor? ¿Estaría permitiendo que los celos y su miedo al fracaso después de haber apuntado tan alto arruinaran lo más valioso que tenía, su relación con el hombre del que estaba enamorada? Derrick hablaba muchas veces de la rapidez con la que sus artistas se convertían en divas. Hablaba con desprecio de aquella actitud y se la echaba en cara cuando tenía la sensación de que ella estaba sobrepasando los límites.

Pero lo que sentía no tenía nada que ver con el hecho de ser una diva. A ninguna mujer le gustaba que su prometido le prestara tanta atención a una rival. «Hagas lo que hagas, no te comportes nunca como Miriam», solía decirle él, refiriéndose a una de sus cantantes, una de la que solía quejarse a menudo.

—¿Ya has acabado?

Cuando Kyle entró en la cocina, Lourdes dejó el teléfono en el mostrador para no ceder a la tentación de continuar mirándolo y removió la salsa para la pasta que se cocía a fuego lento en la cocina.

—Estaba a punto. ¿Has acabado con el árbol?

—Sí, ven a verlo. ¡Ha quedado genial!

Lourdes rio ante aquel infantil entusiasmo.

—Ahora voy, pero antes, ¿puedes sacar el pan de ajo del horno? Se quemará si no lo sacamos pronto.

—¿De dónde has sacado el pan de ajo? —le preguntó Kyle mientras le daba un codazo para que se apartara de la puerta del horno.

—He utilizado el resto de la hogaza que compraste para las tostadas de esta mañana, le he añadido mantequilla y ajo.

—Así que sabes cómo ingeniártelas, ¿eh? Jamás lo habría imaginado en una famosa mimada como tú.

Estaba de broma. Lourdes lo supo por el brillo de sus ojos. Pero, después de lo que acababa de pensar, no pudo evitar tomárselo medio en serio. ¿Estaría comportándose como una artista mimada, consentida y caprichosa con Derrick? ¿O desde que su carrera profesional había dado un giro para peor estaría intentando hacerle sufrir tanto como ella? Aquel era uno de los últimos argumentos de Derrick. Al principio, a ella le había parecido absurdo, pero tenía que admitir que el hecho de que estuviera tan emocionado con Crystal le dolía más debido a su propia situación.

—¿Qué te pasa?

Por lo visto, Kyle se había dado cuenta de que no había interpretado sus palabras como él pretendía.

—Derrick dice que estoy dejando que mis inseguridades acaben con nuestra relación.

—Porque sabe que te está perdiendo y está asustado. Eso no quiere decir que sea cierto.

–¿Tú crees? ¿Y no es posible que yo sea más culpable de lo que nos está pasando de lo que creo? Ahora mismo no estoy en una posición de fuerza. Me siento herida. A mí me parece que él es parte del problema y no alguien en el que yo estoy desahogando mi dolor y mi enfado. Pero a lo mejor no soy la persona más adecuada para juzgarlo.

Kyle la miró durante algunos segundos.

–A lo mejor ha llegado el momento de contratar a alguien.

–¿De contratar a alguien? –repitió ella.

–A un detective privado.

Lourdes se llevó la mano al pecho.

–¿Estás sugiriendo que le espíe?

–Las dudas te están atormentando. A lo mejor, un detective privado te ayuda a olvidarte de tus miedos, puedes seguir con tu vida con más confianza y terminas casándote con Derrick, como tú querías.

O, quizá, un detective privado tuviera el efecto contrario.

¿Pero no sería mejor acabar con aquello de una vez por todas? ¿Dejar de dar vueltas a lo que estaba ocurriendo?

Se le aceleró el corazón.

–Espiarle me haría sentirme mal. No quiero ser la clase de pareja que recurre a ese tipo de cosas.

–Se está comportando de una forma tan sospechosa que me temo que no te queda otra opción. Me dijiste que él nunca admitiría que te está engañando.

No lo haría. A no ser que estuviera pensando en dejarla por Crystal, y dudaba de que Derrick confiara lo suficiente en una mujer tan joven. No querría terminar sin ninguna de ellas. Derrick siempre tenía que tener una relación sentimental. Odiaba estar solo.

–Si la prefiere a ella, el tiempo lo dirá.

–Estoy seguro de que es consciente de todo lo que ha

encontrado en ti. Si te está engañando, no creo que sea porque esté buscando otra pareja. Solo busca un poco de diversión.

A Lourdes no le costó imaginar a Derrick justificando su relación con Crystal diciéndose a sí mismo que no significaba nada a nivel sentimental. Aquello la hizo sentir náuseas.

–Él quiere tenerlo todo.

Kyle se encogió de hombros.

–No estoy intentando hacerte llegar a ninguna conclusión. No podemos estar seguros.

–Pero podríamos averiguarlo si contratara a un detective.

–Es una posibilidad, si contratas a uno bueno.

Repentinamente temblorosa, Lourdes tuvo que agarrarse al mostrador para mantenerse firme.

–Pensaré en ello.

Llevaron la comida a la mesa. Pero antes de sentarse, ella insistió en ir a ver el árbol, puesto que Kyle había mostrado tanto entusiasmo por enseñárselo.

–¡Es precioso! Has hecho un gran trabajo.

Orgulloso de su esfuerzo, Kyle puso los brazos en jarras.

–Gracias. Ahora ya puedes terminarlo tú –bromeó.

–Claro, lo haré, siempre y cuando pueda llevármelo a mi casa –respondió.

Kyle la miró con un falso ceño.

–¡No me digas que vamos a tener que pelear por la custodia del árbol!

Lourdes sonrió. Kyle no solo era un hombre atractivo, sino que también era encantador. Su padre debía de parecerse a Kyle cuando su madre le había conocido: un hombre comprometido con el pequeño pueblo en el que había crecido, seguro de lo que quería hacer con su vida y encantado de mantenerse lejos de los focos. De otro modo, ¿cómo iba a haber permitido Renate que la hiciera renunciar a sus sueños?

—No habrá ninguna batalla legal, a no ser que estés dispuesto a pelear por el árbol.

—Jamás lo haría. No, cuando sé que para ti significa mucho más que para mí. Pero... —chasqueó la lengua—, pero tampoco quiero sacarlo de aquí. Lo que espero es que termines cambiando de opinión.

—Bien pensado. Porque, ahora que lo pienso, no creo que me interese tanto como para querer llevármelo.

—Me encantan las mujeres razonables —le guiñó el ojo y comenzó a dirigirse hacia la cocina, pero ella le agarró del brazo.

—Voy a seguir tu consejo y...

Tragó saliva cuando Kyle se volvió para mirarla. Su cuerpo reaccionaba de manera muy visceral a su cercanía y siempre la pillaba con la guardia baja. ¿Cómo era posible que fuera tan consciente de otro hombre cuando estaba tan afectada por todo lo que estaba pasando con Derrick?

—¿Y? —la urgió Kyle.

—Y contratar a un detective privado.

Kyle frunció el ceño.

—Es posible que te cueste un par de los grandes. Deberías pedir el presupuesto por adelantado.

Lourdes asintió, dejando claro que le había entendido.

—Aun así, merecerá la pena. Tengo que descubrir si mis dudas tienen algún fundamento.

Callie se puso de parto aquella misma noche. Kyle recibió la llamada cuando acababan de terminar de cenar y estaban intentando decidir la película que iban a ver. Después de la resaca de aquella mañana, no tenían planeado volver a beber.

–Pero... ¿no es demasiado pronto? –le preguntó a Levi, que le estaba llamando a través de Bluetooth mientras llevaba a su esposa al hospital.

Lourdes dejó de retirar los platos de la mesa.

–Está en la semana treinta y seis –le explicó Levi–. Podría ser peor.

«Podría ser peor» no era precisamente la respuesta tranquilizadora que Kyle esperaba. La ansiedad que transmitía la voz de Levi empeoró la suya.

–Muy bien. A las treinta y seis semanas... está bien –dijo, aunque había oído decir a Callie que un embarazo completo duraba por lo menos cuarenta.

Un mes de diferencia. ¿Sería muy importante? En lo que se refería a la formación de un bebé, cuatro semanas podían significar mucho.

–¿Puedes encargarte de llamar a todo el mundo? –le pidió Levi–. Necesito concentrarme en... en ella.

Y combatir su propio miedo.

–Claro, por supuesto. Ya me encargo yo. Tú encárgate de llevarla al hospital y pronto nos veremos todos allí.

–¿Qué pasa? –preguntó Lourdes cuando le vio colgar el teléfono.

Kyle recordó a Callie tal y como estaba la última vez que se habían reunido en el Black Gold, intentando encontrar una postura cómoda en la silla.

–Una de mis mejores amigas está a punto de dar a luz.

–Todo saldrá bien –la tranquilizó Lourdes, interpretando correctamente su expresión preocupada–. Por supuesto, que un niño nazca cuatro semanas antes de lo previsto no es lo mejor, pero tiene muchísimas posibilidades de salir adelante.

Kyle sintió una repentina emoción que estuvo a punto de llenarle los ojos de lágrimas. Su madre había muerto al dar a luz y ella había entrado en la sala de partos sin ningún problema de salud.

–No me preocupa el bebé. Por lo menos... no tanto como su madre.

–Tú mismo me dijiste que ese tipo de embolias no son frecuentes.

–No. Pero Callie estuvo a punto de morir por una enfermedad hepática hace unos años –le explicó–. Encontraron un donante en el último momento y pudieron hacerle un trasplante. Está muy bien desde entonces, pero tiene que tomar muchos inmunodepresores y eso la hace más proclive a sufrir enfermedades e infecciones. Tener un hijo con una salud tan precaria es tentar al destino, si quieres saber mi opinión. Si fuera mi esposa, no le habría permitido pasar por esto.

Lourdes llevó los últimos platos al fregadero.

–Siento que lo esté pasando tan mal. ¿Qué provocó la enfermedad?

–Tenía un hígado graso no alcohólico, y no me preguntes la causa, porque parece que no lo sabe nadie.

–¿Entonces fue un embarazo accidental? ¿Fue algo inesperado?

–No. Su médico le dijo que los embarazos en su situación eran relativamente comunes. Había algunos riesgos añadidos, por supuesto, pero ella estaba dispuesta a correrlos para formar una familia junto a Levi –buscó su abrigo.

Lourdes agarró la guitarra y se sentó en el sofá. No la había tocado desde que se había instalado en su casa, pero Kyle se había fijado en que siempre la tenía cerca.

–Siempre se puede recurrir a la adopción.

–Levi dice que él estaba abierto a esa posibilidad, pero que ella quería tener al menos un hijo biológico.

–Así que él tuvo que aceptarlo para hacerla feliz. Supongo que es normal que un hombre que ha visto sufrir tanto a su mujer esté dispuesto a hacer algo así.

El recuerdo de cuando estaban en el hospital, esperando a saber si Callie sobreviviría al trasplante estaba grabado en la mente de Kyle como uno de los más tensos de su vida.

—Pero podría perderla. Todos podríamos perderla.

Lourdes se colocó la guitarra en el regazo y apoyó el brazo en ella.

—Espero que no sea así.

—Yo también —Kyle alargó la mano hacia las llaves que había dejado en el mostrador—. Tengo que ir al hospital. ¿Estarás bien sola?

Sabía que Lourdes había llegado a Whiskey Creek buscando la soledad, pero se le hacía raro salir con tanta precipitación y dejarla allí, en su casa, cuando pensaban pasar juntos la velada.

—Por supuesto.

Estaba ya llamando a Dylan y Cheyenne para comenzar la cadena con la que alertarían al resto del grupo cuando Lourdes le alcanzó en la puerta.

—¿Puedes ponerme un mensaje para ver cómo va todo? Sé que es raro que te lo pida porque ni siquiera conozco a Callie, pero no puedo evitar estar preocupada.

Dylan acababa de contestar el teléfono, así que Kyle se limitó a asentir y salió corriendo.

Las horas iban pasando una tras otra. Los mensajes que Lourdes recibía de Kyle eran escasos y distanciados en el tiempo, puesto que tenía que salir del hospital para enviárselos. Pero, en cualquier caso, no tenía mucho que contar. Lourdes sabía que no iban a hacerle a Callie una cesárea. Los médicos pensaban que era preferible un parto natural. Pero hasta allí llegaba toda la información.

Intentó distraerse de la tentación de llamar a Derrick buscando en internet las complicaciones con las que podría encontrarse la amiga de Kyle. Encontró una página en la que decían que el cuarenta por ciento de los hijos nacidos de mujeres con un hígado trasplantado eran prematuros, de modo que casi era una suerte que el embarazo de Callie hubiera durado tanto como lo había hecho. Podría haberse adelantado mucho más que cuatro semanas.

En cualquier caso, Callie continuaba enfrentándose a una larga lista de peligros: tensión alta, infección de riñones, preclampsia y colestasia, por citar unas cuantas. El bebé también soportaba una buena dosis de peligros: raquitismo, hepatitis B, hepatitis C, varias infecciones e inmunodeficiencias e incluso algún defecto de nacimiento. Para empeorar las cosas, no se habían hecho suficientes pruebas como para determinar los efectos que algunos medicamentos podían tener sobre el bebé. Lourdes ni siquiera podía imaginar lo que Callie estaba tomando, por supuesto. Podrían ser corticoides, ciclosporina, azatriopina, tracrolimos y toda una serie de medicamentos que había visto en diferentes webs. Era muy probable que estuviera tomando varios. Todo lo que leía sugería que una persona en su situación tenía que estar muy medicada y Kyle así se lo había dicho.

Era lógico que estuviera preocupado. Ella también lo estaba. Pero leer sobre el parto la hizo sentirse incómoda por otras razones. Estaba convencida de que quería ser madre algún día, pero no era muy probable que lo consiguiera si su vida continuaba siendo como hasta entonces. Derrick no parecía interesado en tener hijos. Nunca hablaba de ello y cuando ella sacaba el tema intentaba aplazarlo para otro momento. Lourdes tenía la sensación de que, a los cuarenta años, debería estar más interesado si de verdad deseaba ser padre. Pero los dos estaban demasiado inmersos en los constantes desafíos que planteaba el mundo de la música. Perseguir el éxito era como una droga que consumía sus vidas hasta tal punto que, cuando estaba en Nashville, nada más importaba.

Allí, en Whiskey Creek, se había visto obligada a preguntarse si perseguir su sueño la estaba obligando a renunciar a otros aspectos importantes de su vida.

«Ya basta», se dijo a sí misma. Incluso en el caso de que pudiera superar sus problemas con Derrick, no podría tener un hijo pronto. Su carrera se hundiría para siempre si tenía que retirarse durante varios meses. Intentar levantarla después sería tan difícil como había sido lanzarla. ¿Y cómo iba arreglárselas durante las largas jornadas de trabajo y con aquellos horarios nocturnos para cuidar a un recién nacido?

Se acercó al sofá y rasgueó la guitarra, pero no podía quitarse de la cabeza la idea de que estaba a punto de decidirse por uno de dos caminos muy diferentes. Aquello la hizo recordar un poema de Robert Frost, *El camino no elegido*. Todavía era capaz de recitar algunos versos «Dos caminos se bifurcan en un bosque amarillo...».

¿Podría ser aquel bache en su carrera una llamada de atención?, se preguntó. Una oportunidad para tomar distancia y analizar su vida, para decidir si de verdad estaba dispuesta a renunciar a todo lo demás a cambio de la fama y el dinero.

Sonó su teléfono. Cuando lo levantó de la mesa del comedor, vio que era Derrick y lo silenció. Pero como siguió llamando una y otra vez, al final decidió contestar.

—¿Qué quieres? —le espetó.

Con la inseguridad que sentía sobre su relación y sobre otros muchos aspectos de su vida, no estaba en condiciones de hablar con él.

—No te enfades. Vamos, Lourdes. Te echo de menos. No puedes tomarte en serio lo de Crystal.

Había estado bebiendo. Lourdes lo notó por su forma de arrastrar las palabras.

—¿Que no me enfade? ¿Crees que es eso lo que me

pasa? ¿Que estoy enfadada y cuando me calme lo olvidaré todo?
—Eso es lo que espero. Debes de estar con la regla para estar de tan mal humor.
Lourdes apenas podía creer lo que estaba oyendo.
—¿No se te ocurre otra manera mejor de despreciar mis sentimientos y mis preocupaciones? ¿O de faltar al respeto a las mujeres en general?
—No lo sugeriría si no fuera verdad. Siempre te pones así cuando llega ese momento del mes.
—No, no es verdad —contestó, y empezó a caminar—. Lo que me está causando problemas, y me parece legítimo, es toda la atención que le estás prestando a Crystal. Y llevo teniendo el mismo problema desde hace meses. ¡No sé cómo te atreves a echar la culpa a mis hormonas!
—Estás celosa. Es así de sencillo.
—¡Y además siento que me estás engañando!
—¡Mujeres! —gritó él—. Sois todas iguales. ¿Por qué tenéis que ser tan condenadamente inseguras?
Lourdes agarró el teléfono con fuerza. Ya estaba harta de aquella discusión, pero la actitud desdeñosa de Derrick la enfureció.
—Si estás diciendo que tu exmujer se comportaba igual que yo, tenía motivos para ello. La engañaste, y supongo que más veces de las que me dijiste.
—Porque no me hacía feliz.
—¡Entonces deberías haberla dejado!
—No debería haberte contado nunca lo que pasó —replicó él—. Sabía que terminarías echándomelo en cara.
—¿Solo la engañaste una vez?
—Hubo un par de mujeres más, pero eso fue cuando el matrimonio ya estaba roto. No había manera de salvarlo. Y yo tampoco tenía ningún interés en hacerlo.
—De modo que sí, la engañaste varias veces —giró al llegar al extremo más alejado de la habitación—. ¡No te

atrevas a comportarte como si fuera yo la que ha hecho algo malo!

—Compartí contigo algo que no le había contado a nadie. Lo único que te estoy pidiendo es que me dejes respirar.

¿Estaría siendo desconsiderada y poco razonable? ¿Se estaba comportando como una arpía al sacar a relucir el pasado?

Para ayudarse a resistir las ganas de continuar discutiendo, se clavó los dedos en las manos.

—Solo quiero saber la verdad, Derrick —dijo con calma al cabo de unos segundos, mientras se detenía al lado de la mesa del comedor—. Si vamos a seguir juntos, quiero que haya sinceridad entre nosotros.

—¡No estoy enamorado de Crystal!

Una vez más, Lourdes tuvo que reprimir los sentimientos que se agolpaban en su cerebro y querían escapar por su boca.

—Esa no es la cuestión. Lo que te estoy preguntando es que si te has acostado con ella y eso puedes contestarlo con un sí o con un no.

A aquellas palabras les siguió un largo silencio. A medida que se alargaba, iba a aumentando el frío de Lourdes. Era evidente que Derrick tenía algo que decir.

—¿Derrick? —dijo en tono de súplica—. Dime la verdad. ¿Te has acostado alguna vez con ella?

—Maldita sea, Lourdes. ¿Por qué tienes que presionarme? Sí, nos hemos acostado una vez, ¿vale? Nos quedamos trabajando hasta tarde y... y nos dejamos llevar. Te lo habría contado, pero sabía que le habrías dado mucha más importancia de la que tiene.

El cuerpo entero de Lourdes se había debilitado al oír aquel sí. Apenas le quedaban fuerzas para seguir en pie y con el teléfono al oído. Podía oír a Derrick hablando, suplicando e intentando convencerla de que le perdonara. Oyó al menos un «te quiero» en algún momento. Al cabo de un rato, Derrick se interrumpió, esperando, obviamente, algún tipo de reacción, pero ella no era capaz de arrancar una sola palabra de sus propios labios. En su cerebro sonaba una voz incesante, un grito ensordecedor que repetía: «¡Acaba de admitirlo! ¡Acaba de admitirlo! ¡Yo tenía razón!».

–¿Lourdes? ¿Todavía estás ahí? Tienes que creerme, cariño. Fue una estupidez, algo mecánico. No significó nada, te lo juro.

Mareada, Lourdes regresó al sofá, apoyándose en diferentes muebles para no perder el equilibrio. Después, se dejó caer en él y apoyó la cabeza en las rodillas.

–¿No vas a decir nada? –preguntó Derrick–. Adelante, grita, me lo merezco. Pero quiero que sepas que... que no fue culpa tuya. Y que no tiene nada que ver con lo que siento por ti.

Lourdes apretó los ojos con fuerza y se obligó a respirar.

–¿Cariño? No te lo tomes demasiado a pecho, por favor. Quise decírtelo desde el principio, tienes que creerme. Pero estabas demasiado susceptible con todo lo relacionado con Crystal. Y has sufrido ese... ese terrible revés en tu carrera. No quería añadir otro disgusto.

¿Entonces por qué lo había hecho? Por lo visto, mientras ella estaba intentando superar aquel duro contratiempo él se había dedicado a acostarse con Crystal.

–Siempre pensé que terminaría diciéndotelo, pero no creo que este haya sido un buen momento –estaba reconociendo cuando Lourdes volvió a escucharle.

–¿Y cuál habría sido un buen momento? –le preguntó casi sin respiración–. ¿Después de que nos casáramos?

–No teníamos ninguna prisa en casarnos. Ni siquiera hemos puesto una fecha para la boda.

–Por culpa de todo esto.

Derrick se quedó en silencio.

Cuando se levantó, Lourdes estuvo a punto de vomitar la cena. A duras penas consiguió retenerla en el estómago. Pero una especie de necesidad masoquista por descubrir todos los detalles la ayudó a serenarse.

−¿Cuántas veces?

−Una, solo una.

¿Como la única vez que había reconocido haber engañado a su esposa?

−¿Cuándo?

−Hace un mes. Y no ha vuelto a pasar nada desde entonces.

A Lourdes se le llenaron los ojos de lágrimas, que no tardaron en rodar por sus mejillas. Sorbió por la nariz, intentando contenerlas.

−No llores −le pidió Derrick−. Me odio por todo lo que ha pasado.

Lourdes se secó la mejilla con la mano.

−¿Entonces por qué no le pides que se busque otro mánager?

−Porque, como te he dicho, fue una noche estúpida, un error. No hace falta que eso lo arruine todo. Mi carrera depende de los artistas a los que represento. Y tú me necesitas para mantener los contactos con la industria. Solo así podré llevarte de nuevo a la cumbre.

¡Ah, aquella era su justificación! Quería mantener a Crystal por ella, aunque le estuviera suplicando que no lo hiciera.

−Tengo que colgar −le dijo Lourdes.

−¿Qué quieres decir? Apenas estamos empezando a hablar. Dijiste que querías que fuera sincero, así que he decidido decir la verdad. No me cortes ahora solo porque he hecho lo que me has pedido.

Era una respuesta tan absurda que Lourdes no sabía ni por dónde empezar a explicarle que no estaba obligada a nada por el hecho de que hubiera decidido confesar.

–¿O qué? ¿O la próxima vez no me lo contarás?

–No... –pareció vacilar durante algunos segundos antes de encontrar una respuesta aceptable–. No va a volver a pasar, te lo prometo.

Pero Lourdes sabía el valor que tenía aquella promesa. Ya había prometido, tras engañar a su esposa, que aquello no volvería a ocurrir.

De pronto, comenzó a darse cuenta de que lo de menos era que Crystal encontrara otro mánager. Crystal no era el problema. El problema era Derrick.

–Seguiría hablando –le dijo entonces–, pero no hace falta que continuemos con esta conversación.

–¿Por qué?

–Porque lo que quiera que tuviéramos ha terminado –contestó con tristeza, y colgó.

Capítulo 13

Cuando Kyle volvió ya eran las tres de la mañana, así que le sorprendió encontrar a Lourdes despierta. Tenía la guitarra en el regazo, pero no estaba tocando. Estaba viendo la televisión.
—¿Qué ha pasado? Has dejado de enviarme mensajes —le dijo Lourdes.
Dejó la guitarra a un lado y se acercó a él en cuanto entró.
—Lo siento. Cuando empezó a hacerse tarde, pensé que te habrías acostado. No quería despertarte haciendo sonar tu teléfono a cada rato.
—No me habría importado, estaba preocupada.
Y también había estado llorando. Kyle lo supo porque tenía los ojos hinchados.
—¿Estás bien? —le preguntó.
—Sí —alzó la barbilla como si no entendiera por qué se lo había preguntado—. ¿Cómo está Callie? Eso es lo único que importa ahora.
Kyle sonrió con cansancio.
—Pues al final no había motivo de preocupación.
—¿Así que ha dado a luz sin complicaciones?
—Los médicos siguen vigilándola de cerca, pero... sí.
—¡Es maravilloso!

Kyle apenas podía mantener los ojos abiertos. Los efectos de la adrenalina que había saturado su cuerpo durante el parto de Callie le habían pasado factura durante el largo viaje desde el UC Davis Medical Center de Sacramento.

–Está feliz.

–Supongo que eso significa que el bebé también está bien.

–Sí. Aiden ha nacido con bajo peso, solo pesa dos kilos y doscientos cincuenta gramos, pero, por lo demás, está perfecto. Por lo que dicen los médicos, los pulmones son los últimos órganos en formarse, así que le están observando por si hubiera un posible neumotórax. Es una complicación que se da cuando los agujeros en el tejido pulmonar permiten escapar el aire. Si ocurriera en más de una ocasión, tendría que recibir oxígeno, y, en el caso de que eso no funcionara, le insertarían un tubo en el pecho hasta que cierren los agujeros. Por algún motivo, es más común en niños prematuros que en niñas.

Lourdes dejó la guitarra en un lugar más seguro.

–Aun así, es una buena noticia. Supongo que Levi estará tranquilo al ver que todo ha salido bien.

A Kyle le sorprendió que recordara el nombre de Levi.

–Pues sí. Nunca le había visto tan emocionado como esta noche –rio para sí al recordar a su amigo con los ojos llenos de lágrimas–. Siempre ha sido un tipo duro, un hombre de pocas palabras. Ya nos meteremos con él más adelante.

–Si es tan duro como dices, sabrá aguantarlo.

–Ya ha tenido que recibir su buena dosis de bromas en el grupo –dejó las llaves en el mostrador–. ¿Ya estás lista para ir a la cama?

Lourdes asintió.

Kyle quería preguntarle por Derrick, saber si había

pasado algo mientras él estaba fuera, pero se contuvo por miedo a que pudiera afectarla, sobre todo, justo antes de ir a la cama.

—Me alegro de que mañana sea domingo —musitó.

De lo único que tendría que preocuparse sería de ir a comer a casa de sus padres.

—Desde que he llegado aquí, no hay dos días iguales —comentó Lourdes.

—Lo serán cuando empieces a trabajar.

—Sí, claro.

Pero sus palabras no transmitían demasiada convicción. Aun así, él no lo discutió. Mientras Kyle se volvía hacia el fregadero para llenar un vaso de agua, Lourdes apagó la televisión.

—Buenas noches —le dijo Kyle.

—Buenas noches —contestó ella—. Me alegro de que tus amigos estén bien. Y también el bebé.

—Gracias.

Para cuando Kyle llevó de nuevo el vaso al fregadero y salió al pasillo, la puerta del dormitorio de Lourdes ya estaba cerrada. Pero en el momento en el que se acercó a ella, Lourdes la abrió.

—Por cierto, ya no voy a necesitar ningún detective privado para espiar a Derrick, así que no hace falta que lo busques.

Kyle hundió las manos en los bolsillos y se apoyó contra la pared.

—¿Eso qué significa? ¿Ha conseguido convencerte?

—No —sonrió—. Ha admitido que tuvo una aventura.

Kyle se enderezó impactado.

—Creía que habías dicho que nunca lo admitiría.

—Jamás habría imaginado que llegaría a reconocerlo.

¿Cómo le habría hecho confesar? Abrió la boca para preguntárselo, pero Lourdes no le dio oportunidad. Volvió al interior del dormitorio y cerró la puerta con suavidad.

A la mañana siguiente, Kyle no vio a Lourdes hasta casi la hora de ir a casa de sus padres. Esta salió del dormitorio agarrándose la cabeza como si tuviera resaca, aunque él no creía que hubiera bebido la noche anterior. No tenían vino. El único alcohol que había en la casa eran los licores que guardaba en el fondo del armario y que no había vuelto a abrir desde Halloween.

—¿Te duele la cabeza? —aventuró mientras bajaba el volumen del partido de fútbol que estaba viendo por la televisión.

Lourdes localizó su bolso en el mostrador y comenzó a rebuscar en su interior.

—Creo que tengo jaqueca.

—¿Sueles tener jaquecas?

—No, pero tengo la cabeza a punto de explotar, así que supongo que es algo más que un simple dolor de cabeza.

Después de tomarse un par de pastillas, volvió de nuevo al pasillo.

Kyle se levantó, fue tras ella y llamó a la puerta del dormitorio.

—¿Quieres que te prepare algo de desayunar? —le dijo a través de la puerta—. A lo mejor te sientes mejor si comes algo.

—No, gracias —respondió—. Solo necesito dormir.

Kyle se preguntó si debería presionar algo más. Seguramente, comer algo saludable la ayudaría.

—No deberías tomar analgésicos con el estómago vacío.

Como Lourdes no respondió, regresó a la cocina, hizo unos huevos revueltos y se los llevó junto a una tostada hasta su puerta.

–¿Lourdes? –dijo, y volvió a llamar sin obtener respuesta–. Voy a entrar. Tápate.

Como ella no le pidió que no lo hiciera, abrió la puerta y se encontró con una habitación a oscuras y con un ligero olor a su perfume. Lourdes tenía las persianas cerradas para no dejar pasar el sol y toda ella, salvo algún mechón de pelo, estaba enterrada debajo de las sábanas.

Kyle le dejó el plato en la mesilla de noche.

–¿No quieres comer? –le preguntó.

–No intentes ayudarme –contestó con voz débil–. Y no esperes que sea demasiado amable. Necesito un par de días para compadecerme de mí misma.

–Puedes compadecerte de ti misma todo lo que quieras. ¿Pero también tienes que morirte de hambre? ¿De qué te va a servir dejar de comer?

El teléfono de Lourdes comenzó a sonar. Kyle miró hacia la mesilla de noche, que era donde estaba el teléfono, pero ella ni siquiera se movió. En la pantalla identificaban a la persona que llamaba como «Cerdo».

–Debe de ser Derrick –le dijo.

–No quiero hablar con él.

Tras un par de zumbidos, se activó el buzón de voz.

–Tengo que irme –le dijo Kyle–. He quedado a comer con mis padres, ¿te acuerdas?

–Que te diviertas.

Kyle dejó el teléfono a un lado para colocar mejor el plato y se sentó en el borde de la cama.

–Escucha, siento lo de Derrick.

–Mejor haberlo averiguado ahora que más adelante –contestó ella.

Por lo menos, eso era lo que se decía a sí misma. Su respuesta llegó a Kyle amortiguada por las sábanas.

–Exacto. Es una suerte que no te hayas casado con él. Y que no tengáis hijos.

–No digas eso –farfulló ella–. No menciones a los niños.

Lo único que él pretendía era animarla sin restarle importancia a lo ocurrido.

–A lo mejor te parezco demasiado pragmático, pero es la verdad.

De pronto, Lourdes apartó las sábanas y le miró.

–¿Qué voy a hacer ahora?

–Vas a levantarte de la cama y vas a salir adelante.

–¿Cómo?

–Podrías empezar comiendo algo –le acercó el desayuno–. ¿Qué te parece? Como primer paso, no es muy difícil, ¿no?

Lourdes agarró el tenedor con aire taciturno y se metió un pedazo de huevo en la boca.

–Hace dos años por estas fechas estaba en París con Derrick. Hizo que me enviaran cuatro docenas de rosas de tallo largo y los mejores bombones que he comido en mi vida.

Kyle sonrió.

–Si sirve para animarte, puedo traerte bombones y flores.

Lourdes resopló mientras dejaba el tenedor.

–No estoy insinuando que quiera flores y bombones. Lo que quiero decir es que estaba en mi mejor momento. Había llegado a los primeros puestos de las listas de éxito. ¿Eres consciente de las pocas personas, y de las pocas mujeres, que lo consiguen? Gané el premio a la Mejor Artista Revelación de la CMA del año. Y fui la única mujer nominada.

–Es increíble.

–¿Y así es como acaba todo? ¿Termino cayendo desde mi elevada altura sobre mi trasero sin que ni siquiera mi mánager me tienda una mano?

–¿Qué problema tuviste con tu carrera?

–Insistí en sacar un disco de música *pop* y lo hice con otro sello, a pesar de las objeciones de Derrick, por cierto, lo cual empeoró las cosas todavía más. Él quería que siguiera apostando por algo seguro, que no corriera riesgos. La mayoría de la gente de la industria de la música pensó que el disco era bueno, pero mis fans no lo recibieron bien. Fui testigo de la rapidez con la que personas que decían adorarme a mí y a mi trabajo se convertían en mis críticos más feroces.

Kyle comprendió que había tenido que pagar un duro peaje.

—¿Eso causó problemas entre Derrick y tú?

—Algunos. Desde luego, discutimos mucho sobre lo ocurrido.

—Pero continúas teniendo canciones que siguen siendo tan populares como antes. Eso no puede quitártelo nadie. Puedes analizar lo que más gusta de tus anteriores trabajos a tu núcleo de fans y rehacerlo.

—Ese era el plan. Pero ahora tengo tan poca confianza en mí misma, y mi vida personal es tan complicada, que no estoy segura de que pueda sacarlo adelante. Como te acabo de decir, ya ni siquiera cuento con Derrick.

—Ha estado llamándote y enviándote mensajes. Podrías perdonarle y volver con él.

Lourdes le tendió el plato y dobló las piernas para poder apoyar en ellas la barbilla.

—Sí, podría, pero eso no cambiaría nada.

—Porque...

—La cuestión no es perdonar o dejar de perdonar. Es un problema de carácter. Derrick tuvo una posibilidad de cambiar y no la respetó. No ha cambiado desde que engañó a su esposa. Y ahora también ha abusado de mi confianza —apoyó la cabeza contra el cabecero y elevó la mirada hacia el techo—. Aparte de todo lo demás, me siento como la mujer más estúpida del mundo.

—¿Por haberle dado a alguien una segunda oportunidad?

—Por haber sido incapaz de ver lo evidente.

Kyle miró con el ceño fruncido los huevos revueltos. Lourdes apenas los había tocado.

—¿Por qué no vienes a cenar a casa de mis padres? Ya llevas demasiado tiempo pensando en Derrick y en vuestros problemas. No creo que el analizar vuestra relación una y otra vez vaya a serviros de nada.

—Quieres decir que lo que tengo que hacer es olvidarme de mis problemas y seguir adelante.

—Si no quieres volver con él, ¿qué otra opción te queda?

Lourdes agarró el plato y se metió otro tenedor a la boca. Pero su manera mecánica de masticar evidenciaba que ni siquiera lo estaba saboreando.

—No, gracias. Me acabaré esto. Hoy no soy capaz de salir.

—Un cambio de escenario te ayudaría.

—Pero me obligaría a intentar sonreír y, sencillamente, no puedo. Pero pronto me pondré bien, te lo prometo.

Eso esperaba porque, con caldera o sin ella, no podía permitir que regresara a la casa que había alquilado y se quedara allí sola tal y como estaba en aquel momento.

—De acuerdo —se levantó—. Ahora tengo que ir a cumplir con mis obligaciones familiares.

—Buena suerte —comió un poco más antes de retirar el plato y hundirse de nuevo bajo las sábanas.

Kyle tenía intención de llegar a casa de sus padres antes que Brandon y Olivia para que al entrar le encontraran sentado en el salón, viendo un partido de fútbol con su padre. Pero al haberle preparado los huevos a Lourdes y haberse entretenido intentando convencerla de que comiera algo, había terminado llegando tarde. En cuanto llegó, su padre le urgió a pasar a la cocina, donde estaban todos recibiendo órdenes de Paige para llevar la comida a la mesa.

—¡Qué bien huele!—exclamó al entrar.

Le saludaron todos con cariño y Paige dejó de dar órdenes y aplastar patatas para darle un abrazo.

—Gracias por venir, cariño. Las comidas no son lo mismo cuando no estás aquí.

Kyle estuvo a punto de decir que iba siempre que podía, pero no era del todo cierto y tuvo miedo de que alguno lo señalara. Así que se limitó a contestar:

—Yo también me alegro de verte.

—Hemos preparado uno de tus platos favoritos, carne estofada.

El hecho de que le mimara de aquella manera le hizo sentirse mucho peor.

—¿Puedo ayudar en algo?

—Aguántame esa fuente para las patatas mientras rebaño el cuenco.

Kyle hizo lo que le había pedido. Después, Paige clavó en el puré el cucharón de servir las patatas y le pidió que las llevara a la mesa.

—Esperaba que trajeras a Lourdes —dijo su padre mientras seguía a Kyle con el estofado.

—La he invitado, pero no se encontraba muy bien.

—¿Qué has dicho? —preguntó Paige.

Kyle alzó la voz.

—He dicho que no la he invitado porque no se encontraba muy bien.

Su padre le hizo un gesto a Kyle con la cabeza para que apartara los vasos y así poder dejar la fuente con la carne.

—¿Qué le pasa?

Olivia y Brandon, que estaban llevando los espárragos y la salsa, dejaron sus fuentes en la mesa y esperaron a oír su respuesta, pero Kyle no quería contar lo que había pasado con Derrick. No ganaba nada revelando aquella información y Lourdes tenía derecho a que se respetara su intimidad.

–Nada del otro mundo. Le dolía la cabeza. Seguro que mañana ya estará bien.

–¿La has dejado en tu casa? –preguntó Brandon.

–Sí, se ha quedado durmiendo.

Paige llevó tres cervezas a la mesa. Ella no bebía y, estando embarazada, tampoco Olivia debería hacerlo.

–¿Y has conseguido que vaya alguien a arreglar mañana la caldera?

Kyle se apartó de su camino.

–Sí.

Su padre se sentó en la cabecera de la mesa mientras su madre regresaba a la cocina a buscar algo que faltaba.

–¿No te resulta difícil vivir con una desconocida?

–En absoluto. Nos llevamos muy bien.

–¿Y no se te ha ocurrido invitarla a salir? –preguntó su madre, que irrumpió en aquel momento con unos panecillos hechos en casa.

–No –contestó Kyle.

–¿Por qué?

–Por muchas razones.

Paige frunció el ceño desilusionada.

–¡Oh!

Olivia se sentó frente a él y Brandon al lado de esta. Después de que su madre se sentara, la única silla vacía estaba al lado de Kyle. El hecho de ser el único soltero de la familia nunca le había importado, pero sí lo hizo en aquel momento. Tenía la sensación de que era el único soltero de todos los grupos con los que se relacionaba.

–¿Qué te ha pasado con Noelle? –le preguntó Olivia.

Kyle se olvidó de su incomodidad. Se olvidó incluso del tentador despliegue de comida que había preparado su madre.

–¿Qué quieres decir?

–Hoy ha venido a ducharse a mi casa.

–¿Por qué? ¿El calentador que le di no funciona?

Olivia le miró con atención.

—Le ha pedido a un amigo suyo que se lo quite y lo ha tirado al jardín. Dice que no quiere nada tuyo.

Pero nunca había rechazado los cheques que le pasaba cada mes. Por supuesto, Kyle no lo dijo.

—Ya sabes cómo es.

Olivia arqueó las cejas.

—¿Eso es lo único que vas a decir?

Kyle la miró con el ceño fruncido.

—¿De verdad quieres saber lo que ha pasado?

—Sí —contestó Brandon por ella—. ¿Qué ha pasado?

—Básicamente, quiere volver conmigo. Supongo que está cansada de buscar a alguien con quien casarse y necesita que la mantengan.

Aparecieron unas arrugas en la habitualmente lisa frente de Olivia.

—Eso no es lo que ella dice.

Irritado por el hecho de que Olivia le cuestionara y no fuera capaz de darse cuenta de cómo era su hermana, Kyle se movió incómodo en su asiento.

—¿Y qué es lo que ella dice?

—Que no dejas de presionarla para... —miró a Paige—, ya sabes. Que está cansada de acostarse contigo cuando no estás dispuesto a tener una relación formal con ella.

Kyle dejó caer el tenedor en el plato, provocando un fuerte sonido metálico.

—¡No me jodas!

—¡Kyle! —gritó su madre—. ¡Estamos disfrutando de la comida del domingo! Por favor, cuida tu lenguaje.

Las palabras que acababan de salir de su boca eran el resultado de años de frustración en lo que a Noelle concernía. Había hablado sin pensar.

—Lo siento, mamá, pero... —sacudió la cabeza desesperado—. ¿A quién se lo ha dicho?

Al ver que Olivia se sonrojaba tuvo la impresión de

que, hasta cierto punto, también ella se había tragado las mentiras de su hermana.

–A mis padres. Noelle les dijo que esperabas algo a cambio del calentador y que ella no estaba dispuesta a dártelo.

Kyle se llevó los dedos a las sienes.

–No me digas que se lo han creído.

La expresión de Olivia se tornó entonces en un gesto de compasión y preocupación.

–Me temo que sí. Fue muy convincente. Y dijeron que estaban muy orgullosos de que tuviera algún principio moral. Que no te necesitaba porque ellos le comprarían el calentador.

Kyle se levantó y dio un golpe en la mesa haciendo temblar los vasos, que estuvieron a punto de caerse.

–¡Es una maldita mentira!

–¡Kyle! –volvió a decir Paige.

Pero Kyle ya no prestaba atención a las protestas de su madre por su vocabulario.

–¿Por qué iba a decir algo tan terrible? –preguntó Bob, obviamente disgustado.

–Porque está mal de la cabeza –Brandon hizo un gesto, indicándole a su hermano que se sentara–. Tranquilízate, Kyle. Sabemos que es mentira. Noelle miente a todas horas.

Olivia miró dolida a su marido, como si estuviera dividida entre dos lealtades, y Kyle ya no fue capaz de soportar ni un segundo más. Se alegraba de que las dos hermanas hubieran llegado a alcanzar algún tipo de relación pacífica, pero le parecía inaudito que Olivia, que en otro tiempo había llegado a conocerle tan bien y había sido víctima de la malicia de Noelle durante años, se hubiera tragado las mentiras que había dicho sobre él.

–Esa mujer tiene algún problema serio –dijo, y salió furioso.

Capítulo 14

Kyle pasó por delante de la casa de Noelle de camino a la suya. Por supuesto, allí estaba el calentador, tirado en el césped, para que todo el mundo pudiera verlo, y con un lateral abollado. Eso quería decir que la historia que Noelle estaba contando no solo había llegado a oídos de su familia. Estaba seguro de que también sus vecinos la habían oído decir que estaba intentando volver a acostarse con ella. Solo Dios sabía a cuánta gente se lo habría contado.

Era una pena que Noelle no hubiera tenido a nadie que la ayudara a dejar el maldito calentador en su jardín. Eso le habría permitido disponer de él. Pero Noelle quería hacer una declaración, alimentar el drama.

Muy típico de ella.

—Maldita sea.

Aparcó al final de la calle y allí permaneció, fulminando con la mirada el baqueteado Honda que estaba aparcado en el camino de la entrada. ¿Quién se creía Noelle que era? ¿De verdad se creía con derecho a manchar su reputación? Ya la había visto suficientemente dañada cuando había roto con ella seis años atrás.

Noelle destrozaba la vida de todos aquellos a los que se acercaba. En vez de enfadado, debería estar dando gracias a Dios por no haber tenido un hijo con ella, decidió.

Puso la marcha atrás y condujo hacia el calentador. No había nada que le apeteciera más que presentarse en la puerta de Noelle y decirle lo que pensaba. Morgan tenía razón. Había sido demasiado bueno con ella. Se había mordido la lengua demasiadas veces, cuando lo que tenía que haber hecho era decirle que se alejara para siempre de su vida. Y se moría de ganas de decírselo en aquel momento.

Pero una discusión empeoraría las cosas. Noelle estaba buscando un enfrentamiento. Así que, reprimiéndose, aparcó junto a la acera solo durante el tiempo que le llevó meter el calentador en la camioneta. Después saludó con un gesto a Prinley Pendergast, que había salido a la puerta de su casa de la mano de sus hijos.

Al ver que no contestaba y se limitaba a mirarle como si fuera capaz de hacerle algún daño a su vecina, se subió de nuevo a la camioneta y se alejó de allí.

Estaba a punto de llegar a su casa cuando recibió un mensaje de Noelle. Lo leyó al llegar a una señal de stop.

¿Qué has hecho? ¿Te has llevado mi calentador?

Los dedos le dolían por las ganas de contestar. Pero continuó conduciendo y, cuando por fin llegó a casa y aparcó al lado del coche alquilado de Lourdes, se distrajo al verla sentada en el porche, envuelta en las prendas invernales que le había prestado cuando habían salido a cortar el árbol.

Sin molestarse en contestar, se guardó el teléfono en el bolsillo, apagó el motor y abrió la puerta de la camioneta.

–¿No hace un poco de frío para estar en el porche?

–Estamos en California –contestó ella–. Estoy mejor.

Y llevando encima su anorak, el gorro y los guantes, Kyle suponía que no corría ningún peligro.

–Me alegro de ver que te has levantado, aunque estés aquí muriéndote de frío sin ninguna razón en particular.

—Estoy intentando ponerlo todo a cero.
—¿Y eso significa?
—Empezar de nuevo. Abrazar el futuro.
—No entiendo.
—No tienes luces navideñas —señaló Lourdes, mirando hacia el tejado—. Tampoco hemos decorado el jardín.
—No pienso decorar el jardín hasta que no tenga hijos —respondió él—. No tiene sentido decorarlo para mí. No le haría ningún caso.
Lourdes se subió la cremallera del anorak un poco más.
—¿Y lo mismo dices de las luces?
—No me gustan mucho las luces. Si son tan importantes para ti, puedes ponerlas en la otra casa.
Estaba dispuesto a permitir que hiciera cualquier cosa que la ayudara a animarse.
Lourdes se cruzó de brazos y se reclinó en el asiento, desapareciendo casi por completo en el interior del anorak.
—No estoy segura de que quiera ir a la otra casa.
Kyle se quedó helado durante un segundo. Después, cerró con llave la camioneta. Sabiendo que Noelle tenía la llave de su casa y que andaba con ganas de venganza, no iba a darle la oportunidad de destrozar su camioneta. Al día siguiente, en cuanto arreglaran la caldera, iría al cerrajero.
—¿Qué significa eso? ¿Has decidido volver a Nashville?
—No, claro que no.
Kyle sintió más alivio del que debería, lo cual le molestó casi tanto como el enfado que sentía hacia Noelle.
—¿Entonces piensas irte a Angel's Camp? ¿O has decidido ir a alguna otra parte?
—En realidad, esperaba que estuvieras dispuesto a aceptarme como compañera de piso.
A Kyle estuvieron a punto de caérsele las llaves.

—¿Quieres quedarte aquí?

Lourdes se acercó a él.

—¿Por qué no? Continuaré pagando el alquiler, por supuesto. Y si vemos que empezamos a molestarnos o que no consigo ponerme a trabajar, me iré.

No quería estar sola.

Kyle se sintió halagado por el hecho de que le estuviera pidiendo su apoyo. Pero no estaba seguro de que Lourdes estuviera tan segura con él como ella podía pensar. Con Olivia o sin ella, no podía olvidar el impacto que había tenido en sus sentidos el ver salir a Lourdes de su coche alquilado el primer día. Y había habido otros momentos en los que había sentido esa misma atracción, como la noche que se había quedado dormida entre sus brazos.

—Eh...

—Tú podrías encargarte de las compras y yo de hacer la comida —continuó Lourdes, intentando convencerle—. No cocino demasiado bien, pero podría ofrecerte una cena caliente cada noche.

Una cena caliente al volver del trabajo era una perspectiva agradable. Un lujo del que no había vuelto a disfrutar desde que había estado casado. Aunque tampoco entonces cocinaba Noelle muy a menudo.

Además, sería un arreglo temporal, se dijo Kyle a sí mismo. A pesar de que Lourdes hubiera dicho que había terminado con Derrick, podía reconciliarse con él en cualquier momento y aquello cambiaría sus planes.

¿Pero de qué tenía miedo? No iba a terminar enamorándose de una mujer que no iba a quedarse allí durante el tiempo suficiente como para que pudieran tener una relación...

—Empezamos a entendernos. ¿Por qué no? Podría ser divertido.

Lourdes le buscó con sus hermosos, pero atribulados ojos.

–¿Lo dices en serio?

Su vacilación la había asustado, la había hecho sospechar que quizá no quisiera tenerla en su casa.

–Por supuesto –le dijo–. Solo me preocupa que no encuentres la intimidad que buscabas, pero…

–Me siento cómoda contigo –le aseguró ella–. Me gusta estar aquí.

Tener a alguien que le hiciera la compra la protegería de las miradas de los curiosos y los susurros a los que, de otra manera, tendría que enfrentarse. Si la noticia de su ruptura con Derrick trascendía a la prensa, tendría un motivo más para evitar ser vista en público. Quería protegerse de aquel tipo de atención. Aunque él podría seguir haciéndole la compra aunque se mudara a la otra casa…

O quizá no. Si no vivían bajo el mismo techo, era muy posible que no se sintiera cómoda llamándole para que le comprara las pocas cosas que podía necesitar.

–Pongámonos de plazo el mes de diciembre y ya veremos cómo van las cosas –propuso Kyle.

Lo menos que podía hacer por ella era ayudarla a pasar la Navidad.

Lourdes se deslizó bajo su brazo y le pasó la mano por la cintura mientras se dirigían hacia la puerta.

–Gracias.

Kyle suspiró y le pasó el brazo por los hombros. Le gustaba tenerla acurrucada contra él. Le gustaba demasiado. Debería enviarla a la casa que le había alquilado porque lo que sentía por ella no era amistad. Incluso en aquel momento sentía una intensa tensión sexual.

Pero Lourdes le necesitaba y no podía abandonarla.

–¿Para qué están los amigos?

Noelle estaba en el suelo de su dormitorio, pintándose las uñas de los pies con su amiga y compañera de trabajo

Genevieve Salter. A Noelle le encantaba el esmalte de color rojo intenso que se había comprado. Tenía pensado pintarse unos puntitos blancos encima. Unas uñas rojas y blancas serían perfectas para aquellas fiestas, pero le resultaba difícil emocionarse con la Navidad o con cualquier otra cosa cuando estaba tan enfadada con Kyle. Por lo que le había contado su vecina, que había llamado por teléfono unos minutos antes, se había llevado el calentador que ella había tirado al jardín sin molestarse siquiera en acercarse a su puerta.

¡Cómo se atrevía a ignorarla de aquella manera! ¿No le importaba que estuviera enfadada? ¿No pensaba hacer nada al respecto?

–Creo que piensa que puede conquistar a Lourdes Bennett –le dijo a Genevieve–. ¿No te parece ridículo? ¡Una estrella de la música *country*! Sí, ya sé que Kyle es un hombre guapo con un cuerpo atractivo y todo eso. Pero, seamos realistas, Lourdes puede conseguir un marido que tenga dinero de verdad. Una celebridad como ella. ¿Por qué va a conformarse con un empresario de poca monta que fabrica paneles solares y que no está dispuesto a marcharse de este pueblo miserable cuando hay lugares mucho mejores en los que vivir?

Arrugando la frente con un ceño de concentración, Genevieve mantenía la cabeza apoyada sobre las rodillas para no cometer ningún error al pintarse.

–A mí me gusta vivir en Whiskey Creek.

Noelle elevó los ojos al cielo.

–Porque viniste el año pasado, así que para ti todo es nuevo. Y porque ahora tienes más libertad porque tu madre te está ayudando a criar a Tom.

En ese momento, Tom estaba con la madre de Genevieve, gracias a Dios. Con solo dos años, era capaz de tirar cualquier cosa o montar una pataleta cuando le negaban algo. Noelle no soportaba a aquel pequeño monstruo.

—Este pueblo es precioso. En cuanto mi madre se vino a vivir aquí, supe que quería venir con ella –repuso Genevieve y añadió, encogiéndose de hombros–. Pero tú has crecido aquí, así que supongo que no puedes apreciarlo.

—¿Qué es lo que hay que apreciar? –Noelle se limpió una mancha de esmalte del lateral del dedo gordo–. ¿Qué nunca voy a tener un golpe de suerte si sigo viviendo con todos estos catetos de campo?

—Estamos en California. Aquí no hay mucha gente que trabaje en el campo –contestó Genevieve con una risa que solo consiguió irritar más a Noelle–. A no ser que estés hablando de la zona de los bosques que está más al norte. En cualquier caso, si de verdad quieres saber lo que es un cateto, deberías ir al Medio Oeste. Lo que te pasa es que estás enfadada con Kyle.

—¡Claro que estoy enfadada con Kyle! Cree que puede destrozarme la vida cada vez que le apetece.

El olor a pintura se intensificó cuando Genevieve abrió el frasco del fijador.

—¿Fastidiarte la vida? Eso es un poco duro, ¿no te parece? ¿Qué te ha hecho? Te paga todos los meses. Lo sé porque utilizamos su dinero para ir a San Francisco el mes pasado –le dirigió a Noelle una sonrisa cómplice–. Le dijiste que necesitabas el dinero porque te habían cortado la luz y el agua, ¿recuerdas?

—Y estaban a punto de cortármelas. Solo exageré un poco. Tengo derecho a salir y divertirme de vez en cuando, ¿no? Él también lo hace.

—Por lo menos te ayuda. Y te regaló un calentador cuando se te rompió el tuyo, ¿no?

Genevieve se había dejado caer por su casa cuando le estaban instalando el calentador. En caso contrario, no se habría enterado. Para ella representaba un pequeño inconveniente porque hacía parecer a Kyle más amable de lo que realmente era.

—No es un problema de dinero —dijo Noelle.

—De acuerdo, pero, por lo que yo sé, no puedo decir que sea un mal tipo. Deberías ver cómo se portaba mi exnovio —señaló una cicatriz que tenía en la sien—. Aquí me golpeó con un martillo. Si no me hubiera separado a tiempo, quién sabe lo que podría haberme hecho.

Noelle la miró con el ceño fruncido.

—¿Por qué tienes que sacar siempre a relucir a tu ex? No estábamos hablando de Doug.

—Vale, de acuerdo. ¿Qué te pasa? Podemos seguir hablando de Kyle si eso es lo que quieres. Pero a mí no me parece que sea tan malo, y yo creía que estabas de acuerdo conmigo. Cuando estabas instalando el calentador, estabas muy agradecida porque te lo había regalado. Dijiste que te habría costado casi mil dólares comprar uno nuevo.

—Eso solo sirve para demostrar la facilidad con la que me dejo comprar.

Genevieve tapó el fijador y estiró los pies para dejar que se le secaran las uñas.

—¿Esto tiene algo que ver con la cena que le preparaste? ¿No le gustó? ¿No se la comió o…?

—Sí, claro que se la comió.

Pero aquella cena era una muestra más de lo mucho que se estaba esforzando. Estaba cansada de que la ignoraran y no la tuvieran en cuenta, cansada de sentir que no era suficientemente buena para él. Hasta cuando estaban casados la trataba como si tuviera una enfermedad contagiosa, como si prefiriera evitar acercarse a ella. Cuando hacían el amor, siempre era ella la que tenía que empezar. Después, él se aseguraba de que tuviera lo que buscaba, pero el propio Kyle no parecía disfrutar mucho.

Nunca la había querido. Nunca le había dado una oportunidad, como debería haber hecho. Al pensar en todo el dolor y la angustia que aquel hombre le había hecho pasar, no entendía cómo era capaz de seguir hablándole.

—¿Tengo que seguir intentando adivinar lo que ha pasado? —preguntó Genevieve—. ¿Por qué no me cuentas lo que te ha hecho de una vez por todas?

—Preferiría no hablar de ello. Todo el mundo cree que es una gran persona. Pero nadie le conoce tan bien como yo.

—Vamos —insistió Genevieve—. No te hagas la misteriosa. ¿Qué te ha hecho para que estés tan enfadada?

¿Además de hacerla sentirse como una basura durante los últimos seis años? ¿Acaso no era suficiente? Recordó el día que había puesto fin a su embarazo. Las terribles discusiones de los días anteriores. Ella quería hacerle sufrir, hacerle perder algo que de verdad le importara. Así que había abortado. Había pensado que, cuando le dijera que había perdido el bebé, Kyle se arrepentiría de haber sido tan duro con ella, que mostraría un poco de la preocupación y el amor que ella anhelaba. Pero hasta el consuelo que había intentado ofrecerle le había parecido falto de verdadero sentimiento. Y después la había mirado con aquella expresión de duda, como si supiera que no había sido una pérdida involuntaria, a pesar de lo que le había contado. A partir de entonces, no había vuelto a tocarla, no había vuelto a acostarse realmente con ella. Había utilizado las manos, la boca, incluso un vibrador para darle placer, cualquier cosa para evitar el riesgo de otro embarazo.

Nunca le había dado una oportunidad, decidió Noelle. Si se lo hubiera permitido, podría haberle hecho feliz. Pero siempre se había empeñado en ver lo peor de ella. Y, en aquel momento, estaba decidida a hacerle comprender lo que se sentía cuando los demás pensaban lo peor de uno.

—¿Noelle? —la urgió Genevieve.

Noelle se obligó a salir del infierno de sus propios pensamientos.

—No quiero hablar de ello. De todas formas, es demasiado complicado.

—¿Entonces ahora le odias?

¿No debería odiarle? Lo único que quería era que la hiciera sentirse como el primer fin de semana que habían estado juntos. Jamás había experimentado nada tan intenso y tan emocionante. Pero fuera lo que fuera lo que le había hecho desearla había desaparecido rápido. Después del primer par de días, se había comportado como si fuera una obligación el tener que cargar con ella.

Deseando alejarse de los sentimientos que aquellos recuerdos evocaban, decidió concentrarse en la venganza que estaba planeando.

—Le conté a mi familia que estaba presionándome para que volviera a acostarme con él.

Había mentido sabiendo hasta qué punto se indignarían sus padres al enterarse de que Kyle estaba intentando aprovecharse de ella. Insistían tanto en que acudiera a la iglesia, enderezara su vida y se tuviera respeto a sí misma que habían saltado inmediatamente en su defensa.

De lo que no estaba tan segura era de que Olivia la hubiera creído. Aunque su hermana intentaba apoyarla más que antes, Brandon todavía se negaba a dirigirle la palabra.

Genevieve frunció el ceño.

—¿Eso es verdad? —cuando Noelle se encogió de hombros, Genevieve ensanchó la sonrisa—. Porque si eso es cierto, mándale a mi casa. Estaría encantada de tenerle en mi cama...

—¡Cierra la boca! —le espetó Noelle—. ¿Por qué tienes que comportarte como una zorra estúpida?

Dolida, Genevieve se puso seria al instante.

—Vaya, lo siento. No pretendía… molestarte. Solo era una broma.

—Pues no ha tenido gracia.

—Yo te he oído hacer ese tipo de bromas otras veces —replicó Genevieve.

El deje huraño de su respuesta enfadó todavía más a Noelle.

—No me importa lo que hayas oído, lárgate.

—¿Quieres que me vaya? —preguntó su amiga, parpadeando perpleja.

—Sí, y si no eres capaz de mostrar más compasión por mí, no hace falta que vuelvas.

—Pero…

—¡Fuera de mi casa! —gritó Noelle.

Y cuando llegaron a la puerta, le dio un empujón a su amiga.

—¿Has comido algo? —preguntó Kyle mientras sacaba varios ingredientes de la nevera—. ¿Te apetece un sándwich?

Lourdes había entrado en la casa con él, pero después se había sentado en el sofá para tocar la guitarra.

—No me digas que tienes hambre —le dijo—. ¡Pero si acabas de volver de la comida de tus padres!

Kyle le dirigió una sonrisa sombría.

—Sí, bueno. Digamos que las cosas no han ido tal como esperaba.

A ella ya le había parecido que había pasado poco tiempo fuera. Dejó la guitarra a un lado y se acercó al mostrador.

—Solo has estado fuera una hora, pero he pensado que habrías comido.

—Me temo que no, aunque supongo que debería haberme quedado. Ahora tendré que volver y pedirle disculpas a mi madre.

En cuanto olió la comida, Lourdes se dio cuenta de que estaba hambrienta y separó otras dos rebanadas de pan de la barra que Kyle había sacado.

—¿Qué ha pasado? No me digas que has discutido con tu hermano o con su esposa.

—No. Pero Noelle está volviendo a causar problemas.

—¿Problemas? Eso es algo muy vago.

Kyle se untó mayonesa en una rebanada de pan.

—Confía en mí, estoy seguro de que no quieres saber nada más.

—En realidad, sí —le corrigió—. A lo mejor eso me ayuda a olvidar mis miserias. ¿Qué ha pasado?

—En resumen, está descontenta porque no me muestro más receptivo a sus insinuaciones.

Cuando Kyle terminó con el cuchillo, lo agarró Lourdes.

—¿Más de lo mismo? ¿Y cómo es que eso ha arruinado la comida?

—Porque parece que la cosa ha dado un nuevo giro. Ahora se ha dado cuenta de que no vamos a volver nunca y está enfadada.

—Es una suerte que a partir de ahora me haya comprometido a cocinar.

Kyle añadió un par de lonchas de pavo al sándwich.

—¿Estás segura de que estás dispuesta a hacerlo?

—Por supuesto. No te dejes engañar por mi rostro empapado en lágrimas.

La sonrisa de Kyle desapareció.

—Solo espero que no vaya más lejos de lo que ha ido hasta ahora.

—¿Que es…?

Lourdes se puso pavo en el sándwich, pero evitó el queso. No quería calorías extra.

—Ha estado diciendo mentiras, haciendo correr rumores para hacerme quedar mal.

Lourdes añadió mostaza a su sándwich.

—Pero es imposible que estés preocupado porque alguien pueda creerla. Todo el mundo te conoce. Y la conoce a ella, ¿no?

—En general, sí, pero cada uno de nosotros tiene sus propios círculos. Por culpa de lo que les ha contado a sus padres, me odian. Y tengo la sensación de que Olivia tiene dudas. Quiere creer a su hermana y posicionarse con su familia para variar, aunque es consciente de que Noelle no es una persona en la que se pueda confiar.

—¿Cómo es posible que quiera ponerse del lado de una hermana que te apartó de ella?

—Ahora que está casada y es feliz, supongo que le resulta más fácil olvidar el pasado. En cualquier caso, no necesito los problemas que me causa Noelle y estoy empezando a hartarme.

Lourdes metió una rodaja de tomate en el sándwich.

—¿Y qué es eso que tanto te ha molestado?

Kyle le puso la tapa al sándwich y lo agarró con las dos manos.

—«Molestado» es una palabra demasiado blanda para definir lo que siento. La he aguantado durante años. Incluso he intentado portarme bien con ella. Me digo constantemente que no hay ningún motivo para que un ex sea desagradable con el otro. Pero no tengo manera de sacarla de mi vida.

—Parece una persona muy complicada.

—No es lo bastante profunda como para ser complicada. Yo lo dejaría en difícil.

—¿Y qué piensas hacer?

—Ignorarla. ¿Qué otra cosa puedo hacer? Con un poco de suerte, se aburrirá de mí y encontrará a alguien a quien le resulte más fácil atormentar.

—¿Y si eso no ocurre?

—Esperaré a ver lo que hace y empezaré a partir de ahí —contestó.

Pero no acababa de pronunciar aquellas palabras cuando su teléfono comenzó a vibrar. Cuando bajó la mirada hacia él, frunció el ceño como si no le gustara lo que había visto.

–¿Qué es? –le preguntó Lourdes.

–No me lo puedo creer.

–¿Qué ha pasado?

–Es Ed Hamilton, el director del periódico local.

Un frío helado recorrió la espalda de Lourdes.

–¿Tienes idea de por qué puede querer ponerse en contacto contigo?

–No.

–Crees que llama para preguntar por mí.

Al ver la mirada compasiva de Kyle, comprendió que acababa de perder su refugio.

Capítulo 15

Kyle caminaba sin parar mientras hablaba con Ed. Tal como había imaginado cuando había visto su número, Noelle había vuelto a golpear. Había avisado al director del periódico, que también era el único periodista en plantilla, de que tenían a una celebridad en el pueblo. Le había contado incluso lo de la caldera rota y le había dicho que se estaba alojando en casa de Kyle. Y Ed estaba interesado en conseguir una entrevista.

La intimidad que Lourdes necesitaba iba a ser mucho más difícil de conseguir después de aquello.

—No todos los días tenemos a una estrella de la música *country* en el pueblo. Y menos a una que está en los primeros puestos de las listas de éxitos, como Lourdes Bennett.

Kyle giró hacia la chimenea.

—Pero, de vez en cuando, tenemos una celebridad del mundo del cine, y Simon te ha concedido muchas entrevistas.

—Es posible, pero este año no ha vuelto a Whiskey Creek —le discutió Ed—. Por lo menos que yo haya sabido.

—¿Y eso qué tiene que ver con todo esto? —preguntó Kyle.

—Estoy buscando un contenido interesante. Un periódico necesita nuevas noticias de vez en cuando. Lo que publicamos hace tres o cuatro meses ya no es relevante. Lo que Simon ha hecho por nosotros es magnífico, pero necesitamos algo más. La gente ya se ha acostumbrado a él. Ya es hora de que sepamos algo más sobre Lourdes.

–¿Por qué? Ella no tiene ningún interés en conceder entrevistas. Está buscando un poco de tranquilidad durante sus vacaciones. Supongo que eso lo comprendes, ¿verdad?

–Lo que no entiendo es por qué te enfadas tanto –replicó Ed–. No voy a molestarla. Solo quiero hablar unos minutos con ella.

Lo que no parecía comprender era que hablando con ella la molestaría. Kyle bajó la voz y dijo:

–Es posible que tengas razón, y seguro que sería magnífico que te concediera una entrevista. Pero en cuanto publicaras que está en el pueblo, todo el mundo querría hablar con ella. Así que, lo siento, no va a conceder una entrevista.

–¡Espera! Ni siquiera se lo has preguntado.

Kyle se pasó la mano por el pelo. Maldita Noelle. Llevaba tiempo deseando estrangularla, pero nunca había tenido tantas ganas como entonces. A ella le importaban un comino Ed y el periódico. Dudaba incluso de que lo leyera. Lo había hecho, sencillamente, porque sabía que él no quería que lo hiciera y que aquello le causaría problemas.

Era probable que tuviera la esperanza de que perdiera a su inquilina.

–Le diré a Lourdes que has llamado para que pueda ponerse en contacto contigo si le interesa –le dijo–. ¿Qué te parece?

–No es lo que esperaba –admitió–. Si está en tu casa, ¿por qué no puedo dejarme caer por ahí? No será mucho tiempo y...

–¿Es que no me has oído, Ed? ¡No vengas a mi casa!

–Eh, tranquilízate, Kyle. Yo solo estoy haciendo mi trabajo.

–¡Y yo protegiendo a una amiga!

–¿De qué? ¡No voy a hacerle ningún daño! Bah, olvídalo. Esperaré hasta que vuelva a la casa que le has alquilado y podré pillarla entonces. Así no podrás interferir en mi trabajo –dijo, y colgó el teléfono.

Furioso porque Ed no estaba dispuesto a abandonar, Kyle le devolvió la llamada. Pero Ed no contestó.

–«No la molestes» –dijo, remarcando cada palabra cuando saltó el buzón de voz de Ed.

Lourdes se sentó en el sofá. Estaba un poco pálida. Era obvio que estaba tan molesta como él, pero su discusión con Ed parecía haberla afectado de manera muy distinta. Estaba clavada en el sofá, mientras que él no era capaz de dejar de moverse.

–¿Entiendes ahora lo que quiero decir? –dijo Kyle mientras arrojaba el teléfono al sofá–. ¿Te das cuenta de cómo es?

Lourdes entrelazó las manos en su regazo.

–A lo mejor debería conceder la entrevista y acabar con esto de una vez por todas. No es bueno enemistarse con la prensa.

Kyle sacudió la cabeza.

–Deberías tener derecho a tomarte unos días libres. ¡Estamos en Navidad, por el amor de Dios!

–¡Pero no tengo otra opción! En serio. Ahora mismo no puedo permitirme el lujo de que hablen mal de mí.

–Si concedes esa entrevista, todo el pueblo querrá verte. Probablemente te encontrarás con todo un desfile de gente dándote la bienvenida. Te traerán platos con galletas de Navidad, porque estamos en Whiskey Creek y son buena gente, pero, al mismo tiempo, acabarán con tu soledad –y si no era eso lo que ella quería, él preferiría no someterla a algo así.

—Pero, tanto si le doy permiso como si no, ese periodista puede escribir que estoy aquí. Incluso comentar que te estoy alquilando la casa, y todo el mundo sabrá dónde encontrarme.

—En ese caso, es una suerte que estés aquí en vez de en la otra casa —dijo—. Les echaré.

—La mayor parte del tiempo estarás trabajando. Además, ahora que todo el mundo lo sabe, no puedo seguir viviendo en tu casa. ¿Qué crees que dirá la prensa? He tenido una relación seria y pública durante años con el mismo hombre. Dirán que tú y yo somos amantes, porque esa es la manera más escabrosa de enfocar la noticia. Eso significará que me echarán la culpa de la ruptura con Derrick y estarán pendientes de todos tus movimientos.

—Me cuesta creer que haya ido a por ti. ¿Qué demonios le pasa? —preguntó, refiriéndose a Noelle.

—Te está castigando por haberla rechazado. A lo mejor hasta es peligrosa.

—¿Qué quieres decir?

—Exactamente lo que acabo de decir. Espero que no sea capaz de aparecer con una pistola y pegarte un tiro... o algo así.

—No.

—Yo no descartaría esa posibilidad. Cosas más raras se han visto.

A Kyle le costaba considerar a una persona a la que había conocido durante toda su vida como una amenaza. Pero era obvio que Noelle podía llegar a ser narcisista y vengativa en extremo.

—No creo que vaya tan lejos como para presentarse aquí con un arma, pero, aunque dejemos eso de lado, a lo mejor deberías mudarte a otro pueblo —sugirió Kyle—. A un lugar como Placerville, donde tengas alguna oportunidad de mantener el anonimato.

—¿Y qué me garantiza que no me van a descubrir también allí? ¿Que la gente no va a enterarse de dónde estoy?

—Placerville está cerca de aquí. Yo podría llevarte la compra o cualquier otra cosa que necesites. No tendrías por qué salir de casa.

—Sería demasiada molestia para ti.

—¿Entonces qué crees que debes hacer? ¿Volver a tu casa?

Se sentía extrañamente renuente a sugerirlo, pero pensaba que quizá fuera lo que iba a terminar haciendo Lourdes, y quizá fuera lo mejor para ella.

—No quiero volver al mismo lugar en el que está Derrick. Todavía no estoy preparada.

—¿Entonces qué harás?

—Concederé la entrevista. Haré de tripas corazón y me comportaré como si no me importara, como si solo hubiera venido para disfrutar de la Navidad en el País del Oro. Cuanto más me empeñe en huir de la prensa, más presión tendré que soportar. Tenemos que darle la vuelta a todo esto e intentar venderlo de la mejor manera.

—¿Y si alguno de tus amigos de Angel's Camp lee el periódico y aparece de pronto ante tu puerta?

—No sabrán cómo encontrar la casa, a diferencia de la gente de aquí. Está un poco apartada, así que eso les detendrá. Es posible que me llamen, pero, cuando lo hagan, les diré que iré a verlos después de Navidad, en cuanto haya terminado el disco.

—Les darás largas.

—Sí.

Al final, Kyle se sentó.

—Siento todo esto.

—Tú no tienes la culpa.

Decidido de pronto a superar cualquier obstáculo que Noelle pusiera en su camino, echó una manta sobre los hombros de Lourdes y la juntó bajo su barbilla.

—No te preocupes —le dijo—. Tú haz esa maldita entrevista y yo me encargaré de todo lo demás.

—¿Cómo? —preguntó Lourdes, alzando la mirada hacia él.

—Me encargaré de echar a todo el mundo para que no te moleste.

—¿Entonces crees que debo seguir quedándome contigo? ¿A pesar del furor que causará la noticia cuando se publique?

—Dejaremos que publiquen todo lo que quieran. No puede ser peor que el que terminen publicando la verdad sobre Derrick.

—Es cierto —susurró Lourdes—. Ya es bastante doloroso y humillante que me haya engañado, ¿pero que lo haya hecho con mi más fuerte competidora? Por culpa de eso se seguirá hablando de lo ocurrido durante mucho más tiempo que si las cosas hubieran sido de otra manera.

—Sí, podrías ser tú la primera en contar tu propia historia. Además, me encanta saber que Noelle enloquecerá al enterarse de que has estado acostándote conmigo.

O, al menos, le gustaría si el hecho de tener a Lourdes tan cerca no fuera a volverle loco al mismo tiempo. Cuando Lourdes deslizó la mano en la suya para confirmar que seguirían juntos, sintió la repentina necesidad de abrazarla para poder besarla y tuvo que levantarse y alejarse de allí.

Lourdes estaba espectacular, convertida de nuevo en el hermoso icono de la música *country* que Kyle había visto en los medios de comunicación antes de conocerla. Se había peinado, se había maquillado y había prescindido de las sudaderas que llevaba desde que se había ido a vivir con él. Y no había nada en ella que delatara incomodidad o nerviosismo. Ed Hamilton tenía que estar convencido de que no tenía la menor preocupación.

Se estaba enfrentando a sus problemas con valentía y él no podría haberse sentido más orgulloso de ella.

—¿Cómo conociste a Kyle? —preguntó Ed.

Kyle intentó disimular su enfado ante las maneras exageradamente solícitas de Ed. Era el propietario del periódico, de modo que era lógico que quisiera publicar artículos interesantes. La prensa escrita estaba atravesando un momento difícil, la mayoría de la gente se informaba a través de internet o por televisión. Pero, en realidad, Kyle sentía más necesidad de proteger a su huésped que compasión por su vecino.

—Le conocí en internet hace unos meses —contestó—. En mi página de Facebook.

A Kyle le sorprendió que insinuara que su relación había empezado antes de lo que lo había hecho. Estaba convencido de que también a Noelle y a los demás les sorprendería, pero no le importó. Podía ser cierto. Nadie, salvo él, tenía acceso a lo que había en su ordenador.

—Así que decidiste venir a verle.

—Alquilé la antigua alquería, pensando que así tendríamos oportunidad de conocernos mejor.

—Y resultó que la caldera no funcionaba.

—Exacto. Hacía demasiado frío como para quedarse en la casa.

—Así que viniste aquí. Pero... podrías haber ido a un hostal. Hay dos en el pueblo.

—Derrick y yo hemos tenido... algunos desacuerdos. No me sentía bien apareciendo en público. Y no hubo necesidad de hacerlo, puesto que Kyle tuvo la amabilidad de acogerme en su casa.

—Pero solo hasta que arreglen la caldera, ¿verdad?

Kyle no había oído una pregunta más capciosa en toda su vida.

—En realidad, no sé si voy a volver a la otra casa —le dirigió una sonrisa radiante—. Kyle y yo nos estamos divirtiendo mucho.

Ed se enderezó en la silla.

—¿Piensas continuar viviendo aquí? ¿Con Kyle?

—¿Por qué no? —se encogió de hombros—. Es muy fácil congeniar con él.

Cuando Ed le miró, Kyle fue consciente del impacto que aquella respuesta había tenido en el periodista, pero él no le devolvió la mirada. No podía ahondar en la respuesta porque no sabía hasta dónde pretendía llegar Lourdes.

Ed se aclaró la garganta.

—Entonces... ¿sois amigos? —preguntó, intentando presionar para que diera una respuesta definitiva sobre su relación.

Kyle esperaba que Lourdes dijera que sí, que, aunque apenas acababan de conocerse, tenía la sensación de que se conocían de toda la vida o algo similar, o algo que resultara lo suficientemente ambiguo en lo que al posible carácter sentimental de su relación se refería. Así que se quedó boquiabierto cuando oyó que decía:

—Yo no limitaría nuestra relación a la amistad.

Mientras Ed tomaba notas en su libreta, Kyle miró a Lourdes arqueando las cejas y ella le guiñó el ojo. Por lo visto, ya que se había visto obligada a conceder la entrevista, iba a utilizarla para ejecutar su pequeña venganza sobre Derrick.

Noelle también lo iba a pasar mal, pero ella se lo había buscado. ¿Por qué no dejar que creyera que su vida sexual había mejorado de pronto? Había cosas mucho peores que dejar que la gente pensara que era el amante de Lourdes Bennett. De esa forma, quizá sus vecinos de Whiskey Creek se convencieran de que por fin había superado lo de Olivia y renunciaran a las miradas de compasión y los susurros que parecían seguirle con más intensidad a medida que iba pasando el tiempo y él continuaba sin casarse.

El problema era que insinuar que estaban acostándose también alimentaba en él fantasías que estaba intentando evitar.

—¿Cómo crees que ha ido?

Lourdes había vuelto a ponerse otra vez la sudadera. En aquel momento estaba sentada en el sofá con las piernas cruzadas, mirando a Kyle con ganas de hablar de la entrevista.

—Le has concedido la entrevista de su vida —contestó Kyle—. Ed tenía tantas ganas de llegar a su casa y redactar esa maldita entrevista que ha estado a punto de tropezarse con sus propios pies cuando ha salido corriendo de aquí.

Lourdes le miró con atención.

—¿Te molesta?

—¿Que hayas insinuado de forma tan explícita que nos estamos acostando? —rio para sí—. No.

—He pensado que lo más inteligente era no dejar a Ed, ni al próximo periodista que aparezca, ninguna salida. No tiene sentido acusar a nadie de algo que ha admitido libremente. Le quita toda la gracia.

—Qué ironía.

—¿El qué?

—Que tengas que admitir cosas que no has hecho para que te dejen tranquila.

Lourdes había aprendido muchos trucos a lo largo de su carrera.

—Así es la vida de una celebridad. Cuando estás en la cresta de la ola, es genial. Pero cuando las cosas se complican, es como una carrera de obstáculos.

—Volverás a la cumbre algún día. Y pronto.

A Lourdes le gustaba que la animara. Tenía la impresión de que Kyle lo creía de verdad y aquello la ayudaba.

—Así que crees que la prensa pronto nos dejará en paz —comentó.

—Eso espero. Como ya he insinuado que tenemos una relación sentimental, no hay nada que revelar. No hay ninguna razón para continuar fastidiándome o intentar desenterrar algún turbio secreto.

—Una estrategia inteligente.

—Pero tendrás que seguirme el juego mientras esté aquí para hacerla creíble.

—Sin problema.

—Te lo agradezco, Kyle. Siento no haber tenido oportunidad de hablar antes contigo. No había pensado decir lo que he dicho. Se me ha ocurrido cuando ha empezado a hacer ese tipo de preguntas y he continuado con ello porque he decidido que, además de Derrick, también sería bueno que Olivia lo leyera.

Kyle se colocó las manos detrás de la cabeza.

—A Olivia no le importa con quién me acuesto.

Lourdes no estaba tan segura. Kyle había cometido algunos errores, pero continuaba siendo una persona muy especial. Y eso era algo que a nadie podía pasarle inadvertido.

—Cuando un ex rehace su vida, siempre nos cuesta —replicó ella—. Aunque solo sea por la nostalgia. En cualquier caso, si a Olivia no le importa, Brandon estará encantado. Y también tus padres. Ahora el pasado puede quedar en el pasado y ella podrá empezar a verte como a un cuñado y no como a un exnovio.

—Y las comidas de los domingos serán más fáciles de soportar. Aunque seguro que mis padres se extrañarán de que no vayas conmigo.

—A lo mejor debería ir.

Se imaginó a sí misma dándole la mano y alzando la

mirada hacia él como si estuviera enamorada y decidió que no le costaría mucho fingirlo.

—Podemos montar todo un teatro.

Cuando Kyle le sonrió, Lourdes tuvo la impresión de que le parecía divertida aquella ficción, pero que no se la estaba tomando en serio.

—Gracias por fingir ser mi novia –dijo.

Lourdes sonrió de oreja a oreja.

—Te debo una. Y como no pareces capaz de conseguir novia...

—¡Eh! Ni siquiera he contestado a las mujeres que elegiste en Single Central.

—Es verdad. ¿Cuándo piensas hacerlo?

—Pronto. De todas formas, todavía sigo sorprendido por lo que le has dicho a Ed. Se suponía que yo tenía que protegerte.

—Se nota que nunca has tenido que enfrentarte a la prensa.

Kyle desvió la mirada hacia el árbol de Navidad.

—¿Cómo reaccionará Derrick cuando se entere? Porque se enterará.

—Por supuesto, cuenta con ello. Pero no estoy muy segura de cómo se tomará la noticia. Siempre he sido muy leal, he vivido entregada a él. Para Derrick será un shock pensar que he rehecho mi vida.

—¿Y se lo creerá? Quiero decir... la semana pasada todavía estabas con él.

—La última vez que le vi fue la semana pasada, pero llevábamos un mes sin acostarnos. Pensará que eres tú la razón, supongo.

—La otra noche, cuando me llamó para que fuera a comprobar cómo estabas, no le devolví la llamada.

—Eso hará que todo esto resulte más convincente.

—A lo mejor envía a Crystal a freír espárragos y viene a buscarte.

—Supongo que todo es posible.

Kyle se inclinó hacia delante.

—¿Y es eso lo que estás esperando?

—No. Ahora no puedo volver con él —alzó la mano para que Kyle no la interrumpiera—. No es solo porque se haya acostado con otra mujer, aunque eso ya es bastante. Es que se ha acostado con mi rival. Ya tuvimos algunos problemas cuando saqué el último disco, también por su forma de mirar a otras mujeres. Pero siempre he tenido la sensación de que podíamos superarlo. Ninguna relación es perfecta. El problema ha sido que me ha decepcionado en el momento en el que me siento más vulnerable. Eso me indica que no puedo contar con él cuando lo necesito, así que no tengo otra opción. Tengo que olvidarle. No hay vuelta atrás.

—En ese caso, estamos en el mismo barco.

—Sí, tú tienes que superar lo de Olivia y yo tengo que superar lo de Derrick.

—Estoy deseando que Noelle lea ese artículo —dijo Kyle—. Normalmente, no suelo reaccionar a sus jugadas o, por lo menos, no solía. Tardé en darme cuenta de que terminar discutiendo con ella era caer en su trampa. Yo terminaba marchándome y sintiéndome mal por todo lo que había pasado y Noelle acusándome de ser tan malo como ella. Pero tengo que admitir que esto me gusta.

—Ella se lo ha buscado.

Kyle se levantó.

—Esto hay que celebrarlo. ¿Te apetece una copa de vino?

—No. Con una resaca a la semana ya tengo bastante, gracias.

—¿Ni siquiera una copa?

Lourdes agarró la guitarra para tener las manos ocupadas.

—No, esta noche no.

No quería tomar nada que minara su capacidad de control. Estaba reconstruyendo oficialmente su vida y necesitaba estar bien centrada. Porque, a medida que iba pasando el tiempo, más le apetecía estar junto a un hombre como Kyle.

Capítulo 16

Probablemente, Noelle no habría visto el periódico si no hubiera pedido que se lo enseñaran. Y lo pidió porque, cuando el miércoles por la noche apareció en el Sexy Sadie's, todo el mundo estaba hablando de aquel artículo en particular.

El barman de aquella noche no era A.J. Al menos su ausencia le permitía darse un respiro. Desde que la había ayudado a instalar y desmontar el calentador no había dejado de llamarla. Noelle sabía que estaba interesado en ella, pero con tres hijos con distintas mujeres y unos antecedentes penales que incluían algún episodio de violencia doméstica no era un hombre muy recomendable. Si tenía que salir con alguien que viviera en Whiskey Creek, tendría que ser alguien respetable, alguien que pudiera ofrecerle algo más de lo que ya tenía, no menos. A.J. apenas podía pagarse el alquiler. Y no era demasiado atractivo. Desde luego, no tanto como Kyle.

Había sido una estúpida al perder a Kyle. Había estado casada con él y le había perdido. Sí, Kyle le había hecho firmar un maldito acuerdo prenupcial. Pero, aun así, no muchos hombres habrían hecho lo que había hecho él. Desde luego, a la mayoría de los tipos con los que había salido les habría importado muy poco el que estuviera o no embarazada. Lo mejor que podía haber esperado de cualquiera de ellos era que la acompañara a abortar a la clínica más cercana.

El hecho de que hubiera sido ella la que había tomado aquella decisión cinco años atrás la hacía sentirse enferma. Si hubiera manejado la situación de otra manera, Kyle y ella seguirían juntos. Por lo menos tendrían un hijo y eso era algo que Kyle jamás habría podido cambiar.

—¿Para qué quieres el periódico? —le preguntó el barman que estaba de turno aquella noche.

Noelle no conocía su verdadero nombre. Nadie lo sabía, todo el mundo le llamaba Pope.

—Porque me apetece echarle un vistazo, esa es la razón —replicó.

Pope estaba ocupado secando la barra.

—Nunca me habías pedido el periódico. ¿Sabes leer? —bromeó.

Pope había perdido un diente en una pelea que se había montado en el bar semanas atrás. En el Sexy Sadie's no había guardias de seguridad, así que se había visto obligado a intervenir y había terminado recibiendo un codazo. Pero era un encanto. Era una lástima que estuviera casado, y todavía más que le fuera fiel a su esposa. A veces le decía cosas a Noelle que, en boca de otro, la habrían hecho enfadar. Tenía una manera de suavizar cualquier comentario con una media sonrisa. No pretendía hacerle ningún daño y ella había llegado a verle como a un hermano.

—Dámelo antes de que pierdas otro diente —le espetó.

Le gustaba bromear con él, pero en aquel momento no estaba de humor para bromas. En cuanto había entrado en el bar, Genevieve se había permitido el gran placer de decir algo que la había enfurecido. Esperaba, y con desesperación, que no fuera cierto, que Genevieve lo hubiera dicho para vengarse de ella por la pequeña discusión del domingo.

Pope hizo un sonido de incredulidad.

—Esta noche vienes dura, ¿eh?

—Lo digo en serio. No estoy de humor.

—Supongo que ya te has enterado de que tu ex está con otra mujer.

—No es «otra mujer». Es una estrella del *country* y no se va a quedar a vivir en el pueblo. Kyle jamás se marchará de aquí. Nadie lo sabe mejor que yo.

Pope plantó el periódico que tenía detrás de la barra enfrente de ella.

—Si estuviera en tu lugar, yo no estaría tan seguro. Es ella la que ha concedido la entrevista, no él.

Noelle se sentó en uno de los taburetes de la barra mientras leía el titular: *Lourdes Bennett encuentra el amor en Whiskey Creek*.

—Eso son chorradas —dijo, mirando con el ceño fruncido a Pope, que había dejado de limpiar la barra para estar atento a su reacción.

—No te asustes todavía. Es puro sensacionalismo. El artículo no va tan lejos como el titular. Lourdes solo lleva aquí una semana, así que no puede estar tan enamorada y, además, en realidad, no dice que lo esté. Lo único que dice es que está viviendo en su casa mientras compone su próximo disco.

—¿Qué? Yo pensaba que se iba a ir a la casa que tiene alquilada en cuanto le arreglaran la caldera. ¿Y qué ha pasado con su novio? ¿No se suponía que iban a casarse?

—Han roto. O, por lo menos, eso es lo que ella dice —señaló uno de los párrafos.

Noelle todavía no había llegado hasta allí. Pero no quería continuar leyendo. Jamás habría imaginado que podría aparecer una mujer famosa en escena y quitarle al hombre con el que siempre había dado por sentado que volvería. Kyle era suyo, era la persona que más tenía que ofrecerle en Whiskey Creek.

Aquello no habría sucedido si todavía estuvieran casados. Y continuarían casados si ella no hubiera cometido aquel fatídico error. No le parecía justo que una decisión equivocada pudiera arruinar su futuro.

¿Por qué tenía que fastidiarlo todo? ¿Y por qué su hermana, siempre tan perfecta, no cometía ningún error? Olivia parecía haber sufrido cuando Kyle la había dejado, pero se había recuperado casi al instante, había terminado casándose con su hermanastro y era más feliz de lo que lo había sido nunca.

Siempre conseguía lo que quería. Era difícil no odiarla por ello. Aunque sus padres intentaran disimularlo, siempre había sido su hija favorita.

—Necesito una copa —musitó mientras la frase «yo no limitaría nuestra relación a la amistad» saltaba ante sus ojos.

Pope inclinó la cabeza.

—No puedes estar diciéndolo en serio.

—Lo digo completamente en serio. Sírveme una copa.

—Si te dejo beber te despedirán.

—Por un trago no pasará nada.

—Te olerá el aliento a alcohol. ¿De verdad quieres arriesgarte a perder el trabajo? ¿De qué te va a servir?

De nada, pero no le importaba. Su mejor opción en la vida era volver con Kyle y Kyle se estaba acostando con Lourdes Bennett. ¡La maldita Lourdes Bennett! ¿Cómo iba a competir contra una estrella de la música *country* cuando ni siquiera había sido capaz de competir con su hermana?

—¿Qué tengo de malo, Pope? —preguntó llena de amargura—. ¿Por qué no puedo encontrar a un hombre que me quiera?

—Hay muchos hombres que estarían encantados de estar contigo —dio un golpe en la barra para dar más énfasis a sus palabras—. Pero tú solo quieres a uno que no puedes tener.

Noelle se echó hacia atrás.

—¿Por qué voy a conformarme con menos? Debería ser capaz de conseguir algo tan bueno como lo que tiene mi hermana.

—Tu problema son tus valores —replicó Pope, y se alejó de ella.

Como estaba deseando discutir con alguien, Noelle estuvo a punto de gritarle. Pero en ese momento apareció el encargado, que acababa de salir de su despacho, así que Noelle cerró la boca y le lanzó el periódico al barman. El periódico cayó en el suelo sin haber causado daño alguno y Pope la miró de reojo antes de comenzar a apilar los vasos limpios.

¿Qué sabría él de valores?

—¿Qué te he dicho?

Genevieve había aparecido tras ella en el momento en el que estaba fulminando a Pope con la mirada y pendiente del encargado al mismo tiempo. A aquella hora tan temprana no había apenas clientes, pero a Crabtree no le gustaría que estuviera mano sobre mano cuando se suponía que debería estar trabajando. Decía que siempre había algo útil que hacer, como si también formara parte de su trabajo ayudar a mantener limpio el local.

—Cierra el pico —le ordenó Noelle a Genevieve.

—Y tú diciéndome que Kyle quería volver contigo —se regodeó Genevieve—. No te quiere y estoy segura de que nunca te ha querido. ¿Quién iba a quererte?

—Será mejor que cierres la boca y me dejes en paz —le advirtió Noelle.

—¿O qué?

—Ya me has oído.

–No puedes hacer nada y creo que ya va siendo hora de que aceptes la verdad. Kyle está fuera de tu alcance.

–Se casó conmigo, ¿no? De lo que estoy segura es de jamás tocaría a una cerda gorda como tú.

–¡Porque le tendiste una trampa! –gritó Genevieve–. ¡Y después fuiste demasiado estúpida como para darte cuenta de que solo estaba contigo por el bebé y abortaste!

–¡No es verdad! ¡Yo jamás he dicho eso!

–Has hecho hasta bromas sobre eso. ¡Yo misma las he oído!

–¡Mentirosa!

La furia de Noelle era tan ciega que hasta que no tiró a su amiga al suelo y Pope tuvo que sujetarla no se dio cuenta del daño que se había hecho en sus propias manos golpeando a Genevieve allí donde aterrizaban sus puños.

–¡Me ha pegado! –gritó Genevieve, sangrando por la nariz.

–Tú te lo has buscado –dijo Noelle.

Pero no fue así como lo vio Crabtree. Se acercó a ella, miró a Genevieve, que se estaba cubriendo la cara con las manos, y se volvió hacia Noelle con el ceño fruncido.

–Estás despedida –le dijo–. ¡Sal ahora mismo de aquí! Y no quiero volver a verte por aquí en mi vida.

–¡No puedes despedirme! –gritó ella–. ¡Tienes que pagarme dos semanas!

–¿Prefieres que llame al jefe Bennett para denunciarte?

–Sí –gritó Genevieve con una voz tan nasal que resultaba difícil entenderla–. ¡Llama a la policía! Deberían meterla en la cárcel.

Y lo decía en serio. Noelle lo sabía por el odio que traslucía su mirada. Y reconoció un sentimiento casi igual de hostil en la expresión del encargado. Hasta Pope estaba sacudiendo la cabeza como si se hubiera llevado un gran disgusto.

—No me importas nada —le espetó a su antigua amiga—. ¡No me importáis nada ninguno de vosotros! —gritó.

Después, se arrancó la chapa con su nombre, se la lanzó al que hasta entonces era su jefe y salió a grandes zancadas.

El jueves por la mañana, cuando Morgan fue a buscar a Kyle al almacén para decirle que tenía a una persona esperándole en su despacho, este se sorprendió al saber que era Olivia. No tenía ni idea de por qué estaba allí. ¿Sería por el artículo que había salido en el periódico? ¿Tendría algo que decir al respecto?

Si así era, no sería la única de la que tendría noticias. Eran muchas las personas que habían llamado o se habían pasado a verle. Jamás en su vida le habían dado tantas palmadas en la espalda.

—Qué suerte tienes, hijo de perra —le había dicho el viejo Murphy mientras le daba un codazo en las costillas cuando estaba esperando para comprar unos chicles en Gas-N-Go.

Murphy jamás le había hecho un comentario de aquel tipo.

Y no había habido una persona más entusiasmada con su supuesta relación sentimental que Morgan. Le había sometido a un auténtico interrogatorio, intentando sacarle información: «¿Está viviendo contigo? ¿No piensa volver a la casa que alquiló? Pero ahora tiene calefacción. ¿Por eso querías que cambiaran las cerraduras el lunes? ¿Para proteger su intimidad de La Innombrable? Así que por fin has conseguido superarlo. La verdad es que me cuesta creerlo. ¿Podré conocer a Lourdes alguna vez? Podría pasarme por tu casa para llevarte alguna documentación. No sería nada obvio...».

Kyle había tardado más de una hora en convencer a

Morgan de que dejara de inventar excusas para ir a ver a Lourdes.

Temiendo volver a despertar las ganas de hablar de su asistente, mantuvo la boca cerrada y no quiso preguntar si sabía lo que podía querer Olivia. A lo mejor no tenía nada que ver con el artículo. A lo mejor Brandon no había mencionado que ya le había contado lo del embarazo y había ido para darle la noticia.

O a lo mejor había ido a disculparse. A Kyle todavía le costaba creer que se hubiera tragado las lamentaciones de Noelle, diciendo que le estaba exigiendo sexo a cambio de los favores que le hacía. Sí, había permitido que Noelle le sedujera aquel fin de semana en el que había empezado todo, pero aquello había sido muchos años atrás. A esas alturas, creía haber recuperado parte de su credibilidad.

—Tu vida se está poniendo interesante —dijo Morgan.

Kyle no respondió. Estaba demasiado ocupado preguntándose cuándo tendría noticias Derrick de aquel artículo y qué haría cuando descubriera que Lourdes no estaba sola en una antigua alquería, llorando por su ruptura. ¿Intentaría ponerse en contacto con ella? ¿Haría otro intento de reconciliación?

Esperaba que no. Habían pasado solo unos días, pero Lourdes parecía estar olvidándole. A veces, él tenía la sensación de que estaba tan aliviada por haber podido dejar atrás aquella relación como de estar fuera de los focos. Le había dicho que había necesitado dejar Nashville para volver a sentirse humana. Y él creía que el separarse de Derrick también había contribuido a ello. Era una carga menos que soportar. Tenía la impresión de que Lourdes había estado intentando hacer funcionar una relación condenada al fracaso desde el principio. Lo único que Derrick y ella tenían en común era el amor por la música y sus objetivos profesionales, nada más.

La noche anterior la había convencido de que se metieran furtivamente en el *jacuzzi* de un jardín. A los treinta minutos de estar allí, les habían descubierto y habían tenido que salir corriendo. Para cuando habían llegado a la camioneta se estaban riendo de tal manera que ni siquiera eran capaces de subir. Kyle no le había contado que los propietarios del *jacuzzi* eran unos de sus mejores amigos y que no les importaría lo más mínimo. No quería que se sintiera obligada a conocerles. Además, el riesgo de colarse en el jardín de Ted Dixon había formado parte de la diversión.

–Por fin te veo –dijo Olivia.

Kyle esperó a que Morgan regresara hasta su mesa. Por la manera de arrastrar los pies de su asistente, sabía que estaba deseando oír parte de la conversación. Le hizo un gesto para sugerirle que se moviera un poco más rápido. Después, cuando estuvo lo bastante lejos como para no poder oírles, cerró la puerta.

–¿Qué puedo hacer por ti?

Al darse cuenta de que su sonrisa no era del todo sincera, Olivia se tensó.

–Para empezar, puedes empezar a superar la discusión del domingo.

–Ya la he superado –se encogió de hombros–. Por si mi madre no te lo ha dicho, le he pedido perdón. Y ahora quiero disculparme contigo. Siento haber montado una escena.

Olivia le miró como si no estuviera segura de si su disculpa estaba siendo más sincera que su recibimiento.

–Ahora te toca a ti.

–¿Qué me toca a mí?

–Disculparte.

–Por...

–Por haber creído todas las tonterías que te contó tu hermana.

–No sería la primera vez que unos ex… continúan teniendo relaciones.

–Lo que me molestó fue que creyeras que estaba pidiendo sexo a cambio de dinero o de favores y lo sabes. Para empezar, no estoy tan desesperado como para necesitar presionar a una mujer para que se meta en mi cama. Y, para terminar, ella es la última persona que podría interesarme.

–Admito que no parecía algo propio de ti. Pero es mi hermana. Y a veces puede ser muy insistente –sacudió la cabeza–. De todas formas, ¿qué te pasa últimamente?

–¿Que qué me pasa?

En condiciones normales, jamás le habría hablado mal de Noelle. Siempre se había sentido culpable de la presencia que Noelle tenía en su vida y había soportado aquella cruz sin quejarse, y menos aún delante de Olivia, la primera persona a la que había hecho sufrir al acostarse con su hermana.

Pero a lo mejor había llegado la hora de que Olivia comprendiera la situación desde su perspectiva.

–Lo que me pasa es que tu hermana me está desquiciando. Eso es lo que me pasa. Llevamos cinco años divorciados, pero no me deja en paz. Me llama constantemente para pedirme dinero. Me pide que le arregle cosas que en realidad no están rotas. Se presenta en mi casa sin que nadie la invite, a veces, a horas intempestivas. Si ve mi camioneta en el pueblo se para, así que no puedo ir tranquilo a ningún restaurante. Me llama para avisarme de diferentes espectáculos. Insinúa que debo invitarla a algún lugar romántico o, simplemente, a cenar. Me ofrece sexo a pesar de que no he vuelto a querer acostarme con ella desde antes de que nos divorciáramos. Dime, ¿qué tengo que hacer para deshacerme de ella?

Olivia se sentó.

–¿Has estado enamorado de mi hermana alguna vez?

—¿Esa es tu respuesta?

—Me parece una pregunta justa.

Quizá lo fuera, pero golpeaba allí donde más le dolía su propia culpa.

—¿Tú qué crees?

Olivia le dirigió una mirada suplicante.

—¿No podemos tener una conversación sincera, Kyle? Por favor. Han pasado muchas cosas entre nosotros de las que nunca hemos hablado. Los dos estuvimos envueltos en el mismo... desastre sentimental, no se me ocurre otra forma mejor de decirlo. Hubo mucho dolor y todavía quedan cicatrices. A lo mejor ya va siendo hora de... de abordar ese tema.

—¿Brandon sabe que estás aquí?

—Por supuesto. Él ha estado de acuerdo en que viniera.

—Muy bien —pensó que quizá se arrepintieran de aquella conversación durante el resto de su vida, pero se sentó detrás del escritorio—. ¿Quieres que hablemos de ello? Nunca he estado enamorado de Noelle. Pero eso ya lo sabes —y también sabía por qué, aunque él no estuviera dispuesto a decírselo—. Lo intenté, pero desde el principio fue una batalla perdida.

La boca de Olivia adoptó un gesto de tristeza.

—¿No te das cuenta de lo triste que es?

¿Aquello iba a convertirse en un festival de compasión por Noelle? Porque compasión era lo último que sentía.

—Claro que me doy cuenta. ¿O es que tú no te das cuenta de que lo que me tiene encadenado a ella es su incapacidad para desenvolverse en la vida?

Cuando Olivia se le quedó mirando sin decir nada, Kyle estuvo a punto de levantarse para indicarle que era preferible que se fuera. ¿De qué más podían hablar? Lo que él pudiera sentir o dejar de sentir por Olivia no importaba. Nada podía cambiar el hecho de que estuviera casada con Brandon.

—Si te he hecho daño, lo siento —le dijo.

Kyle se frotó la cara.

—Si hay algo por lo que no debes disculparte es eso, Olivia. Los dos sabemos que todo fue culpa mía.

—No me enamoré de Brandon por despecho. Me gustaría que lo supieras.

—Lo comprendo. Es irresistible.

—¿Esa va a ser tu respuesta? ¿El sarcasmo?

Kyle se aclaró la garganta.

—Lo siento. Mira, como ya le dije a él la semana pasada, me alegro mucho de que seáis felices. Y esa es la absoluta verdad.

—Sí, y por eso podemos tener una relación tan buena contigo. No hay muchas personas que hubieran sido capaces de dejar en el pasado lo que ocurrió, fuera quien fuera el culpable. Y, confía en mí, sé que Noelle no fue menos culpable que tú.

Cuando le dirigió la leve sonrisa de pesar que siguió a aquellas palabras, Kyle se dio cuenta de que, desde que Olivia había llegado a su despacho, aquella era la primera vez que no sentía la presión en el pecho que normalmente experimentaba nada más verla.

—Quiero estar segura de que la relación que estamos construyendo, una familia en este caso, no va a suponer sufrimiento para nadie.

Brandon le había dicho lo mismo, así que era obvio que habían hablado sobre el tema.

—Cada relación cambia a su propio ritmo. Estaremos bien.

—Espero que tengas razón —su sonrisa pareció más relajada—. Así que ahora estás con Lourdes Bennett, ¿eh? Una estrella de la música *country* nada menos. Ted me dijo que estuvisteis ayer en su *jacuzzi*.

—Nos estamos divirtiendo un poco. Pero no es nada serio.

Eso era lo que habían decidido decir a todo el mundo. Él estaba conforme con ello y, aun así, había momentos en los que no tenía la sensación de estar fingiendo. Momentos en los que empezaba a experimentar ciertas cosas que solo había sentido por Olivia hasta entonces.

Lourdes no lo sabía, por supuesto. Y él sabía que era ridículo tomárselo en serio. Era consciente de que no iba a terminar con ella; no tenía una sola oportunidad.

—Ya entiendo.

Kyle tuvo la sensación de que Olivia esperaba que se mostrara más comunicativo sobre aquel tema. No iba a añadir nada más, pero tenía una pregunta que quería hacerle a ella. ¿De verdad le había resultado tan fácil como parecía olvidarle? Si era así, no podía haber estado muy enamorada de él. Su capacidad para rehacer su vida a tal velocidad había dejado una de aquellas cicatrices que la propia Olivia había mencionado. Y era, con mucho, la peor.

—Sabía que terminarías con alguien especial –dijo Olivia.

Kyle se levantó, mordiéndose la lengua para no plantear la Gran Pregunta.

—Gracias, me alegro de que hayas venido.

Olivia se levantó, pero vaciló un instante.

—Tengo algo que decirte.

A Kyle le preocupó que no le mirara a los ojos.

—¿Y es...?

—Noelle ha venido hoy a verme.

—¿No soléis veros a menudo?

—Sí, pero... supongo que no te has enterado.

—¿De qué no me he enterado?

—Anoche la despidieron del Sexy Sadie's.

Kyle rodeó el escritorio.

—¿Qué pasó?

Olivia se puso el bolso al hombro.

—Se peleó con otra camarera.

De alguna manera, aquello no le sorprendió.

—¿La otra chica está bien?

—Sí, y también Noelle. Pero eres tú el que me preocupa.

—¿Por qué? —preguntó Kyle, cada vez más inquieto.

—No tiene mucho sentido, pero, al parecer, te echa la culpa a ti.

Kyle se irguió estupefacto.

—¿Qué tengo que ver yo con que haya perdido el trabajo?

—Dice que la has engañado. Que hiciste ciertas promesas que... la llevaron a creer que volveríais a estar juntos. Y que ahora estás con otra mujer. Me ha dicho que está cansada de que la dejes en la cuneta cada vez que decides que no la necesitas.

—¡Pero eso es una locura!

—Lo sé, pero he pensado que debía advertirte. La cuestión es que está diciendo cosas... muy duras. No me extrañaría que... intentara castigarte.

Tampoco a él. Había sido ella la que había ido a ver al director de la *Gold Country Gazette* para darle la noticia de que Lourdes estaba en el pueblo con intención de hacerle daño.

Por lo visto, no le había hecho ninguna gracia que el tiro le saliera por la culata.

—¿Y cómo?

—Ni siquiera me atrevo a imaginarlo. Cuando ha estado hablando conmigo, he tenido la sensación de que estaba mucho más enfadada de lo que debería. Su manera de despotricar contra ti y de hablar de ti es casi delirante. Es como si te hubieras estado acostando con ella y le hubieras prometido una reconciliación. Está convencida de que la has estado utilizando.

Kyle no tenía palabras para expresar lo que le estaba pasando por la cabeza. Lo único que fue capaz de decir fue:

—¡Jamás la he llevado a pensar que podía tener el menor interés en ella!

—Pero ella ha ido sumando todo lo que has hecho por ella y diciéndose a sí misma que, si estabas dispuesto a pagar para que no perdiera su coche, o los suministros, o lo que fuera, algo tiene que importarte. Y durante todo este tiempo yo siempre he sabido que le gustaría no haberte perdido. No quiere enfrentarse al hecho de que te ha perdido y prefiere pensar que no hay nada que se interponga entre vosotros para una posible reconciliación.

—El problema es que ahora hay algo, o alguien, que se interpone.

—Sí. Lourdes.

Kyle la miró con los ojos entrecerrados.

—Pero jamás le haría a Lourdes ningún daño.

Al menos, eso era lo que le había dicho a Lourdes. Pero después de lo que Olivia estaba contando de su hermana, ya no estaba tan seguro.

Olivia le miró por fin a los ojos.

—No creo que vaya a hacerle nada serio. Pero no me sorprendería que intentara vengarse de ella de alguna manera...

—¿Como por ejemplo?

Olivia extendió las manos.

—Escribiéndole una carta cargada de odio. Desafiándola en público. Enviando críticas poco halagadoras de su música. Haciendo correr rumores y mentiras tanto en el pueblo como en internet. Cosas insignificantes.

A Kyle no le costaba nada imaginar a Noelle actuando de una forma tan despreciable.

—No quiero que nada estropee la estancia de Lourdes en el pueblo.

Olivia le dirigió otra sonrisa y le apretó el brazo.
—Te gusta de verdad, ¿eh?
Por suerte, Olivia continuó antes de que Kyle pudiera admitir o negar lo que sentía.
—Quiero lo mejor para ti, así que me alegro tanto de verte feliz como tú de verme feliz con Brandon. Y espero que me creas.
—Claro que sí.
En un impulso, le dio un abrazo con el que pretendía enmendar su mal humor, un mal humor que tenía muy poco que ver con ella y mucho con su hermana, y le tranquilizó darse cuenta de que era un abrazo... normal. No se sintió sucio, como si estuviera utilizando una estrategia para estar cerca de ella. Ni tenso, ni cohibido, como en las ocasiones en las que se había visto obligado a abrazarla delante de su familia en alguna festividad. Fue un abrazo sincero y respetuoso, como debería serlo entre cuñados, no un abrazo cargado con los recuerdos de lo que habían sido el uno para el otro, unos recuerdos de los que le había costado tanto escapar.
—Es posible que por fin hayamos dejado atrás el pasado, tanto tú como yo —musitó Olivia, y alzó la mirada hacia él.
Excepto que, en su caso, la relación con Lourdes era una farsa. Y, por culpa de Noelle y de su alma vengativa, era posible que Lourdes tuviera que pagar las consecuencias de aquella felicidad fingida.

Capítulo 17

—Ya es hora de que escriba a alguna de esas mujeres, ¿no crees? –aquella noche, Kyle estaba sentado en la barra de la cocina con el portátil abierto–. O, por lo menos, de dar alguna señal de vida a aquellas que han intentado ponerse en contacto conmigo.

Lourdes estaba tras él, horneando un bizcocho de chocolate. Le había dicho que se había inventado la receta y que le iba a encantar.

Desde luego, la casa olía bien. Kyle estaba disfrutando de la sensación de domesticidad que le transmitía el tenerla cerca. Cada vez tenía más ganas de llegar a casa después del trabajo por las noches, pero estaba intentando no pasar demasiado tiempo con Lourdes. Porque estaba empezando a fijarse en cosas en las que no se fijaba con otras amigas. Como en la forma en la que se le iluminaban los ojos cuando le gustaba algo, o en lo contagiosa que era su risa, o en el calor que emanaba su cuerpo cuando se acercaba a él para enseñarle una fotografía en el teléfono. ¡Y todavía recordaba el olor de su perfume, que había percibido una hora antes, cuando le había servido su plato durante la cena! Todos ellos eran los síntomas clásicos del enamoramiento. Así que iba a hacer el esfuerzo de su vida para no verse de nuevo atrapado en una situación complicada.

—¿Estás en Single Central?

Parecía un poco sorprendida y Kyle comprendía los motivos. Ninguno de ellos había vuelto a mencionar aquellas citas *online* desde que había creado su perfil. A Kyle le había extrañado, teniendo en cuenta lo entusiasmada que estaba al principio.

—He pensado que debería darle algún seguimiento.

—¿Y a qué viene ese repentino interés? —preguntó Lourdes después de una pausa.

—He pensado que no debería desperdiciar el tiempo que invertiste en crear mi perfil.

—¿En una web en la que al principio ni siquiera querías estar?

Fingiendo más interés en el perfil de Debbie Mayo del que realmente sentía, contestó:

—A lo mejor he sido demasiado estrecho de miras — algo tenía que hacer, ¿no?

Después de haber pasado más de seis años enamorado de Olivia y sintiéndose culpable por Brandon, agradecía que aquellos sentimientos por fin se hubieran disipado. Pero no podía permitir que otra mujer, y una mujer con la que no tenía más oportunidades, la remplazara. Para evitarlo, había estado pensando que debería esforzarse más en el frente de las citas, que debería intentar conocer a alguien con quien de verdad tuviera alguna posibilidad.

Lourdes se acercó a ver lo que estaba mirando.

—No puedo decir que no sea atractiva.

Llegó de nuevo hasta él la fragancia de su perfume. Olía tan bien que estuvo a punto de cerrar los ojos y respirar hondo. Por suerte, fue capaz de resistirse a la tentación.

—¿Pero?

—¿Tienes mucha prisa?

No la había tenido, hasta aquel día. Había pensado que su eterna devoción por Olivia le mantendría a salvo de la atracción que sentía por Lourdes. Pero aquel escudo protector parecía ser cada vez más endeble. Y estando Lourdes tan presente y accesible, de pronto le parecía esencial encontrar otro centro de interés sentimental.

—La verdad es que no —mintió—, ¿por qué lo preguntas?

—Es solo que... ya sabes lo que le dije a Ed. Y lo que publicó ayer la *Gold Country Gazette*.

—Insinuó que teníamos una relación sentimental.

—Sí. Y yo dejé que llegara a esa conclusión, porque estoy alojándome en tu casa y la gente lo asumirá de todas maneras. Tú mismo dijiste que todo el mundo se lo había creído.

—Y es cierto —señaló el perfil de la mujer que había estado considerando como posible candidata—. Pero ella no es de Whiskey Creek. Nadie del pueblo tiene por qué enterarse de que estoy saliendo con una mujer.

—Yo estaba pensando que deberíamos borrar tu perfil, que no deberías utilizarlo todavía. Single Central es una web muy importante. No sabemos quién puede acceder a ella. Y cuando comiencen a publicar otros periódicos la noticia de que he sustituido a Derrick por otro hombre, que eres tú, se enterará todo el mundo.

De modo que aquella era la razón por la que ya no le hacía tanta gracia la idea de las citas *online*. Había sido por motivos exclusivamente prácticos. Él había estado tentado a esperar que hubiera algo más en juego, que quizá también Lourdes estuviera empezando a sentir parte de aquella atracción. La manera que tenía a veces de mirarle así lo sugería.

Aunque, a lo mejor, eran imaginaciones suyas.

—Es posible que me equivocara al pensar que la noticia iba a correr tan rápido —replicó Kyle.

Se había equivocado con la gente de Whiskey Creek, ¿no? Muchos de sus vecinos se habían acercado a él cuando estaba fuera, pero nadie se había presentado en su casa, como él había temido.

—A lo mejor el artículo de Ed pasa inadvertido, salvo para la gente de aquí. ¿A quién le importa lo que pueda publicar la *Gold Country Gazzette*?

—Es posible que en este momento el interés esté localizado en el pueblo. Pero hay servicios que revisan la prensa local buscando cualquier noticia que pueda ser de interés para periódicos más importantes y para la prensa del corazón. Y encontrarán esto —se quitó un poco de harina que tenía en la mejilla—. Lo siento, pero no pensé en ello cuando le di a Ed la noticia. Pensaba que nos estaba haciendo un favor a los dos, puesto que una relación contigo me permitía salvar la cara y a ti te quitaba el estigma de seguir enamorado de la mujer de tu hermano.

—Y sigo estando de acuerdo con el plan —lo único que esperaba era que no terminaran empeorando las cosas.

—¿Estás seguro?

—Por supuesto —señaló su perfil—. Adelante, bórralo si quieres. Ya me ayudarás a subirlo otra vez antes de marcharte.

Lourdes se acercó al ordenador.

—Hecho —dijo unos segundos después—. Gracias. Lo último que necesito es que alguien te reconozca y notifique a la prensa que tú también me estás engañando. Empezarían a decir que no soy capaz de retener a un hombre o algo parecido —esbozó una mueca—. A la prensa del corazón le encantan ese tipo de casos.

—Es el tratamiento Jennifer Aniston.

—Sí.

Kyle no podía exponerla a un escándalo mayor. Lourdes apenas estaba empezando a relajarse y a sentirse segura. Quería darle todo el tiempo que necesitara para recuperarse.

—¿Y cuándo estará hecho ese bizcocho? Estoy deseando probarlo.

Lourdes se levantó y le dio un abrazo.

—Muy pronto.

Maldiciendo el repentino deseo que fluyó en su interior, Kyle giró hacia la cocina en el mismo instante en el que ella le soltó. Si no podía tener citas y ni siquiera podía distraerse buscando una mujer a la que encontrara atractiva, aquel iba a ser el mes más largo de su vida.

—Todavía no te he contado de lo que me he enterado hoy.

—¿De qué te has enterado?

—Anoche Noelle tuvo una pelea en el trabajo y la despidieron. Me han dicho que ha sido porque se enfadó al leer ese artículo.

—¡Pero si ella fue la culpable de que se publicara! ¡Fue ella la que le contó a Ed que yo estaba en el pueblo!

—Sí, es cierto, pero lo de llamar a Ed no es nada comparado con lo que podría llegar a hacer. A lo mejor debería ir a verla y comprobar si puedo arreglar la situación.

Noelle era la última persona a la que le apetecía ver, pero si de aquella manera podía impedir que le hiciera algo malo a Lourdes…

—No vayas, por favor. Estoy empezando a pensar que es la clase de persona capaz de agredirse a sí misma y culparte a ti. Cuanto más sé de ella, menos confío en Noelle.

—No soy yo el que me preocupa. No soy un personaje público, así que no soy tan vulnerable como tú.

—Por mí no lo hagas. No tiene ningún motivo para hacerme daño.

—Los celos son… celos. Es un sentimiento irracional.

—Es cierto, pero nada nos garantiza que el que vayas a verla pueda servir de algo, sobre todo porque no vas a poder darle lo que ella quiere. Yo creo que es preferible seguir como si no existiera —señaló hacia el cuarto de estar, donde estaba el árbol de Navidad iluminado en una esquina–. Es Navidad. Olvidémonos de todo lo que nos preocupa y disfrutemos de estas próximas semanas.

–¿Y ese disco que tenías que componer? –le preguntó él.

Lourdes le miró esperanzada.

–Ya he empezado la primera canción, aunque voy despacio. He perdido la confianza en mí misma hasta tal punto que nada me parece bien. Pero espero que me vaya resultando más fácil con el tiempo.

–Lo que tienes que hacer es no dejarlo.

–Exacto.

Kyle puso los brazos en jarras. A lo mejor, si renunciaba a intentar mantener una relación amistosa con su ex e interrumpía toda comunicación con ella, no solo se haría un favor a sí mismo, sino que también estaría haciéndoselo a Noelle. Aunque continuara enviándole cada mes el cheque que se había comprometido a pagarle.

En realidad, teniendo en cuenta la cantidad de dinero que le había prestado, le había adelantado el cheque de los seis próximos meses por lo menos. Pero si con aquella mensualidad conseguía que Noelle se metiera en sus asuntos y le dejara en paz, estaría encantado de enviárselo. Además, tras haber perdido uno de sus trabajos, iba a necesitar el dinero más que nunca.

De pronto, comprendió que tenía una manera infalible de presionar a Noelle.

–No te preocupes –le dijo a Lourdes–. Todo saldrá bien.

Eran más de las doce de la noche cuando llamó a Noelle. Hacía un buen rato que Lourdes se había acostado. Kyle no quería que oyera aquella conversación, pero tampoco quería dejar que pasara la noche sin intentar evitar posibles problemas. Por mucho que Lourdes pensara que no debía hacer nada, Noelle no era la clase de persona que diera marcha atrás con facilidad cuando estaba tan obsesionada como lo había estado últimamente. El problema era que Lourdes había llegado en un mal momento, durante uno de los muchos periodos en los que Noelle no tenía ninguna otra relación y volvía a perseguirle a él. Se sentía desplazada, rechazada, y Kyle imaginaba que estaba dispuesta a destrozarles la vida.

Mientras caminaba por el patio trasero, esperando a que descolgara el teléfono, recordó algunas de sus peores discusiones. Noelle había perdido la paciencia muchas veces, en aquellas ocasiones arrojaba objetos, los rompía o se abalanzaba contra él como si quisiera pegarle. Aquella era una de las razones por las que se había negado a comprarle la casa, las joyas, los viajes y la ropa que demandaba. No tenía por qué malgastar su dinero. El hecho de que un negocio fuera bien no significaba que fuera a ir siempre de la misma manera. Tenía que estar preparado para lo peor. Pero, además, tampoco había tenido ningún interés en reforzarle aquella conducta.

Por suerte, Noelle nunca le había pillado en una situación tan poco ventajosa como para hacerle daño de verdad. Aunque en algunas ocasiones debería haber llamado a la policía, tenía demasiado orgullo. No quería que sus padres y amigos, y todo el pueblo, supieran lo terrible que era su matrimonio. De modo que, cuando ella intentaba atacarle, la sujetaba de tal manera que no pudiera darle patadas, golpearle o arañarle. Y, en otras ocasiones, se marchaba. Había pasado muchas noches en la oficina, como Morgan bien sabía. Aquel era, en parte, el motivo por el que su asistente odiaba a Noelle. Morgan era la que llegaba por las mañanas a la oficina y le encontraba durmiendo en un colchón inflable que guardaba en el despacho. Probablemente había contado a otros que no era feliz con Noelle, de modo que él tampoco podía decir que hubiera mantenido sus problemas en secreto. Pero, por lo menos, nadie se había enterado de hasta qué punto había sido terrible su situación.

Noelle no contestó. Volvió a llamarla. Sabía que siempre tenía el teléfono cerca y, si estaba dormida, pretendía despertarla.

Noelle parecía estar peor que cuando estaban casados, reflexionó mientras el teléfono comenzaba a sonar otra vez. Más inquieta. Más rencorosa. Dispuesta a llegar más lejos que antes incluso. Y ya entonces le había impactado su conducta. Aquello era lo que más le preocupaba. Y era la razón por la que pretendía dejarle claro que haría bien en no destrozar la imagen de Lourdes ni intentar hacerle ningún otro tipo de daño. Porque no lo iba a permitir.

—¿Ahora me llamas? —le espetó Noelle cuando contestó el teléfono.

No parecía que la hubiera despertado. Tampoco empleó un tono estridente de voz. Se comportó como si él le debiera aquella llamada y el hecho de haberla conseguido fuera una especie de victoria.

—No sé de qué me estás hablando.

—Por tu culpa he perdido el trabajo. ¡De eso es de lo que estoy hablando!

Después de su conversación con Olivia, de alguna manera, estaba preparado para encontrarse con algo así. Sabía que Noelle le culpaba de aquel incidente, aunque aquello no tuviera ningún sentido.

—Eso es ridículo. Estoy seguro de que incluso tú eres capaz de darte cuenta de que yo no tuve nada que ver. Siento lo que te pasó, pero, por lo que yo sé, no tienes a nadie a quien culpar de lo ocurrido, salvo a ti misma. Fuiste tú la que empezó la pelea, ¿no?

—¡No, yo no la empecé! Fue ella la que me provocó.

Kyle estaba demasiado concentrado en dejarle las cosas claras como para preguntar quién era «ella».

—Pero supongo que fuiste tú la primera en llegar a las manos.

—No le habría hecho nada si no hubiera estado tan enfadada por lo mal que me estás tratando.

Allí estaba la supuesta conexión, presentada con la habitual y retorcida lógica de Noelle. Pero, en aquella ocasión, la curiosidad de Kyle por la identidad de la víctima se impuso a la necesidad de dirigir la culpa allí donde debía.

—¿Quién es ella?

—Genevieve Salter.

—¿Tu amiga? ¡Pero si te cae muy bien! Te he visto muchas veces con ella.

—Era mi amiga. Ya no lo es...

—¿Por qué?

—Porque... —se produjo una pausa mientras intentaba inventar una respuesta, pero no se le ocurrió ninguna convincente—. ¡Oh, no importa! De todas formas, no me creerías. Ya sé cómo eres.

—Soy sincero, Noelle, mientras que tú prefieres mentirte a ti misma.

—¡Cállate! Lo que pasó no importa. Genevieve no se merece que me sienta mal por ella.

—¿Y tu trabajo?

—De todas formas, no quería seguir trabajando en el Sexy Sadie's. Ese lugar es un vertedero. Me merezco algo mejor.

—Pero tu situación ya es bastante difícil.

Por lo que ella misma había admitido, solo tenía doscientos cincuenta dólares ahorrados, el dinero que le había dicho que podía adelantar para el calentador. Un calentador que, pensando en ello, todavía necesitaba, puesto que había rechazado el que él le había dado. Aunque, según Olivia, Noelle había manipulado a sus padres para que la ayudaran a pagarlo, de modo que quizá todavía le quedara un pequeño colchón.

—Soy una buena camarera. Conseguiré trabajo en otra parte.

Kyle dudaba de que pudiera conseguirlo en Whiskey Creek. En el pueblo no había mucho trabajo y su reputación la precedía. Lo cual significaba que tendría que ir cada día a otro pueblo o, quizá, probar suerte en el casino, que no estaba lejos de allí.

¿Pero por qué pensar en ello? Lo que Noelle hiciera o dejara de hacer era problema de ella.

—Supongo que, hasta entonces, la pensión que te paso va a ser un ingreso importante...

Se produjo otra pausa, aquella más larga que la anterior. Cuando Noelle respondió por fin, Kyle percibió una buena dosis de recelo en su voz.

—¿Qué se supone que significa eso?

—Significa que necesitarás el dinero para salir adelante, con independencia de lo que hagas. Y que tendrás que confiar en que yo te lo proporcione.

—Lo dices como si me estuvieras haciendo un favor, como si tuvieras otra opción —le dijo—. Tienes que pagarme de todas formas. Es un mandato judicial. Si no me pagas, te embargarán la cuenta.

—Lo harían si no fuera porque te he pagado miles de dólares por adelantado y puedo demostrarlo —no había sumado la cantidad exacta. Hasta entonces, no había querido saberla. Pero tenía comprobantes de todos los pagos—. Teniendo en cuenta todo el dinero que te he dado, es posible que pudiera esperar seis meses hasta hacerte el próximo pago.

—¡Seis meses! Es imposible que me hayas dado tanto dinero.

—Piensa en ello. Durante los últimos cinco años has estado tratándome como si fuera un cajero automático. Pagué más de dos mil dólares para que te arreglaran el coche. Te he pagado el alquiler cuando no llegabas a fin de mes, el teléfono móvil y otros suministros. Y no hace mucho, también el seguro para que pudieran operarte. Solo eso ya suma tres mil quinientos dólares.

–¿Y piensas utilizar también lo de la operación contra mí? ¡Dios mío! ¿Qué clase de hombre eres? ¡Ese ha sido un problema causado por la muerte de nuestro bebé!

–Por el aborto, sí. Eso fue hace casi seis años. Si crees que es necesario sacar a colación lo del bebé, podemos ahondar en ello. En cualquier caso, no creo que los tribunales me consideren responsable si alguna vez esto se convierte en una batalla legal.

–¡Eres un canalla!

Kyle advirtió la perplejidad que reflejaba su voz. Jamás había sido tan duro con ella. Noelle no estaba acostumbrada a aquel trato. Pero estaba harto de dejar que se saliera siempre con la suya. Se había acabado aquello de castigarse a sí mismo por el orgullo herido, por haber sido tan estúpido como para terminar casándose con ella.

–También puedo demostrar que he hecho todo lo posible para ayudarte.

Sorprendentemente, Noelle pareció hacer un esfuerzo por dominar su genio.

–Y yo te lo he agradecido. La otra noche... te llevé la cena, ¿no?

¿Y pensaba que aquel gesto estaba a la misma altura?

–Sí, y fue un gesto muy amable –aunque lo hubiera hecho con la esperanza de volver a acostarse con él–. Así que deduciré varios dólares del total que he pagado.

Silencio. Había conseguido desconcertarla de verdad.

–¿Adónde quieres llegar, Kyle? ¿Me estás diciendo que a partir de ahora no piensas pagarme?

Bajo la luz de la luna, Kyle podía ver el resplandor de algunos restos de nieve sobre la hierba. Se subió el cuello del anorak, pero apenas sentía el frío.

—No, no es eso lo que estoy diciendo. No quiero que tengas que volver a casa de tus padres.

Sabía que Noelle haría cualquier cosa para evitarlo. Porque entonces sus padres sabrían el tipo de vida que llevaba; lo mucho que salía por las noches, lo mucho que bebía, la cantidad de hombres con los que se acostaba y todas aquellas cosas que compraba aunque no las necesitara y que la obligaban a pedir dinero prestado.

—¿Entonces por qué lo mencionas? —preguntó.

Era obvio que sabía que se proponía algo.

—Porque creo que ya va siendo hora de que tú y yo lleguemos a un acuerdo.

—Eres tú el que lo ha estropeado todo —le acusó.

—Eso no es cierto.

—¡Claro que sí! Ahora que tienes a otra mujer, te sientes muy orgulloso de ti mismo. Pero deberías darte cuenta de que Lourdes no va a quedarse aquí para siempre. No podrás tener una relación seria con ella. Y, cuando vuelva a Nashville, ni siquiera se acordará de tu nombre.

Noelle lo decía porque era propio de ella el ser tan mezquina, pero Kyle sabía que tenía razón.

—Lo que pase entre Lourdes y yo no es asunto tuyo, Noelle, así que no me des consejos. Lo único que quiero es que te mantengas al margen.

—Lo único que estoy diciendo es que podrías intentar no ser tan desagradable conmigo. Cuando Lourdes se vaya, es posible que vuelvas a desearme.

¿Pero qué estaba diciendo?

—No, no voy a desearte, Noelle. Jamás te desearé y no te he deseado... —estuvo a punto de decirle que no la había deseado nunca, pero no había ninguna razón para ser cruel—, no te deseo desde hace mucho tiempo. Y, por cierto, no sé qué recuerdos tienes tú, pero no nos acostamos desde antes de que nos separáramos. Durante los últimos cuatro meses de nuestro matrimonio dormimos en habitaciones separadas.

Después de enterarse de que había perdido el bebé, no había querido volver a acostarse con ella. No confiaba en Noelle. Tampoco la deseaba. Y no entendía por qué ella pensaba que aquello podía haber cambiado salvo porque, como siempre, se estaba inventando la realidad.

—¡Porque siempre has estado enamorado de mi hermana, aunque ella esté con tu hermano! —gritó.

Le había lanzado aquella acusación muchas veces. Y solía molestarle porque era cierto. Pero aquella noche, cuando fue capaz de contestar con un sincero «puedes decir lo que quieras», supo que había superado el pasado. ¡Por fin!

—Te arrepentirás de lo que me has hecho —le amenazó Noelle—. ¡Me has arruinado la vida!

La indiferencia de Kyle solo había conseguido enfadarla más.

—No cuelgues —le pidió Kyle. Sabía que estaba a punto de hacerlo—. Quiero que oigas todo lo demás.

—Adelante —gritó ella—. No vas a pagarme. ¿Es eso lo que vas a decir?

—Que te pague o no dependerá de ti.

—¿De qué manera? —el tono fue más mohíno que furioso.

—Tendrás que mantenerte alejada de Lourdes y de mí. No quiero más llamadas ni peticiones de ayuda, no quiero que pares al ver mi camioneta cuando estoy intentando comer algo, comprar o tomarme un café.

—¡Eh, ya basta! —le interrumpió—. Lo dices como si te estuviera acosando.

A veces, era así cómo él se sentía, pero continuó como si Noelle no hubiera dicho nada.

—Y será mejor que no le hagas nada malo a Lourdes. Si me entero de que has estado difamándola, colgando información en internet o haciendo cualquier cosa que pueda perjudicar su carrera o hacerle daño en cualquier otro sentido, no te daré un solo centavo más.

–No puedes negarte a pagarme eternamente –replicó en un tono algo menos desafiante que el anterior.

–Es posible. Pero puedo retener el dinero hasta que empiece a debértelo. Hasta que te veas obligada a forzarme a pagar. Y, antes de llegar a esa situación, puedo llevarte de nuevo a los tribunales e intentar rebajar la cantidad que te pago al mes. Y te prometo que si las cosas van por ahí, tendrás que hacerte cargo de muchas más cuentas de las que estás pagando ahora.

–¡Ya bajaste la cantidad otra vez! El juez no te permitirá volver a hacerlo.

Kyle no creía que estuviera muy convencida de ello, a pesar de sus palabras. Él tampoco lo estaba. Habían sido tantas las ganas que tenía de conseguir el divorcio que había aceptado pagar una cantidad excesiva, así que había terminado acudiendo a los tribunales para que la reajustaran. El juez se había limitado a aceptar la cantidad que proponía en lugar de la que estaba pagando hasta entonces. En cualquier caso, era mucho más dinero del que debería pagarle, teniendo en cuenta el poco tiempo que habían estado juntos y que no habían tenido hijos. En gran parte, la había estado manteniendo durante aquellos últimos cinco años. Tiempo más que suficiente como para que una mujer sin hijos asumiera la responsabilidad de sus propios gastos.

–¿Estás dispuesta arriesgarte? –le preguntó–. ¿Estás dispuesta a arriesgarte a quedarte con menos? ¿O sin nada?

Nada. Silencio.

–Por lo menos dime que comprendes mis condiciones –le dijo–. En caso contrario, asumiré que te niegas a obedecer y no te enviaré el cheque de enero.

–¡No puedes estar hablando en serio! Acabo de perder

mi trabajo, es probable que no tenga dinero ni para comer, ¿y serías capaz de hacerme una cosa así?

Siempre tenía a sus padres. A Kyle no le preocupaba que se quedara sin comer.

—Claro que sería capaz.

—No estás siendo justo...

—Dime que lo has entendido —repitió Kyle—. Es lo único que quiero oír.

Al cabo de unos segundos, Noelle contestó con un malhumorado:

—Lo he entendido —pero añadió—. Esto jamás te lo perdonaré —y colgó.

Kyle no sintió la euforia que esperaba después de aquella llamada. Las últimas palabras de Noelle le dejaron incómodo. Para mantener la paz en Whiskey Creek, para evitar que el pasado dañara la felicidad de Brandon y Olivia y para expiar sus propios errores, siempre había evitado una confrontación directa. Había soportado a Noelle, había intentado ser persuasivo, la había ignorado cuando había podido y, cuando no había sido posible, había llegado a acuerdos con ella. Al final, la solución siempre era darle dinero porque era la manera más rápida de contentarla. Jamás la había sacado decididamente de su vida, hasta ese momento, y no estaba seguro de cómo iba a reaccionar.

Pero había hablado en serio. No pensaba darle ni un centavo más si hacía algo que no debiera.

No iba a seguir permitiendo que lo que había sentido por Olivia controlara su vida. Y no iba a seguir aguantando a Noelle. Aunque había estado encadenado a aquellas dos mujeres por motivos muy diferentes, por fin era libre...

Tomó aire y sonrió. A lo mejor sí que sentía una ligera euforia.

Capítulo 18

En cuanto terminó de hablar con Kyle, Noelle llamó a Olivia. Pero Olivia no contestó. Tuvo que llamarla tres veces antes de que lo hiciera.

—¿Diga?

¡Por fin! Cuando Olivia contestó, Noelle supo, por lo espesa que sonaba su voz, que estaba durmiendo.

—¿Noelle? ¿Eres tú? —preguntó Olivia ante la falta de respuesta.

Haciendo esperar a su hermana para aumentar el efecto dramático, Noelle jugueteó con el grifo del fregadero. Había comenzado a gotear cinco minutos antes y no había conseguido arreglarlo. Necesitaba un fontanero para arreglar el grifo y para que le instalara un calentador nuevo. De hecho, necesitaba muchas cosas y tenía muchas menos probabilidades de conseguirlas después de haber perdido su trabajo. De todas formas, no estaba segura de por qué trabajaba en el Sexy Sadie's. No debería tener dos trabajos cuando todo el mundo se ganaba la vida de una forma mucho más fácil. Olivia se dedicaba a organizar la boda de Riley, ¡como si organizar una boda tuviera algún misterio!

—¿Noelle? —repitió Olivia, en aquella ocasión tan preocupada como Noelle pretendía—. ¿Estás bien?

—No, no estoy bien –dijo, fingiendo llorar–. Acaba de llamarme Kyle.

Se oyó un ruido de sábanas al otro lado.

—¿A esta hora?

—Ya te lo he dicho. No es un hombre tan considerado como tú crees.

Olivia no contestó, pero Noelle pudo oír a Brandon de fondo.

—¿Quién es, cariño? ¿Qué ha pasado?

—Es mi hermana –susurró Olivia–. Vuelve a dormirte. Hablaré con ella en el cuarto de estar. Espera un momento –le dijo después a Noelle.

Continuó en silencio durante algunos segundos, hasta que supo que ya no molestaba a su marido. A ese mismo marido que a ella no le daría ni la hora. Era un imbécil, pensó Noelle, tan malo como su hermanastro.

—De acuerdo, ¿qué pasa? ¿Por qué te ha llamado Kyle? Y, por favor, no insinúes que te ha llamado para acostarse contigo. Me ha dicho que hace años que no tenéis relaciones.

—¡Por supuesto! ¿Qué otra cosa va a decir él? Ahora que se está acostando con la famosa Lourdes Bennett, ya no me necesita a mí. Me ha llamado para decirme que no va a pagarme la pensión, ¿te lo puedes creer?

—Pero Kyle sabe que no puede dejar de pagártela. Cuando os divorciasteis, estuvo de acuerdo en pasarte una cantidad al mes. Recuerdo que hace poco se redujo la cantidad, pero ha seguido pasándotela, ¿verdad?

—Por lo visto, piensa llevarme otra vez a los tribunales para conseguir que la dejen en nada –sorbió por la nariz–. No sé cómo me las voy a arreglar.

—No te dejes llevar por el pánico. No creo que el juez vaya a permitir...

—Kyle tiene suficiente dinero como para contratar a

unos abogados capaces de conseguir algo así, Olivia –la interrumpió.

–Aun así, no me parece propio de Kyle. Siempre ha sido muy generoso contigo.

–Eso lo dices porque no quieres creer que sea tan estúpido. Prefieres creer que yo soy la culpable de todos los problemas que hay entre nosotros. Que todo es culpa mía. Que siempre tengo la culpa de todo.

–Noelle, basta. No estoy señalando culpables. Estoy intentando averiguar a qué se ha debido este cambio tan repentino. Kyle se ha portado muy bien a la hora de pasarte la pensión. Mejor incluso de lo que cabría esperar y, probablemente, mejor de lo que a mí me consta.

–¡No se ha portado mejor de lo que cabría esperar! Ha contado hasta el último centavo que me ha prestado y ahora pretende tenerlos en cuenta.

–Cualquiera lo haría, Noelle. No te debe nada más. Hasta el hecho de que te preste dinero es un gesto generoso. Lo único que te debe es la cantidad que determinó el juzgado. Siempre te la ha pagado y, normalmente, pronto porque sabe que estás desesperada por recibirla.

–¿Y quieres que le reconozca algún mérito por eso? ¿Por qué? ¡Para él no es nada, es solo una miseria! Si siguiéramos casados, viviría tan bien como él.

–Pero no estás casada y llevas cinco años divorciada.

–Eso no importa. No tiene por qué contar cada centavo. Él tiene mucho más dinero que yo.

Olivia hizo un sonido de irritación.

–A veces tienes una manera de pensar... No importa. En cualquier caso, acaba de darte un calentador. Es un gesto muy amable, ¿no?

–Me dio un calentador viejo.

–Pero no tenía por qué hacerlo. Y estoy segura de que no te lo tiene en cuenta.

—¡Porque quería sacarlo de su almacén y no tenía nada mejor que hacer con él!

Tras otra breve pausa, Olivia dejó escapar un fuerte suspiro. Después dijo:

—Lo siento. Supongo que todo esto te está afectando mucho. Después de perder el trabajo, cualquier problema debe de parecerte muy angustioso.

Estaba evitando apoyarla. Como siempre, su hermana solo la defendía de boquilla. Olivia nunca se ponía de verdad de su lado, sobre todo cuando se trataba de Kyle. Le respetaba demasiado y no tenía el mismo respeto por ella. ¿Pero quién era Olivia para creerse superior? Se comportaba como si hubiera hecho una gran cosa por haberle perdonado el que se hubiera casado con Kyle. Pero cuando ella se había acercado a él aquella noche en el Sexy Sadie's ni siquiera eran pareja. Olivia se había mudado a Sacramento, había puesto su negocio por delante de su supuesto amor. Después, cuando ella se había quedado con lo que Olivia había abandonado, se había dedicado a hacerse la mártir.

Siempre tenía que hacerla quedar mal, aunque después ella se había casado con Brandon, un hombre tan atractivo y con tanto éxito como el propio Kyle. Olivia tenía todo lo que su mimado corazón podía desear.

¿Y aquello era justo? ¿Cómo iba a ser justa una cosa así?

—¿Eso es lo único que tienes que decir? –preguntó Noelle–. Estoy aquí metida, en medio de este piso de mierda intentando mantenerlo decente cuando está a punto de llegar la Navidad, no tengo trabajo y me encuentro con un exmarido que está intentando clavar el último clavo de mi ataúd. ¿Y lo único que se te ocurre decir es que lo sientes?

—No sé qué otra cosa esperas.

—¿Por qué no haces algo que sirva de algo, para variar? –gritó–. ¡Haz algo, además de fingir que me quieres como hermana!

–Noelle, ¿has estado bebiendo? Tú solo te pones tan agresiva cuando bebes.

Noelle le dio un golpe al grifo y comenzó a salir agua.

–No me ha quedado otro remedio. ¿No beberías tú si hubieras perdido tu trabajo y todo el mundo se volviera contra ti al mismo tiempo? Ni siquiera mi hermana está dispuesta a ayudarme.

–¿Cómo quieres que te ayude?

–Tú tienes muchas cosas. Podrías ayudarme a pasar este momento tan difícil si de verdad quisieras.

–Noelle, ya hemos hablado de esto en otras ocasiones. Brandon y yo tomamos juntos las decisiones y los dos estamos de acuerdo en que no vamos a darte dinero.

–¡Porque sois unos tacaños!

–¡Eso no es verdad! –replicó Olivia–. Puedes llamarme tacaña si quieres, pero Brandon es una de las personas más generosas que conozco. El problema es que has manipulado a mucha gente y por eso nos cuesta confiar en ti.

–¡Esa excusa es una idiotez! Pero si no vas a prestarme dinero, aunque seas mi hermana, al menos podrías intentar interceder por mí delante de Kyle. Él adora hasta el suelo que pisas. Lo único que tienes que hacer es insinuar que no estás dispuesta a consentir que me trate tan mal para que cambie de actitud. Haría cualquier cosa por ti, con Lourdes Bennett o sin ella.

–Yo no estoy tan convencida –respondió Olivia–. Ya no.

–¡Oh, déjalo! Si Kyle no estuviera tan enamorado de ti, seguiríamos juntos. Eres la razón por la que se acabó mi matrimonio, pero, aun así, sigues creyéndote con derecho a ser inflexible conmigo.

–Cuando dices tonterías como esa me dejas sin habla. Cuando te casaste con Kyle ya sabías que no estaba enamorado de ti, así que no me eches la culpa de que tu matrimonio no haya funcionado. Por mucho que quieras tergiversar lo ocurrido y decir que Kyle te estuvo persiguiendo y terminaste cediendo en un momento de debilidad, por mucho que quieras intentar justificar lo que pasó, el hecho es que te acostaste con el hombre del que tu hermana estaba enamorada. El hombre con el que me había estado acostando durante dos años, y lo hiciste en cuanto me fui del pueblo. Y, para colmo, te quedaste embarazada...

–¡Como si yo hubiera tenido algún control sobre eso! ¡Y perdí a mi hijo! ¿No crees que ya he sufrido suficiente?

Se produjo un breve silencio después del cual Olivia dijo en un tono más comedido.

–Noelle, vamos a dejar esta conversación antes... antes de que echemos a perder todo lo que hemos conseguido. No puedo involucrarme. Eres mi hermana y te quiero, pero, lo que pase entre Kyle y tú... es cosa vuestra.

– Genial. Muchas gracias, ¿eh? –respondió Noelle, y colgó.

Pero la cosa no iba a acabar allí. Olivia, Kyle, Brandon y todos aquellos amigos tan pijos lo tenían todo. Siempre lo habían tenido todo y ni siquiera habían sido capaces de compartir con ella unas palabras amables.

Iba a vengarse de todos ellos, aunque aquello fuera lo último que hiciera en su vida.

El artículo de la *Gold Country Gazette* llegó a la prensa nacional seis días después, el jueves. Lourdes estaba a punto de comenzar a cenar cuando recibió varios mensajes de Derrick.

¿Qué demonios? ¿Estás saliendo con alguien? ¿Tan pronto? ¿Cuándo pensabas decírmelo?

Y:

¿No piensas contestar? ¿Los tres años que hemos pasado juntos no me dan derecho ni a una explicación?

Había intentado llamarla varias veces, pero Lourdes había dejado que se activara el buzón de voz. Si la quisiera, si de verdad tuviera algún interés en salvar su relación, no habría dejado que las cosas hubieran llegado tan lejos después del ultimátum que le había dado sobre Crystal.

Además, Lourdes consideraba que debía leer lo que estaba circulando por los medios antes de iniciar con él ninguna clase de discusión.

Frotándose los brazos para protegerse de un frío repentino, se sentó en la mesa de la cocina con el ordenador portátil y escribió su nombre en un buscador.

Por supuesto, había numerosos Tweets, entradas de Facebook y blogs en los que la mencionaban. Su vida sentimental no aparecía en primera plana, pero estaba recibiendo una considerable dosis de atención en la prensa del corazón. Casi una hora después, seguía revisando mensajes y artículos.

La estrella del country, *Lourdes Bennett, deja plantada a su pareja.*

Después de más de tres años, Lourdes Bennett ha abandonado su relación sentimental con su mánager, Derrick Meade. Por lo que ha declarado en una entrevista a la Gold Country Gazette, *el peri*ódico *local de Whiskey Creek, el pequeño pueblo de California en el que está disfrutando de un período sabático retirada del mundo de la música, está saliendo con otro hombre...*

Aquel artículo no la preocupó mucho. Era un relato de los hechos. Y había muchos basados en lo que había declarado. Pero otros no.

¿Crystal Holtree le ha robado el novio a Lourdes Bennett?

Por los rumores que corren en la industria de la música country, *la tan esperada boda entre la cantante de éxito Lourdes Bennett con el que ha sido su mánager y su pareja durante largos años, Derrick Meade, podría haber sido suspendida o cancelada para siempre. Parece ser que Crystal Holtree no solo ha eclipsado a Lourdes en su vida profesional, sino que también le ha arrebatado el puesto en su vida sentimental. Algunos amigos de su entorno, que prefieren mantener su nombre en secreto, han declarado a* I Heart Country *que Lourdes, envuelta en esta difícil situación, ha abandonado Nashville buscando el ambiente más seguro de la región del norte de California en la que se crio...*

¿Qué amigo habría hablado con la prensa?, se preguntó Lourdes. Seguramente, ninguno muy íntimo. Sus verdaderos amigos no la traicionarían. Tenía que haber sido alguno de sus ayudantes, o algún becario de su antigua firma. A lo mejor alguien que la había visto discutiendo con Derrick en el aparcamiento. Porque nunca había sido tan estúpida como para revelar su malestar en público.

Aunque, en realidad, podría haber sido cualquiera de su equipo que los hubiera descubierto discutiendo en el tráiler.

Negándose a leer el resto de aquel artículo en particular, pasó a la siguiente entrada.

¿Negocio o placer?
Tú decides. ¿Qué está pasando en este encuentro íntimo entre la última niña mimada del country, *Crystal Holtree, y su mánager, Derrick Meade?*

En la fotografía que ilustraba el titular, Derrick no parecía muy afectado por haber perdido a la mujer con la que pensaba casarse. A juzgar por las bolsas que llevaba en la mano, Crystal y él habían salido a comprar juntos los regalos de Navidad y después iban a disfrutar de una comida íntima.

–Desde luego, no parece que tenga mucho que ver con los negocios –musitó.

Y, por los comentarios a los que había dado lugar el artículo, era obvio que todo el que lo había leído estaba de acuerdo con ella. Bajo la fotografía, el periodista había incluido tres posibles respuestas a elegir, a cada cual más ingeniosa.

Crystal le ha arrebatado el puesto a Lourdes en algo más que en las listas de éxitos.

Aquello le escoció e hizo renacer el pánico que había estado sintiendo desde que había llegado a Whiskey Creek. Todo lo que había construido se había perdido, había desaparecido. Tenía veintinueve años y se sentía como si su vida hubiera terminado.

«No te asustes. Cada vez estás mejor», se recordó a sí misma. Kyle tenía una influencia tranquilizadora en ella. Pensó en él un instante y se dijo que no tardaría en volver a casa. Pero no fue capaz de dejar de leer las otras dos respuestas.

¡Dejad de pensar lo peor! Crystal no se inclina hacia Derrick para enseñarle el escote. Solo está hablando con él de la posibilidad de crear una criatura...eh, perdón, un disco, con él.

Una criatura.

–Pues buena suerte –musitó Lourdes.

Estaba convencida de que Derrick no quería tener hijos y jamás sería un padre entregado.

La última opción era:

No tenemos derecho a juzgar. Ese hombre se merece

un premio. Cualquier tipo que pueda acostarse con Lourdes Bennett y con Crystal Holtree es, sin lugar a dudas, el hombre más afortunado del mundo.

Lourdes esbozó una mueca, disgustada por el hecho de que todo el mundo pareciera aplaudir aquella infidelidad.

Se oyó un ruido en la puerta. Después, la llave en la cerradura. Aliviada, alzó la mirada cuando Kyle entró.

–¡Eh! ¿Qué tal te ha ido hoy? –le preguntó Kyle en cuanto la vio.

Como siempre, se había ido a trabajar antes de que ella se hubiera levantado. Aquello estaba comenzando a convertirse en su rutina. Él se iba al amanecer, ella se levantaba una o dos horas después, hacía algo de yoga y componía hasta que llegaba la hora de preparar la cena. Por suerte, no había vuelto a ver a nadie desde que Noelle se había dejado caer por allí para llevarles la cena. Ni siquiera ella había vuelto para hacerse aquella fotografía que le había pedido.

–Muy bien, hasta que he encendido el ordenador –admitió.

Kyle dejó las llaves en el mostrador.

–¿Ya ha corrido la noticia?

–Sí. Los buitres comienzan a volar en círculo, esperando la oportunidad de picotear mis huesos. Deberías ver lo que están escribiendo.

Cuando Kyle se acercó a ella, Lourdes pensó que era para ver lo que había encontrado. Pero lo que hizo fue cerrarle el ordenador.

–No leas esas porquerías.

–¿Las has visto?

–No, y no quiero.

–Está pasando lo que te dije. Es una locura.

–Te creo. ¿Pero a quién le importa? Que digan lo que

quieran. Cuando saques tu próximo disco y llegue a ser premio platino en solo unas semanas, les demostrarás lo que vales.

Lourdes subió las piernas a la silla y las rodeó con los brazos.

—¿De verdad crees que tengo alguna posibilidad?

—No tengo ninguna duda.

Aquello la ayudó. Durante las dos noches anteriores, le había mostrado algunos fragmentos de lo que había hecho durante el día. No tenía mucho, un par de melodías y alguna letra sin terminar. Pero eran semillas, buenas semillas, y agradecía tener al menos el principio de su próximo disco. Cuando había llegado a Whiskey Creek, ni siquiera era capaz de concebir una idea. Estaba demasiado ansiosa, demasiado preocupada con el desastre en el que se había convertido su vida.

Hasta que había conocido a Kyle.

—Derrick no lo cree —apoyó la barbilla en las rodillas y alzó la mirada hacia él—. No cree que pueda recuperar mi éxito.

Kyle sacó una silla y se sentó cerca de ella.

—¿Cómo lo sabes?

—Cree que Crystal tiene muchas más posibilidades que yo. Si no, no seguiría con ella.

—En ese caso, es que es idiota.

Kyle curvó los labios en aquella sonrisa ladeada que a ella tanto le gustaba y, a pesar de todos sus pesares, Lourdes sintió que asomaba también una sonrisa a sus labios. Cuando Kyle estaba cerca, ni su carrera ni su relación con Derrick le parecían tan importantes.

Él señaló hacia su ordenador.

—Espero que no te hayas pasado el día navegando en internet.

—No.

Kyle inclinó la barbilla y le pidió:

–Demuéstramelo.

Lourdes arqueó las cejas.

–¿Cómo?

–Agarra la guitarra y demuéstrame lo que has conseguido.

Lourdes no había preparado la cena. Era su única obligación y se sintió mal por haber fallado. Kyle hacía la compra y ella se encargaba de la cocina. Aquel era el trato. Pero, desde que había leído los mensajes de Derrick, había estado consumiéndola el mismo terror que había hecho que le resultara imposible trabajar en Nashville.

–He añadido algo más a esa canción que tanto te gusta.

–Genial. Cuando antes la acabes, mejor. Esa canción es la bomba.

Lourdes solía hacer canciones sobre mujeres capaces de superar desafíos y vencer contra todo pronóstico. Por eso Martina McBride y Kelly Clarkson eran dos de sus cantantes favoritas.

–¿Y la balada?

–He estado jugando con la melodía, cambiando la clave para hacerla más interesante, pero nada más.

–Déjame oírla.

Normalmente, disfrutaban de la cena en mutua compañía, después tomaban una copa de vino en el cuarto de estar y ella probaba con Kyle las letras y las melodías. Él parecía disfrutar escuchándola. Decía que no tenía talento ni para la música ni para las letras, pero Lourdes había hecho algunos cambios gracias a sus opiniones. También tenía el título y algunos compases de una canción de la que no le había hablado: *Refuge*. Era una canción que se le había ocurrido el día que Kyle la había acogido en su casa. Se había inspirado al sentirse a salvo. Quería terminarla antes de hablarle de ella. No creía que Kyle pudiera hacerse una idea de lo mucho que su amistad la había ayudado en un momento tan crítico. Se había preparado para pasar la peor Navidad de su vida, con el corazón roto, confundida y una abrumadora sensación de pérdida. Y, en cambio, estaba encontrando una calma y una estabilidad inesperadas.

–En cuanto te prepare algo de cenar –se levantó, pero él le agarró la mano.

–Vamos a salir. Llevas metida en casa casi una semana. A estas alturas, ya debes de tener claustrofobia. Creo que te vendría bien tomarte un descanso. Seguro que hasta te ayuda a componer.

Lourdes estaba comenzando a sentirse un poco encerrada. Pero no quería encontrarse con nadie que pudiera reconocerla y, menos aún, cuando se estaba hablando tanto sobre ella en internet.

–Podríamos ir a Jackson –le propuso antes de que pudiera negarse–. Si quieres, puedes ponerte un gorro y unas gafas. No creo que nadie, salvo los camareros, diga nada. Y si se empieza a producir cualquier incidente, lo pararé rápidamente y te sacaré de allí, te lo prometo.

Si no confiara tanto en él, no habría aceptado. Pero sabía que Kyle haría todo lo posible para cuidar de ella.

–Después podemos dar una vuelta en la camioneta para ver las luces de Navidad.

La idea de arreglarse y salir a enfrentarse al frío de diciembre era estimulante. Le permitiría olvidarse del ordenador y de su amenazadora presencia sobre la mesa. A lo mejor podía llegar a sentirse como una mujer que estaba disfrutando de una cena con un hombre atractivo en vez de como una artista acabada a la que su veleidoso mánager había dejado tirada por otra mujer.

–Hay un asador con una luz tenue y una comida excelente que a mí me gusta. Podríamos ir allí.

Lourdes se dirigió hacia el pasillo.

–En veinte minutos estaré lista.

Capítulo 19

Kyle no había vuelto a tener noticias de Noelle desde que le había dejado claro que no volvería a pagarle la pensión si continuaba metiéndose en su vida. Comenzaba a sentirse como un hombre nuevo y deseaba haber insistido muchos años antes en que no se pusiera en contacto con él. Ni siquiera había sido consciente de hasta qué punto estaría más tranquilo hasta que ya no tenía que preocuparse por ella. De hecho, había decidido que cuando Lourdes se fuera de Nashville no iba a lamentar el continuar soltero. Pensaba asumir su soltería y aprovecharla al máximo. Desde que era joven, había deseado formar una familia, pero la gente no siempre conseguía lo que quería. Y, en aquel momento, cuando por fin estaba escapando a lo que había sentido por Olivia y a la larga sombra de su exesposa, imaginaba que había otras maneras de ser feliz.

De hecho, en aquel momento, su libertad le estaba haciendo feliz, ¿no?

Así que quizá no mereciera la pena buscar una pareja, cuando sabía que la persona equivocada podía llegar a arruinarle la vida. Debía pensar en las posibles discusiones y en el sufrimiento que con la soltería podía evitar. Sí, sus amigos estaban satisfechos con su matrimonio. Pero él no tenía ninguna garantía de que la siguiente mujer con la que saliera fuera a ser mejor que Noelle y aquel era un pensamiento terrorífico.

En cualquier caso, si cambiaba de opinión, ya pensaría en el matrimonio y los hijos más adelante. A lo mejor, al cabo de unos cinco años, cuando estuviera dispuesto a intentarlo otra vez.

–Parece que estás de buen humor –le dijo Lourdes, estudiándole desde el asiento de pasajeros.

Estaban parados en uno de los dos únicos semáforos del pueblo, así que Kyle no tenía que estar pendiente de la carretera. Pero apenas la miró. No quería reconocer lo atractiva que estaba. No se había puesto las gafas de sol y el gorro que Kyle le había sugerido para camuflarse. Se había puesto un vestido corto de color negro y había salido del cuarto de baño tan bella como si estuviera a punto de salir a escena.

Pero no era solo su aspecto el que le gustaba. Disfrutaba de su compañía. Cada día salía del trabajo unos minutos antes.

Aun así, la emoción de haber sido capaz de relegar a Olivia y a Noelle al pasado estaba atemperada por una justificada precaución. Si no tenía cuidado, podía terminar envuelto en una situación tan poco gratificante como la que acababa de superar.

Tenía que protegerse contra ello y lo sabía.

–¿Cómo lo sabes?

–Hace un segundo estabas sonriendo.

–Estaba pensando en algo.

–¿En qué?

–En que no he vuelto a tener noticias de Noelle. Me gustaría haberla amenazado antes con dejar de pasarle la pensión. Me habría ahorrado muchos disgustos.

–Me sorprende.

–¿El que me sienta tan aliviado?

–No. Que haya dejado de molestarte. Cuando me dijiste que la habías llamado, me preocupé. Es evidente que eres lo mejor que tiene en la vida. Temí que no estuviera dispuesta a dejarte escapar tan fácilmente.

–¿Y qué puede hacer? Nada, si quiere mi dinero.

–Es posible que para ella tu dinero no sea tan importante como tú mismo.

Aquella idea le produjo una sensación claustrofóbica.

–No digas eso. Se acuesta con otros tipos y ha tenido varias relaciones. No puede decirse que me quiera.

–¿Y si todas esas relaciones solo han servido para demostrarle lo bien que estaba contigo? Es posible que haya sido por ellas por las que sigue queriendo volver contigo.

–¡Pero si no fuimos felices juntos! Incluso ella tiene que reconocerlo.

–No necesariamente. Hay personas que creen lo que deciden creer y es posible que piense que su vida sería perfecta si pudiera volver contigo. En cualquier caso, continuarás encontrándotela de vez en cuando. Para evitarla por completo tendrías que irte a vivir a otra parte.

–No me importa encontrármela de vez en cuando. Siempre y cuando la vea de lejos y ella no intente acercarse.

–¿Ni siquiera quieres que hable contigo? –preguntó Lourdes con una risa.

–No, ya estoy harto. He llegado al límite. No sé cómo he podido aguantarla durante tanto tiempo.

Lourdes se ajustó el cinturón de seguridad.

–Así que esto es una celebración. ¡Por fin has conseguido deshacerte de tu acosadora!

–Con todas las tonterías que has estado leyendo sobre ti en internet, soy consciente de que no tienes gran cosa que celebrar. Pero saldrás adelante. No tengo ninguna duda, porque tu talento es incuestionable.

Había oído lo que era capaz de hacer. Se había convertido en un auténtico admirador de sus discos, y también de los fragmentos de canciones que cantaba para él cada noche.

—Encontrarás un buen mánager y una nueva discográfica que te apoye y pronto estarás de nuevo en la cima.

—Espero que tengas razón.

—La tengo —bajó el volumen de la radio—. Y dime, ¿te alegras de haber salido?

—Desde luego que sí. Tenías razón. Necesitaba cambiar de ambiente. No hay nada como el País del Oro en Navidad. Cualquiera pensaría que es el paisaje en el que se han inspirado todas las tarjetas navideñas.

Kyle deseó poder enseñarle el hostal de Eve, que decoraba siempre por Navidad, pero no quería presionarla. Se alegraba de haber podido convencerla de que saliera a cenar.

—No has tenido muchas oportunidades de disfrutar de las fiestas.

—Supongo que por eso esta me está pareciendo tan agradable.

Una vez la había convencido para que saliera, Kyle estaba decidido a no hacer nada que pudiera arruinar la velada. Así que, cuando llegaron a Jackson, la hizo esperar en la camioneta mientras él entraba en el restaurante para hablar con el encargado. Accedieron después al interior por la puerta de atrás, donde un hombre corpulento, el señor Hines, les condujo a una habitación privada.

—¿Qué les has dicho? —susurró Lourdes mientras el leve eco de sus pasos resonaba en las escaleras.

Después de ayudarles a quitarse los abrigos, les acercaron la carta de vinos y el menú.

—Que, si era posible, preferíamos cenar a solas.

Lourdes miró alrededor de aquella pequeña habitación abuhardillada en la que no cabrían más de seis personas.

—Esto es precioso. Y el encargado ha sido muy respetuoso. Estoy seguro de que me ha reconocido, pero no ha hecho nada que lo demostrara.

Kyle le guiñó el ojo.

—No te preocupes. Vas a disfrutar de una cena muy agradable, y que no has tenido que cocinar tú. Nada la va a estropear.

—¿Cómo sabías que tenían este reservado? ¿Has traído aquí a otras mujeres?

—No. Pero venimos aquí cada vez que Simon viene al pueblo. Cuando estamos todos se nos queda un poco pequeña, pero nos apretamos y conseguimos acoplarnos.

Lourdes alisó la servilleta que el señor Hines le había colocado en el regazo.

—¡Ah, claro! Me había olvidado de que está casado con tu amiga. Seguro que no puede ir a ninguna parte sin atraer multitudes. Espero que no pienses que pretendo ponerme al mismo nivel.

—Ya sé que no pretendes nada. El señor Hines siempre le ha dado a Simon la oportunidad de salir a comer sin llamar la atención, así que he pensado que podía pedirle que hiciera lo mismo por ti. Eso es todo.

—Ha sido muy amable al ofrecernos este reservado. Y tú al pensar en él.

Kyle se inclinó sobre la mesa y bajó la voz.

—Antes de que me des las gracias, y para no ocultarte nada, debería decirte que le he prometido que intentaría hacerte una fotografía mientras estás aquí para que pueda colgarla en el piso de abajo.

—Por supuesto. Para eso no voy a poner ningún problema.

—La pondrán al lado de la fotografía de Simon —le explicó Kyle mientras se reclinaba en la silla—. Así que estarás en buena compañía.

Lourdes abrió la carta, la bajó y volvió a levantarla otra vez.

Kyle comprendió que quería decirle algo.

—¿Qué pasa?

—Teniendo en cuenta lo aislada que estoy y que me niego a conocer a nadie, quizá no debería pedírtelo, pero...

—¿Pero? —la apremió.

—¿Podrías presentarme a Simon algún día?

—Claro. Si estás aquí la próxima vez que venga.

—¿No va a venir a la boda de tu amiga después de Navidad?

—Vendrá Gail con los niños para que vean a su familia. Pero Simon estará en Inglaterra, rodando su próximo proyecto. Intentó cambiar las fechas, pero el retraso le habría supuesto a la productora una cantidad de dinero exorbitante.

—Así que se perderá tu actuación como oficiante de boda.

Kyle elevó los ojos al cielo.

—Todavía no me puedo creer que Riley y Phoenix me hayan pedido que haga una cosa así.

—¿Por qué?

—¡Porque no tengo la menor idea de lo que voy a decir! Mi propio matrimonio duró menos de un año. Soy el único del grupo que está soltero y estoy considerando la posibilidad de seguir estándolo durante el resto de mi vida. No soy el más adecuado para ofrecer el tipo de consejos que la gente espera en una boda.

—A lo mejor Riley no está esperando que le des ningún consejo. A lo mejor solo quiere que celebre su boda una persona que significa mucho para él.

—Muy halagador —replicó Kyle—. Pero la mayoría de la gente espera que la ceremonia sea algo memorable. Y me temo que esta boda va a serlo, pero por las razones equivocadas.

—Habla con el corazón y estoy segura de que todo saldrá bien.

–Si hablara con el corazón les diría: «Buena suerte, porque vais a necesitarla».

Lourdes frunció el ceño, pero esperó a que el señor Hines les llevara los vasos de agua y prometiera volver pronto con la bebida que habían pedido.

–No todos los matrimonios son tan difíciles como el tuyo –le dijo Lourdes cuando se quedaron a solas.

–Supongo que no. Pero me extraña que tú seas tan partidaria del matrimonio. ¿Qué habría pasado si Derrick hubiera conocido a Crystal después de la boda?

–Por suerte, no ha sido así.

Decidiendo que no quería que dedicaran la cena a hablar de sus respectivos fracasos sentimentales, Kyle esbozó una enorme sonrisa.

–Así que quizá esta noche tú también tengas algo que celebrar.

–Quizá –se mostró Lourdes de acuerdo con una sonrisa de pesar–. En cualquier caso, si quieres, puedo ayudarte a escribir algo para la boda.

–¿De verdad?

–Claro. En este momento yo también estoy un poco negativa, pero estoy segura de que se me ocurrirá algo mejor que desearles suerte.

Kyle, que había intentado sin ningún éxito escribir algo más profundo, sintió un considerable alivio. Llevaba días pensando en la boda, viendo cómo iba acercándose la fecha sin que él se sintiera en absoluto preparado.

–¡Aleluya! Ahora mismo me considero salvado.

–Yo no diría tanto –le advirtió Lourdes–. Pero seguro que hay algún parecido entre escribir unas cuantas palabras de amor para una boda y componer una canción. Así que ya veremos lo que se me ocurre. O, a lo mejor, podemos escribirlo juntos.

Cuando Lourdes alzó la mirada, Kyle recordó otro momento en el que había surgido entre ellos aquella crepitante energía. La noche anterior habían apagado la televisión y se habían dado las buenas noches antes de irse a la cama. Pero, a pesar de lo tarde que era, mientras se dirigían hacia al pasillo, ninguno de ellos había demostrado tener muchas ganas de acostarse. Se habían quedado en la puerta del dormitorio de Lourdes, hablando un poco más, hasta que ella se había puesto de puntillas para darle un abrazo y agradecerle que le permitiera quedarse en su casa. Pero para Kyle, aquel abrazo no había sido como los abrazos cariñosos que recibía a menudo de otras amigas. En cuanto Lourdes se había reclinado contra él, había sentido un intenso deseo de deslizar las manos por su espalda. Y había tenido la impresión de que también Lourdes había sentido algo inesperado, porque había retrocedido bruscamente.

Después de aquel abrazo, ambos habían escapado a sus respectivos dormitorios a toda velocidad.

Había sido una situación un tanto incómoda. Pero no había sido la incomodidad la que le había mantenido despierto durante la mayor parte de la noche, sino el hecho de ser consciente de que Lourdes estaba al final del pasillo. Se había pasado horas con la mirada clavada en el techo, pendiente de sus movimientos, mientras intentaba sacar de su cabeza la fantasía de desnudarla.

Desvió la mirada con el pretexto de concentrarse en la carta.

—Yo contribuiré en lo que pueda.

También ella estudió la carta.

—¿Qué te apetece?

Le apetecía estar con ella. Salir con Lourdes de aquella manera, como si estuvieran en medio de una cita, le tenía desconcertado. Y había otra cosa que le inquietaba. Probablemente no fuera una coincidencia el hecho de que hubiera conseguido superar lo de Olivia en el momento en el que Lourdes había entrado en su vida...

—Maldita sea...
—¿Qué has dicho? –preguntó ella confundida.
Kyle se aclaró la garganta.
—Nada, olvídalo. Yo voy a pedir un chuletón de buey –alzó la mirada–. ¿Quieres una copa de vino?
—No, gracias. Pero tú bebe si quieres. Si hace falta, puedo conducir yo.
—No necesito alcohol esta noche.

E imaginó que no volvería a beber durante los próximos tres meses, hasta que Lourdes se hubiera ido y no tuviera que enfrentarse a la tentación de arruinarse la vida justo cuando estaba comenzando a recuperar el control sobre ella.

Lourdes pidió un salmón con alcaparras y salsa de enebro que estaba delicioso. Y para postre compartieron un suflé de chocolate.

Cuando llegó la cuenta, ella agarró el bolso. Tenía la sensación de que debería pagar, puesto que Kyle había estado pagando la comida en casa. Pero él no quiso bajo ningún concepto. Después, sacó el teléfono, hizo la fotografía que le había prometido al encargado y llevó a Lourdes en brazos hasta la camioneta para que no se mojara los pies.

Mientras volvían al pueblo, el viento sacudía la camioneta y los árboles cercanos, haciendo chocar los cristales de nieve contra el parabrisas como si estuvieran en medio de una granizada. A Lourdes le gustaba ver los copos volando hacia ellos o revoloteando en el haz de luz de los faros. No iba vestida como para enfrentarse al mal tiempo, pero en el interior de la camioneta hacía calor.

Cuando llegaron a Whiskey Creek eran solo las diez, pero, al ser un día de diario, podían conducir por el centro del pueblo sin llamar la atención. Kyle frenaba de vez en cuando para enseñarle el estudio fotográfico de su amiga, el taller de otro de sus amigos, su restaurante favorito, un lugar llamado Just Like Mom's, o el hostal que le había recomendado al principio, Little Mary's, y que podía haber sido el tema de cualquier cuadro de Thomas Kinkade. Una guirnalda de acebo decoraba el porche y la verja de hierro forjado que rodeaba la propiedad. Había velas ficticias, de bombillas parpadeantes, en cada una de las ventanas y coronas navideñas en cada puerta. Hasta el cementerio vecino tenía un aire festivo gracias a las delicadas ramas desnudas de los árboles y a la iglesia que asomaba tras las lápidas erguidas cual centinelas.

—Entiendo que no quieras irte de aquí —comentó mientras se dirigían al parque que estaba al final del pueblo para que Lourdes pudiera ver el árbol de Navidad gigante—. Es un lugar muy especial.

—Es mi casa —se limitó a decir él.

Lourdes señaló un cartel del vinilo que colgaba del semáforo. No se había fijado en él hasta entonces.

—Había olvidado que en Whiskey Creek también se celebran los Días Victorianos. Mira, parece que empiezan este fin de semana.

—Podemos ir si quieres.

—¿Y que me vean en público?

—¿Por qué no? Así reforzaremos lo que contaste en la *Gold Country Gazette*. Le demostrarás a Derrick que no estás sola, metida en casa y sufriendo por lo que te ha hecho.

—Eso ya se lo he dicho. Al final, le devolví el mensaje, le despedí y le pedí que me dejara en paz. Todavía no me he puesto a tantear el terreno para buscar otro mánager, no estoy preparada. Pero lo haré en enero, cuando tenga más avanzadas las canciones que estoy componiendo. A lo mejor para entonces ya puedo enviar alguna muestra y conseguir a alguien basándome en la calidad de mi trabajo, a pesar del bajón que ha pegado mi carrera.

–Me parece un plan inteligente. ¿Cómo se tomó Derrick la noticia?

–No le hizo mucha gracia. Me dijo que estaba comportándome como una zorra desagradecida.

–No parece la mejor estrategia para recuperarte.

–No, desde luego. Pero, sabiendo que está enfadado, ¿crees que debería empeorar las cosas dejando que la gente nos haga fotografías que podrían terminar en internet?

–No entiendo por qué vas a tener que encerrarte y perderte la Navidad porque él esté enfadado. Ha sido él el que te ha engañado, no tú.

Y, si ella no se equivocaba, seguro que seguía saliendo con Crystal.

–Ojalá supiera por qué no le bastó con estar conmigo.

–No hables así. No te mereces lo que te ha hecho. Es él el que tiene un problema, no tú.

Pero era lógico que sintiera que, en cierto modo, era ella la que había fallado.

–Supongo que todas las personas a las que les engañan sienten que les ha faltado algo.

–Pues tienes que sacudirte esa sensación. Y disfrutar de los Días Victorianos.

–Pero vernos juntos, o saber que hemos salido juntos, podría provocar a Noelle –le advirtió–. ¿Has pensado en ello?

–No tenemos por qué pensar en eso. No voy a permitir que Noelle influya en lo que puedo o no hacer.

–¿Entonces me estás lanzando un desafío?

Kyle sonrió, permitiéndole ver a Lourdes el blanco destello de sus dientes.

–¿Estás dispuesta a aceptarlo?

–¿Por qué no? –contestó.

Cuanto más tiempo llevaba lejos de Nashville, mejor se sentía. Estaba comenzando a temer que aquel sentimiento tenía más que ver con Kyle de lo que estaba dispuesta a admitir, pero no quería perderse la diversión de las fiestas. Sintió una pequeña chispa, el alivio de la preocupación y las dudas que había estado soportando durante meses, y deseó avivar aquella chispa hasta convertirla en un fuego embravecido de confianza. No iba a permitir que Derrick, ni Noelle, ni nadie, lo apagara antes de que prendiera.

–Genial. Así podré enseñarte el interior de Little's Mary. Eve siempre vende sus mejores galletas durante los Días Victorianos. Y habrá gente vendiendo castañas asadas, sidra caliente y regalos de artesanía.

–Mis padres nos trajeron a mis hermanas y a mí cuando éramos pequeñas.

Podría haber vuelto por su cuenta después, si hubiera seguido viviendo en la zona. Pero había estado demasiado ansiosa por llegar a Nashville y, desde entonces, de lo único que se había preocupado había sido de saber si sus discos se vendían bien. Por eso resultaba irónico que la promesa de una celebración navideña en un pueblo como aquel la tentara a pesar de su miedo a generar rumores en diferentes webs y medios de comunicación. Ninguna de sus preocupaciones parecía importar en medio de aquel idílico escenario. De hecho, hasta estaba comenzando a cuestionarse por qué había tenido tanta prisa en marcharse de allí cuando era joven. ¿Podía decir con sinceridad que había encontrado algo mejor?

No. Había disfrutado de la fama, sobre todo porque había sido maravilloso conocer gente a la que le gustaba su trabajo. También el dinero había sido de agradecer. Pero había tenido que pagar un precio muy alto en otros aspectos de su vida a cambio de lo que había conseguido. En algún momento había perdido el rumbo y había comenzado a escribir y a actuar solo para complacer a los demás, en vez de asegurarse de que su trabajo también la colmara a ella.

—Allí está la heladería —le explicó Kyle—. ¿Te apetece un helado?

—No —se llevó la mano al estómago—. Si como un bocado más, no me cabrá el vestido.

—No entiendo cuál es el problema. Seguro que estarías mejor sin él.

Lo dijo sin darle ninguna importancia, como si fuera solo una broma. Pero aquella clase de broma no entraba entre las que se podían hacer a una amiga. Lourdes habría dudado de que los pensamientos de Kyle estuvieran tomando de verdad aquel rumbo si no hubiera sido por el abrazo de la noche anterior. Aunque no tenía mucho sentido, puesto que todavía estaba enamorada de otro hombre, había deseado tocar a Kyle, acariciarle. Había utilizado aquel rápido abrazo de buenas noches como excusa... y después se había arrepentido. Porque aquel abrazo había cambiado algo entre ellos.

—A lo mejor deberíamos volver a casa —le dijo, fingiendo un renovado interés en las luces de Navidad que colgaban de, prácticamente, cada edificio—. Los dos tenemos trabajo mañana.

Una vez en casa, Kyle guardó las distancias. Lourdes sabía que se avergonzaba del comentario que había hecho en la camioneta. Era probable que se estuviera preguntando de dónde había salido, de la misma forma que ella se preguntaba por qué un inocente abrazo le había hecho sentir que era cualquier cosa menos inocente. Hablaban entre ellos de forma educada, casi con formalidad, y se evitaban como si tuvieran miedo de entrar en combustión espontánea si se tocaban.

Así que Lourdes intentó poner fin a aquella distancia con otro abrazo de buenas noches. Un verdadero abrazo de amiga en aquella ocasión, que no tuviera la connotación sexual del de la noche anterior. Si pensaban seguir viviendo juntos durante los próximos meses, tenían que esforzarse en mantener la relación dentro de los límites que pretendían respetar.

Durante un primer segundo, el contacto fue tal y como pretendía. Le sintió soltarla y le oyó darle las buenas noches. Con cierta indiferencia. Sin poner en ello ningún sentimiento. Así que no estaba segura de por qué volvió a abrazarle, ni de si fue él el que volvió la cabeza, o fue ella. Pero, un segundo después, sus bocas se encontraron, cálidas, húmedas e inquisitivas. Y lo que pasó después no tuvo nada que ver con la amistad.

Capítulo 20

Cuando lo que estaba ocurriendo se filtró por fin en el cerebro de Kyle, este se quedó helado. Estuvo a punto de apartarse. Sabía que no debía besar a Lourdes. Y estaban tan abrazados que ella tenía que estar notando su erección. Pero... él no era el único responsable. Estaba bastante seguro de que había sido ella la que le había besado, la que había dado un giro a la situación. Y él no podía ser tan desagradable, se dijo a sí mismo. No quería rechazarla después de todo lo que Lourdes había pasado.

Aquella no era excusa para romper sus propias normas, pero sentía la necesidad de protegerla de cualquier cosa negativa, incluso de su propio rechazo, aunque aquello fuera en su contra.

Le rodeó la cintura con las manos para subirla un poco más y así poder besarla más profundamente. Parte de él esperaba que un gesto tan explícito la sobresaltara, que se apartara de él y le quitara aquella responsabilidad. Pero no lo hizo. Si acaso, pareció gustarle la intensidad de su gesto. Gimió como si estuviera disfrutando cada segundo y él supo que tenía un problema. Esperaba que Lourdes no pretendiera que fuera él el que pusiera fin a aquello.

Pronto comenzaron a sonar en su cabeza todas las señales de alarma. ¡Aquello era justo lo que había decidido no hacer! Lourdes estaba fuera del alcance de alguien como él, era como una estrella fugaz surcando el cielo. Si intentaba atraparla, le arrastraría durante un corto periodo de tiempo antes de dejarle caer dolorosamente de nuevo a la tierra.

Y lo peor era que en aquel momento sentía que incluso por una sola noche podía merecer la pena el golpe. Los tres largos años que había pasado sin estar con una mujer le llevaban a desear tumbar a Lourdes en aquel preciso instante y colocarse entre sus muslos.

Se detendría en un minuto, se prometió a sí mismo. Pero, como poco, fue una promesa poco entusiasta y no tenía mucho interés en mantenerla. Así que continuó besándola, haciendo cuanto podía para asegurarse de que Lourdes perdiera la cabeza hasta el punto en el que él estaba perdiendo la suya.

La melena de Lourdes cayó sobre sus manos.

—No podemos hacer esto —musitó Kyle mientras se acariciaba el rostro con sus sedosas ondas—. Solo somos amigos.

—Y tú crees que soy demasiado joven.

—Porque eres demasiado joven.

Nueve años eran muchos. Cuando él tenía veinticinco años ella solo tenía dieciséis. Era casi una década. Pero aquello no le impidió continuar besándola.

—Tengo edad más que suficiente —susurró ella—. Además, hace mucho tiempo que no estás con alguien. De modo que... estoy deseando ayudarte.

Kyle deslizó los labios por su cuello.

—Un gesto muy amable por tu parte.

—Y también podría ser el final de tu sequía sexual. Alguna tiene que ser la primera. ¿Y qué daño puede hacernos, siempre y cuando ninguno de los dos espere nada más cuando esto acabe?

—Muy bien. Los dos entendemos lo que está pasando —dijo Kyle, respirando con dificultad mientras lamía su delicada piel.

—La gente disfruta del sexo superficial y sin compromiso continuamente —la voz de Lourdes también sonaba jadeante mientras hundía las manos bajo su camisa.

—Desde luego. Y no hay que darle ninguna importancia.

—¿Tienes algún tipo de protección?

—Tengo unos preservativos en el cuarto de baño.

Kyle bajó la mano hacia la curva de sus caderas y su trasero. Tenía la sensación de llevar años deseando tocárselo.

—Eso me gusta.

Agudizó la voz cuando Kyle utilizó la lengua para acariciarle los senos, allí donde desaparecían bajo el vestido.

—¿Te gusta?

Kyle no sabía si Lourdes se había referido a los preservativos o a lo que le estaba haciendo, pero no le importaba. Abandonar la poca contención que le quedaba estaba comenzando a parecerle algo seguro. Los dos estaban de acuerdo en lo que hacían. Y disfrutaban de cierta intimidad. ¿Cómo si no podría una persona como Lourdes Bennett involucrarse en un encuentro como aquel? Hacía un mes que no se acostaba con Derrick, a lo mejor echaba de menos el sexo. Kyle recordó lo mucho que había echado de menos los aspectos más íntimos de su relación cuando Olivia se había marchado. Tener una vida sexual activa y perderla de pronto era duro.

Por lo menos Lourdes podía confiar en que no iba a contagiarle ninguna enfermedad. Y en que no iba a hacerle ningún daño. Ni a compartir los detalles de lo ocurrido con nadie.

—Cuidaré de ti —le prometió.

—Lo sé. Tu forma de besar... me provoca un hormigueo en todo el cuerpo. Te lo juro, si todos los hombres besaran como tú...

No terminó la frase, pero con lo que había dicho, Kyle tuvo más que suficiente. Oír aquella alabanza disparó su excitación. El cielo sabía que cosas como aquella no ocurrían cada día, al menos en un lugar como Whiskey Creek. Sería un estúpido si lo dejaba pasar.

Kyle le levantó el vestido por encima de sus caderas, acarició la sedosa tela de su ropa interior y presionó después a Lourdes contra él.

—A veces los amigos son los mejores amantes —dijo Lourdes.

Kyle se preguntó si tendría alguna experiencia en ese terreno. Porque él no la tenía. Pero, de momento, le estaba gustando cómo funcionaba aquel encuentro.

—Pues a mí me gusta.

—Genial. En ese caso, vamos a quitarnos toda esta ropa.

A Lourdes le temblaban las manos, y él no estaba mucho más sereno.

—Tengo que admitir que alguna vez me he preguntado qué aspecto tendrías —confesó Lourdes mientras le quitaba la camisa.

—¿Ah, sí?

Lourdes le besó el pecho.

—¿Tú no te lo has preguntado nunca sobre mí?

—Solo todas las noches —le agarró la mano mientras ella le estaba desabrochando el botón de los vaqueros—. Estás segura de lo que estás haciendo, ¿verdad? ¿Mañana no te arrepentirás?

—No, claro que no —contestó.

Y aquello fue suficiente para Kyle. Por lo que a él concernía, habían llegado a un punto en el que no había marcha atrás. En aquel momento fue consciente de que la había deseado desde el instante el que había puesto los ojos en ella y estaba tan excitado al poder tocarla por fin que ya no era capaz de hilar un solo pensamiento coherente, y menos aún de concebir algún argumento que pudiera hacerle optar por cambiar el curso de los acontecimientos.

—Dios mío, me alegro de que la caldera de la antigua alquería no funcionara —y tiró de ella hacia su dormitorio.

Lourdes no se había acostado con nadie, con excepción de Derrick, desde hacía... años. Antes de él, había estado demasiado concentrada en su carrera como para involucrarse en una relación. Y nunca había sido una mujer que asumiera los riesgos asociados a los ligues ocasionales. Había tenido un novio cuando estaba en el instituto. Y después estaba el tipo con el que había estado viviendo cuando se había mudado a Nashville. Habían tenido una relación intermitente avivada, básicamente, por la atracción sexual, puesto que no tenían nada más en común. Después de romper con él, se había ido de su casa y había pasado mucho tiempo sin interesarse por nadie.

Era probable que se encontrara con una de aquellas temporadas de sequía cuando regresara a Nashville, así que haría bien en intentar disfrutar mientras estuviera en Whiskey Creek. No se tropezaba con hombres como Kyle cada día. No estaba de acuerdo con los métodos que utilizaba Noelle para intentar retenerlo, pero entendía por qué tenía tanto miedo de perderlo. No solo era un hombre atractivo, sino que era un hombre sólido en todos los sentidos y, no cabía la menor duda, sabía cómo excitar a una mujer.

Justo antes de llegar a su dormitorio, le abrazó para darle otro beso y presionó el rostro contra su cálido cuello mientras él le desabrochaba el vestido. Últimamente, la atormentaban las preocupaciones. Todo lo que hacía parecía tener riesgos y consecuencias extremas. Pero, en aquel momento, en aquel instante, Kyle la ayudaba a mantenerlo todo a distancia. La hacía sentir algo positivo e intenso al mismo tiempo y no iba a negarse lo que tanto necesitaba. Después de lo que le había hecho Derrick, ¿por qué iba a hacerlo?

Observó el rostro de Kyle y advirtió su anticipación mientras la conducía hasta la habitación y terminaba de quitarle el vestido. Quizá fuera solo un amigo, pero con él se sentía más deseable de lo que se había sentido en toda su vida. Kyle no le estaba ofreciendo los exagerados halagos ni las promesas que Derrick le hacía al principio. No decía nada. Era su forma de tocarla la que estaba haciendo de aquel encuentro algo tan significativo.

Se le erizó el vello de los brazos cuando Kyle dedicó unos minutos a contemplar cuanto había revelado al quitarle el vestido. Todavía llevaba puestos el sujetador y las bragas, pero Kyle sonreía como si le gustara lo que estaba viendo. En cualquier caso, no le quitó el resto de la ropa. Continuó besándola hasta que estuvo tan preparada para él que estuvo a punto de quitárselos ella. Pero, aun así, se tensó cuando Kyle deslizó la mano en el interior de las bragas.

–¿Te ocurre algo? –preguntó él, alzando la cabeza preocupado.

No, no le pasaba nada. Aquel era el problema. Era todo demasiado perfecto. ¿Y si, mientras estaba cerrando la puerta a su relación con Derrick, estaba metiéndose de cabeza en una relación que podría llegar a ser más apasionada y devastadora? ¿Una relación capaz de hacerla desear quedarse en un lugar como Whiskey Creek?

Era un pensamiento inquietante. Se había prometido escapar de su pueblo para labrarse una carrera en el mundo de la música y lo había conseguido. ¿Por qué iba a permitirse la tentación de volver? ¿De terminar siguiendo los pasos de su madre?

Y, aun así, lo que estaba experimentando no era la sensación mecánica y estrictamente física que había anticipado. Allí había una ternura que podría malinterpretarse con facilidad...

Debería hacer caso de sus preocupaciones. No quería que ninguno de ellos terminara sufriendo y, lo que pocos minutos antes le había parecido improbable, de pronto no se lo parecía en absoluto. Aquel era un acontecimiento mucho más épico de lo que debería. Pero cuando Kyle susurró que todo saldría bien y bajó la boca hasta sus labios, instándola a relajarse con un beso tan dulce que no pudo evitar arquearse contra él, reprimió sus miedos. Y lo siguiente que supo fue que estaban abrazados en su cama, completamente desnudos, besándose, acariciándose, saboreándose.

Parte de ella quería detenerse, pero no podía. Estaba disfrutando del placer que Kyle le ofrecía de una forma natural, intuitiva. Sin embargo, todo terminó mucho antes de lo que esperaba. Kyle estaba comenzando a hundirse en ella cuando alguien aporreó la puerta y gritó con una voz llena de pánico:

—¡Kyle, sal de ahí! ¡Sal!

—¿Qué pasa?

Aunque no le había hecho ninguna gracia, Kyle había dejado a Lourdes en la cama y se había puesto los vaqueros para abrirle la puerta a su vecino. Warren Rodman trabajaba en la planta solar y vivía en una de las casas que Kyle alquilaba, justo al final de la calle, en la única casa que le quedaba por renovar. Era un hombre mayor, de casi sesenta y cinco años, y acababa de divorciarse.

No solía molestarle y menos tan tarde. Eran casi las once. Además, era un hombre tranquilo. No era fácil verle tan nervioso.

—¡Hay fuego en la planta! —le explicó—. Cuando he salido al porche a fumar, he notado el olor a humo, así que he ido hasta allí y... había un fuego.

Kyle parpadeó estupefacto. A lo mejor todavía estaba un poco aturdido por lo que estaba haciendo antes de que llegara Warren porque le había parecido oír que había fuego en la planta. En su planta.

Antes de que pudiera interpretar aquellas palabras y darle una respuesta adecuada, apareció Lourdes a toda velocidad, vestida con uno de los bóxers de Kyle y una de sus camisetas. Era lo que tenía más a mano en su habitación y eran prendas más fáciles de ponerse que un vestido.

—¿Has llamado a los bomberos?

—Sí, y vienen hacia aquí, pero... —se volvió hacia Kyle—, he pensado que a lo mejor estás a tiempo de salvar algunas cosas.

La realidad por fin penetró en la niebla de testosterona que le había dejado fuera de combate durante unos minutos y Kyle aterrizó de nuevo en el mundo. Incluso percibió el olor del humo que el viento helado llevaba hasta él.

—¡Sí, diablos, hay muchas cosas que quiero salvar! —dijo, y corrió a agarrar las llaves que había dejado en el mostrador de la cocina.

Lourdes debió de darse cuenta de que pensaba salir corriendo así vestido a pesar del frío, de la dureza del suelo y de todo lo demás, porque le detuvo y corrió de nuevo al pasillo para ir a buscar unos zapatos.

—¿Es muy grande el fuego? —le preguntó a Warren.

Warren se frotó el cuello.

—No tengo ni idea, jefe. No me he acercado mucho. He visto un resplandor extraño en el cielo y he comprendido al instante lo que era. He llamado a los bomberos y después he venido hasta aquí.

Lourdes regresó unos segundos después con una sudadera y las botas de Kyle.

—No hay nada en la planta que merezca la pena tu vida —le recordó, y le apretó el brazo—. No te hagas ningún daño.

Kyle ni siquiera supo qué responder antes de ponerse las botas y salir corriendo mientras intentaba ponerse la sudadera. Había dedicado mucho tiempo y un gran esfuerzo a levantar su negocio y, al final, había conseguido convertirlo en lo que siempre había imaginado que podría ser. Le parecía imposible. Un incendio podía hacerle retroceder meses, años, si destrozaba toda la planta.

Pisó el acelerador de la camioneta, pero los tres o cuatro minutos que tardó en conducir hasta el fuego parecieron durar horas. Deseó que volviera a nevar otra vez. La nieve podría ayudar a apagar el fuego. Pero lo único que quedaba de la tormenta de nieve de horas antes era el viento, un viento que, definitivamente, no necesitaba.

Cuando pisó el freno en el aparcamiento y bajó de un salto de la camioneta, vio algo más que el extraño resplandor que Warren había mencionado. Las llamas trepaban por la ventana que estaba junto al escritorio de Morgan. Y el olor le hizo enfermar. Había estado intentando no dejarse dominar por el pánico, consciente de que hablar de un fuego podía significar un montón de cosas. Había fuegos fáciles de apagar que no llegaban a producir grandes daños.

Y había incendios como aquel.

—¡Hijo de…! —gritó, y corrió hacia la parte de atrás, donde palpó la puerta para comprobar lo caliente que estaba antes de abrirla.

Por suerte, la planta no había sido devorada por completo. Todavía no. La maquinaria y las existencias valían millones de dólares. Los bomberos podrían llegar a salvarlas si llegaban pronto. Pero los bomberos, un cuerpo compuesto sobre todo de voluntarios, estaba formado por personas de todos los pueblos de la zona, no solo de Whiskey Creek. Llevaría algún tiempo reunir un buen grupo que fuera hasta allí.

Kyle agarró el extintor que había detrás de la puerta y lo sostuvo frente a él. Pero el humo y el calor le obligaron a retroceder antes de alcanzar las llamas. El fuego había empezado en las oficinas, Kyle no tenía ni idea de cómo, pero aquel no era momento para pensar en eso. Necesitaba llegar a los ordenadores. Se suponía que Morgan hacía una copia de seguridad cada cierto tiempo, pero no sabía lo diligente que había sido. Perder archivos, órdenes de compra y contratos le obligaría a perder los pedidos más recientes.

Comenzaba a tener dificultades para ver, y respirar era incluso más complicado. Se agachó, inclinándose hacia el suelo para intentar llegar a la parte delantera de la oficina. Iba a perder el mobiliario y la documentación que guardaban entre su escritorio y el de Morgan. Pero si podía salvar los ordenadores y los bomberos apagaban el fuego antes de que las llamas acabaran con todo, podría recuperarse antes de aquel desastre.

Sin embargo, cuanto más se acercaba a su propio despacho, más convencido estaba de que era demasiado tarde. Aquella parte de la planta ya estaba destrozada.

El bramido ensordecedor del fuego le recordó lo que había pasado un año atrás, cuando sus amigos y él habían prendido fuego intencionadamente a una de sus casas, una que, de todas formas, había que derrumbar. Había sido un incendio controlado y, aun así, le había demostrado a Kyle la rapidez con la que el fuego podía devorar un edificio.

Si no hubiera sido porque Warren había alertado del peligro, lo habría perdido todo.

Y todavía podía perderlo...

Un largo crujido reverberó sobre el rugido de las llamas. Después oyó ruido de cristales. Estalló una ventana y parte del tejado cayó. Una lluvia de escombros ardiendo aterrizó a solo unos metros de él.

Tenía que renunciar, comprendió. No podía salvar los ordenadores. Por mucho que significara su negocio para él, no valía más que su propia vida.

Estaba comenzando a retroceder cuando oyó que alguien le llamaba.

—¡Voy!

Comenzó después a toser y parecía incapaz de parar. Había respirado demasiado humo, los pulmones le ardían.

Se tapó la boca y, minutos después, dos bomberos uniformaron entraron, le agarraron y le arrastraron de nuevo a la noche.

—¡Estoy bien! —insistió él, en medio de toses y jadeos—. Solo estaba intentando sacar algunas cosas. ¡Soltadme para que podáis ir a apagar ese maldito fuego!

Pero no le soltaron hasta que no estuvo a suficiente distancia del edificio. Una vez allí le pidieron que no se moviera. Corrieron después para reunirse con otros hombres que estaban acercando las mangueras al fuego.

—Mierda.

¿Qué podía haber pasado? A lo mejor no debería estarle tan agradecido a Warren. A lo mejor le había mentido cuando le había dicho que había salido al porche a fumar un cigarrillo. ¿Sería él el que había provocado el fuego?

Sospechaba que era la explicación más plausible. Warren y él, y Lourdes, por supuesto, eran las únicas personas que había en la propiedad aquella noche.

Pero entonces vio algo que le puso los pelos de punta y le hizo levantarse con brusquedad. ¿Aquella era quien pensaba que era?

Había una farola cerca del edificio, de modo que la propiedad no estaba del todo a oscuras a pesar de la distancia a la que estaban del pueblo. Pero con los faros de los diferentes vehículos que iban llegando, la niebla creada por el humo y la frenética actividad de los bomberos corriendo de un sitio a otro delante de él no podía estar seguro.

Sin embargo, un coche que parecía el Honda de Noelle giró en el camino de la entrada, dio marcha atrás y se alejó a toda velocidad.

Capítulo 21

Lourdes se había puesto unos vaqueros y un jersey. Sabía que los bomberos no necesitaban que nadie se interpusiera en su camino durante una emergencia como aquella, pero estaba tan preocupada por Kyle, por saber si estaba a salvo y ver cómo se estaba enfrentando a aquella tragedia, que le había agarrado el anorak y se había dirigido hacia la planta. No había estado nunca allí, pero no le había resultado difícil llegar, habiendo tantos vehículos dirigiéndose hacia esa zona.

Cuando llegó, aquello bullía de actividad. Aunque habían silenciado las sirenas, las luces de los coches de bomberos y de la policía continuaban girando. Los hombres corrían alrededor del edificio intentando conseguir una posición más ventajosa. Y oyó a un bombero gritándole a otro por el megáfono:

—¡Más arriba, Pete! Justo al final. Eso es.

Lourdes frunció el ceño mientras supervisaba el daño. La parte delantera del edificio había perdido el tejado, parte de una pared y ambas ventanas. Con aquellos bordes serrados y achicharrados, recordaba a las fauces de un monstruo dispuesto a devorar a cualquier paseante desprevenido. Las llamas que danzaban tras aquel hueco recordaban a sus diabólicos ojos. Pero por lo menos había muchos bomberos.

Saber que Kyle había llegado hasta allí antes que todos los demás la inquietaba. El incendio era mucho más grande de lo que esperaba. Pero el primer hombre al que le preguntó le explicó que habían desalojado el edificio y señaló hacia la figura solitaria que permanecía a un lado, con las manos hundidas en los bolsillos, observando cómo el agua de las mangueras dañaba todo lo que no había destruido el fuego hasta hacerlo irreconocible.

—¿Estás bien? —le preguntó cuando llegó a su lado.

Kyle se pasó la mano por el pelo, pero continuó con la mirada fija en la planta.

—Sí.

Lourdes no estaba muy convencida.

—Por lo menos nadie ha sufrido ningún daño —dijo, intentando consolarle—. Eso es lo más importante. Si se hubiera originado el fuego durante el día, cuando están todos los empleados, quién sabe...

—¿Originado? —escupió aquella palabra como si la tensión de la mandíbula apenas le permitiera hablar—. El fuego no ha empezado solo.

—Es posible que sí. He oído decir que...

—No. No es eso lo que ha pasado.

Lourdes le miró boquiabierta.

—¿Quieres decir que lo ha hecho alguien a propósito? ¿Que es un incendio provocado?

Kyle la miró con los ojos entrecerrados.

—No me sorprendería. El momento es bastante sospechoso, después de todas las amenazas de Noelle. Y estoy seguro de que la he visto por aquí hace un rato.

Lourdes miró con atención a toda la gente que había allí reunida. Muchos debían de ser amigos o familiares de los bomberos. Otros, probablemente, se habían limitado a seguir a los bomberos. Había gente que hacía ese tipo de cosas. En cualquier caso, los bomberos tenían un público numeroso, para disgusto de los tres policías que estaban intentando evitar que la gente se acercara demasiado al fuego.

—No creo que Noelle haya llegado tan lejos —respondió—. Tú mismo me dijiste que no era probable que hiciera nada serio. Y destrozar tu planta lo es.

Kyle suspiró con fuerza.

—Es posible que haya sido un accidente. Que Warren estuviera fumando aquí y no en su casa. Que haya tirado la colilla donde no debía. Pero ese Honda que he visto...

—¿Era el coche de Noelle? —preguntó Lourdes—. ¿Noelle tiene un Honda?

—Sí.

—¿Y cuándo lo has visto?

—Justo antes de que llegaran los bomberos.

—¿Estás seguro de que no era alguien que venía a ayudar? ¿O la propia Noelle que ha venido a ver lo que pasaba?

—Estoy seguro. No se ha parado durante el tiempo suficiente como para salir del coche. Además, tiene un coche viejo, es inconfundible. No puedo haberlo confundido con otro. Ha entrado en el camino, ha girado en el aparcamiento y ha salido disparada. Al verla se me han puesto los pelos de punta. He tenido la sensación de que venía a supervisar el daño. Como si estuviera emocionada con lo que había hecho.

Resultaba difícil creer que alguien pudiera llegar tan lejos, pero Lourdes sabía que podía ocurrir.

—¿Tienes cámaras de seguridad que puedan explicar lo que ha pasado?

—No, nunca he tenido necesidad de ese tipo de cosas. Ni siquiera me lo había planteado.

—Aun así, si ha sido un incendio provocado, seguro que lo sabrán cuando hayan apagado el fuego.

Kyle no respondió. Continuaba con la mirada clavada en la planta, como si verla transformarse en humo fuera tan terrible que no era capaz de dejar de mirar.

—Tienes un seguro, ¿no?

—Por supuesto, pero esto va a suponer un serio problema para el negocio. Y quién sabe si la aseguradora se comportará como debe. Todo el mundo sabe que las compañías de seguros hacen todo lo posible para rechazar reclamaciones o buscar excepciones.

Lourdes deseó poder ofrecerle más consuelo.

—Lo siento mucho, Kyle. Me siento fatal con todo esto.

—Hace frío. Deberías volver a casa —le dijo él.

—¿Te preocupa que yo tenga frío? Yo por lo menos voy abrigada. Llevo tu anorak. Toma, póntelo. No creo que esa sudadera te esté sirviendo para protegerte del viento.

Kyle hizo un gesto para detenerla.

—No te lo quites. Yo soy incapaz de sentir nada.

Lourdes se cruzó de brazos para protegerse de aquel viento cortante.

—Si ha sido ella, si de verdad ha sido Noelle, se va a encontrar con un problema serio. Provocar un incendio es un delito grave, ¿verdad?

—No sé en otras partes, pero, aquí en California, sí. Si la declaran culpable, irá a prisión —sacudió la cabeza—. Está demasiado acostumbrada a salirse de rositas con todo lo que hace. Llevamos años aguantándola. Su familia lo ha estado haciendo durante toda su vida. Pero es posible que esta vez haya ido demasiado lejos.

Los bomberos tardaron más de dos horas en apagar el fuego y asegurarse de que todo quedara empapado. Para cuando terminaron, Kyle estaba entumecido. Le envió un mensaje a Morgan. Sabía que por la noche apagaba el teléfono y que no lo recibiría hasta el día siguiente, pero no quería despertarla llamándola al teléfono fijo. Bastaría con que recibiera las malas noticias al día siguiente por la mañana. Podría intentar hablar con el resto de los empleados entonces, al menos, con los que pudiera localizar, para que no fueran al trabajo.

Tras dirigirle una última y desolada mirada a aquella planta de la que tan orgulloso estaba, Lourdes y él subieron a la camioneta para regresar a casa. Kyle había intentado convencerla de que volviera antes que él. No había ninguna necesidad de que estuviera en la calle a aquellas horas y haciendo tanto frío. Pero ella no había querido dejarle. Decía que un amigo no abandonaba a otro en medio de una crisis.

Kyle se alegraba de que Lourdes hubiera aclarado la naturaleza de su relación, puesto que, antes de que Warren apareciera, la línea que separaba la amistad de algo que iba más allá parecía haberse difuminado de tal manera que resultaba imposible distinguirla.

Por una parte, el momento en el que les había interrumpido no podía haber sido peor, pensó Kyle. Ni Lourdes ni él habían obtenido la satisfacción física que estaban buscando. Estaba muy afectado por lo que había ocurrido en la planta y sumarle aquella fuerte dosis de frustración sexual solo servía para empeorar su humor.

Pero era posible que Warren hubiera llamado en el momento oportuno, puesto que la interrupción le había dado la oportunidad de dar un paso atrás y reconsiderar lo que estaban haciendo. Kyle no era capaz de imaginar de qué manera el acostarse con Lourdes podría hacer la vida de la cantante menos complicada, o la suya más fácil cuando ella se fuera.

Necesitaba una buena pelea. Nunca había sido muy dado a dar puñetazos, a no ser que no le quedara otra opción, pero necesitaba desahogarse de alguna manera.

—¿Piensas hablarle a la policía de tus sospechas o prefieres esperar a ver lo que dicen sobre el origen del fuego? –le preguntó Lourdes.

Kyle aminoró la velocidad mientras giraba en la carretera, dejando tras ellos los restos de la fábrica. El jefe Bennett había acudido junto a otros dos policías de Whiskey Creek, pero habían estado ocupados ayudando a los bomberos y cercando después con cinta el lugar para que nadie se acercara hasta que pudiera considerarse seguro. Cuando había hablado con Bennett, Kyle no había mencionado que había visto el Honda de Noelle. Imaginaba que tendría tiempo de hacerlo más adelante. Bennett le había dicho que le llamaría por la mañana, así que no tendría que esperar mucho tiempo para expresarle su preocupación.

–No estoy seguro. Si piensan hacer una investigación a fondo, a lo mejor espero.

–Probablemente tu compañía de seguros insistirá en investigar a conciencia, incluso aunque tú no lo hagas. En cualquier caso, hasta entonces, aunque no se lo cuentes a la policía, ¿vas a hacerle saber a Noelle que la has visto?

Kyle no tuvo oportunidad de contestar. Acababa de aparcar en el camino de su casa cuando vio unos faros en el espejo retrovisor. Alguien había aparcado tras él.

–¿Quién es?

Lourdes giró la cabeza para mirar, pero, con el resplandor de los faros, no era probable que pudiera ver mucho más que la rejilla delantera del Chevy Tahoe de su hermano.

–Es Brandon –Kyle dio por sentado que su hermano iba solo hasta que vio que Olivia le acompañaba.

–Kyle, no me puedo creer lo que ha pasado –Brandon cerró de un portazo y acortó la distancia que los separaba con su característico paso decidido–. ¿Qué demonios ha pasado?

Kyle extendió las manos.

–Me encantaría saberlo. ¿Cómo te has enterado?

–Nuestro vecino es bombero voluntario –le explicó Olivia cuando se reunió con ellos–. Cuando ha llegado a casa y ha visto que teníamos las luces encendidas, ha llamado a la puerta. Ha pensado que nos gustaría saberlo.

–Podrías haber esperado hasta mañana. No hacía falta que salierais de casa a estas horas.

–Claro que sí –replicó Brandon–. Deberías haberme llamado inmediatamente.

–¿Por qué? ¿Para que pudierais ver cómo se quemaba la planta? No he podido sacar ni una maldita cosa de mi despacho ni del de Morgan. Los ordenadores, los archivos, los muebles...hasta algunas paredes han desaparecido. No he llegado a tiempo. Pero, gracias a Dios y a algunos bomberos, el fuego se ha extinguido antes de acabar con el equipo y con la producción.

Olivia no iba maquillada, era evidente que les habían dado la noticia cuando estaban a punto de meterse en la cama. Podría haber dejado que fuera Brandon solo, pero no había querido. Y parecía sinceramente preocupada.

–¿Tienes alguna idea de qué puede haberlo causado?

Kyle notó el peso de la mirada de Lourdes. Se estaba preguntando si acusaría a Noelle. Era difícil no hacerlo. No creía que hubiera ninguna posibilidad de que el fuego hubiera comenzado por sí solo. Ni por culpa de la colilla de Warren. Había descartado aquella posibilidad. Que Noelle estuviera en el aparcamiento en aquel momento en particular había sido demasiada coincidencia.

–No –contestó–. Todavía no.

Separó la llave de la casa y les hizo un gesto para que le siguieran al porche. Era tanta la adrenalina que corría por sus venas que no sentía el frío, pero Lourdes tenía la nariz y las mejillas rojas. Llevaban fuera demasiado tiempo.

—Vamos dentro. No me vendría mal una copa.
—Yo también tomaré algo –dijo Brandon.
Mientras Kyle abría la puerta, Brandon se dirigió a Lourdes.
—Seguro que no te esperabas tantas emociones cuando viniste.
—No. Hay muchas cosas que no me esperaba.
Kyle imaginó que Brandon querría preguntarle por aquella frase. Se preguntó si estaría refiriéndose a él. O al hecho de estar viviendo con un desconocido. O a que Derrick hubiera terminado admitiendo su aventura.
¿O estaría hablando de que se habían desnudado y habían estado a punto de hacer el amor un par de horas atrás?
Durante un breve instante, la visión de los senos de Lourdes apareció en su recuerdo junto al recuerdo de su sabor y su tacto. Le entraron ganas de decirles a Brandon y a Olivia que se fueran a su casa para poder arrastrarla hasta el dormitorio. Quería olvidar todo lo que había pasado perdiéndose en ella. Solo entonces sería capaz de dormir.
Pero dejó de lado aquel pensamiento. Lo que había sentido estando con ella antes del incendio no había tenido nada que ver con la amistad. Él quería una verdadera relación y eso significaba que acostarse con Lourdes era lo último que debería hacer. Su empresa había sufrido un daño muy serio; no necesitaba más motivos para el enfado o la desilusión.
—¿Qué tienes para ofrecerme? –le preguntó Brandon–. Espero que tengas algo más fuerte que el vino.
—Creo que tengo whisky en alguna parte –miró a Lourdes y a Olivia–. ¿Os apuntáis?
—Yo no puedo –contestó Olivia.
—No, gracias –Lourdes negó con la cabeza–. Tengo el estómago revuelto después de haber respirado tanto humo.

Kyle le tendió un whisky a Brandon. Después les dio a Lourdes y a Olivia sendos vasos de agua y se dejó caer en el sofá.

−¡Menuda noche! −musitó.

Y empezó a hablarles del incendio, de cómo podía haberse originado, de que a lo mejor había productos químicos demasiado cerca, de si Warren habría mentido sobre el lugar en el que había estado fumando, de quién había cerrado la planta y de cuáles serían los próximos pasos a dar. Pagaba una considerable cantidad de dinero por el seguro de incendios, pero jamás había imaginado que llegaría a necesitarlo. Suponía que llamaría a la mañana siguiente al seguro y su agente le explicaría qué hacer a continuación.

−Esto no te supondrá muchos problemas financieros, ¿no? −preguntó Olivia−. Bueno, sabes que Riley lo dejará todo para ayudarte a reconstruir la planta lo antes posible.

−Riley está a punto de casarse −señaló Kyle.

Olivia bebió un sorbo de agua.

−Yo estoy ocupándome de casi todo lo relativo a la boda y en esta época no hay muchas obras. Estoy segura de que se pondrá a trabajar de inmediato. Y si no puede, tus clientes lo comprenderán. No has tenido la culpa de lo que te ha pasado. Solo ha sido un desgraciado accidente. Podría haberle ocurrido a cualquiera.

Kyle no era tan optimista como para pensar que podía ponerse a merced de sus clientes y esperar una consideración especial. Alguno podría estar dispuesto a esperar, pero…

−Yo vendo sobre todo a grandes comerciales, Olivia −le dijo−. Y a ellos les importa muy poco que haya tenido mala suerte. Quieren que les entregue sus pedidos cuando está previsto. Y si yo no les envío los paneles, se los comprarán a otro. Intentaré ofrecerles algún descuento para retenerlos, pero, incluso en el caso de que el seguro cubra otras pérdidas, eso afectará a las finanzas de la empresa.

Olivia esbozó una mueca.

—¡Con todo lo que has trabajado! —se lamentó—. ¿Cuánto crees que tardarás en poner la planta en funcionamiento otra vez?

—No tengo ni idea —fijó la mirada en el líquido de su copa—. No me han dejado entrar ni siquiera cuando han apagado el fuego. Estaba todo muy caliente. Y tenían miedo de que pudiera derrumbarse otra parte del tejado.

De todas formas, tampoco estaba seguro de que él hubiera soportado el humo. Los bomberos decían que era tóxico y, a juzgar por el hedor, no era difícil creerlo.

—Llevará algún tiempo determinar la extensión del daño, por no hablar de lo que tardarán en arreglarlo todo o sustituirlo.

—¿Puede haber sido por algún problema en el cableado? —preguntó Brandon.

La curiosidad de Kyle por lo que podrían llegar a decirle se impuso de pronto a las ganas de reservar para sí sus sospechas.

—Por casualidad, ¿no sabréis dónde ha estado Noelle esta noche?

Se hizo el silencio en la habitación. Hasta los ojos de Lourdes volaron hasta su rostro. Pero si Noelle tenía una coartada creíble, prefería enterarse cuanto antes. La posibilidad de que hubiera saboteado su éxito por culpa de los celos, el resentimiento o la venganza le enfurecía.

—¿Por qué lo preguntas? —quiso saber Olivia.

Kyle se encogió de hombros con un gesto de despreocupación.

—Por ninguna razón en especial. Solo me preguntaba si... si ha recuperado su trabajo en el Sexy Sadie's, o si es posible que haya quedado contigo para tomar algo.

—Noelle ha estado diciendo todo tipo de estupideces,

ya te lo comenté –dijo Olivia–. Pero jamás prendería fuego a tu planta, si es ahí a donde quieres llegar. ¿Por qué arriesgarse? ¿Y si hubiera habido alguien en el interior del edificio? ¿Y si te hubieras quedado a trabajar hasta tarde, como haces tan a menudo?

–Estoy seguro de que ha podido ver mi camioneta aquí aparcada. Y todas las luces de la planta estaban apagadas, excepto la de la farola de fuera.

–Es cierto que ha hecho todo tipo de cosas, algunas muy desconsideradas y egoístas. Pero jamás llegaría tan lejos.

Olivia miró a Brandon buscando confirmación, pero este sorprendió a Kyle al fruncir el ceño con un gesto de disculpa, como si quisiera estar de acuerdo con ella para apoyarla, pero la honestidad se lo impidiera.

–A mí no me sorprendería –dijo Kyle, esperando quitarle fuego a la falta de apoyo de Brandon a la causa.

No quería que su hermano terminara discutiendo con Olivia por tener la misma opinión que él sobre Noelle.

Afortunadamente, su estrategia funcionó.

–¡Crees que ha sido ella!

Lourdes cambió de postura como si estuviera a punto de decir algo, pero permaneció en silencio.

–No –contestó Kyle–, no importa.

Maldita fuera. Debería haber mantenido la boca cerrada. En aquel momento no podía confiar en sí mismo. Estaba demasiado enfadado.

–Estoy seguro de que no ha sido ella –le dijo a Olivia.

–Eso lo dices porque sabes que es lo que quiero oír –replicó ella–. Bueno, pues tú puedes pensar que ha sido ella, pero yo no.

–¿Has sabido algo de tu hermana esta noche? –le preguntó Brandon a su esposa.

Olivia le miró boquiabierta.

–¡Brandon, para! No, tú no.

Brandon alzó las manos.

–Kyle es mi hermano, cariño. Y ella es la única persona que le guarda algún rencor. Tiene sentido intentar saber dónde ha estado. Si de verdad no tiene nada que esconder, no tienes por qué preocuparte.

Las palabras de Brandon debieron de parecerle razonables, porque Olivia dejó caer los hombros, más relajada.

–¿Te han asegurado ya que ha sido un incendio provocado?

–No, todavía no –respondió Kyle.

Y aquella era la razón por la que debería haber esperado. Pero no había acabado de decirse que debía contenerse cuando ya se había visto yendo a por Noelle.

Tenía ganas de pelea. Estar allí sentado, bebiendo, era demasiado inocuo, sobre todo porque no podía dejar de mirar a Lourdes y de desearla a pesar de todo.

–¿Entonces por qué preguntas por ella? –le exigió saber Olivia.

–Porque esta noche la ha visto allí –respondió Lourdes como si no pudiera seguir aguantándose.

La sangre abandonó el rostro de Olivia, que clavó sus ojos en Kyle.

–¿Noelle estaba allí? ¿Cuándo?

Kyle se terminó la copa.

–Después de que empezara el fuego.

–Seguro que se ha acercado mucha gente –replicó Olivia–. Stanley, nuestro vecino, nos ha dicho que nunca había visto a tanta gente en un incendio.

–Eso no lo voy a discutir –dijo Kyle–. No suele haber muchas emergencias de este tipo en Whiskey Creek, así que siempre llaman la atención.

–Además, Stanley se refería a los bomberos –objetó Brandon–. Noelle no es voluntaria, así que, ¿qué hacía por allí? ¿Había ido a mirar?

—No estoy seguro –admitió Kyle. Repitió lo que había visto, contando la rapidez con la que se había marchado.

Olivia se mordió el labio.

—No puedes estar seguro de que fuera su coche. Tú mismo has dicho que no se veía bien. Que todo era un caos, que había mucho movimiento y mucho humo.

Kyle intercambió una mirada con Brandon.

—Eso es verdad.

—Muy bien.

Olivia entrecerró los ojos con un gesto que sugería que no le hacía ninguna gracia que Brandon se estuviera poniendo del lado de Kyle.

—La llamaré ahora mismo y le preguntaré que dónde ha estado esta noche.

—Es tarde. Espera a ver lo que averigua la policía. Solo la he sacado a colación porque esperaba que me dijeras que había estado contigo.

Además, en aquel momento, lo único que le apetecía era que se fueran a casa antes de que los sentimientos negativos que le devoraban estallaran de una u otra manera.

Pero Olivia no le hizo caso. Vaciló un instante, pero al final buscó en el bolso y sacó el teléfono.

Todos la miraron mientras sostenía el teléfono contra la oreja y se acercaba a la chimenea.

—Hola, estás despierta. Tenía miedo de que te hubieras acostado, pero siempre has sido un ave nocturna.

Era evidente que Noelle había contestado. Kyle sintió cómo se le aceleraba el pulso.

—Te llamaba para ver si te habías enterado de lo que ha pasado con la planta de Kyle –dijo Olivia–. ¿No? –les dirigió una mirada que sugería que la respuesta de su hermana le había hecho concebir esperanzas–. Se ha incendiado esta noche…. Sí, ha sido terrible. ¿Qué? No tienen ni idea… Por supuesto que se lo diré. No digas eso. Aunque estés enfadada con él, ha sido muy bueno contigo. Nos lo ha dicho nuestro vecino. Es bombero voluntario... Porque estábamos terminando de ver una película. Lo siento mucho por Kyle. Está destrozado.

Kyle apretó los dientes. Si Noelle había sido la culpable del fuego, no quería que supiera hasta qué punto le había hecho daño. No quería que supiera que había conseguido dar en el blanco. Deseó que Olivia colgara. Ya había oído más que suficiente.

–Puede haber sido cualquiera –continuó Olivia–. Claro que tiene seguro, pero no es tan sencillo. Cubrirá parte de las pérdidas, por supuesto. Pero el seguro no siempre se hace cargo de todo. Y está el problema de los pedidos que perderá mientras la planta siga cerrada. Los clientes no esperarán a que les envíe los paneles solares, así que tendrán que buscar otra fábrica.

A Kyle le estaba costando un gran esfuerzo no arrancarle el teléfono de las manos y acusar a Noelle de mentir. Aunque no hubiera sido ella, estaba seguro de que había visto el incendio.

–¿Qué ha dicho? –preguntó Brandon cuando Olivia colgó.

–Parecía sinceramente sorprendida –respondió Olivia.

–¡Tonterías! –demasiado agitado como para continuar sentado, Kyle se levantó–. Sabía lo del fuego antes de que se lo dijeras. ¡La he visto! ¿Por qué no lo ha reconocido?

–A lo mejor solo te ha parecido verla –insistió Olivia.

Brandon se levantó y le pasó el brazo por los hombros a su esposa.

–Lo siento, cariño. Sé que no quieres pensar que pueda ser capaz de hacer algo tan terrible cuando por fin estáis empezando a llevaros bien, pero tu hermana no es una persona normal. Nunca asume la responsabilidad de lo que hace. La verdad es que puedo imaginármela incendiando la planta de Kyle.

Olivia le dirigió una mirada suplicante.

—No des por sentado que es culpable hasta que no tengamos pruebas, ¿de acuerdo? Kyle estaba hundido cuando le ha parecido verla. Es posible que se haya equivocado. Insisto, por teléfono parecía muy convincente.

Kyle se apretó el puente de la nariz, intentando mantener la irritación a raya durante unos minutos más.

—Porque miente muy bien. Siempre ha mentido muy bien.

—Podrías haberla confundido con otra persona —insistió Olivia.

—Podría —Kyle dejó el whisky a un lado—, pero no ha sido así.

Capítulo 22

Para cuando Brandon y Olivia se fueron, Lourdes estaba exhausta, pero no había conseguido relajarse. Kyle también estaba muy nervioso. Lourdes percibía su agitación. Casi podía sentir crepitar en el aire toda aquella energía reprimida. Y todo lo que se estaban callando empeoraba la situación. Ella quería decirse que el mal humor de Kyle se debía al fuego, pero sabía que también tenía otras cosas en la cabeza. Fruncía el ceño cada vez que la miraba como si de pronto fuera ella su enemiga en vez de Noelle.

—¿Crees que deberíamos hablar de... lo que ha pasado... antes? —le preguntó.

—¿Te refieres a cuando estabas desnuda debajo de mí? No.

Apretó la mandíbula mientras recuperaba el vaso que había apartado minutos antes y, de vez en cuando, se tensaba un músculo en su mejilla.

—Sé que debe de haberte parecido un poco confuso porque... porque hemos ido un poco más lejos de lo que los dos esperábamos.

—¿Un poco más? —fijó su mirada sobre la de Lourdes con la intensidad de un misil—. ¿También gimes de esa manera cuando te acuestas con otros amigos? ¡Dios mío!

Tu manera de mirarme, de darme la bienvenida cuando entré dentro de ti...

—¡Ya basta! —avergonzada, se alisó la sudadera—. Pensaba que comprendías a lo que me refería al decir que se trataba de una relación sin ningún tipo de compromiso. No te imagino enamorándote de una de esas mujeres que se tatúan tu nombre en el brazo después de unas cuantas citas, ni acostándote con ella. Yo nunca me he acostado con nadie con quien no tuviera una relación. Solo estaba... intentando... dejar claro lo que había entre nosotros para que pudiéramos disfrutar de algo que a los dos nos apetecía.

—Sí, claro. Pero después de todo lo que habías dicho sobre que no iba a tener ninguna importancia, me has sorprendido.

—¡Y tú también me has sorprendido a mí!

¿Pero qué más podían haber hecho para protegerse? Ella no tenía la culpa de que las cosas no hubieran salido tal y como habían planeado. No tenía la culpa de que, en el momento en el que la había tocado, todo lo que había dicho en la puerta se hubiera difuminado, como si fueran las palabras, y no los hechos, las que no tenían ningún significado. No habían puesto ninguna distancia emocional entre ellos, algo que a Lourdes la había asustado tanto como a él.

—Olvídate de que he sacado el tema —le dijo—. Yo pensaba... Pensaba que de esa manera podía despejar un poco el ambiente, pero es obvio que todavía no estás preparado para hablar de lo que ha pasado.

—No puedo imaginarme por qué —musitó él con sarcasmo.

—¿Qué quieres que haga? —le preguntó.

—Nada. No quiero nada de ti. Vete a la cama.

Lourdes no obedeció. Se sentía demasiado mal con todo lo ocurrido.

Tras esperar durante varios segundos, intentó acercarse a él cambiando de tema.

–Ha sido un gesto bonito por parte de Brandon y Olivia el haber venido.

Kyle hizo un sonido mostrando su acuerdo, pero eso fue todo. Después, se levantó para servirse una copa, pero en aquella ocasión se llevó la botella al sofá.

–Se está haciendo tarde –dijo Lourdes.

Kyle tampoco respondió. Se limitó a mirar lo que quedaba en el vaso y a servirse otro trago. Lourdes se levantó y se acercó a él.

Kyle arqueó las cejas al verla agarrar la botella que él todavía no había dejado en la mesa.

–¿Estás seguro de que quieres seguir bebiendo? –le preguntó–. ¿No crees que enfrentarte mañana a los daños que ha sufrido la planta ya será suficientemente duro?

Pensó que Kyle iba a arrancarle la botella de la mano. Y haría bien. Ella no era quién para decirle lo que tenía que hacer. Pero solo estaba intentando cuidarle y él pareció comprenderlo porque, pocos segundos después, soltó una maldición, pero le permitió apartar la botella de su alcance.

–Vamos. Déjame acompañarte a la cama.

Tiró de él para levantarle y le condujo a su habitación, donde Kyle se tiró en la cama completamente vestido.

Después de quitarle las botas, Lourdes estuvo a punto de arroparle, pero Kyle le dirigió una mirada que la dejó clavada donde estaba.

–¿Qué pasa? –le preguntó.

–¿Vamos a acostarnos o no?

Lourdes contuvo la respiración.

–¿Crees que hablándome así vas a quitarle valor?

Los ojos de Kyle brillaban con dolor y enfado.

–Puedo demostrarte cómo son las cosas cuando no significan nada –respondió Kyle, colocándola encima de él.

Al ver que no se oponía y que no intentaba levantarse, Kyle le bajó la cremallera de los vaqueros.

–Dime que tu silencio es un sí.

Lourdes cerró los ojos. Debería negarse, pero era lo último que le apetecía. Sabía que si abandonaba aquella habitación en ese momento, volvería a los cinco minutos, o menos, y, para entonces, a lo mejor Kyle ya había caído rendido.

–Sí –musitó.

Kyle se desprendió rápidamente de la ropa de ambos, pero, en vez de besarla y abrazarla como había hecho la vez anterior, en vez de envolverla con su lengua, sus manos y su voz, se puso un preservativo e instó a Lourdes a tumbarse boca arriba.

No quería sentir ninguna ternura, comprendió ella. Solo estaba buscando un desahogo físico, y ella no se oponía a que lo tuviera. Tenía tantas ganas de sentirle dentro como él de estar allí, aunque tuviera que ser de aquella manera.

Pero todo fue demasiado rápido como para que pudiera sentirse satisfecha. Aquella fiera intensidad fue más excitante que todo lo que había experimentado hasta entonces, pero, cuando todo acabó, sintió una extraña decepción.

Cuando Kyle terminó, ella comenzó a levantarse. Sabía lo difícil que iba a ser para él aquella noche. Lo afectado que estaba y lo mucho que había bebido. Imaginaba que no tenía ningún derecho a sentirse sorprendida u ofendida, puesto que Kyle le había dado lo que le había prometido. Había sido ella la que había decidido conformarse con lo que él estuviera dispuesto a darle. Por eso se sobresaltó cuando Kyle le pasó el brazo por la cintura y la hizo volver a tumbarse.

Se la quedó mirando fijamente, con expresión insondable. Lourdes creyó distinguir en ella cierto arrepentimiento y deseó que se suavizara, que la besara y acariciara como había hecho antes.

Pero no lo hizo. Le sostuvo las manos por encima de la cabeza mientras le succionaba los senos. Después, deslizó los labios por su estómago, besándola, mordiéndola.

Lourdes jadeó cuando Kyle se colocó sus piernas en los hombros y la sostuvo allí, impidiéndole moverse o apartarse de él. Había tomado el control. Pero tampoco ella pretendía escapar.

Se retorció en la cama, aferrándose al cabecero, mientras Kyle le provocaba un orgasmo rápido e intenso.

Aunque Lourdes había visto numerosas escenas de sexo con cierta brutalidad y desgarro de ropa incluido en alguna película, jamás lo había experimentado en carne propia. Por lo menos hasta aquella noche. Y tenía que admitir que contenía un cierto erotismo. Aun así, prefería la delicadeza con la que Kyle la había acariciado antes del incendio. Pero él había querido dejar clara su posición y ella no podía negar que, en ese sentido, había hecho un buen trabajo.

Cuando intentó marcharse a su propia cama, Kyle volvió a agarrarla por la cintura y, en aquella ocasión, la estrechó contra él.

Se dijo a sí misma que esperaría a que se quedara dormido y se iría después a su dormitorio. Dada la naturaleza pasajera de su relación, no le parecía sensato acurrucarse contra él. Aquello solo serviría para derribar el objetivo que se había propuesto Kyle al hacer el amor de forma tan rápida y brutal, evitando todo tipo de manifestaciones de cariño.

Pero ella también estaba cansada. Y el calor de su cuerpo le proporcionaba un espacio tan confortable para dormir que pronto se sintió demasiado lánguida como para moverse. Y no volvió a abrir los ojos hasta la mañana siguiente, cuando una multitud parecía estar aporreando la puerta y llamando al timbre al mismo tiempo. Se dio cuenta entonces de que seguía todavía en la cama de Kyle.

Despertado por el ruido, Kyle se levantó y agarró algo de ropa. Después, la miró y frunció el ceño como si no le hiciera ninguna gracia verla.

Lourdes tiró de las sábanas para taparse y le devolvió una mirada igual de hostil.

—No te preocupes. No voy a salir corriendo a tatuarme tu nombre ni nada parecido. Ya te aseguraste de dejar muy claro que solo querías acostarte conmigo, no hacer el amor.

Kyle se pasó la mano por el pelo. Lo tenía de punta en un lateral, lo que le daba un aspecto muy sexy.

—Sí, bueno, supongo que soy una de esas personas para quien las cosas son o todo o nada.

—No te pedí que me demostraras lo que era nada —replicó ella—. Solo te estaba acompañando a la cama. Lo que pasó después fue idea tuya.

—Lo sé. Y me temo que no muy buena idea.

—Habías estado bebiendo. ¿Debería haberme negado?

—No por el hecho de que hubiera bebido. No le estoy echando la culpa al alcohol. Ni a ti.

—Pero no te gustó lo que pasó anoche.

—¿Cómo va a gustarme? Fui un miserable.

—La gente tiende a hacer cosas raras cuando no quieren que le hagan daño. Pero, solo para que lo sepas, yo tampoco quiero que me lo hagan.

Kyle se había sentido vulnerable cuando había estado con ella antes del incendio, había sentido más de lo que debería. Les había pasado a los dos. De modo que a Lourdes no le resultaba tan chocante que después del incendio hubiera intentado conseguir el placer que buscaba al tiempo que intentaba erigir unas barreras que le permitieran sentirse más seguro.

—En cualquier caso, en lo que a acostarnos se refiere, la cosa no ha estado tan mal.

Kyle la taladró con la mirada, pero no dijo nada. Se limitó a vestirse.

—Muy bien, de acuerdo —dijo Lourdes—. A lo mejor debería intentar facilitarnos las cosas a los dos. ¿Quieres que me vaya hoy mismo a la otra casa?

Sin molestarse en ponerse la camisa que todavía llevaba en la mano, Kyle se volvió hacia ella.

—No, no te vayas. Después de lo que pasó anoche en la planta, no quiero que vayas sola a ninguna parte. ¿No lo entiendes?

—Eso significa que crees que Noelle podría intentar hacerme daño.

—Lo que significa es que no vas a ir a ninguna parte sin mí hasta que no averigüe lo que ha pasado.

—¡Kyle! —gritó una voz de mujer que Lourdes no reconoció.

—¿Quién es? —preguntó Lourdes.

Kyle se puso la camisa a toda velocidad y miró el reloj.

—Es Eve. Todos los viernes por la mañana quedo con mis amigos a tomar café. Supongo que al ver que no he aparecido han decidido venir. Brandon y Olivia les habrán contado lo del incendio.

Alguien aporreó la puerta.

—¡Kyle, abre! Baxter está en el pueblo, tío —era una voz de hombre.

—¡Ya voy! —gritó Kyle mientras se abrochaba los pantalones.

Lourdes se cubrió todavía más con las sábanas.

—¿Alguna vez me has hablado de Baxter?

—Lo dudo. Es uno de mis mejores amigos, pero está viviendo en San Francisco —suavizó un poco la voz al detenerse en la puerta–. No tienes por qué salir si no quieres –le dijo mientras salía al pasillo.

Un segundo después, llegó hasta los oídos de Lourdes el ruido de gente entrando en casa. Caramba, ¿cuántos amigos tenía Kyle?

Se dijo a sí misma que debía permanecer al margen, como él mismo había sugerido. No estaba muy contenta con él aquella mañana, por muy buena excusa que tuviera para su mal humor. Lo que él estaba sintiendo por ella no podía ser más complicado que lo que sentía ella por él. Pero oyó que algunos de sus amigos preguntaban por ella. Y oyó también el llanto de un bebé que parecía un recién nacido.

Era evidente que Callie había llevado a su hijo.

Se hundió en la cama y se cubrió la cabeza con las sábanas para bloquear aquel sonido. No quería pensar en bebés. Era muy probable que en su vida no los hubiera. Sobre todo después de una época como aquella. Tenía demasiadas cosas que arreglar en su carrera. Pero cuando ya fueron cuatro o cinco los amigos de Kyle que se lamentaron por no poder conocerla, se sintió culpable y egoísta por querer evitarles.

De modo que se levantó de la cama y se puso los vaqueros y la sudadera del día anterior con intención de pasar al baño para lavarse antes de presentarse. Pero no tenía ni el maquillaje ni los productos para el pelo en el baño principal y, en el instante en el que salió del dormitorio, se encontró con un hombre en el pasillo, que seguramente también iba en busca del baño, y que la vio salir del dormitorio de Kyle.

El amigo de Kyle le dirigió una sonrisa de oreja a oreja.

–Tú debes de ser Lourdes.

Kyle se sorprendió al ver aparecer a Lourdes. No esperaba que quisiera enfrentarse a tanta gente, sobre todo porque no había tenido oportunidad de ducharse o cambiarse. Le pareció más que un poco cohibida. Comprendía que lo estuviera, teniendo en cuenta que acababa de salir de su cama. No solo tenía el pelo revuelto, sino que llevaba la misma ropa que la noche anterior. Y cuando Brandon le dio un codazo, Kyle supo que su hermano lo había notado.

—La cosa empieza a ir en serio, ¿eh? —susurró Brandon.

Kyle no tuvo oportunidad de responder. Lourdes acababa de aparecer con Noah que anunció:

—Mirad con quién me he encontrado.

—¡Lourdes! —exclamó Eve—. Así que es verdad que estás en el pueblo. Estaba empezando a preguntarme si Kyle no estaría teniendo delirios de grandeza.

Lourdes rio la broma.

—Siento no haber sido más sociable. He estado... ocupada. Pero si me dais un minuto para lavarme la cara y los dientes, ahora mismo vuelvo.

Cuando se dirigió hacia el cuarto de baño, todos los amigos de Kyle se volvieron hacia él.

—¡Hala! Así que es verdad —musitó Riley—. ¡Estás saliendo con Lourdes Bennett!

—¿Esa era Lourdes Bennett? —preguntó Baxter—. ¿La mismísima Lourdes Bennett?

Brandon pareció confundido.

—Ya te hemos dicho en el Black Gold que Kyle estaba saliendo con ella.

—Pero he pensado que Kyle me habría llamado para darme una noticia así —se cruzó de brazos—. Y él no me ha dicho nada.

—No es nada serio —se justificó Kyle—. Lourdes volverá a Nashville en cuanto termine de componer su nuevo disco.

—¿Pero ha sido el hecho de que estéis juntos lo que ha disparado a Noelle?

Olivia se sintió ofendida.

—¡Eh! No sabemos si Noelle ha tenido algo que ver con el incendio.

Cheyenne retrocedió con la sorpresa reflejada en el rostro.

—¿Pero existe siquiera esa posibilidad? Yo me refería a la pelea que hubo la otra noche en el Sexy Sadie's. Ayer oí a Genevieve Salter contándole al cajero de Nature's Way que Noelle la había atacado.

Olivia se puso roja como la grana.

—Eh... No. Da igual.

Todos miraron a Kyle buscando una explicación. Pero él no quería acusar a la hermana de Olivia sin tener ninguna prueba, aparte de la de haberla visto en el lugar del incendio. Pasaba muchas veces por su casa. Con la cabeza fría y la perspectiva que daba una noche de descanso, podía estar de acuerdo en que quizá no estuviera haciendo nada más que acosarle como siempre. A la luz del día, eso le parecía más probable que el que Noelle, o cualquier conocido, hubiera incendiado a propósito la planta.

—No sabemos lo que pasó. Todavía.

Lourdes salió del cuarto de baño antes de que tuvieran oportunidad de presionarle pidiendo más detalles. No se había molestado en ducharse ni maquillarse, pero se había recogido el pelo en un descuidado moño. Kyle pensó que estaba arrebatadora, como siempre, y le entraron ganas de patearse por lo mal que la había tratado la noche anterior. Era evidente que Lourdes comprendía lo difícil que era aquella situación para él. Si se había sentido ofendida por su conducta, a lo mejor le daba el espacio que necesitaba para superar lo que estaba sintiendo.

Kyle se aclaró la garganta para alertar a sus amigos de su presencia y hacer las presentaciones. Todos sus amigos iban con sus parejas, excepto Baxter, así que era probable que le estuviera diciendo muchos más nombres de los que ella sería capaz de recordar.

—Estos son Dylan y Cheyenne y su hijo Kellan. Y este es Baxter, un amigo que acaba de volver a vivir al pueblo después de haber estado en San Francisco.

Lourdes ya conocía a Brandon y a Olivia, pero también estaban allí Noah y Adelaide, Callie y Levi, Sophia y Ted, los propietarios del *jacuzzi* que habían utilizado en secreto, Eve y Lincoln con un bebé de dos meses y Phoenix y Riley.

Lourdes fue muy educada con todo el mundo, pero estuvo más atenta con el recién nacido de Callie. El de Eve todavía estaba durmiendo en su carrito.

—Felicidades por el nacimiento de vuestro precioso hijo —le dijo a Callie.

—Gracias —contestó Callie sonriendo con orgullo—. ¿Quieres tenerle en brazos?

Lourdes abrió los ojos como platos.

—No sé si es muy buena idea. Me refiero a que... es tan pequeñito y tan frágil...

—No hay nada de lo que preocuparse —dijo Callie—. Colócatelo en el hueco del brazo, así.

Aunque Lourdes permitió que Callie dejara al niño en sus brazos, miraba a Aiden como si le aterrorizara. Kyle estuvo a punto de salir en su rescate haciéndose cargo del bebé, pero, a medida que fue pasando el tiempo, ella pareció ir sintiéndose más cómoda. Estuvieron hablando un rato de su música, de su carrera profesional y de Angel's Camp, el pueblo en el que había crecido, pero después Lourdes pasó a un segundo plano. Kyle la vio sentarse en el sofá, colocar al bebé en su regazo y mirarle como si jamás hubiera presenciado nada tan milagroso. Como si estuviera hechizada.

Aquella imagen no le ayudó mucho. Se había convencido a sí mismo de que iba a disfrutar de su soltería, pero, en aquel preciso instante, pasar otros cinco años solo no le parecía una perspectiva tan emocionante. A lo mejor sería más fácil si viviera en una gran ciudad, donde había muchas más cosas que hacer. Pero él había crecido en un pueblo pequeño, en el que la vida diaria transcurría alrededor de los amigos y la familia, y también quería tener una familia.

Siempre había pensado que para los treinta se habría casado y tendría hijos, pero se estaba acercando ya a los cuarenta.

Les explicó a sus amigos que, en realidad, no se sabría cómo había comenzado el incendio hasta que no hubiera terminado la investigación y Riley le aseguró que le daría la vuelta a toda su agenda de trabajo para ayudarle a reconstruir la planta en cuanto lo necesitara. Después hablaron del regreso de Baxter al pueblo y de cómo se lo estaba tomando su padre. Había renunciado a un lucrativo trabajo de bróker en San Francisco para dedicarse a las operaciones bursátiles por internet. Quería pasar más tiempo con su padre, al que le habían diagnosticado un cáncer de próstata el verano anterior. El señor North no estaba respondiendo bien al tratamiento y aquel era un motivo de preocupación. Pero Baxter y su padre no se llevaban bien. El señor North nunca había aceptado el estilo de vida de Baxter. Cuando había salido del armario, su padre había pasado mucho tiempo sin hablarle.

—Pero ese tipo de operaciones bursátiles son muy arriesgadas, ¿no? —le preguntó Ted—. Un amigo mío, que también es escritor, intentó probar suerte y perdió toda una fortuna en muy poco tiempo.

—Sí, el nivel de riesgo es elevado —se mostró de acuerdo Baxter—. ¿Pero qué otra cosa puedo hacer en Whiskey Creek?

—En San Francisco parecía irte bien —se lamentó Riley.

—¿Y a dónde demonios vas a ir para conocer gente? —preguntó Eve.

—El problema no soy yo —respondió Baxter—. No creo que mi padre vaya a superar la enfermedad.

Kyle no podía evitar observar a Baxter con algo más de atención cada vez que interactuaba con Noah. Habían sido amigos íntimos durante la infancia. Y, pocos años atrás, Noah se había enterado de que Baxter había estado enamorado de él durante años. Aquella información había salido a la luz cuando Baxter había revelado su condición sexual y la reacción de Noah no le había puesto las cosas fáciles.

—Si tiene que pasar lo peor, preferiría estar preparado —dijo Baxter.

—Me parece maravilloso por tu parte —Callie le agarró del brazo—. Recuerdo lo bien que me cuidaste cuando tuve los problemas con el hígado. ¿Pero crees que estarás bien viviendo con tus padres? ¿Tu padre ha cambiado lo suficiente como para que puedas sentirte cómodo?

Baxter se encogió de hombros.

—Supongo que eso lo iremos viendo. En cualquier caso, debería ser capaz de aguantar unos meses.

Kyle se temía que el señor North no había cambiado. Baxter le había comentado en alguna ocasión que su padre continuaba teniendo problemas con su orientación sexual, pero él se alegraba del regreso de su amigo. Por lo menos Baxter no estaría hablando de bebés continuamente, como el resto de sus amigos, puesto que todavía no tenía pareja.

—Kyle, ¿ya has pensado lo que vas a decir en la boda? —le preguntó Phoenix.

—Llevo mucho tiempo pensando en ello.

Intentó pensar en algo que ofrecerles si le presionaba pidiendo detalles, pero Lourdes le interrumpió antes de que Phoenix insistiera.

—¿Habéis desayunado ya? ¿Os apetece que os prepararemos unos huevos, tostadas y fruta?
—No, no hace falta que cocines —contestó Sophia—. Venimos de la cafetería.
—Estoy seguro de que habéis venido nada más encontraros allí. Vamos a prepararos un desayuno —se ofreció Kyle.
Los demás intercambiaron una mirada.
—Si estáis seguros —dijo Adelaide.
Lourdes le tendió el bebé de nuevo a Callie.
—Es posible que haya fracasado con mi último disco, pero soy capaz de cocinar unos huevos —bromeó.
Y, para cuando tuvieron el desayuno en la mesa, estaba riendo y hablando con los amigos de Kyle como si les conociera de toda la vida.
—Es un encanto —le susurró Cheyenne a Kyle mientras le abrazaba para despedirse de él—. Y, para mi sorpresa, con los pies bien plantados en la tierra.
Ted le palmeó la espalda.
—Has elegido bien.
Kyle se sentía como un farsante. Hasta entonces, nunca había mentido a sus amigos. Pero no podía defender que entre Lourdes y él no había nada porque todos sabían que había salido de su dormitorio aquella mañana.
—Que tengas suerte con la compañía de seguros —le deseó Noah—. Lo que ha pasado es terrible, pero saldrás adelante —le dirigió a Lourdes una significativa mirada—. Por lo menos, en otros terrenos las cosas te van bien.
—Sí, claro —contestó secamente.
Y se alegró cuando sonó el teléfono y tuvo una excusa para despedirse de sus amigos con un gesto de la mano y alejarse de la abarrotada puerta para ir a contestar.

Era el jefe de policía. Hablaron un momento y después Kyle se puso el abrigo y las botas y salió poco después de que se hubieran ido sus amigos. El policía le había pedido que se encontrara con él y con un perito en incendios en la planta.

Lourdes agarró la guitarra y tocó unos acordes mientras imaginaba el aspecto de aquel lugar sin el manto de la noche. ¿Los daños serían peores de los que Kyle pensaba?

Esperaba que no. Y también que el perito determinara cómo había empezado el fuego. Si Noelle había tenido algo que ver, se merecía un castigo. Le había roto el corazón ver a Kyle observando cómo todo su trabajo se transformaba en humo.

Pero eso no era lo único que ocupaba sus pensamientos. No podía dejar de pensar en lo que había pasado cuando se habían acostado la noche anterior. Había estado comprometida con Derrick durante casi un año, había salido con él durante tres. ¿No debería haber deseado estar en sus brazos y no en los de Kyle? Porque en ningún momento había pensado en Derrick.

—¿Qué me está pasando? —susurró en la habitación vacía.

La mayor parte de las cosas que le habían parecido tan importantes en Nashville lo eran mucho menos allí: la fama, el dinero, las ventas de discos. Pero jamás, ni en un millón de años, habría imaginado que olvidaría al amor de su vida con tanta rapidez. ¿Por qué no echaba de menos a Derrick?

Lo único que podía imaginar era que había sufrido tanto durante los meses anteriores que había ido distanciándose de él poco a poco, un poco más con cada discusión. A lo mejor, en medio del enfado, del orgullo herido y la fe en un compromiso que nunca se había cuestionado, no había sido capaz de darse cuenta de que no significaba tanto para ella como creía.

Si aquel era el caso, Crystal le había hecho un enorme

favor, eso era incuestionable. Todavía tenía que averiguar cómo iba a recomponer su carrera sin tener mánager, pero por lo menos no iba a casarse con un hombre que no se merecía su confianza. Era libre y podía continuar con su vida...

¿Pero para hacer qué? ¿Podría tenerlo todo? ¿Una carrera profesional, un marido y una familia? ¿O, al igual que su madre, se vería obligada a elegir?

Capítulo 23

Cuando Kyle atravesó los restos calcinados de lo que había sido su despacho, descubrió que era difícil no volver a enfurecerse otra vez. Afortunadamente, tanto la maquinaria como la producción estaban a salvo. Solo habría que reconstruir la zona de oficinas. Pero, con todos los pedidos que estaban teniendo últimamente, aquello iba a suponer muchos problemas.

Una hora atrás, cuando había llegado, se había encontrado con varios empleados que se habían presentado al trabajo como todos los días. Las cintas de barrera que Bennett había colocado habían mantenido a todo el mundo fuera del edificio, pero los trabajadores se habían quedado de piedra al encontrarse la fábrica en aquel estado. Tenían una gran curiosidad por saber cómo podía haber empezado el fuego. Sin embargo, tanto Bennett como el perito que había llevado, un hombre calvo y con gafas que atendía al nombre de Ronald Lee, le habían pedido que no comentara con nadie que había visto a Noelle por la zona la noche anterior. De modo que Kyle les había dicho a sus empleados que no sabía lo que había pasado, lo cual era cierto, y les había enviado a casa a pasar el día con órdenes de no regresar al trabajo hasta nuevo aviso. Aunque la fábrica podría estar pronto en funcionamiento,

Bennett y Lee le habían dicho que harían falta un par de días para analizar la seguridad del edificio, investigar las causas del incendio y reunir cuantas pruebas pudieran encontrar. Después, Riley tendría que sacar los escombros, colocar postes de apoyo y muros de carga y limpiar todo aquel desastre.

Faltando solo diez días para la Navidad, Kyle calculaba que estarían hablando de mediados de enero. Por suerte, ya les había prometido a sus empleados una semana de vacaciones, algo que llevaba planeando hacer todo el año. Aquello aliviaría los efectos de un cierre repentino. Pero tener que pagarles varias semanas más sin que fueran a trabajar agotaría sus recursos.

A pesar de que había recibido su mensaje y sabía que no iba a poder trabajar, Morgan también se había presentado en la planta. Había aparecido un poco más tarde que los demás, puesto que había estado intentando localizar a todos los empleados para que no fueran allí para nada. Pero ella no había sido capaz de quedarse en casa. Le había dicho a Kyle que necesitaba verlo por sí misma.

Kyle miró con el ceño fruncido el ordenador achicharrado. No se encendió, lo cual no fue ninguna sorpresa. Lo mismo ocurrió con el de Morgan, lo que le hizo agradecer todavía más que su asistente hubiera hecho una copia de seguridad de los ordenadores el día anterior. Se lo había asegurado antes de que Kyle la enviara de vuelta a su casa, como había hecho con todos los demás. También había estado de acuerdo en que podrían intentar salir adelante llevando el negocio desde sus casas hasta que reconstruyeran la oficina. Antes de marcharse, Morgan se había llevado la tarjeta de crédito de Kyle para comprar unos ordenadores nuevos.

—¿Señor Houseman?

Kyle estaba en cuclillas delante de su escritorio, intentando abrir los cajones. Al oír la voz del perito se levantó. Bennett había estado con Lee mientras analizaban los alrededores y el propio edificio, desplazándose desde las zonas menos dañadas a las que habían sufrido daños mayores. Pero el jefe de policía de Whiskey Creek había recibido una llamada y había salido a buscar algo en el coche patrulla antes de que Kyle hubiera ido a ver si podía recuperar algo de valor en su despacho.

—¿Sí?

—Ha sido un incendio provocado. No hay ninguna duda.

—Así que ha sido obra de alguien.

Lee asintió. Parecía un hombre que se ceñía de forma estricta a las normas y sin muchas habilidades sociales. Kyle no podía decir que le cayera bien, pero parecía saber mucho sobre incendios, así que no le importó que no fuera una persona muy afable.

—Por el patrón del fuego, el punto de origen está cerca de la puerta principal.

Kyle ya lo sospechaba, pero, aun así, le impactó. No entendía cómo se había atrevido Noelle a llegar tan lejos...

—Pero la planta estaba cerrada. Ya ha oído que me lo ha confirmado mi asistente cuando ha llegado esta mañana. Así que, o alguien tenía una llave, lo que es poco probable porque mi asistente es la única persona que la tiene, aparte de mí, o forzaron la entrada.

—Forzaron la entrada. Rompieron una ventana —le explicó sin ningún género de dudas—. Hay una piedra al lado de la puerta y no es mucho más grande que las que hay por la zona. Creo que el culpable condujo hasta aquí, agarró la piedra en la propiedad y la utilizó para romper la ventana que está más cerca de la puerta. Después echó alcohol en la moqueta y...

—¿Alcohol? ¿Cómo sabe que fue alcohol?

—Los líquidos inflamables con una presión de vapor alta prenden de forma muy rápida y chamuscan los objetos mientras que los que tienen componentes con el punto de ebullición más elevado tienden a quemar y fundir. Y lo que estoy viendo es, definitivamente, lo primero –se empujó las gafas por el puente de la nariz–. Además, hay una botella de Jack Daniel's en el aparcamiento. A no ser que sus empleados tengan la costumbre de traer alcohol al trabajo, es razonable pensar que a quienquiera que provocara el incendio se le cayó la botella al salir corriendo hacia su coche. Como se rompió, se vio obligado a dejarla. Así que recogeré las piezas y espero poder encontrar alguna huella. No creo que llevara guantes. En caso contrario, no habría intentado llevarse la botella.

Si consiguieran una huella, él tendría algo más que el haber visto el Honda para demostrar que Noelle estaba detrás de todo aquello.

—No he encontrado un mechero –estaba diciendo Lee–, así que doy por sentado que quienquiera que fuera utilizó una cerilla, o toda una caja de cerillas.

—¿Del Sexy Sadie's quizá? –preguntó Kyle secamente.

—¿Perdón?

—Es el bar del pueblo.

—Exacto. Donde trabajaba su ex antes de que la despidieran. Sí, recuerdo que me lo ha dicho. Pero si utilizó una caja de cerillas, estará completamente destrozada, así que no podré demostrar de dónde son. Por supuesto, todavía no he terminado de buscar, pero, hasta ahora, no he encontrado ningún resto.

En cualquier caso, Kyle solo había pretendido mostrar un poco de ironía. Lee parecía darse cuenta de todo, excepto de los sutiles matices que desprendía su tono de voz y su lenguaje corporal.

—Así que fue rápido y fácil –dedujo.

Tan fácil como para que pudiera hacerlo alguien que jamás había hecho algo así. Alguien como Noelle, por ejemplo, podría haber provocado aquel fuego.

Lee tomaba notas en su libreta.

—No podía haber sido más fácil. No había nadie aquí. Era de noche. No hay ninguna medida de seguridad y tampoco vecinos cerca. Como ya le he dicho, es muy fácil.

Todo lo cual convertía en un milagro que Warren hubiera advertido el olor a humo. Si no hubiera salido a fumarse un cigarrillo, habría ardido la planta entera. Lo cual le hizo recordar que por un momento había llegado a plantearse la posibilidad de que Warren hubiera estado fumando cerca del edificio. Dudaba seriamente que fuera aquel el caso, pero pensó que debería plantear la pregunta.

—¿Está seguro de que no puede haber sido por culpa de una cerilla tirada de forma accidental?

—Este incendio no lo provocó nada de forma accidental —respondió—. ¿Sabe de alguien, aparte de su ex, que pueda ganar algo provocando este incendio, señor Houseman?

Kyle se frotó las sienes. Cuando le había hablado de Noelle, el jefe Bennett había fruncido el ceño como si lo creyera posible. Lee apenas había garabateado su nombre y su dirección en su libreta. Y ella era la única que quería hacerle algún daño.

—No.

—Así que tenemos a esta... Noelle.

—Sí.

—Ya entiendo. Usted y su ex llevan divorciados cerca de cinco años y no tienen hijos, ¿correcto?

—Así es.

—Y le paga puntualmente su pensión cada mes.

—Llevo tiempo pagándole por adelantado, puedo demostrarlo.

También se lo había comentado previamente y Lee no le parecía un tipo que necesitara que le repitieran la información clave.

—¿Y no cree que podría preocuparle que su capacidad para pagarle cada mes pudiera resentirse si le ocurriera algo a la planta?
—Para entenderlo, tendría que conocerla.
—Pero hasta ahora nunca había hecho algo así.
Kyle notó que sus músculos se tensaban por el agotamiento, la decepción, la frustración y la rabia.
—Ya se lo he dicho. De vez en cuando, tiende a obsesionarse. A veces se distrae con relaciones ocasionales, pero, cuando no funcionan, intenta volver conmigo. Es algo cíclico.
—¿Alguna vez ha hecho algo violento?
Kyle pensó en todas las veces que había intentado pegarle, pero jamás había denunciado aquellos episodios, así que sabía que resultarían poco creíbles si los mencionaba en aquel momento.
—La semana pasada pegó a una compañera de trabajo.
—Sí, ya me lo ha dicho, y lo investigaré. Y, mientras tanto, ¿cree que hay alguien más que pudiera guardarle algún rencor?
—Ya se lo he dicho, no.
—¿Algún cliente resentido? ¿Algún empleado?
—¡No lo suficiente como para provocar un incendio!
Lee alzó la mirada de su libreta.
—¿Tiene seguro de incendios, señor Houseman?
Kyle deseó que Bennett regresara. No le gustaba lo que estaba insinuando aquel tipo.
—Por supuesto. ¿No lo tienen la mayor parte de los negocios?
—Solo quería asegurarme —tomó nota.
Después, comenzó a volverse, pero Kyle le detuvo.
—Espere un momento. Si este incendio ha sido provocado, tiene que haber sido cosa de mi exmujer. Yo no tengo ninguna razón para acabar con mi propio negocio,

si es eso lo que está insinuando. No estoy intentando defraudar a mi seguro.

—Un noventa por ciento de este tipo de casos están relacionados con fraudes.

Si lo hubiera dicho otro, podría haber sido una acusación, pero, en boca de aquel tipo... Kyle no podía estar seguro. Aun así, la mera sugerencia le ofendió.

—Seguro que eso le facilitaría el trabajo, pero me temo que esta vez va a tener que esforzarse un poco más.

Lee arqueó las cejas como si le sorprendiera la respuesta de Kyle.

—Mire mis cuentas —insistió este—. Verá que no tengo ningún motivo para destrozar lo que tanto me ha costado levantar.

—Lo haré. Tengo la obligación de hacerlo. Es mi trabajo —contestó, y continuó trabajando.

Kyle habría dado un portazo si le hubiera quedado alguna puerta.

—Es increíble —musitó.

¿Cómo era posible que pudieran considerarle tan sospechoso como a Noelle?

Lourdes no tenía intención de comunicar a su familia su ruptura con Derrick hasta después de Navidad. Pero, una vez publicada la noticia en la prensa del corazón, no le quedaba otra opción. Así que les aseguró a su madre y a sus hermanas que estaba manejando el final de su relación sin problemas y que después de Año Nuevo buscaría otro mánager.

Sin embargo, le costó convencer a su madre de que Kyle solo era un amigo. Renate no solo había leído lo que habían publicado, sino que también notó la preocupación de su voz al hablar del incendio y sacó sus propias conclusiones. O la que consideró que era la conclusión obvia...

—Si no vienes a casa por Navidad es porque hay algo en Whiskey Creek que te retiene —insistió.

Lourdes estaba empezando a arrepentirse de haber interrumpido su precioso trabajo para aceptar aquella llamada. No lo habría hecho si no hubiera sido por lo mucho que le estaba costando concentrarse por culpa de la ansiedad que se había apoderado de ella mientras esperaba a oír lo que el perito y el jefe de policía tenían que decir.

—Por fin estoy avanzando algo en el nuevo disco, mamá. Por eso no quiero irme ahora.

—Pero, si solo estabas intentando quitarte de encima a la prensa haciendo esas declaraciones, ¿por qué no te vas a la casa que habías alquilado si ya te han arreglado la caldera? Tiene que haber alguna razón.

—Ya te lo he dicho, me siento cómoda en casa de Kyle. Estoy tan bien que estoy empezando a trabajar otra vez. La música es lo único que me importa. Y por eso vine aquí. No quiero estropearlo.

—¿Entonces no te gusta Kyle?

Lourdes borró de su mente la imagen de ella misma en la cama de Kyle. Había pasado mucho tiempo pensando en lo que había pasado.

—De acuerdo, sí. Me gusta. Me gusta mucho —admitió—. Pero no soy la clase de mujer que él está buscando.

—Cualquier hombre tendría suerte de estar contigo —respondió su madre.

Lourdes dejó la guitarra a un lado y se levantó para ir a buscar un vaso de agua.

—No creo que tú seas muy objetiva, mamá.

—¡Pues es la verdad!

—Kyle cree en mí, me apoya y quiere que siga adelante en mi carrera, pero no está interesado en mantener una relación sentimental conmigo. Él busca un tipo de vida muy distinta, es como papá. Le gusta vivir en el pueblo en el que nació. Quiere una vida sencilla y tú sabes lo ajetreada que puede llegar a ser la mía cuando tengo que viajar y promocionar mi trabajo. Es difícil mantener una relación teniendo que viajar tanto, viviendo siempre presionada por alcanzar un objetivo, sobre todo uno tan complicado como hacerme un lugar en el mundo del espectáculo.

Y aquella era una de las razones por las que había pensado que Derrick y ella eran perfectos el uno para el otro, por la que nunca se había cuestionado su relación, al menos, al principio.

—Eso podrías superarlo —dijo su madre.

—¿Es que no has oído lo que te acabo de decir?

—Sí, has dicho que te gusta mucho.

—Sí, lo he dicho, pero no encajamos bien. Después de haber visto todas las concesiones que hiciste por papá, no quiero pasar por lo mismo.

—¡Oh, basta! Mi vida no ha sido tan terrible. No me arrepiento de nada.

Lourdes elevó los ojos al cielo.

—Sí, claro que te arrepientes. Hemos hablado de esto en otras ocasiones. Tienes una voz mejor que la mía. Podrías ser una estrella.

—Me habría gustado que tu padre fuera más flexible, que hubiera estado más abierto a dejarme alcanzar mis sueños. Pero he disfrutado de una buena vida. Si no me hubiera casado con él, no os habría tenido ni a ti ni a las gemelas. Y vosotras lo sois todo para mí.

Lourdes se preguntó si algún día se arrepentiría de haber elegido una carrera tan exigente. Quizá no, se dijo a sí misma. Todavía estaba a tiempo de casarse y formar una familia en algún momento. Lo haría... más adelante, cuando se recuperara del tropiezo que había sufrido su carrera en los dos últimos años.

—Es difícil echar de menos los hijos que no has tenido, mamá. No quiero sentirme atrapada ni en Whiskey Creek ni en ningún otro lugar en el que pueda verme obligada a dejar de cantar. Si me casara con alguien que no entiende mi pasión por lo que hago terminaría sintiéndome culpable cada vez que tenga que marcharme para dar algún concierto, para grabar un disco o para hacer una gira de promoción. No lo soportaría.

En otras palabras, Kyle y ella tenían objetivos muy diferentes. ¿Por qué condenarse a un fracaso?

—Pero... yo pensaba que estarías destrozada por lo de Derrick y, sin embargo, te encuentro muy bien.

Desde luego, estaba mucho mejor de lo que ella misma esperaba. Por supuesto, la decepción estaba allí. Y también el dolor y el enfado por haber sido abandonada por una persona a la que quería. Pero el dolor agudo y paralizante que había experimentado durante los últimos dos meses había desaparecido. De alguna manera, Kyle la había anestesiado contra él.

—Sigo queriendo a Derrick, pero no de la misma manera. Creo que estos últimos seis meses han acabado con el amor que sentía por él.

—Y ahora has encontrado a otro. Los hombres buenos no crecen en los árboles, cariño. Así que, si Kyle es tan especial, es posible que debas pensártelo un par de veces. Es lo único que quiero decirte.

—Gracias por el consejo, mamá. Ya lo has dejado claro. ¿Y ahora podemos hablar de otra cosa?

—Por supuesto.

Su madre le puso al tanto de las últimas noticias de Mindy y Lindy, que lo compartían todo, incluyendo un apartamento y un trabajo de camareras en un restaurante lujoso situado en el centro de Nashville. Renate quería que hicieran algo serio con sus vidas, que mostraran más ambición una vez habían terminado los estudios. Pero todavía eran muy jóvenes y tenían ganas de divertirse. Lourdes había comprendido mucho tiempo atrás que no tenían la misma motivación que ella. Ella había trabajado con denuedo para alcanzar cuanto había conseguido y, a pesar de sus esfuerzos, parecía que no iba a llegar a ser más que una triste nota a pie de página en el mundo de la música *country*.

Acababa de terminar de hablar con su madre cuando recibió otra llamada, en aquella ocasión de Derrick. No contestó, pero abrió el álbum de fotografías que tenía en el teléfono y estuvo revisándolas. Tenía muchas fotografías de Derrick: en París, en diferentes ciudades de los Estados Unidos cuando estaban de gira, en la casa flotante que habían alquilado en el lago Powell el verano anterior... Recordó lo mucho que se habían divertido juntos. Debería de estar sufriendo más de lo que lo estaba haciendo al saber que ya no estaban juntos. Lo había pasado muy mal en el pasado. ¿Pero a dónde habían ido el dolor y la desesperación de los últimos meses?

No lo sabía. O, por lo menos, no se le ocurría ninguna respuesta que tuviera sentido. La única que tenía repetía lo que su madre había insinuado minutos antes: lo que sentía por Kyle lo había cambiado todo.

Aunque había llamado alrededor de las doce para informarle de que el fuego había sido provocado, Kyle había estado fuera casi todo el día. Cuando Lourdes por fin le vio, parecía continuar de mal humor. Pero les habían dicho a sus amigos que se acercarían a la celebración de los Días Victorianos y él se comportaba como si continuara pensando en hacerlo.

Lourdes sabía que siempre podían cancelar la cita, pero tenía la sensación de que era preferible dejarse ver de vez en cuando. Quizá aquellas apariciones sirvieran para apoyar sus declaraciones a la *Gold Country Gazette* y evitara posibles especulaciones sobre los motivos por los que nadie la veía. Continuar apareciendo en público fingiendo que todo iba bien podía apaciguar el furor que su ruptura con Derrick parecía haber desatado, quizá, incluso apagarlo para siempre. Y su historia desaparecería de los blogs que hablaban de la vida privada de los famosos.

La forma en la que Kyle la recorrió con la mirada cuando la vio salir del dormitorio le indicó que le gustaba su aspecto, pero él no lo dijo. Desde que habían hecho el amor, estaba muy pendiente de guardar las distancias. Si ella se acercaba, él se iba. Y si Lourdes estaba en la cocina y tenía que pasar por delante de ella para agarrar algo, o bien se lo pedía o esperaba a que se hubiera ido para poder agarrarlo sin tener que rozarla.

—¿Estás seguro de que estás preparado para esto? —le preguntó Lourdes mientras él le sostenía la puerta para que saliera.

—¿Preparado para qué?

—Para salir a la calle conmigo.

—¿Por qué no iba a estarlo?

Lourdes vaciló un instante antes de continuar avanzando.

—Porque ayer por la noche estuvo a punto de calcinarse tu planta y estás tan enfadado que apenas me hablas.

—Quedándome en casa no voy a recuperar la planta. Eso es algo que tendré que superar, tanto si me gusta como si no.

Y salir le ayudaría a evitar acercarse a la cama. Lourdes sabía que ninguno de los dos sería capaz de pensar en otra cosa si se quedaban en casa.

—Así que continúas queriendo salir.

—Preferiría que no te lo perdieras. Tú también necesitas salir.

—¿Vamos a empezar en el hostal de Eve?

—Sí. Hemos quedado allí. Ella tiene que quedarse para vender las galletas. El dinero que se saque irá destinado a una organización benéfica dedicada a la infancia. La mayor parte de mis amigos participan en la recogida de fondos. Callie suele donar todo lo que saca de las fotografías que hace durante los Días Victorianos, aunque este año, con el bebé, es probable que no haga ninguna. Noah y Adelaide van a subastar una bicicleta de su tienda. Ese tipo de cosas. Nosotros nos quedaremos con quienes estén disponibles. Y después ya veremos qué nos apetece hacer.

–Suena bien –dijo Lourdes. Y era cierto.

A Lourdes le encantó Little Mary's, que estaba profusamente decorado con ramas de acebo, guirnaldas y el mejor árbol navideño que había visto en su vida. El olor a canela y vainilla impregnaba todo el hostal y las galletas que Eve ofrecía, además de ser deliciosas, estaban decoradas de una forma preciosa. Cada cierto tiempo, cuando Eve necesitaba dar de mamar al bebé, Lourdes se hacía cargo de la caja registradora. Fue divertido y, en cuanto se corrió la voz de que estaba allí, tuvo que ponerse a firmar autógrafos.

–Será el año que más dinero saquemos –le dijo Eve, maravillada al ver una larga cola.

En aquel momento, Lourdes se alegró de haber ido. No solo se estaba divirtiendo, sino que estaba haciendo una buena acción, algo que la hacía sentirse bien.

–¿Dónde está el bebé?

–Se lo ha llevado Lincoln a la parte de atrás para que pudiera dormir un poco.

Lourdes podía sentir a Kyle observándola mientras se apoyaba contra la pared y hablaba con varios amigos. Tuvo la impresión de que estaba intentando asegurarse de que nadie se acercara demasiado a ella ni la tratara con excesiva rudeza. Aquello la hizo sentirse especial para él, aunque apenas le estuviera dirigiendo la palabra.

No mucho tiempo después, Eve decidió poner un letrero en el que decía que haría fotografías de sus clientes junto a Lourdes con sus teléfonos móviles a cambio de veinte dólares, dinero que también se destinaría a aquella organización benéfica.

Kyle dejó que lo hicieran durante algún tiempo. Después, debió de pensar que ya había cumplido con su labor, porque se acercó a rescatarla.

—Vamos a dar un paseo antes de que cierren todo —le dijo a Eve—. Quiero que Lourdes pueda conocer algo más de la fiesta.

—Por supuesto —contestó Eve—. Aquí ya ha terminado —se volvió hacia Lourdes—. Gracias. Has conseguido que Little Mary's haya sido el gran éxito de la fiesta.

Eve se inclinó para darle un abrazo, pero, cuando comenzó a retirarse, Lourdes la retuvo un momento para no ser solo receptora del abrazo y dárselo también ella.

—Gracias. He disfrutado de un rato maravilloso.

Y el cielo sabía lo mucho que necesitaba olvidarse de sus propios problemas.

La sonrisa de Eve se hizo incluso más cariñosa.

—Cuando quieras podemos volver a vernos.

—Eve me ha caído muy bien —dijo Lourdes mientras Kyle y ella salían a la calle—. En realidad, me caen bien todos tus amigos.

Kyle contestó con un gruñido.

—Esta noche estás muy gruñón.

—¿Gruñón?

—Sí, ¿qué te pasa?

Kyle se detuvo y se quedó mirándola durante tanto rato que Lourdes pensó que iba a besarla. Después, sacudió la cabeza, le tomó la mano y continuó caminando.

—¿No vas a contarme lo que te pasa?

—No importa.

—¿Qué es lo que no importa?

Kyle se detuvo otra vez, pero, en aquella ocasión, se volvió hacia ella como si estuviera enfadado. Lourdes retrocedió de forma instintiva, pero él avanzó de nuevo hacia ella. Estaba tan cerca que pudo apreciar el olor de su loción.

—Lo que siento, eso es lo que no importa.

—¡Claro que importa!

—Muy bien. ¿Quieres saberlo? Estoy enfadado con Noelle por haber provocado ese maldito incendio. Y con el perito que ha sugerido que podría ser yo el culpable. Pero, sobre todo, estoy enfadado conmigo mismo porque no consigo sacarte de mi cabeza. Mi planta está casi destrozada y, aun así, llevo la mayor parte del día intentando concentrarme y dejar de pensar en lo que sentí ayer por la noche. Casi puedo saborearte como si acabáramos de acostarnos. Y lo peor es que no me bastó con lo que hicimos. No pude conseguir lo que de verdad quiero de ti.

Habían salido a disfrutar de los Días Victorianos. Aquello era lo último que Lourdes esperaba oír. Miró a su alrededor. Afortunadamente, nadie parecía haberse dado cuenta de que habían salido del hostal. Oyó a una adolescente contándole a su madre que se había hecho una fotografía con Lourdes Bennett. Pero como iba tan abrigada para protegerse del frío y se movían en grupo, nadie pareció darse cuenta de que estaba en medio de toda aquella gente.

—¿Y qué es lo que quieres de mí? —le preguntó Lourdes con la garganta seca y el corazón palpitante.

Kyle se acercó a ella con un brillo desafiante en la mirada.

—Quiero llevarte a un lugar en el que pueda contemplar tu rostro mientras te hago temblar. Quiero ver tu rostro cuando...

Y no pudo continuar porque Lourdes le agarró de la pechera y lo empujó hasta la parte de atrás del edificio.

—¿Y a qué estás esperando? —le preguntó, y le obligó a presionar su boca contra la suya.

Capítulo 24

Kyle había imaginado que intimidaría a Lourdes con sus palabras. Ella acababa de salir de una dolorosa ruptura, así que debería haber salido corriendo en busca de refugio al enfrentarse a aquella sincera admisión. Al menos eso era lo que él pretendía. Necesitaba encontrar la manera de ganar la guerra que estaba librando contra sí mismo y había pensado que, si confesaba que quería sexo acompañado de sentimientos, ella retrocedería para protegerse y evitar caer en una relación demasiado intensa.

Pero no había sido así. En vez de rechazarle, Lourdes había tirado de él para meterle en un oscuro callejón situado detrás del estudio fotográfico de Callie. En aquel momento, le había subido la camisa, tenía los labios posados en su pecho y sus manos un poco más abajo, en un territorio mucho más sensible, aunque Kyle continuaba con los pantalones puestos. Debería llevarla a casa, se dijo a sí mismo. Si iban a hacer el amor otra vez, no deberían hacerlo allí. Lourdes se merecía algo mejor. Pero cuanto más atrasaba el momento de detenerla, más difícil le resultaba considerar siquiera aquella posibilidad.

Porque podían ocurrir muchas cosas durante el trayecto a casa. Por ejemplo, que recobraran la cordura. Y, desde luego, no era eso lo que quería. Todavía no.

—Lourdes, pueden vernos —se sintió obligado a advertirle.

Era evidente que ella tampoco estaba en condiciones de pensar. Lourdes tenía mucho más que perder que él si aparecían unas fotografías comprometidas en internet. ¿Pero quién iba a verles en un callejón? La fiesta se celebraba en el centro del pueblo. Y a Lourdes parecía estar reteniéndola la misma desesperación que a él.

Aunque todo estaba demasiado oscuro como para poder ver con claridad, estaba casi seguro de que Lourdes le estaba sonriendo mientras le desabrochaba los pantalones. Se arrodilló después y posó la boca sobre él. Y el intenso placer que Kyle experimentó destrozó lo poco que le quedaba de sentido común. Le flaquearon las rodillas y tuvo que apoyarse contra la pared en busca de apoyo. Pero antes de terminar de perder el control, la hizo incorporarse. No quería que las cosas fueran de aquella manera. Quería estar dentro de ella cuando estuvieran frente a frente. Así que la ayudó a quitarse las gruesas medias de color negro que llevaba bajo la falda y sacó después un preservativo de la cartera.

Mientras la alzaba contra el edificio, podía oír a los vecinos del pueblo cantando villancicos alrededor del árbol que tenían a una manzana de distancia, pero no le importó. Necesitaba estar con ella, aunque fuera en medio de los Días Victorianos, porque, en aquel momento, nada más parecía importar.

Quizá tuviera que ser así, decidió. De otra manera, terminarían dándole demasiadas vueltas y arrepintiéndose de lo que estaban haciendo. Cuando todo acabó, Kyle estaba jadeando con tanta fuerza que no era capaz de hablar, pero no estaba dispuesto a liberarla tan pronto. Continuó abrazándola contra el edificio, sintiendo cómo palpitaba su corazón mientras enterraba la cabeza en su cuello e intentaba recuperar la respiración.

Lourdes tampoco parecía tener muchas ganas de separarse de él. Hundía las manos en su pelo y apoyaba la cabeza contra la suya como si aquellos segundos fueran tan importantes como todo lo que había pasado hasta entonces.

Cuando por fin la dejó en el suelo y se arreglaron precipitadamente la ropa, Kyle intentó peinarla. El pelo caía sobre el rostro de Lourdes dándole el aspecto de una mujer que acabara de hacer el amor de una forma salvaje y él no quería que nada les delatara.

Tenía miedo de que Lourdes pudiera decir algo, de que quisiera que hablaran. Él no tenía el menor interés en averiguar qué demonios estaba pasando. ¿Qué sentido tenía? No cambiaría nada. No quería relacionar a Lourdes con la clase de errores que Noelle había cometido y sabía que con todo aquello solo se estaba buscando más decepciones y sufrimiento. Pero, en lo que a Lourdes se refería, no parecía capaz de contenerse.

Por suerte, Lourdes no dijo nada. Se limitó a mirarle fijamente mientras él se esforzaba en cuidar de todos aquellos detalles de los que Lourdes no podía ocuparse sin un espejo.

—Ya está —susurró—. Estás genial. Nadie se dará cuenta de lo que ha pasado.

Lourdes le permitió tomarle la mano. Kyle estaba a punto de guiarla hasta la zona en la que se había reunido la gente, donde esperaba pudieran pasar desapercibidos entre la multitud, cuando una conocida voz cargada de amargura interrumpió el silencio de la noche.

—Vaya, eso sí que ha sido divertido.

Lourdes sintió que el estómago se le caía a los pies. Kyle le apretó la mano y se volvió para enfrentarse a su exesposa.

—¿Qué estás haciendo aquí? —exigió saber.

—Desde luego, no lo que tú —replicó ella.

Lourdes se encogió por dentro. Jamás había tenido relaciones sexuales en público. Le parecía increíble que la primera vez que había hecho algo así la hubieran pillado. ¿Habría hecho Noelle fotografías?

Lo dudaba. Afortunadamente, no había mucha luz.

—Has estado siguiéndome otra vez —la acusó Kyle.

—Porque necesito hablar contigo.

—No, no necesitas hablar conmigo. No tenemos nada que decirnos.

—¡Sí, claro que sí! Estuve casada contigo. ¿No puedes darme al menos... cinco minutos?

—¿Para qué? —preguntó él malhumorado.

Lourdes pudo sentir el enfado de Kyle. Sabía que Noelle también lo había sentido. Y pareció pillarla desprevenida. Era probable que nunca le hubiera visto así. Pero Kyle había terminado perdiendo la paciencia con lo del incendio.

Noelle clavó la mirada en Lourdes, aunque se estaba dirigiendo a Kyle.

—Tienes que dejar de decirle a la policía que fui yo la que provocó el incendio, Kyle. Porque no es verdad.

—No intentes negarlo. Te vi allí.

—Porque oí las sirenas y... y estaba por la zona. Así que conduje hasta allí para ver a qué se debía tanto revuelo. Pero me quedé tan impactada como todo el mundo cuando vi las llamas.

—¿Por eso te marchaste tan deprisa? ¿Porque te sorprendió lo que estaba pasando? Es curioso, porque toda la gente que se acercó se quedó a mirar.

—¡Tenía miedo de que me vieras! No quería que supieras que había vuelto a acercarme a tu casa.

—¡Sí, claro! Da la casualidad de que estabas pasando por la zona justo en ese momento.

Cuando Noelle salió de entre las sombras del edificio,

los débiles rayos de la luna revelaron el miedo que reflejaban sus ojos.

–Voy mucho por allí, lo sabes. ¡Pero te estoy diciendo que no fui yo! Yo... jamás te haría una cosa así. Tú eres... –tomó aire y pareció cambiar de táctica–. Lo que pasa es que estás intentando deshacerte de mí para siempre y enviaste a la policía para que me tomaran las huellas dactilares con la esperanza de que acabe en prisión.

–Admito que nadie se alegraría más que yo de que te ocurriera algo así.

–¡Kyle! –gritó Noelle.

Su forma de pronunciar su nombre, como en una exclamación ahogada, le dijo a Lourdes que aquel comentario le había dolido.

–¡Déjame en paz! –replicó Kyle.

Tiró de Lourdes y comenzó a avanzar como si Noelle no le importara en absoluto, como si estuviera dispuesto a dejarla allí, gritando.

Pero Noelle no se detuvo. Les siguió y continuó hablando en voz todavía más alta.

–¡Ya me has oído! Tienes que decirles que me dejen en paz. Por favor...

Lourdes tiró de la mano de Kyle para que dejara de caminar antes de que alcanzaran a la multitud. No quería que aquello se convirtiera en un espectáculo. No quería que Noelle terminara gritando con toda la fuerza de sus pulmones que acababa de verles haciendo el amor en un callejón.

Cuando Kyle se detuvo, también lo hizo Noelle. Parecía comprender que estaba enfrentándose a un hombre mucho más implacable de lo que Kyle había sido hasta entonces. Le había presionado demasiado.

–Lourdes, vuelve al hostal –le pidió Kyle–. Nos veremos allí. No quiero seguir involucrándote en esto.

–No, no me voy a mover de aquí.

No confiaba en Noelle. Temía que terminara acusando a Kyle de haberla pegado, o incluso de haberla violado. De una persona que podría haber provocado un incendio podía esperarse cualquier cosa. Y aquella noche Noelle parecía desesperada.

—Estoy cansado de tus mentiras —le dijo Kyle—. Estoy cansado de todo lo que tiene que ver contigo. De tu aspecto. De lo que dices. De lo que piensas. De tus supuestas emergencias. ¿Qué tengo que hacer para deshacerme de ti? ¿Para que te des cuenta de que nunca te he querido y que nunca te querré?

Cuando Noelle retrocedió, Kyle maldijo entre susurros, como si no hubiera pretendido ser tan cruel. Era evidente que aquellas palabras habían nacido de lo más profundo de su frustración, una frustración a la que había que sumar todos los sentimientos extremos que había experimentado durante las últimas veinticuatro horas.

—Mira, no tenía intención de ser tan cruel. Lo siento. Yo... yo solo necesito que me dejes en paz, ¿de acuerdo? La policía investigará lo que ha pasado. Si tus huellas coinciden con las que encuentran entre los restos del incendio, te arrestarán. Si no... entonces es que habrá sido otro.

—Pero yo he estado en tu oficina. He tocado cosas. ¿Te acuerdas de cuando A.J. y yo fuimos a por el calentador? Seguro que aparecen mis huellas, pero eso no significa que haya provocado el incendio —insistió con voz más débil.

—No conozco a nadie que tenga nada contra mí, Noelle. Tú eres la única que ha estado intentando destrozarme la vida.

A Lourdes le pareció que Noelle estaba a punto de llorar, pero no podía estar segura.

—Yo... tiene que haber sido Genevieve —apuntó—. Seguro que lo hizo ella sabiendo que me echarías la culpa. Esa es su forma de vengarse por... por el puñetazo que le di en el bar.

–¿Ahora la culpa es de Genevieve? –se burló Kyle–. ¿Quieres hacer el favor de parar? ¡Ya basta de mentiras! Estoy harto. Y que Dios te ayude si le haces algo a Lourdes. Porque si dices una sola palabra de lo que has visto aquí esta noche, contaré lo que hiciste con nuestro hijo mientras aceptabas que todo el mundo te compadeciera por un supuesto aborto involuntario.

Si Noelle pretendía decir algo más, aquello la hizo enmudecer. Con aquella luz tan escasa era difícil decirlo, pero Lourdes estaba segura de que había palidecido.

Kyle le pasó el brazo por los hombros y la condujo entre la gente. Lourdes esperaba que fuera un poco más precavido al volver a la avenida principal, pero Kyle ya estaba por encima de toda prudencia. La condujo con paso firme hasta la camioneta y desde allí fueron hasta su casa.

Una vez en casa, Kyle se sirvió una copa. Le ofreció otra a Lourdes, pero ella la rechazó.

–¿Crees que lo que ha dicho Noelle sobre Genevieve puede ser cierto? –le preguntó Lourdes.

Durante el camino a casa, Lourdes no había dicho una sola palabra, no había mencionado siquiera lo que habían hecho en el callejón, algo de lo que él se alegraba.

Kyle desvió la mirada del whisky que acababa de servirse.

–No, pero estoy seguro de que la policía investigará esa posibilidad.

–Será interesante ver qué huellas aparecen en la botella, si es que aparece alguna.

–¿No has oído a Noelle? –replicó Kyle–. Está intentando buscar una coartada diciendo que iba mucho por la planta.

–¿Así que es posible que tirara la botella en otra ocasión?

—Creo que eso es lo que está intentando sugerir.

—¿De verdad crees que no puede haber sido Genevieve?

—Es mucho más probable que haya sido Noelle.

—¿Tienes suficiente confianza con Genevieve como para llamarla y preguntarle qué estaba haciendo aquella noche?

—No, solo la he visto un par de veces. No lleva mucho tiempo viviendo aquí.

Podía llamarla de todas formas, pensó. Aquella noche, Noelle se había mostrado más vulnerable que nunca. Pero era una gran actriz. Podía estar fingiéndolo todo.

Lourdes colocó su bolso en el mostrador.

—Le has comentado a Noelle algo... sobre lo que ocurrió con vuestro hijo.

Kyle bebió el whisky que le quedaba. Cuando dejó el vaso vacío sobre la mesa, estuvo tentado de servirse otra copa, pero decidió no hacerlo.

—¿Te refieres a que abortó de forma voluntaria?

—Sí. ¿Por qué crees que lo hizo? ¿No quería tener un hijo?

—Supongo que no. Solo era algo que había utilizado para salirse con la suya. Con el embarazo ya había conseguido lo que quería. Había demostrado que podía robarle el novio a su hermana. Que era mejor que Olivia —se encogió de hombros con tristeza—. El bebé ya había servido para lo que ella quería.

Lourdes se sentó a su lado.

—¿Pero no te dijo nada? ¿No te incluyó en la decisión?

—No. Me dijo que había sido un aborto espontáneo e hizo cuanto pudo para que la compadeciera. Incluso insinuó que había sido culpa mía porque habíamos tenido una discusión.

—¿Alguna vez comprobaste su historia? ¿Intentaste encontrar pruebas?

—Hice algunas llamadas, pero todos esos asuntos son muy privados. Ninguna de las clínicas a las que llamé estaba dispuesta a revelar si había estado allí, aunque yo fuera su marido y el padre de su hijo —se frotó la cara mientras recordaba—. Y la verdad es que tampoco investigué mucho. Una parte de mí quería creerla, incluso aunque eso significara dejarme engañar. Era consciente de que, si de verdad había hecho lo que yo sospechaba, eso solo me serviría para odiarla todavía más.

—Así que decidiste continuar con ella y sacar adelante vuestro matrimonio.

—Durante algún tiempo. En lo que a mí concierne, el matrimonio implica compromiso y amor. No nos queríamos, así que yo estaba intentando hacerlo funcionar por pura determinación. Sabía que Noelle era su peor enemiga y pensaba que podía ayudarla. Que podría mejorar, o cambiar, si la ayudaba a sentirse feliz y segura. Y esperaba llegar a ser capaz de quererla con el tiempo.

—¿Sospechando incluso que había puesto fin al embarazo que os había obligado a casaros? No teníais unas bases muy sólidas.

—Al final resultó imposible. Después de aquello, apenas soportaba tocarla. En resumidas cuentas, mis intenciones eran buenas, pero... —al final se sirvió una segunda copa—, solo terminé causándole más dolor.

—Y sintiéndote culpable por ello.

—Esa es la razón por la que la he aguantado durante tanto tiempo. Intentaba hacerla feliz, pero no podía forzarme.

Y, después de todo aquello, comenzaba a sentir algo por Lourdes, como si la vida junto a una estrella de la música *country* fuera una opción más razonable.

Kyle se maldijo a sí mismo. Lo había visto llegar y no había sido capaz de evitarlo.

—Me dijiste que no sabías lo que ibas a decir en la boda de Riley y Phoenix. Pero, teniendo en cuenta lo que sientes sobre el compromiso, creo que tienes muchas cosas que aportar.

−Es una situación muy distinta.

−Sí. Ellos están enamorados. Pero el matrimonio también significa compromiso.

Kyle la miró a los ojos.

−¿Qué estás haciendo? ¿Intentar escribir el discurso de la boda?

−Solo estoy intentando guiarte −se colocó el portátil en el regazo−. ¿Por qué no abrimos un documento y empezamos a escribir?

−No, esta noche no.

Estaba agotado. No le quedaban fuerzas para escribir discursos. Aunque se habría llevado a Lourdes a su dormitorio para pasar unas cuantas horas más con ella. El de aquella noche había sido un encuentro fugaz. No había tenido nada que ver con la noche que le habría gustado compartir con ella.

Estaba intentando convencerse de que debería irse solo a la cama cuando sonó el teléfono de Lourdes.

−¿Es Derrick? −preguntó Kyle.

Lourdes miró el teléfono.

−Sí −dijo con un suspiro−. Sí, últimamente me está llamando más que nunca.

En aquel momento le había enviado un mensaje.

−¿Qué dice?

−«Tengo que decirte algo. Por favor, llámame» −leyó Lourdes en voz alta.

Kyle terminó su segunda copa.

−¿Y vas a llamarle?

−No −bajó el teléfono.

−Pero tienes que volver a Nashville. No estarás pensando quedarte…

Contuvo la respiración como si estuviera esperando su respuesta. No tenía ningún derecho a pedirle tanto, pero no podía dejar que se fuera sin decirle que había superado lo de Olivia, que la quería y que podía ofrecerle todo cuanto tenía y podía llegar a ser.

Lourdes le miró preocupada y él supo, incluso antes de que respondiera, que ni siquiera eso sería suficiente.

–Nunca he conocido a nadie como tú, Kyle. Podría… podría enamorarme de ti. A lo mejor ya me he enamorado. Desde el primer momento he sentido… algo especial por ti. Pero esperamos cosas muy distintas de la vida. Tú ya has dejado claro que no quieres moverte de Whiskey Creek. Y yo no puedo quedarme.

–Podrías salir de viaje cuando tuvieras que hacerlo.

Kyle jamás se había imaginado haciendo aquel tipo de concesiones con tanta facilidad. Pero conocía parejas que habían superado otros desafíos. Quizá no fuera su futuro ideal, ni tampoco lo que había buscado o planeado. Pero tampoco había esperado nunca enamorarse de una cantante profesional.

Antes de que Lourdes pudiera contestar llegó otro mensaje.

Como Kyle pudo verlo, lo leyó al mismo tiempo que Lourdes.

Vamos, Lourdes, había escrito Derrick. *Esta canción será un éxito. No puedes dejarla pasar.*

Cuando alzó la mirada, reconoció la emoción que había provocado en Lourdes aquel mensaje y supo que quería contestarlo. Y no podía culparla. Estaba deseando reconstruir su carrera y Derrick podía ayudarla como no podía hacerlo él.

–Adelante, contesta –la animó.

Y se fue a la cama para que pudiera hablar con tranquilidad.

Capítulo 25

Derrick había encontrado la canción perfecta. Podría habérsela dado a Crystal, pero se la estaba reservando a ella. Había tenido que pedir muchos favores y pagar una considerable cantidad al autor, que se la había vendido porque le debía un favor. Si no hubiera sido por eso, era muy probable que la canción hubiera ido a parar a Miranda Lambert, que también había mostrado interés. Pero él estaba seguro de que aquella canción era perfecta para ella y Lourdes tenía que estar de acuerdo.

Ella nunca había cuestionada la falta de gusto de Derrick en lo referente a la música, ni tampoco su visión para el negocio. Hasta entonces, la había ayudado a conseguir todo lo que se había propuesto y para ella sería mucho más fácil continuar con su apoyo. Aunque había estado pensando en buscar un nuevo mánager en enero, comenzó a pensar en la posibilidad de volver a contratar a Derrick. Era un hombre reconocido en la industria musical, alguien con mucha experiencia en el mundo de los negocios.

Y ella no podía saber si conseguiría a alguien ni la mitad de bueno si decidía cambiar de representante.

Ofrecerle aquella canción era la manera que Derrick tenía para mantenerla en el redil, comprendió. Pero ella tampoco se oponía del todo a quedarse, a pesar de lo que le había hecho.

Cuando volvió a sonar el teléfono, lo miró sorprendida. Acababa de terminar de hablar con Derrick, todavía tenía el teléfono en la mano. ¿Por qué volvía a llamarla? Necesitaba tiempo para pensar...

Pero la llamada no era de Derrick: era de Crystal.

Lourdes cerró el puño de la mano libre. ¿Estaba dispuesta a hablar con la amante de su pareja? ¿Qué demonios tendría que decirle Crystal?

Al final, se impuso la curiosidad. Esperando no tener que arrepentirse, deslizó el botón de respuesta hacia la derecha.

—¿Diga?

—¿Lourdes? Gracias por contestar a mi llamada. No estaba segura de si solo iba a servir para empeorar las cosas, pero necesitaba decirte algo.

Lourdes se sentó en el borde de la cama.

—No puedo imaginarme de qué quieres hablar conmigo.

—Bueno, creo que las dos estamos de acuerdo en que te debo una disculpa. De verdad, Lourdes, lo siento. Ha sido horrible ver a Derrick pasando por todo esto cuando sé que, en parte, soy culpable de lo ocurrido. No puedo explicar lo que pasó aquella noche, pero...

—¿Quieres decir que solo fue una noche?

¿Entonces era verdad lo que le había dicho Derrick?

—Sí, te lo juro. Habíamos bebido mucho. Estábamos emocionados por las cifras de ventas de mi último álbum. Estuvimos haciendo planes, se hizo tarde y, antes de que pudiéramos darnos cuenta de lo que estaba pasando, las cosas fueron demasiado lejos. Yo quería que Derrick te lo contara, pero él tenía tanto miedo de perderte que me hizo jurar que mantendría la boca cerrada.

—Vi la fotografía que colgaron en internet, en la que os estabais enrollando durante una comida.

–¡No nos estábamos enrollando! Estábamos hablando sobre ti, sobre lo que íbamos a hacer y de lo mal que nos sentíamos los dos.

–Así que ahora no estás saliendo con él.

–No, claro que no. Nuestra relación es estrictamente profesional. Pero le he pedido que no me deje. Apenas estoy empezando mi carrera y necesito su consejo. Pero no tengo ningún interés en él en otro sentido y... y si puedo hacer algo para arreglar las cosas entre vosotros, estoy dispuesta a hacerlo.

Lourdes se frotó la sien. Se dijo a sí misma que no debería tragarse aquella mentira, que aquel era otro intento de Derrick para convencerla de que perdonara su último error, que después volvería a engañarla. Pero Crystal parecía sincera.

–Apenas he sabido nada de él desde que me confesó la verdad.

–Porque ha estado buscando noche y día hasta conseguir la canción perfecta para ti. Me dijo que quizá fuera la única manera de hacerte volver a Nashville durante el tiempo suficiente como para darle la oportunidad de demostrarte lo que siente.

–Podría haber venido aquí.

–Decía que eso no iba a ayudar a tu carrera.

Pero le habría ayudado a ella. ¿O eso no le importaba? ¿Cómo podía no darse cuenta de que para ella el amor y la seguridad eran más importantes que todo lo demás?

En realidad, no la sorprendía. Derrick había hecho cosas como aquella en muchas ocasiones. Su relación siempre había girado alrededor de su carrera.

–En cualquier caso, por si todavía no estás dispuesta a contestar a sus llamadas, quiero que sepas que ha encontrado una canción muy especial. Se titula *Crossroads* y me ha dejado escucharla esta mañana. Es tan bonita que me he muerto de envidia al saber que la reserva para ti.

Pero comprendo sus motivos –se interrumpió un instante y añadió–: Tienes que llamarle. Confía en mí. Será tu próximo éxito.

Lourdes pensó en la noche que Kyle había llamado a Derrick fingiendo ser un periodista de la revista *Country Weekly*. Era evidente que Crystal estaba con él.

–No sé si puedo creerte –contestó.

–¿Por qué no? –preguntó ella–. No tengo ninguna razón para mentirte. ¿De qué va a servirme a mí que vuelvas? ¿O que recuperes tu relación con Derrick? Las revistas del corazón dirán que no he sido capaz de conservar al hombre que intenté quitarte. No es muy halagador, pero, aunque en ningún momento intenté quitártelo, me lo merezco por lo que hice, así que estoy dispuesta a soportar la mala prensa. La única razón por la que estoy haciendo esto es para intentar arreglar las cosas.

De pronto, todo pareció cambiar. Continuar con Derrick como mánager y grabar una canción tan buena como *Crossroads* podría llevarla de nuevo a la cumbre. También le gustaba lo que había escrito hasta entonces, estaba empezando a pensar que tenía muy buen material propio para sumarlo a aquella canción.

–Gracias –le dijo a Crystal–. Te agradezco que hayas hecho una llamada que ha tenido que resultarte tan difícil –tomó aire–. Y también lo respeto –admitió–. No es muy normal encontrarte con este tipo de cosas. Sobre todo en el mundo del espectáculo...

–Gracias por permitirme disculparme. No quiero destrozar ni la vida ni la carrera de nadie. Mi lema es «no hagas daño a nadie».

Tras colgar el teléfono, Lourdes se levantó y comenzó a caminar. ¡Habían renacido sus esperanzas y sus sueños! ¡La vida le estaba ofreciendo una segunda oportunidad!

Entonces, ¿por qué la deprimía tanto pensar que tenía que abandonar Whiskey Creek? Por supuesto, apreciaba a Kyle, pero él, en realidad, estaba enamorado de Olivia. No era ningún secreto. Desde el primer momento le había hecho saber que nunca había superado lo que sentía por la mujer de su hermanastro.

Debería comprar un billete de avión y volver a casa cuanto antes. Y no debería preocuparse por ninguna otra cosa.

Pero, en lo más profundo de su corazón, sabía que los sentimientos de Kyle hacia Olivia habían cambiado, y también lo que ella sentía por Derrick.

Kyle se dio una ducha, se dejó caer en la cama y clavó la mirada en el techo. Ya no oía el murmullo de la voz de Lourdes, así que debía de haber colgado. Pensó que iría a su dormitorio. El cielo sabía que le encantaría que lo hiciera. Pero fueron pasando los minutos y Lourdes no apareció. Iba a volver a Nashville. Fuera cual fuera la canción que le había enviado Derrick, era evidente que la había tentado hasta tal punto que no había podido negarse.

Era casi la una cuando el teléfono anunció la llegada de un mensaje de texto. Estaba medio dormido y no tenía ganas de incorporarse para leerlo. Pero después del incendio y de todo lo que le había pasado con Noelle aquella noche, no se atrevió a ignorarlo.

—¿Qué habrá hecho ahora? —gruñó.

Pero el mensaje no era de Noelle. Era de Brandon.

Dime que esta noche no has hecho el amor con Lourdes en el callejón que está detrás del estudio de Callie.

—Maldita sea Noelle —musitó, y contestó a su hermano:

No

Mentiroso. Noelle está aquí, contándoselo a Olivia entre sollozos. La estoy oyendo.

Lo que tiene que hacer Noelle es mantener la boca cerrada.

Dice que la odias y que quieres que vaya a la cárcel.

Por muy dura que fuera aquella acusación, Kyle no tuvo valor para negarla.

¿Y te sorprende?

No especialmente. Pero estoy casi convencido de que no fue ella la que provocó el incendio.

No le hagas caso. No conozco a nadie que mienta mejor que Noelle.

Estoy de acuerdo. Aun así, resulta muy convincente.

Tuvo motivos y una oportunidad para hacerlo. Y no tiene coartada.

¿Tú no crees que haya podido ser Genevieve como ella dice?

No era suyo el coche que vi salir del aparcamiento y alejarse como si lo persiguiera el diablo.

Tienes razón. Entonces, hablemos de Lourdes. La cosa está que arde ¿eh?

Al leer aquellas palabras, se sintió como si tuviera toneladas de arena crujiendo en su pecho.

No, la verdad es que no. Le ha surgido algo, una oportunidad de algún tipo. Estoy casi seguro de que volverá pronto a Nashville.

¿Cuándo? No antes de la boda, espero. Riley y Phoenix esperan que pueda cantar una canción el día de su boda. La canción con la que empieza el baile.

No creo que vaya a estar aquí para entonces.

Es una pena. ¿Vas a poder traerla por lo menos a la cena de mañana?

Si ella quiere, contestó él.

Estaba a punto de inclinarse para dejar el teléfono en la mesilla de noche cuando llamaron a la puerta de su dormitorio.

–Pasa.

La puerta se abrió y entró Lourdes.

—Yo... eh... odio tener que decirte esto, pero... me voy el martes —anunció.

No importó que ya lo esperara. Kyle sintió que se le tensaban los músculos del estómago.

—Vas a volver con Derrick.

—Voy a volver a Nashville, no con Derrick —le aclaró.

Por lo menos, el hecho de que no fuera a quedarse en Whiskey Creek no le pillaba desprevenido. Lo había sabido desde el principio, aunque se estuviera yendo mucho antes de lo previsto.

—Me lo imaginaba. Derrick puede darte lo que tú quieres.

—En un sentido profesional, sí —se acercó a la cama—. Lo siento.

—Sabíamos que esto terminaría pasando —entonces, ¿por qué no había protegido mejor a su estúpido corazón?—. Gracias por avisarme.

—¿Y eso es todo? —le dijo—. ¿Eso es lo único que vas a decir?

Kyle respiró hondo.

—¿Qué más puedo decir, Lourdes?

Lourdes se quitó la camiseta y permaneció frente a él, mordiéndose el labio nerviosa mientras bajaba la mirada hacia Kyle, llevando solo las bragas encima.

—Todavía tengo tres días antes de irme. ¿Los quieres?

En el instante en el que posó las manos en sus senos, Kyle se dijo a sí mismo que no fuera estúpido. Ya había llegado a quererla demasiado. A aquel ritmo, terminaría cayendo. Tres días más, sobre todo teniendo en cuenta lo que Lourdes parecía estar ofreciéndole, le hundirían de tal manera que tardaría tanto tiempo en olvidarla como había tardado en olvidar a Olivia.

Pero tres días eran tres días. Así que apartó las sábanas y la invitó a meterse en la cama. Si al final iba a terminar estrellándose, podía hacerlo a lo grande.

La forma de hacer el amor de Kyle en aquella ocasión fue completamente diferente. Para empezar, no mostró ninguna prisa. Y fue tan delicado que estuvo a punto de arrancarle las lágrimas. Lourdes estaba estupefacta por la intensidad de lo que la hacía sentir, y por lo que podía sentir por un hombre al que conocía desde hacía tan poco tiempo. La turbación provocada por aquellos sentimientos aumentaba el placer de cada beso, de cada caricia, de cada abrazo.

No tardó mucho tiempo en convencerse de que había cometido un error de cálculo al meterse en su cama. Lo que habían compartido la había afectado en lo más profundo. Jamás había experimentado una sensualidad tan potente, tan cruda. Jamás se había dejado llevar hasta el punto de arriesgarse a una exhibición pública. Pero confiaba en Kyle como no había confiado nunca en otro hombre. Y continuar la experiencia del callejón con aquel encuentro tan lento y sensual solo sirvió para añadir un signo de exclamación a lo que ya sentía por él. Había sido todo muy rápido, pero, aun así, le iba a resultar muy difícil marcharse. Incluso con la promesa de aquella canción tan maravillosa que Derrick había encontrado para ella.

Cuando Kyle la besó en la frente, tuvo la sensación de que aquel viaje a Whiskey Creek pronto sería más un sueño que un recuerdo. Había llegado hasta allí como un pájaro con un ala rota y Kyle la había acogido y la había cuidado hasta que había sido capaz de volver a volar. Le bastaba estar conectada con él para, en cierto modo, sentirse completa.

Sus ojos se encontraron mientras Kyle la tumbaba de espaldas en la cama y se ponía un preservativo. Por extraño que fuera, aunque habían estado juntos dos veces, Lourdes se sentía como si aquella fuera la primera vez que hacían el amor.

Kyle observó su rostro mientras se hundía dentro de ella y no desvió la mirada cuando comenzó a empujar. Se mantenía sobre ella, moviéndose muy despacio, metódicamente, alargando el placer durante el mayor tiempo posible. Lourdes fue testigo de cómo se afilaba su mirada cuando su propia respiración se tornó trabajosa. Se arqueó contra él y vio cómo se inflaban las aletas de su nariz en el momento en el que ella jadeaba antes de gritar al alcanzar el orgasmo. En los labios de Kyle se insinuó la sombra de una sonrisa. Cerró los ojos, concentrado en su propio placer, hasta que su clímax siguió al de Lourdes.

Por la forma en la que tiró después de ella y la rodeó con el brazo con un gesto protector, Lourdes supo que era mucho lo que estaba sintiendo. Pero se alegró de que no diera voz a aquellos sentimientos. Sabía que, si lo hiciera, le resultaría mucho más duro marcharse.

Y quizá él también lo supiera.

A la mañana siguiente se ducharon juntos y terminaron haciendo el amor bajo la ducha. Para Kyle, aquello estaba siendo como una luna de miel. O como debería ser una luna de miel. Desde que Lourdes y él se habían dado permiso para disfrutar de los últimos días que les quedaban antes de que ella regresara a su vida, parecían incapaces de quitarse las manos de encima. Habían dejado de reprimirse. Toda inhibición había desaparecido. Y también habían dejado de fingir. Querían estar juntos, se negaban a desperdiciar un solo minuto en ninguna otra faceta de su vida como comer, dormir, los amigos o la familia.

Después de ducharse se fueron a la cama, donde volvieron a hacer el amor.

—Te has recuperado muy rápido —bromeó ella.

—Porque me estás exprimiendo la vida en tres días. Pero, de momento, la fiesta ha terminado. He agotado mi provisión de preservativos —se dejó caer a su lado en la cama—. Un tipo que no ha tenido sexo durante tres años no suele tener una suerte tan inesperada. No estaba preparado.

Lourdes se echó a reír mientras se inclinaba para darle un beso en el hombro.

—Hay una tienda en el pueblo, ¿verdad?

—Sí. Y podría ir si estuviera dispuesto a dejarte el tiempo suficiente como para llegar hasta allí.

Lourdes le pasó la mano por la barbilla y bajó la mirada hacia él.

—No podemos quedarnos todo el tiempo aquí. Tienes esa cena de antes de la boda.

—Es verdad —cerró los ojos un instante, disfrutando de los delicados movimientos de sus dedos. Después, los abrió otra vez—. ¿Vas a venir conmigo?

—¿Estoy invitada?

—Claro que sí. Riley y Phoenix estaban pensando pedirte que cantaras la canción del primer baile el día de la boda. Brandon me escribió un mensaje ayer por la noche.

—¿Y les has dicho que voy a marcharme? —parecía lamentar el no poder hacerlo.

Kyle asintió. Solo afloraba alguna tensión entre ellos cuando surgía el tema de su marcha. Pero él sabía que, una vez que Derrick había buscado un método infalible para hacerla volver a la cumbre, Lourdes no sería feliz en Whiskey Creek aunque consiguiera convencerla de que se quedara. Y, para él, aquello sería peor que dejarla marchar.

Lourdes bajó la mirada como si se sintiera culpable por ser ella la que al final iba a terminar dejándole.

—Pero, por supuesto, iré a la cena.

Kyle hizo lo imposible para apartar la inevitable marcha de Lourdes de su mente.

—Genial. ¿Entonces no voy a tener que esposarte a la cama mientras estoy fuera?

Lourdes se echó a reír.

—¿Esa era la alternativa?

—A mí me parece razonable. Si no fueras a venir conmigo esta noche, solo soportaría marcharme sabiendo que estás en casa esperándome, desnuda en mi cama.

—Estoy convencida de que eso te animaría a marcharte antes.

Kyle le besó el cuello, aspirando la fragancia del jabón que habían utilizado en la ducha.

—O, a lo mejor, ni siquiera salía de casa.

—Y yo no te culparía. Después de tres años de celibato, tienes que recuperar el tiempo perdido.

—Lo que está pasando aquí no tiene nada que ver con eso.

—¿Cómo lo sabes?

Kyle le apartó el pelo de la cara. Lourdes estaba en tono de broma, pero lo que él iba a decirle era algo muy serio.

—Porque estoy enamorado de ti, Lourdes.

Ella se puso seria al instante.

—Acabamos de conocernos, Kyle.

Kyle sacudió la cabeza.

—Eso no importa.

—¿Y Olivia?

—Creo que me olvidé de ella en el segundo en el que te vi salir de ese coche alquilado. Hasta entonces... no había conocido a la mujer adecuada.

—¿Ya no la quieres?

—La quiero como tengo que quererla, como a una hermana.

No era capaz de comprender por qué podía darle a Lourdes con tanta facilidad lo que Noelle siempre había deseado, pero así era.

Lourdes alzó la mirada hacia él con expresión preocupada.

–Kyle... yo no sabía que esto iba a ir tan rápido.

Kyle se arropó junto a Lourdes con las sábanas.

–Ninguno imaginaba que esto iba a pasar.

–¿Me odiarás cuando me vaya?

–¿Por haberme roto el corazón? –frunció el ceño–. A lo mejor un poco –bromeó.

Capítulo 26

A Lourdes le encantaban los amigos de Kyle. La habían acogido con cariño y se comportaban de manera muy natural con ella. Incluso bromeaban con ella como si fuera uno más.

Por supuesto, debían de estar encantados porque Kyle por fin había mostrado interés en alguien que no era Olivia. Lourdes los imaginaba dándose codazos cuando ella no miraba. Nadie había hecho ningún comentario sobre él, ni sobre ella, en voz alta. Sin embargo, era evidente que estaban emocionados con lo que parecía estar pasando.

Querían a Kyle.

Y eso significaba que ella estaba a punto de romper todos los corazones que había en aquella habitación.

Pero no tenía otra opción. Tenía que regresar a Nashville. ¿Qué otra cosa podía hacer? Su carrera estaba allí.

Sabía que, en cuanto regresara, Derrick comenzaría a presionarla para que perdonara a Crystal y continuaran con la idea de la boda tal y como en un principio habían planeado. Pero el desliz con Crystal no era el mayor obstáculo que se interponía en su camino. Ella ya no le quería tanto como para casarse con él.

Pensar en aquel conflicto le revolvió el estómago. No

quería poner fin a su relación con Kyle. ¿Pero qué otra opción tenía? Sabía lo que su carrera le exigía y también que aquellas exigencias no podrían hacer feliz a Kyle. ¿Cómo iba a poder centrarse en él durante los siguientes doce meses?

Mientras los demás disfrutaban de los nachos con la salsa, los camarones, los sándwiches de pepino y otros aperitivos, ella rechazaba cuanta comida le ofrecían y bebía agua en vez de champán, que era lo que estaba bebiendo todo el mundo. No tenía ganas de celebrar nada, pensó mientras veía a Kyle riendo con su hermanastro en el otro extremo de la habitación. Kyle y ella ya habían comentado que pensaba ir a Nashville para grabar una canción muy especial, pero no habían añadido que no tenía intención de regresar. Aquellos tres días eran para ellos, iban a disfrutarlos antes de que todo cambiara y no pensaban arruinarlos o desperdiciarlos compartiendo aquella información confidencial.

—¿Ya te has aburrido? —preguntó Baxter al pararse delante de una de las mesas para tomar otra copa de champán.

—No, qué va —contestó ella con una risa.

—Es una pena que no vayas a estar aquí para la boda —comentó.

Riley le llamó entonces y dejó a Lourdes sola, permitiéndole seguir observando a Kyle.

Era un hombre atractivo. Tanto como para hacerla cerrar los ojos y soñar con el momento de regresar a casa. Aquella noche no era capaz de apartar la mirada de él, ni podía evitar pensar que desnudo estaba todavía mejor.

Kyle miró hacia ella, la descubrió observándole y sonrió.

¿Cómo era posible que en vez de tener el corazón roto por haber perdido a Derrick estuviera experimentando la vertiginosa sensación de estar enamorada?

—Cuando le miras se te ilumina la cara.

Lourdes se volvió y al ver a Olivia sintió que se sonrojaba. Tenía que haber sido precisamente ella la que notara hasta qué punto le afectaba Kyle...

O a lo mejor era lógico que Olivia fuera más consciente que el resto del grupo de lo que estaba pasando con Kyle. Era probable que hubiera estado pendiente de él desde que habían cortado. Se habría visto obligada a ello para mantener el equilibrio necesario para que todos continuaran llevándose bien.

—No hay nadie como él —admitió Lourdes.

Olivia curvó los labios en una sonrisa de complicidad.

—Confía en mí, estás hablando con una de sus seguidoras. Es posible que ya no esté enamorada de él, pero sigo siendo una gran admiradora de Kyle —se metió un trozo de tortilla de maíz a la boca—. ¿Entonces ya te has olvidado de Derrick? ¿Eso ya pertenece al pasado?

Lourdes detectó cierta preocupación en el tono. Sabía que se alegraban por Kyle, pero querían asegurarse de que no estaba jugando con él.

—En general, sí. Pero continuaremos trabajando juntos. O, por lo menos, lo intentaremos.

Olivia sonrió.

—Espero que sea lo mejor para ti.

—Gracias.

Haciendo un esfuerzo por apuntalar su decisión, Lourdes se dijo a sí misma que no podría olvidar a Kyle con la misma facilidad que había superado lo de Derrick. El primer novio que había tenido en Nashville le había dicho que no era lo bastante profunda como para enamorarse de verdad. A lo mejor tenía razón y, en ese caso, le estaría haciendo a Kyle un gran favor.

Era mejor para ambos que regresara a Nashville y volviera al trabajo. Sabía que amaba la música y tenía también la certeza de que quería dedicarse a ella. Todo lo demás estaba... menos claro.

—Cuando llega el hombre de tu vida siempre es diferente —dijo Olivia.

¿Era eso lo que le había pasado con Brandon? ¿Había aparecido en su vida y Olivia lo había sabido? ¿Pero cómo? ¿Y si fuera Kyle, y no Derrick, el hombre de su vida? ¿O si era cualquier otro y todavía no había aparecido?

—¿Cómo supiste que le habías encontrado? —le preguntó.

Olivia no tuvo oportunidad de contestar porque en aquel momento se acercó Kyle.

—Ya hemos terminado —le dijo—. ¿Lista para marcharte?

Con un asentimiento de cabeza, Lourdes se despidió de Olivia y de todos los demás y salió de allí rodeada por el brazo de Kyle. Este le propuso ir a ver una película o a patinar a Sacramento, donde instalaban una pista de hielo durante las fiestas. Pero ella le dijo que preferiría acercarse a una tienda.

—¿Para?

—¿Tú qué crees?

Kyle asintió al recordarlo.

—¡Ah, claro! No sé cómo puedo haberme olvidado. Esa será nuestra primera parada.

Y así fue. Kyle apenas tuvo tiempo de comprar los preservativos, conducir a casa y apagar el motor antes de que Lourdes comenzara a besarle otra vez. Se sentía extrañamente posesiva con él. Debía de ser porque se acababa el tiempo que le quedaba a su lado. Todo aquello a lo que tendrían que enfrentarse durante los días siguientes despertaba en ella una urgencia que se transmitía en su manera de acariciarle.

Kyle no se quejó cuando se sentó a horcajadas sobre él antes de que hubiera podido abrir la puerta de la camioneta.

–¿Tengo algo que te apetezca? –bromeó.
–Quiero esto –contestó ella, y le desabrochó los pantalones.

Kyle deslizó las manos bajo su camisa.

–Aquí fuera hace frío. ¿No prefieres entrar?
–No. Tengo que estar cerca de ti. Y ahora.

Sonó el claxon de la camioneta un segundo después, pero ni siquiera eso les detuvo.

–No te preocupes. Warren ha ido a ver a sus hijos este fin de semana –susurró Kyle con voz ronca.

Lourdes le mordió el labio con la fuerza suficiente como para indicarle que no iba permitirle parar.

De alguna manera, Kyle consiguió que se apartaran de delante del volante y silenciar el claxon, lo que representó todo un reto estando los dos medio desnudos. Después sentó a Lourdes en el asiento, la hizo abrir las piernas y la tomó con la misma rapidez con la que lo había hecho en el callejón.

Lourdes se agarraba al salpicadero y al asiento mientras se entregaba a la satisfacción de estar con él. Pero, al mismo tiempo, se repetía que estaría bien sin todo aquello, que estaría bien sin él.

Porque en Nashville tenía todo lo que siempre había querido.

Kyle observaba a Lourdes mientras ella miraba la pantalla del ordenador. Era muy temprano, pero habían dormido mucho. Habían estado en la cama desde que habían vuelto a casa de la cena de la noche anterior, hablando, riendo, acariciándose, durmiendo o haciendo el amor. Y si no hubiera sido porque el hambre les había sacado de la cama, probablemente todavía estarían allí.

Mientras estaban en la cocina, Kyle la convenció de que se sentara y le ayudara a escribir lo que tenía que decir en la boda. Quería tenerlo redactado antes de que Lourdes se fuera; tenía la sensación de que con su aportación sería mucho mejor. Había encontrado en internet ejemplos de lo que habían utilizado en otras ceremonias, algunos bastante decentes, pero quería que la boda de Riley y de Phoenix tuviera un toque más personal.

–¿Por qué no empiezas contándome qué es lo que les hace únicos? –le pidió Lourdes.

–Son muchas cosas. Phoenix y Riley estuvieron juntos durante un tiempo cuando estaban en el instituto. Ella no era una chica como las demás. Él era muy deportista, solía salir con chicas que estaban en el grupo de animadoras o eran delegadas de clase, así que el que saliera con Phoenix fue algo raro y sus padres no lo vieron con buenos ojos. Phoenix procedía de una familia disfuncional, vestía siempre de negro y no puede decirse que fuera una gran estudiante. Aunque eso no significa que no sea inteligente –bebió un sorbo del café que tenía a su lado–. El caso es que los padres de Kyle dijeron que si insistía en arruinarse la vida con esa chica no le pagarían los estudios. Al final, Riley cedió a la presión y cortó con ella. Phoenix se tomó muy mal la noticia. En aquel momento, y aunque nadie lo sabía, estaba embarazada y vivía aterrada. Además, estaba locamente enamorada de Riley, así que también tenía el corazón destrozado.

–En la cena de hoy he oído comentar a alguien que pasó mucho tiempo en prisión. ¿Por qué fue?

Kyle apartó la taza y el platito de café.

–Ahora iba a llegar a eso. Justo antes de la graduación del instituto, atropellaron a Lori Mansfield, la chica con la que estuvo saliendo Riley después de dejar a Phoenix. La chica murió.

–¿Quieres decir que la atropellaron con un coche?

Kyle asintió.

–Phoenix parecía la culpable más obvia. Todo el mundo sabía lo celosa que estaba de Lori. Incluso había pruebas que sugerían que había sido ella, las suficientes como para que la condenaran. La verdad no se descubrió hasta el año pasado.

Lourdes palideció.

—No me digas que era inocente.

—Sí, era inocente. Le quitaron a su hijo en cuanto lo tuvo y se lo entregaron a Riley para que lo criara. Durante todos esos años, Phoenix apenas supo nada de Riley y de Jacob.

—¡Pero es terrible!

—Sí. Y, aun así, en cuanto salió de prisión, vino a Whiskey Creek porque quería conocer a su hijo. Para resumir, Riley y ella volvieron a encontrarse y se dieron cuenta de que continuaban enamorados. No solo es una historia muy especial, sino que también es... —buscó la palabra adecuada—, esperanzadora, supongo. Este no es un matrimonio como otro cualquiera. Esto es lo que Phoenix siempre se mereció.

—En ese caso, a lo mejor deberías hablar del amor que perdura.

—Y del perdón —añadió Kyle—. Si Phoenix no hubiera sido capaz de perdonar, esto no habría ocurrido.

—¿Cuántos años tiene su hijo?

—Ya está terminando el instituto.

—Así que Phoenix ha tenido que esperar mucho tiempo.

Kyle bebió otro sorbo de café.

—¿Entiendes lo que quiero decir? ¿Por qué creo que necesita la ayuda de alguien con más experiencia que un tipo divorciado y harto de todo para conmemorar esta ocasión?

Lourdes apoyó la barbilla en el puño mientras pensaba en todo lo que Kyle le había contado.

—¿Por qué no empiezas hablando de cómo algunas cosas, algunas de las cosas más hermosas de la vida, son difíciles de conquistar, pero trascienden todo lo demás?

−El amor puede con todo.

−Sí.

Kyle vaciló un segundo.

−Me gusta ese enfoque, pero tenemos que tener cuidado de que no sea demasiado sentimentaloide. No quiero terminar con los ojos llenos de lágrimas ni nada parecido. Me moriría de vergüenza.

Lourdes se echó a reír y le dio un beso.

−¿No quieres que se descubra que, en el fondo, eres un blando?

−El problema es que no hace falta profundizar mucho para averiguarlo.

Todavía sonriendo, Lourdes estuvo a punto de decir algo para meterse con él, Kyle lo supo por el brillo de sus ojos. Pero en aquel momento vibró su teléfono en el mostrador. Kyle lo había silenciado.

Se levantó para agarrarlo. Estaba deseando saber lo que el jefe Bennett tenía que decirle sobre las huellas que habían encontrado en la botella de whisky y no quería perderse la llamada.

Y, tal y como había anticipado, la llamada era de la policía.

Le mostró a Lourdes la pantalla y contestó.

−Dime que se han encontrado huellas en la botella −le pidió a Bennett en cuanto se saludaron.

−Sí. Esa es la buena noticia, hay muchas huellas.

−¿Sabemos a quién pertenecen?

−Sí, lo sabemos.

Kyle contuvo la respiración.

−¿Entonces cuál es la mala noticia?

−No son tan concluyentes como esperábamos. Hay huellas de Genevieve Salter y de Noelle.

−¿Qué? −Kyle se inclinó sobre el mostrador e intentó

digerir lo que acababa de oír–. ¿Genevieve tiene coartada?

–Dice que estaba en casa de su madre, durmiendo.

–¿Y su madre la respalda?

–Su madre dice que la oyó entrar en casa, pero no sabe a qué hora. Estaba en la cama y no se despertó por completo.

–Debía de ser tarde.

–No necesariamente. Marilee se acostó a las nueve, justo después de dormir al hijo de Genevieve.

–¿Genevieve trabajó en el Sexy Sadie's aquella noche?

–Sí, pero había pocos clientes, así que dejaron que se marchara a las diez en vez de a las dos.

–En ese caso, podría haber sido ella.

Kyle no sabía qué sentir al respecto. Por lo que a él concernía, Genevieve tenía menos motivos incluso que Noelle para incendiarle la planta.

–Hasta ahora no hay nada que la inculpe.

Kyle soltó una maldición, volvió a la mesa y se sentó.

–¿Y ahora qué hay que hacer?

–Genevieve dice que está dispuesta a someterse a un detector de mentiras. Dice que odia a Noelle, pero no tanto como para prender fuego al negocio de nadie.

–Tiene sentido.

–¿Aunque con ello consiga hacer parecer culpable a Noelle?

–Para vengarse de Noelle podría haber hecho algo más directo.

–Jura que ella jamás le haría nada a Noelle, y no tiene antecedentes.

Eso era lo de menos. Noelle tampoco los tenía, pero los habría tenido si él la hubiera denunciado.

–¿Y van a someterla a esa prueba?

—Estoy considerando la posibilidad de contratar a un experto, sí.

—¿También se la harán a Noelle?

—No. Desgraciadamente, ella se niega. Dice que no tiene ninguna garantía de que vaya a funcionar, así que no le ve sentido.

Lo más probable era que supiera que iba a delatarla.

Kyle recordó el pánico que había mostrado Noelle en el callejón, cuando les había seguido a Lourdes y a él. Le había parecido muy convincente.

Pero recordó también el momento en el que la había visto el día del incendio y se le erizó el vello de la nuca. Si no hubiera sido culpable, habría parado para preguntar qué había pasado. Habían sido muchas las personas que habían llegado atraídas por las sirenas. Podría haber hablado con los bomberos. Estaba tan obsesionada con él que un incendio en la planta le habría resultado irresistible aunque él no quisiera verla por allí. Habría pensado que podría salirse con la suya, como hacía siempre. Pero, en cambio, había salido a toda velocidad y cuando Olivia la había llamado había fingido no saber nada del fuego.

—No ha sido Genevieve –dijo con determinación.

—¿Cómo lo sabes? –le preguntó el policía.

—Conozco a mi exesposa.

—No puedo detenerla por lo que te diga tu intuición, Kyle.

—Tú también crees que es ella.

—Sí –admitió–. La pobre Genevieve rompió a llorar cuando la interrogué, y las lágrimas eran sinceras. Noelle parecía casi… contenta. Mi instinto de policía se puso en alerta. Pero necesito pruebas y no tenemos ninguna.

¡Maldita fuera! Lourdes estaba a punto de irse y a él le iba a tocar dedicarse a limpiar y reconstruir la planta sabiendo que la persona que le había prendido fuego podría volver a hacerlo. Y, como era una mujer, no podía enfrentarse a ella como se enfrentaría a un hombre.

–¿Qué ocurre? –preguntó Lourdes en un susurro.

Al parecer, se había dado cuenta por su expresión de que había tenido una idea.

–Voy a hacerle una visita a Noelle.

–No hagas ninguna estupidez –le advirtió el jefe Bennett al oírle–. Déjame esto a mí. A la larga terminaré descubriendo lo que ha pasado.

Kyle quería creerle, pero no podía. Noelle era demasiado inteligente, mentía demasiado bien. Había convertido el engaño en un arte que se había pasado la vida perfeccionando hasta hacerlo rentable. Había conseguido salirse de rositas en todo lo que había hecho tergiversando, evadiendo y ocultando la verdad.

Pero él estaba dispuesto a utilizar lo que sabía sobre su exesposa y sus métodos para derrotarla en su propio campo. Aquella vez no se iba a librar.

Capítulo 27

Noelle sonrió al ver a Kyle aparcando delante de su casa. Allí estaba, por fin. ¡Y en el momento perfecto! Ella acababa de regresar a casa de la tienda en la que trabajaba treinta horas a la semana, así que todavía llevaba su ropa más bonita. La vería con aquella falda tubo de color negro y la blusa de encaje negro transparente, con el sujetador debajo. Había comprado aquel conjunto pensando en él. A Kyle le gustaban las mujeres clásicas, discretas. Un turista que iba conduciendo por el pueblo había estado a punto de estrellarse contra la ferretería al verla salir de la tienda aquella noche. Una noventa y cinco E de sujetador era capaz de llamar la atención de cualquier hombre, sobre todo con la blusa que llevaba.

Kyle también se fijaría.

Después de revisar su peinado y su maquillaje, se acercó a la puerta, donde esperó un instante para no parecer demasiado ansiosa. No abrió hasta que Kyle llamó por segunda vez, y lo hizo tras haber adoptado una expresión de amable perplejidad.

–¡Kyle! ¿Qué estás haciendo aquí?

–¿Tienes un momento?

Aunque abrió los ojos como si le sorprendiera que hubiera ido a su casa, esperaba su visita. Sabía que en algún momento tendría noticias suyas. Durante unos días, Kyle había llegado a creer que le había ganado la mano amenazándola con retirarle la pensión, pero ella había sabido castigarle. Ya solo necesitaba hacerle volver a su cama, recordarle que también había habido cosas buenas en su relación.

—Supongo que sí —le dijo—. Ahora que solo tengo un trabajo, no es como cuando tenía que salir corriendo al Sexy Sadie's.

Kyle no comentó nada sobre su situación laboral, aunque Noelle sentía que le debía una disculpa. Si no la hubiera tratado tan mal, ella no se habría buscado problemas en el bar.

—Pasa.

En vez de apartarse, permaneció junto a la puerta para que tuviera que acercarse al entrar y asegurarse así de que le rozara los senos con el brazo.

—¿Y tienes un calentador nuevo? —le preguntó Kyle en cuanto cerró la puerta tras él, antes de seguirla al cuarto de estar.

—Todavía no. Mis padres van a enviar a un amigo suyo a instalármelo el lunes. Me estoy duchando en casa de Olivia.

—¿Entonces has visto a tu hermana esta mañana?

—Sí, solo un momento.

—¿Y te ha contado que Lourdes piensa volver a Nashville?

—No, ¿pero no era ese el plan? —le dirigió una sonrisa condescendiente para enfatizar su argumento—. Es una estrella de la música *country*, Kyle. No va a quedarse toda la vida en el pueblo.

Se tensó un músculo en la mandíbula de Kyle, pero este consiguió que su voz sonara más agradable de lo que Noelle podía esperar.

—Me refiero a que se va a marchar antes de lo que esperábamos —le aclaró.

—¿Para siempre?
—Eso parece.

Mejor todavía. Lourdes había sido un gran problema, se dijo Noelle. Era reconfortante saber que pronto se la quitaría de en medio. Así Kyle podría dejar de desear algo que no iba a conseguir y conformarse con una mujer que le deseaba, como ella.

—Supongo que estarás destrozado con la noticia.
—Me gustaría que se quedara. Pero, si fuera por eso, también me gustaría que no me hubieran quemado la planta.

Noelle se sentó en el borde de la silla que estaba más cerca de Kyle y se inclinó para ofrecerle una panorámica completa de sus atributos. Lourdes tenía un tipo que no estaba mal, pero ella consideraba que no le iría mal algo más de pecho, sobre todo porque Kyle apreciaba ese tipo de cosas.

—Yo no tuve nada que ver con eso.
—¿Estás segura?

Noelle sonrió con dulzura.

—Completamente.
—¿Ya te ha dicho Bennett que encontraron tus huellas en una botella rota que apareció en el aparcamiento de la planta?
—Sí. Se ha pasado antes por la tienda. Pero me ha dicho que también había huellas de Genevieve. Y, como ya le he dicho, lo raro es que haya huellas de Genevieve, no mías. He estado muchas veces en tu planta. La noche que A.J. y yo fuimos a buscar el calentador estuvimos un par de veces en ese aparcamiento, ¿recuerdas?
—Sí, ya me lo comentaste. Y claro que me acuerdo, yo estaba allí. Pero no se cayó nada de la camioneta. Cuando te fuiste, esa botella no estaba en el suelo.
—¿Y? He vuelto otras veces desde entonces, para ver lo que hacías. No es raro que se haya caído algo del co-

che, incluso una botella que Genevieve y yo debemos haber compartido. Bebíamos mucho juntas. Eso nunca lo he negado.

—Pero niegas que fueras tú la que provocó el incendio.

Intentando adoptar el que Noelle esperaba fuera un bonito ceño, replicó:

—Claro que lo niego. No fui yo, Kyle. Ya te lo he dicho.

—¿Entonces por qué no quieres someterte a la prueba del detector de mentiras?

Noelle hizo un gesto, como si la mera idea le resultara ridícula.

—He leído cosas sobre esos aparatos. Dicen que no son muy fiables. No sé qué sentido tiene que pierda el tiempo con uno de ellos.

—¿Aunque eso sirviera para convencerme?

¿Sería capaz de pasar la prueba de un detector de mentiras? Si la superara, sería lo mejor que le podía pasar, pero no se atrevía a correr riesgos.

—No intentes convencerme de que lo haga. Lo que quieres es que falle para que así todo el mundo me considere culpable. ¿Sabes? Ya no confío en ti.

—¿Que tú no confías en mí? —rio ligeramente—. Esa sí que es buena.

—Últimamente estás siendo muy difícil —se quejó Olivia.

—¿Por eso me quemaste la planta? ¿Para vengarte de mí? ¿Para ponerme en mi sitio?

Noelle se cruzó de brazos, siendo plenamente consciente de cómo, al hacerlo, elevaba sus senos y los tensaba contra la tela transparente de la blusa.

—Siento que estés tan convencido de que he hecho algo así, pero... lo que tú creas no importa. Bennett me ha dicho que no iba a detenerme. No tiene ninguna prueba.

Kyle se inclinó, acercándose a ella de tal manera que Noelle pudo respirar su esencia. Era un olor que recordaba bien, un olor que anhelaba. Estuvo a punto de posar la mano en su brazo, pero se contuvo, esperando tener oportunidad de acariciarle más adelante.

–¿Y si la tengo yo? –musitó Kyle.

Aquello la pilló desprevenida.

–¿Perdón?

–¿Qué te he hecho yo para merecer tanta atención por tu parte?

Ojalá lo supiera, pensó Noelle. Se había dicho a sí misma muchas veces que Kyle no se la merecía. ¿Qué otra mujer hubiera continuado durante tanto tiempo esperando a un hombre sabiendo que estaba enamorado de su hermana?

–Estamos destinados a estar juntos, Kyle. Como Phoenix y Riley. Phoenix siempre estuvo enamorada de él, pero, durante años, él creyó que había matado a Lori Mansfield y no quiso tener nada que ver con ella. Ahora sabe que no es cierto. Tú también piensas cosas horribles sobre mí, pero, al igual que Phoenix, no soy tan mala como tú dices.

Kyle retrocedió y le dirigió una dura mirada.

–¿Quieres decir que no te deshiciste voluntariamente de nuestro hijo?

Noelle se obligó a continuar mirándole a los ojos, aunque estaba deseando desviar la mirada.

–¡No! Yo nunca habría hecho una cosa así. Yo... a veces discutíamos y sé que era inmadura y exigente. Pero te amaba. Todavía te quiero. ¡Y tú también me querrías si pudieras darte cuenta de lo mucho que he cambiado!

Kyle echó la cabeza hacia atrás y soltó una carcajada.

Noelle no solía tener problemas para convencer a la gente de cualquier cosa que dijera cuando se lo proponía de verdad.

–¿Qué pasa? –preguntó, comenzando a irritarse.

—¿Dices que has cambiado?
—¡Claro que sí!
—¡Pero si acabas de provocar un incendio en mi planta!

Kyle sí que había cambiado, estaba más inflexible, más decidido. Pero Noelle tenía que convencerle de alguna manera.

—¡No fui yo!
—Claro que fuiste tú, así que deja de mentir. He venido para decirte que no vas a sacarme ni un centavo más, Noelle. ¿Te acuerdas del cheque que te di a principios de diciembre? Pues será el último.

La misma rabia sorda que Noelle había sentido cuando había abortado, aquel deseo de hacerle daño, se inflamó en su interior, haciendo que le costara hablar sin elevar la voz.

—Kyle, no empieces con eso otra vez. Estoy empezando a enfadarme.

Kyle se encogió de hombros como si no le importara.
—Me da igual que te enfades. Lo digo en serio.

Noelle se levantó.
—Es posible que puedas ahorrártelo durante unos cuantos meses, pero, al final, tendrás que pagarme. Ya hemos hablado de esto en otra ocasión. Puedo obligarte.

Kyle se levantó.
—No, no puedes. Aunque tenga que gastarme hasta el último centavo que tengo en abogados y juicios, no pienso volver a pagarte.

—Dices eso porque crees que no puedo permitirme el lujo de responder legalmente. Pero te equivocas. Ahora tengo a mis padres de mi parte. No dejarán que me hagas algo así. Yo también tendré mis propios abogados.

—Si eso es lo que quieres, adelante. Podemos vaciar nuestras cuentas, pero, cuando todo termine y aunque ganes tú el juicio, seguiré sin pagarte.

–¿Qué?

En otras ocasiones ya se había mostrado cabezota, como cuando ella había querido comprar un coche nuevo y a él no le había parecido práctico. Pero nunca había sido tan tacaño.

–Olivia te odiará si me tratas así.

–Espero que no, pero tendré que correr ese riesgo.

Noelle comenzaba a tener la sensación de que ya no estaba enamorado de Olivia. Aquella era otra de las cosas que había cambiado.

–¡Entonces irás a la cárcel!

–Pues tendré que ir –respondió sin darle importancia–. Al final me he dado cuenta de que la única manera que tengo de deshacerme de ti es aceptar todo lo que tenga que perder para que ello suceda. Y, una vez llegado a este punto, ya no me importan las consecuencias. Ya no vas a poder controlarme, ¿lo entiendes?

Noelle apretó los puños y dio un paso adelante para escupirle a la cara:

–¡Eres un hijo de perra!

Kyle chasqueó la lengua como si Noelle fuera la persona más patética que había visto en su vida.

–No deberías haber quemado la planta, Noelle.

Cuando Noelle intentó pegarle, Kyle la agarró por la muñeca, lo que la enfureció todavía más.

–¡Suéltame! –gritó.

–No vuelvas a levantarme la mano nunca más –le advirtió él.

Kyle nunca había sabido resistirse a las lágrimas, así que ella comenzó a parpadear y a sorber por la nariz.

–Si me lo permitieras, las cosas podrían ser muy diferentes para los dos.

Kyle continuaba impasible.

–Ahórrate el espectáculo, Noelle. No te quiero. Nunca te he querido y nunca te querré –le espetó, y la soltó.

—¡Eres un cerdo! —gritó ella—. Me alegro de haber hecho lo que hice. Durante todos estos días he estado sintiéndome mal por haberme dejado llevar por el genio, ¡pero ahora me arrepiento de no haber calcinado toda tu maldita planta! ¡La próxima vez me aseguraré de que estés tu dentro!

Kyle entrecerró los ojos. Noelle no creía haberle visto nunca con un aspecto tan peligroso.

—¿Ahora me estás amenazando a mí?

—Ya me has oído —replicó ella—. Será mejor que me pagues la pensión o perderás mucho más que la planta.

Kyle retrocedió un paso.

—¿Y si llamo a Bennett y le cuento lo que me has dicho?

—Lo negaré. Será mi palabra contra la tuya, contra la de un ex que está intentando librarse de pagar una pensión.

La sonrisa que curvó los labios de Kyle resultó tan incoherente teniendo en cuenta lo enfadado que estaba un segundo antes y después de lo que ella le había dicho que Noelle comenzó a sentir una presión en la boca del estómago.

—Me temo que tu plan tiene un pequeño problema.

Había cometido un error. Noelle deseó poder rebobinar los últimos minutos, pero algo le decía que ya era demasiado tarde para intentarlo siquiera.

—¿Y es…?

—Yo no soy el único ante el que lo has admitido —se levantó la camisa para enseñarle que llevaba un micrófono diminuto pegado al pecho.

—Tú… ¿llevabas un micrófono? ¿Me has tendido una trampa?

Se llevó las manos a la garganta, como si de pronto le costara respirar. Jamás habría imaginado que en un pueblo remoto como Whiskey Creek pudieran recurrir a ese tipo de tecnología. Pensaba que aquello era algo que ocurría en las grandes ciudades, como Chicago o Los Ángeles.

—Sí, pensé que empezaba a hacer falta un mínimo de honestidad —respondió.

Y, un segundo después, Bennett entraba en el salón para esposar a Noelle.

En cuanto Kyle regresó a casa, Lourdes dejó la guitarra. Había decidido intentar avanzar en el disco para así poder olvidarse de su inminente marcha y se había sorprendido a sí misma con un inesperado progreso en la canción que estaba escribiendo para él. Pero no quería que Kyle la oyera. Antes tenía que terminarla y, quizá, también grabarla, para que el sonido fuera mejor.

Además, estaba ansiosa por oír lo que había pasado con Noelle.

—¿Cómo ha ido todo? —preguntó—. He estado enviándote mensajes, pero no me has contestado.

—Ayer por la noche me olvidé de cargar el móvil. Me he quedado sin batería justo en el momento en el que la han detenido.

Lourdes se levantó de un salto.

—¿La han detenido? ¿Va a ir a la cárcel?

—Sí, al final mi idea ha funcionado. Lo único que he tenido que hacer ha sido provocarla hasta hacerla enfadar y perder el control. Entonces lo ha admitido todo —se interrumpió un instante—. En realidad, me lo ha restregado por la cara, creyendo que yo no iba a poder hacer nada con esa información.

—¿Y Bennett lo ha oído?

—Cada palabra.

—Me gustaría haber estado allí.

—No creo que hubiera dicho nada en ese caso. Y, después de lo que he visto, estoy más convencido que nunca de que tiene algún problema mental. Llevo años diciéndolo, pero no en el mismo sentido en el que lo estoy diciendo ahora. No quiero tenerla cerca. Nunca. Por lo que sabemos hasta ahora, se le ha metido en la cabeza que estás detrás de la trampa que la hemos tendido, que, si no te quisiera a ti, la querría a ella... y mil cosas más. Tiene tal forma de retorcer las cosas que es imposible decir lo que podría llegar a hacer con el detalle más inocente.

Lourdes le tomó la mano y le condujo hasta el sofá.

–¿Se lo has contado a Brandon y a Olivia?

–No, tengo el teléfono sin batería, ¿recuerdas? En cuanto Bennett la ha metido en el coche patrulla, he venido directo a casa. Pero estoy seguro de que se han enterado. A esta alturas, Noelle ya habrá llamado a sus padres y sus padres habrán llamado a Brandon y a Olivia.

Lourdes intentó imaginar cómo se sentiría si se enterara de que una de sus hermanas había prendido fuego al negocio de alguien.

–Lo siento mucho por ellos. Si ya es terrible descubrir que es culpable de haber provocado un incendio, tiene que ser mucho peor saber que quiso hacer daño a una persona a la que conocen y quieren. Desde luego, tienen que estar enfrentándose a todo tipo de sentimientos encontrados.

–Brandon, no. Desde el primer momento dijo que Noelle era una psicópata. No le va a importar que le den su merecido. Pero Olivia siempre se ha sentido culpable por ser una persona tan popular y tan querida cuando su hermana es todo lo contrario. Por eso ha intentado llevarse bien con Noelle y ha tenido tanta manga ancha con ella.

–¿Crees que con esto acabará todo? ¿Que a partir de ahora Noelle te dejará en paz?

Kyle se pasó la mano por la cara.

—¿Quién sabe? Cuando estaba con ella, ha comentado que Phoenix estuvo enamorada de Riley durante todos los años que estuvo en prisión. La verdad es que eso me pone un poco nervioso.

Lourdes sonrió con pesar.

—Y lo comprendo. Sobre todo porque no creo que vaya a pasar tanto tiempo con Phoenix entre rejas, ¿verdad?

—No. Bennett ha dicho que podría estar de dos a seis años, dependiendo del juez. Pero imagina que la pena será la menor, porque no ha habido ningún herido.

—Eso significa que algún día volverá.

—¡Ya basta! —alzó la mano—. Dejemos de hablar de su vuelta y disfrutemos de saber que va a estar fuera durante una larga temporada.

—Muy bien.

Se acurrucó contra él. Le bastaba sentir el calor de su cuerpo y notar el firme latido de su corazón bajo su oído para sentirse satisfecha.

Permanecieron sentados durante varios minutos, hasta que Kyle dijo:

—Ya solo nos queda un día.

Lourdes cerró los ojos y le rodeó la cintura.

—No hablemos tampoco de eso.

Cuando Lourdes se despertó a la mañana siguiente, Kyle se había ido. Dando por sentado que habría ido a ocuparse de algún asunto relacionado con la detención de Noelle, se abrazó a la almohada y revivió los tiernos momentos que habían compartido durante la noche.

Jamás había vivido nada parecido. Jamás había perdido la cabeza por un hombre hasta ese punto. Y, teniendo en cuenta su situación, no tenía mucho sentido que se hubiera enamorado tan profundamente. Había llegado a Whiskey Creek convencida de que estaba enamorada de otro hombre. Pero, aun así, no podía negar lo que sentía. Lo único que podía hacer era esperar que, como iba a estar tan ocupada en Nashville, su entusiasmo por el trabajo aliviara parte del dolor de dejar a Kyle.

Apartó las sábanas, se sentó en la cama y alargó la mano hacia el teléfono. Derrick le había enviado varios mensajes el día anterior. También había intentado llamarla, pero ella no había contestado. Prefería esperar hasta el día siguiente, cuando estuviera en Nashville. O quizá le llamara a finales de semana. Pero su madre también la había llamado para confirmar la hora a la que llegaba.

Lourdes estuvo hablando con Renate durante unos minutos, se recostó después contra el cabecero y fue revisando los mensajes y correos electrónicos que había ignorado.

Derrick le había enviado varios mensajes relacionados con el trabajo. Se había puesto en contacto con su antiguo sello. Estaban interesados en escuchar una maqueta de la nueva canción. Un dato alentador. Lourdes sabía que jamás debería haber abandonado Boondock Records para perseguir su sueño de alcanzar una fama aun mayor convirtiéndose en una cantante de *pop*. Si Taylor Swift no lo hubiera hecho parecer tan fácil, probablemente ni siquiera lo habría intentado.

En cualquier caso, Derrick había estado tanteando nuevas posibilidades y había conseguido generar algún interés.

Crystal también le envió un mensaje:

Me alegro de que vuelvas a casa. ¿Hay alguna posibilidad de que podamos comer juntas?

A Lourdes no le hizo ninguna gracia que Derrick le hubiera comunicado sus planes a la mujer con la que le había engañado. No le gustaba que continuaran manteniendo un contacto tan íntimo. No estaba celosa, pero le resultaba extraño que estuvieran llevando todo aquello como si no hubiera pasado nada. En cualquier caso, suponía que, desde una perspectiva profesional, podría ser inteligente compartir una comida con ella. Les permitiría dejar claro que no estaban enfrentándose por Derrick, como muchos podrían esperar.

Claro. Te llamaré cuando me haya instalado, contestó.

Después, se levantó de la cama para lavarse la cara y cepillarse el pelo y los dientes. Una vez terminó, agarró la guitarra. La canción que estaba componiendo para Kyle estaba resultando ser mucho más bonita que la que Derrick le había propuesto y estaba deseando terminarla.

Estuvo trabajando durante una hora más, hasta que oyó la llave de Kyle en la cerradura. Dejó entonces la guitarra y se acercó a la puerta.

—¿Dónde estabas? —le preguntó.

Kyle le dirigió una sonrisa radiante. Lourdes comprendió que ni siquiera se había duchado aquella mañana. Se había vestido, se había puesto a toda velocidad la ropa y una gorra de béisbol y había salido a la calle. Pero a Lourdes le gustaba con aquel aspecto un poco desaliñado.

—He ido a recoger algo.

—¿El qué?

Kyle parecía un poco avergonzado.

—A lo mejor deberíamos desayunar antes.

Lourdes fijó la mirada en la bolsa que tenía en la mano. Era del Black Gold Coffee.

—¿Has traído el desayuno?

—Todo un surtido de magdalenas.

—Muy apetecible, pero espero que no estés intentando hacerme engordar para que no tenga buena imagen sobre el escenario —bromeó.

—¿Eso te haría quedarte?

Cuando se miraron a los ojos, Lourdes supo que la pregunta era más seria de lo que parecía.

—Kyle, no puedo quedarme.

—¿Aunque te dé esto?

Buscó en el interior de la bolsa, sacó una cajita de terciopelo y se la tendió.

Y eso que pretendía esperar hasta después del desayuno. Por lo visto, no había sido capaz. Pero Lourdes no se atrevía a mirar lo que había en el interior.

—Kyle...

Kyle hundió las manos en los bolsillos.

—Tenía que hacer algo. Por lo menos intentarlo.

Esperando estar equivocándose y que aquella cajita contuviera una gargantilla o unos pendientes de recuerdo, Lourdes la abrió y clavó la mirada en una sortija de compromiso que ella misma habría elegido.

—Eve me dijo que habías colgado una fotografía en Twitter con la sortija de compromiso que querías. Me envió fotografías de sortijas parecidas a la que te gustaba. Eran todas en oro amarillo y me decidí por esta.

Lourdes apenas podía respirar.

—El oro amarillo me gusta más —contestó—. Estoy harta de que casi todas las joyas se hagan ahora en oro blanco.

—Y me dijo que querías un diamante con corte princesa.

—Es exactamente el que yo habría elegido.

Y, a juzgar por el tamaño del diamante, Kyle no se había preocupado por el precio.

—¿Pero? —la urgió Kyle.

Lourdes alzó la mirada.

—Ya sabes lo que se interpone entre nosotros.

—Podemos conseguir que funcione —rodeó con las manos la mano de Lourdes en la que sostenía la cajita—. ¿Qué más da que nuestras vidas no sean tan compatibles como nosotros? Es posible que esto no sea lo que nosotros habríamos elegido, pero no cambia lo que siento. No quiero perderte. ¿Quieres casarte conmigo?

A Lourdes se le llenaron los ojos de lágrimas.

—No lo comprendes.

—Claro que lo comprendo. No será un camino fácil. Tendremos que separarnos de vez en cuando y odiaré que te vayas. Pero no puedo dejar que te marches sin decirte antes que daría todo lo que tengo y todo lo que soy a cambio de hacerte feliz. Apoyaré tu carrera. Haré todo lo que quieras para conseguirlo —apoyó la frente contra la suya—. Nadie podría quererte más.

Las lágrimas desbordaron los ojos de Lourdes y comenzaron a correr por sus mejillas.

—Di que sí —intentó persuadirla Kyle—. Tu carrera es importante, igual que la mía. Pero lo que tenemos también es importante. Y cosas como esta… no ocurren todos los días.

—Kyle, necesito tiempo —contestó ella—. Todo esto está yendo muy deprisa.

—Lo comprendo. Pero tenía que decírtelo antes de que te fueras. Quiero que sepas que, si tú quieres, estaré esperándote aquí.

Lourdes asintió mientras se esforzaba por tragar el nudo que tenía en la garganta.

—¿Te gustaría intentarlo? —preguntó Kyle señalando el anillo.

Una lágrima cayó desde la barbilla de Lourdes. Claro que le gustaría intentarlo, pero no podía. No quería que se le rompiera el corazón al marcharse.

Kyle le secó las lágrimas. Después, dejó el anillo en la mesa y agarró a Lourdes por la barbilla.

—No pasa nada. Es demasiado pronto y para ti es una decisión muy importante. No tienes por qué contestar ahora.

Lourdes deslizó los pulgares por la sombra de barba de su mandíbula.
–No dejemos que nada nos estropee el día –susurró.
–No lo haré –contestó él.
Y la condujo al dormitorio.

Capítulo 28

Se había ido. Kyle había albergado la esperanza de que Lourdes le diera una respuesta antes de marcharse. Quería tener algo a lo que aferrarse. Pero Lourdes no había contestado. Ni siquiera se había probado la sortija, al menos que él supiera. Y no había vuelto a mencionarla tampoco. Y la señal más elocuente, al menos desde su punto de vista, era el hecho de que, nada más marcharse, había dado media vuelta, había salido del coche, le había abrazado con fuerza y le había susurrado que jamás le olvidaría.

Si tuviera intención de volver, no correría ningún peligro de olvidarle.

—¿Estás bien? —le preguntó Morgan.

Le había llevado un ordenador nuevo y le estaba ayudando a recuperar los archivos, pero Kyle no tenía la cabeza para trabajar aquel día. Miraba de reojo hacia el cajón de la cocina en el que había dejado la cajita de terciopelo que encerraba la sortija. La había comprado en Hammond & Sons Fine Jewelry, la única joyería de lujo del pueblo. El día anterior, después de haberle pedido consejo a Eve, había tenido que llamar a George Hammond a casa y le había levantado de la cama para que le abriera la joyería a primera hora. George había sido muy amable y Kyle le conocía lo bastante bien como para saber que podía devolverle el anillo. E imaginaba que debería hacerlo antes de que diera por sentado que los veinte mil dólares que le había pagado iban a continuar en su bolsillo. Kyle había gastado más de lo que nunca había imaginado en una joya, pero si Lourdes la hubiera aceptado, no le habría importado el precio.

–Te estoy hablando –Morgan chasqueó los dedos delante de su cara.

Kyle parpadeó y desvió la mirada.

–¿Qué has dicho?

–Te estaba preguntando que si estabas bien.

–Sí, estoy bien. Ya me lo has preguntado dos veces desde que has llegado.

–Porque te veo raro.

–Limitémonos a hablar de trabajo.

–Muy bien. Tenemos muchas cosas de las que hablar. Acaba de llamar el perito. Quiere venir a echar un vistazo al edificio mañana por la mañana. ¿A qué hora le digo que se pase por aquí?

–Cuanto antes mejor.

Afortunadamente, Riley había reajustado su calendario de trabajo, tal y como le había prometido, y podría iniciar las obras casi de inmediato. Y ya habían preparado un presupuesto para que el perito hiciera una estimación justa de las pérdidas.

–Yo estaré aquí a las ocho, pero supongo que él tiene que venir de Sacramento, así que dile que a las nueve o las diez –contestó Kyle.

–Sea la hora que sea, díselo a Riley. Si es posible, me gustaría contar con él.

–Seguro que vendrá. Tus amigos harían cualquier cosa por ti.

–Sí –contestó.

Pero cuando Morgan le dio un codazo, comprendió que lo había dicho con expresión demasiado ausente.

—Y yo también. Así que, ¿quieres hacer el favor de alegrarte un poco? Me están entrando ganas de llorar, y yo nunca lloro.

Kyle forzó una sonrisa.

—No necesito alegrarme. No estoy triste.

Morgan elevó los ojos al cielo.

—Estás de broma, ¿verdad? Estás tan deprimido que tengo la sensación de que debería registrar la casa por si tienes pastillas para dormir o cualquier cosa que pudieras...

—¡Ya basta!

Morgan sonrió de oreja a oreja.

—Míralo desde el lado bueno. Es posible que Lourdes se haya ido, pero también Noelle. Y van a castigarla por lo que hizo.

Aquello no iba a devolverle la planta, pero se alegraba de que no pudiera seguir acosándole. En aquel aspecto, los próximos meses iban a ser una bendición...

—Ha estado a punto de salirse de rositas.

—A punto ha estado, sí ¿Cómo se han tomado Brandon y Olivia la noticia?

—A Brandon no le ha sorprendido. Olivia se siente mal, pero no me culpa. Ha sido Noelle la que se ha buscado los problemas.

—¡E intentó echarle la culpa a Genevieve! Hace falta ser mala.

—No hace falta decir que Genevieve está encantada de que se haya descubierto la verdad.

Kyle respondió a las llamadas de algunos clientes que se habían enterado del incendio y estaban comprobando la situación en la que se encontraban sus pedidos. Después, Morgan le preguntó:

—¿Ya lo tienes todo organizado para la boda de Riley?
—Casi todo.

Necesitaba dar los últimos toques al discurso que Lourdes le había ayudado a escribir. La despedida de soltero era el viernes, dos días antes de Navidad. Todos sus amigos estaban entusiasmados, pero a él le estaba costando emocionarse con nada.

Lourdes se alegró de que fuera su madre la única persona que estaba en el aeropuerto y también de que Renate no hubiera dejado que Derrick la convenciera de que debía ir a buscarla él. Por lo visto lo había intentado. Su madre le entregó un enorme ramo de flores raras y exóticas de su parte, pero Lourdes no tenía ninguna prisa por leer la tarjeta que lo acompañaba.

Aunque Derrick y ella necesitaban hablar a solas, todavía no estaba preparada para ese momento. No le había dado a Derrick ninguna muestra de que estuviera interesada en reconciliarse, pero imaginaba que era natural que él pensara que iba a darle una oportunidad. Solo había estado fuera tres semanas. La vida de una persona no cambiaba de una manera tan drástica en tan poco tiempo.

—Me alegro de que hayas decidido pasar las fiestas con nosotras —dijo su madre con una sonrisa que resultaba en exceso radiante mientras insistía en ignorar la tristeza de su hija.

Lourdes asintió. Se alegraba de ver a Renate. Siempre se habían llevado muy bien. Pero había dejado al amor de su vida en Whiskey Creek y no era capaz de quitarse de la cabeza la canción que había escrito para Kyle. Había garabateado el resto de la letra durante el vuelo y continuaba tarareando los últimos acordes para no olvidarlos. Pasara lo que pasara a partir de entonces, aquella canción era para él.

—¿Y… cómo te han ido las cosas por California?

Lourdes desvió la mirada hacia la ventanilla, echando ya de menos aquel pueblo tan pintoresco.

—Bien.

—¿Has visto a algún conocido?

—¿Te refieres a alguien de Angel's Camp? No me he acercado. No he estado tanto tiempo por allí.

—¿Piensas volver a acabar el disco después de Navidad?

Lourdes experimentó una demoledora sensación de pérdida. Había estado peleando consigo misma durante todo el vuelo. Temía estar cometiendo un terrible error al cerrar la puerta a lo que Kyle y ella habían compartido. Pero sabía lo difícil que sería mantener una relación a distancia, lo poco que se parecía aquella vida a lo que Kyle pretendía y lo susceptible que sería ella a renunciar a todo para hacerle feliz, como había hecho su madre.

—No —se aclaró la garganta—. No creo. Lo terminaré aquí.

Permanecieron en silencio durante los siguientes diez minutos. Después, su madre la miró con recelo.

—¿Vas a volver con Derrick?

—Por supuesto que no.

Renate bajó el volumen de la radio.

—Creo que él espera que volváis.

Lourdes miró hacia el cielo gris.

—Tendremos que buscar la manera de superar el pasado.

—Quieres decir que vas a intentar seguir trabajando con él.

—Espero que podamos.

—¿Y Kyle?

—¿Qué pasa con Kyle?

—¿Vas a seguir con él?

—No.

—¿Por qué?

—Porque al final, alguno de los dos terminaría sufriendo.

—¿Y no estás sufriendo ahora?

—Apenas nos conocemos. Y es más fácil que a partir de ahora cada uno de nosotros continúe con su vida que dejarlo para más tarde.

—Estás muy convencida de que es una relación que no puede funcionar.

—No estaría haciendo esto si no lo estuviera.

—Muy bien. Si tú estás contenta, yo también.

Lourdes consiguió esbozar una sonrisa para que su madre no supiera lo mucho que estaba sufriendo y, gracias a Dios, Renate comenzó a hablar de otros temas más alegres. Sus primas iban a ir a la comida de Navidad. El encargado de mantenimiento de la casa de Lourdes había hecho un gran trabajo decorando los árboles y los arbustos. Mindy había tenido una entrevista en un colegio en el que quería trabajar, así que era posible que por fin diera un giro a su vida.

En cuanto Renate aparcó en el camino de entrada a la casa, Lourdes le dio las gracias a su madre por haberla llevado y corrió a por su equipaje. Temía que Renate quisiera entrar. Llevaban semanas sin verse. Pero, obviamente, su madre se dio cuenta de que necesitaba intimidad. Tras darle un breve abrazo, le dijo que la llamara si necesitaba cualquier cosa y volvió a sentarse tras el volante.

Lourdes corrió al interior de la casa. Esperaba encontrar consuelo en aquel entorno familiar. En aquella casa que había comprado con su dinero, con el dinero que había ganado cantando. Pero la casa le pareció... vacía.

Al día siguiente, Lourdes se frotaba las manos sudadas en los vaqueros. Había quedado con Derrick para desayunar. Se había negado a verle la noche anterior. Necesitaba tiempo para acostumbrarse a estar en casa, para decidir lo que iba a hacer. Pero no podía postergar aquel encuentro indefinidamente. Tenían demasiadas cosas de las que hablar.

Cuando él le había propuesto pasar a recogerla, ella había insistido en llevar su propio coche hasta su crepería favorita. Iban allí muy a menudo. Y también Taylor Swift, Keith Urban, su esposa y otros muchos famosos. Algún que otro cliente se fijaba en ellos, pero era raro que alguien se acercara o les hiciera fotografías. Lourdes apreciaba que fueran capaces de controlarse, y también que los propietarios de The Crepe Café intentaran protegerla de cualquier tipo de intromisión estando siempre pendientes y, en el caso de que fuera necesario, pidiéndole a la parte indiscreta que abandonara el local. Lourdes podría haber ido a casa de Derrick, o él a la suya, pero ella había preferido que se encontraran en un terreno neutral, en un lugar abierto y con público, del que pudiera marcharse si lo consideraba necesario.

Se sentó con una taza de té, mirando alternativamente la puerta y el reloj. Derrick le había enviado un mensaje diciéndole que había recibido una llamada de negocios y que iba a llegar unos minutos tarde, pero, a aquellas alturas, ya debería estar allí.

Estaba ya a punto de sacar el teléfono para llamarle cuando vio su BMW en el aparcamiento. No era tan guapo como Kyle, ni tenía su descuidado atractivo. Estaba empezando a engordar, tenía algunas canas y una barbilla blanda que compensaba con una barba poblada. Pero siempre iba muy arreglado y bien vestido. Y era un genio para la música.

Lourdes le vio aparcar y dirigirse hacia la puerta. Entonces se levantó para recibirle.

—¡Estás guapísima! —exclamó al verla, pero vaciló, como si no estuviera muy seguro de si debía tocarla.

Al final, Lourdes se inclinó hacia él para darle un abrazo fugaz con el que se limitó a confirmar lo que ya sabía: no iba a casarse con él. Aquellos sentimientos habían desaparecido.

—Tú también tienes buen aspecto —contestó—. ¿Ya lo tienes todo preparado para Navidad?

—No. Todavía no he salido de compras. Y la Navidad está a la vuelta de la esquina.

—¿Todos los paquetes que llevabas en esa fotografía que vi en internet eran de Crystal?

Derrick se ruborizó al recordarlo, pero asintió.

—Ya te dije que quedé con ella para comer... y para hablar de todo lo que había pasado.

—Sí, ya me acuerdo.

—¿Te gustó entonces la canción que te envié?

—¿Te refieres a *Crossroads*?

—Si decidimos conservar el título.

—La canción me encanta, pero... —juntó el salero y el pimentero— es posible que no quieras dármela cuando hayamos terminado de hablar.

Derrick alzó la mano para silenciarla y se concentró en la camarera que se acercó a tomarles nota.

Cuando estuvieron de nuevo a solas, se quitó el abrigo y acercó su silla.

—Antes de que tomes ninguna decisión, quiero dejar claras varias cosas —la miró a los ojos y continuó en un tono más vehemente—. Creo en ti y en tu talento y estoy convencido de que, a nivel profesional, podemos recuperarnos después de lo que ha pasado durante estos seis meses. Y, a nivel personal, quiero que sepas que te quiero y que siento lo que hice. De verdad.

Lourdes dio otro sorbo a su té, más incómoda que tranquila después de aquella declaración.

—No pasa nada. Estás perdonado.

En el tono de Derrick se detectó una renovada esperanza.

—¿De verdad?

—Sí, pero –agarró la taza con las dos manos para no retorcerlas– eso no significa que vayamos a volver, Derrick. Me temo que lo nuestro ha terminado. Mis sentimientos han cambiado.

Derrick se quedó boquiabierto durante varios segundos antes de ser capaz de responder.

—Todavía es demasiado pronto para decidir algo así. Démonos algo de tiempo. ¿No podemos darnos algún tiempo?

Lourdes negó con la cabeza.

—No tendría ningún sentido.

Derrick clavó la mirada en el suelo.

—¿Es por ese hombre con el que estuviste en Whiskey Creek? ¿Kyle Houseman? –le preguntó cuando alzó la mirada–. ¿Esa es la razón?

—En parte –contestó–. Lo que me ha pasado con Kyle ha sido… –sacudió la cabeza como si estuviera buscando las palabras para describir aquella atracción, para describir lo que habían sentido el uno por el otro–. No se ha parecido a nada de lo que había vivido hasta ahora.

—Te refieres a lo que habías sentido conmigo.

—Con nadie.

—Entiendo –se reclinó en la silla mientras la camarera le servía el café. Después bajó la voz–. ¿Te habías puesto en contacto con él como decían en esos blogs y esos artículos que he leído? ¿Por eso decidiste ir a Whiskey Creek?

Lourdes bajó la taza.

—No. Eso lo dije para salvar la cara.

—Teniendo en cuenta lo mucho que has cambiado, no estoy seguro de creerte.

—¿Lo dices en serio? –replicó ella–. Se suponía que tenías que ir a Whiskey Creek conmigo, ¿recuerdas? Fuiste tú el que decidió quedarse aquí.

—Pero has estado viviendo con él.

—Por casualidad. Si hubieras venido conmigo, eso nunca habría pasado. Al ver que no había calefacción en la casa, nos habríamos ido a un hotel.

—Me quedé aquí porque tenía mucho trabajo. Si no hubiera sido por eso, me habría ido contigo.

—No me estoy quejando —respondió ella—. Lo único que estoy diciendo es que lo que ha pasado no estaba planeado. Yo solo... Ha sido algo inesperado.

Derrick suspiró y se pasó la mano por el pelo como si fueran tan intensos los sentimientos que le atravesaban que no supiera si golpear algo, gritar o, quizá, echarse a llorar.

—Cuando decidiste volver tan pronto, pensé que... Pensé que a lo mejor tenía alguna posibilidad. ¿O fue la promesa de *Crossroads*? ¿Esa es la única razón por la que estás aquí? ¿Por la canción?

Derrick le había ofrecido aquella canción como un reclamo. Le pareció injusto que se quejara por haberse dejado tentar por ella.

—Por la canción... y por mi carrera.

Derrick estaba a punto de beber un sorbo de café, pero, al oírla, dejó la taza en la mesa.

—Lo dices en serio. Lo nuestro ha terminado.

—Me temo que sí.

—En solo tres semanas.

Lourdes asintió.

Derrick tomó el teléfono que había dejado en la mesa y se lo guardó en el bolsillo. Después, se levantó como si ya no necesitara saber nada más.

—¿Te vas? —preguntó Lourdes.

—¿Qué se supone que puedo hacer? —agarró el abrigo—. Acabas de decirme que estás enamorada de otro hombre.

—Pero tenemos que ocuparnos de otros asuntos profesionales.

—¿Qué asuntos? Me despediste, ¿recuerdas?

—He cambiado de opinión. Me gustaría que continuaras siendo mi mánager.

—Sí, bueno... pero yo no estoy de acuerdo. Sería demasiado duro para mí.

—Sigues conservando a Crystal, aunque te supliqué que la dejaras.

—Así que ahora vas a esgrimir eso contra mí. Dices que me has perdonado, pero sigues enfadada conmigo por culpa de un estúpido desliz por el que no he parado de pedirte perdón.

Lourdes tenía muchas cosas que decir acerca de aquel «estúpido desliz». Para él era fácil quitarle importancia porque no era la parte ofendida. Pero dudaba que pudiera comprenderlo. Así que decidió concentrarse en lo que en aquel momento importaba.

—No estoy enfadada. Solo estoy intentando que seas consciente de la contradicción.

—Con Crystal es distinto. No la quiero. No me romperá el corazón tener que grabar con ella y salir de gira, estando deseando acariciarla y sabiendo que no siente lo mismo por mí.

—Entonces, ¿vamos a separarnos por completo?

Lourdes se lo había temido. Aquella era la razón por la que había estado tan nerviosa. Sabía que perder a Derrick perjudicaría a su carrera.

Derrick se encogió de hombros.

—No lo sé. Déjame pensar en todo lo que ha pasado.

Seguramente era lo más sensato.

—De acuerdo. Hablaremos después de Navidad.

—Nunca te había visto tan...fría.

Estaba fría en todo lo que hacía referencia a él. Kyle y su propia carrera continuaban significándolo todo para ella, pero no estaba segura de que pudiera tenerlos a los dos y tener que elegir le resultaba angustioso.

—Lo siento, Derrick.

—¿Cómo es posible que haya desaparecido con tanta facilidad lo que sentías por mí?

—Creo que es algo que ya llevaba tiempo pasando... desde que empezamos a tener problemas.

—¿Así que volvemos de nuevo a Crystal?

—Supongo que consiguió sacar lo peor de los dos.

—¿Y vas a ir a vivir con él o piensa venir él aquí?

Lo preguntó en un tono que dejó claro que no le gustaría tener a Kyle cerca.

Lourdes entrelazó las manos por debajo de la mesa.

—Todavía no lo he decidido. Es posible que ninguna de las dos cosas.

Derrick dejó de nuevo el abrigo en la silla y volvió a sentarse.

—¿Por qué?

—Queremos cosas diferentes de la vida. Vamos en direcciones opuestas.

Continuaba creyendo que era preferible cortar por lo sano cuando todavía tenían la posibilidad de preservar el recuerdo de lo que habían vivido a intentar seguir juntos, hacer fracasar su relación y echarlo todo a perder.

—En ese caso, continuaré trabajando contigo —le dijo Derrick—. Siempre y cuando haya alguna esperanza, seguiré trabajando contigo.

—¿Quieres decir que dejarás de hacerlo si vuelvo con Kyle?

—Volver a levantar tu carrera no va a ser fácil. Estoy haciendo esto porque te quiero, pero, si no pudiera tenerte y esto se convirtiera solo en una cuestión de negocios, las cosas cambiarían.

—Así que me quedaría sin *Crossroads*.

—Me siento como un canalla diciendo esto, pero, sí, te quedarías sin *Crossroads*. O estamos juntos en esto o lo dejamos. No tienes otra opción, no puedes elegir solo lo que te interesa de mí y dejar el resto.

Lourdes asintió. En cierto modo, aquello la irritó. Derrick debería hacer todo lo posible por impulsar las carreras de todos sus clientes. Pero había invertido muchas energías en ella en el pasado y ella había decidido, ignorando sus consejos, pasarse a la música *pop*, lo que también para él había supuesto un duro revés. Lourdes sabía que Crystal podía interpretar aquella canción tan bien como ella y, en su caso, tendrían menos problemas para negociar el contrato y conseguir apoyos puesto que Crystal no tenía ningún fracaso discográfico que celebrar.

–¿Me estás obligado a elegir entre Kyle y mi carrera?

Derrick no se justificó por ello.

–¿Necesitas tiempo para pensártelo o ya sabes lo que quieres?

Lourdes quería lo que quería cualquier músico. Quería estar en lo más alto, ser una cantante solicitada, publicar un disco nuevo cada año y que vendiera más que el anterior. La música era su vida y, después de todo lo que había sufrido durante los últimos doce meses, la aterraba no ser capaz de ganarse la vida sin Derrick. Él tenía la experiencia, los contactos. Podía moverse en el mundo de la música mejor que nadie. Y, en su situación, no estaba segura de que pudiera conseguir otro mánager. Derrick solo estaba dispuesto a conservarla porque tenía un interés sentimental en ella.

–No puedo prometerte nada.

–Lo único que te estoy pidiendo es que mantengas la mente abierta y me des la oportunidad de demostrarte mi amor.

Lourdes tomó aire. ¿Qué más le daba, si, al fin y al cabo, Kyle y ella no tenían ninguna posibilidad de seguir juntos?

–En ese caso, grabaremos esa canción.

Capítulo 29

La Navidad llegó, fría y oscura, con el cielo cubierto y frecuentes ventiscas. Kyle suponía que la mayoría de la gente apreciaría una Navidad blanca, pero aquel tiempo no era el mejor para animarse. Condujo hasta casa de Morgan, y a las del resto de sus empleados, para entregarles la paga de Navidad. Después regresó a una casa vacía, se sentó al lado del árbol y estuvo oyendo todos los discos de Lourdes, hasta las canciones *pop*.

Riley ya había empezado a trabajar en la planta y estaba dándose prisa para conseguir acabar el trabajo antes de la boda. Le había dicho que la subcontrata podría terminar el resto de la obra cuando él se fuera de luna de miel y así Kyle podría volver a las oficinas después de Año Nuevo y reiniciar la producción. Era una buena noticia y Kyle intentaba animarse diciéndose que debería estar agradecido y confiar en que las cosas mejoraran en cuanto pudiera ponerse a trabajar en serio.

Pero por mucho que intentara decírselo, no conseguía llenar el vacío que Lourdes había dejado en su vida.

–¡Ya basta! Solo has estado tres semanas con ella. Estás siendo ridículo –gruñó.

Aun así, fuera o no ridículo, no podía pensar en otra cosa. Agarró el teléfono y se quedó mirándolo fijamente. Se moría de ganas de llamarla, de saber cómo le estaba yendo y lo que había pasado con las canciones que había estado componiendo para su siguiente disco. Y también tenía curiosidad por saber qué había pasado con Derrick.

Pero no quería entrometerse en su vida. Él comprendía mejor que nadie cuánto se sufría cuando los rescoldos se negaban a apagarse. Le había dicho a Lourdes que la amaba. Le había ofrecido una sortija de compromiso, una sortija que no había devuelto, lo cual era patético, además de otra prueba de su completa devoción.

—Sabe de lo que se está alejando —musitó.

Y no podía culparla por haberse ido. Era una mujer con mucho talento. Se merecía llegar tan alto como pudiera en el mundo de la música. Nada de lo que él podía ofrecerle era comparable a la fama y la fortuna. Pero no le servía de nada haberlo sabido durante todo aquel tiempo.

Estaba a punto de permitirse enviarle un sencillo «feliz Navidad» cuando le llamó Brandon.

Kyle contestó con un suspiro de alivio.

—¡Hola! ¿Dónde estás? —le preguntó Brandon.

Kyle se tensó, sorprendido. Todavía faltaban tres horas para la comida de Navidad.

—En casa, ¿y tú?

—En el coche. Voy a jugar un partido de fútbol en el instituto. Hace frío y todo está lleno de barro, pero no creo que haya nada más divertido. ¿Has recibido mi mensaje?

Kyle recordó haber visto entrar un mensaje, pero estaba utilizando el GPS para encontrar las casas que tenía que visitar para entregar la paga y se había olvidado de leerlo.

—Lo siento. No lo he leído. Estaba ocupado.

—No importa. Algunos de mis antiguos compañeros de instituto están de vacaciones en el pueblo y han organizado este partido. No vendrán ni Ted, ni Noah ni ninguno del grupo, pero me encantaría que vinieras tú.

Kyle miró con el ceño fruncido el árbol de Navidad que había cortado para Lourdes. Lo único que estaba haciendo en casa era torturarse, así que, ¿por qué no?

—Voy para allí.

En cuanto colgó, Kyle volvió a la pantalla en la que había escrito *Feliz Navidad*, pero antes de dar a enviar, comprendió que el mejor regalo que podía hacerle a Lourdes, puesto que había elegido un camino diferente para su vida, era dejarla en paz.

Así que lo borró.

Lourdes estaba sentada en el sofá en casa de su madre, disfrutando del delicioso aroma que emanaba de la cocina mientras rasgueaba en la guitarra la canción que había escrito para Kyle. La melodía de *Refuge* resonaba en todo momento en su cabeza así que le resultaba imposible olvidarle.

—¿A quién pretendo engañar? —musitó para sí.

No podría haberle olvidado de ninguna manera.

Con un suspiro, dejó la guitarra en el suelo para tumbarse. Había estado muy cansada desde que había regresado a su casa, casi no tenía energía.

Acababa de cerrar los ojos cuando salieron sus hermanas del baño, discutiendo todavía sobre cuál de las dos había comprado una determinada sombra de ojos, una discusión de la que Lourdes había estado intentando desconectar.

—Lourdes, no puedes dormirte —dijo Mindy en cuanto la vio acurrucada en el sofá—. Las primas están a punto de llegar. Vienen desde Florida para verte y ni siquiera te has cambiado.

Lourdes intentó abrir los párpados.

—Vienen a vernos a todas.

Lindy puso los brazos en jarras.

—Seamos sinceras. Estoy segura de que están más interesadas en ti. ¡Eres famosa! ¡Todo el mundo está más interesado en ti!

Era una pena que ella no tuviera más interés en nadie. Aunque había pensado que estaría encantada de reencontrarse con Jesse y con Lisa y conocer a sus maridos, últimamente nada parecía interesarle, ni siquiera su propia música. El día anterior Derrick había intentado que fuera al estudio para grabar *Crossroads*, pero ella le había dicho que no se encontraba demasiado bien y habían retrasado la grabación hasta después de Navidad.

—¿Qué te pasa? —preguntó su madre al oír aquella conversación, apareciendo en la entrada del cuarto de estar.

Lourdes negó con la cabeza.

—Nada.

Renate terminó de secarse las manos, dejó el trapo de cocina en el mostrador y se acercó a ella.

—Cariño, desde que has vuelto a casa no has vuelto a ser tú misma.

—Claro que sí.

—No. Estás muy callada, y apática —intervino Mindy—. ¿Estás enferma?

—Apenas has hablado desde que has aparecido esta mañana —se quejó Lindy—. No dejas de rasguear la guitarra, tocando siempre la misma canción.

—No estoy enferma. Estoy descansando. O, por lo menos, intentando descansar.

Pero aquella indirecta no sirvió para que la dejaran en paz.

—¿No duermes bien? —le preguntó su madre.

La verdad era que ni dormía ni comía bien, pero no podía admitirlo si no quería que su madre estuviera más pendiente de ella de lo que ya lo estaba.

—Estoy bien. Estoy encantada de no haber perdido a mi mánager y de que Derrick esté dispuesto a ayudarme a relanzar mi carrera. Y me alegro de que Crystal y yo podamos ser amigas... Bueno, o, por lo menos, que seamos capaces de tratarnos con educación a nivel profesional. A pesar de lo que hizo mi exprometido, vamos a comer juntas la semana que viene. Y Derrick me ha encontrado una canción tan buena que los dos creemos que voy a conseguir un disco de platino. Las cosas están mejorando.

—¿Entonces por qué estás tan decaída? –preguntó Lindy.

—Solo estoy adaptándome de nuevo a todo esto.

—Es por el hombre que conociste en Whiskey Creek, ¿verdad? –preguntó su madre–. Kyle.

Lourdes no contestó. Se frotó las sienes como si le doliera la cabeza, pero no estaba allí la fuente de su dolor.

—¿Por qué no le llamas? –preguntó Mindy–. ¿Por qué no hablas con él para ver cómo está?

Lourdes dejó caer las manos.

—Porque no quiero alargar más la ruptura. No quiero hacer esto más duro de lo que es.

—Es Navidad –repuso Lindy–. Estoy segura de que le encantará recibir noticias tuyas.

Podría llamar a Kyle, sí, siempre que pudiera confiar lo suficiente en sí misma como para estar segura de que no terminaría diciéndole lo mucho que le echaba de menos y cuánto anhelaba estar con él. Aquello solo serviría para alimentar sus esperanzas, unas esperanzas que, probablemente, ella frustraría porque no pensaba alejarse de Nashville.

—Es mejor así –insistió.

—¿Es mejor estar triste? –preguntó Lindy.

—A veces hay que hacer sacrificios para conseguir lo que uno quiere.

Su madre apretó la barbilla mientras fruncía el ceño.

—No estoy convencida de que sepas de verdad lo que quieres.

—Si elijo a Kyle, tendría que despedirme de mi carrera —contestó Lourdes—. Y eso no es una opción.

—Las dos cosas no tienen por qué ser excluyentes —replicó su madre, inclinándose para retirarle el pelo de la frente.

Lourdes se obligó a sentarse.

—Sí, lo son. Si vuelvo con él, Derrick me despedirá. Lo ha dicho. Entonces me quedaría sin *Crossroads* y es muy probable que tampoco pudiera volver a grabar con mi antiguo sello. Fue Derrick el que les consiguió a Crystal y supongo que por eso quieren tenerle contento, para que continúe llevándoles más talentos jóvenes.

—Estás dejándote llevar por el miedo —se burló su madre.

—¿Qué? —respondió Lourdes indignada.

—No necesitas las canciones de nadie. Y apuesto a que tampoco necesitas a Derrick ni a tu antiguo sello. Hay mucha gente que produce buena música y podría estar interesada en una artista con tanto talento.

—¿Y si no les intereso?

Renate tomó la mano de su hija.

—A lo mejor ser una gran estrella no es lo único que puede hacerte feliz. A lo mejor la verdadera alegría no está en el resultado final, en el éxito. A lo mejor reside en ser capaz de vivir, de amar, de probar cosas nuevas.

—Pero es muy arriesgado. Sobre todo porque no conozco bien a Kyle.

—Si no te das la oportunidad, nunca le conocerás —respondió su madre, y se fue para continuar cocinando.

Kyle estaba tan nervioso por la boda como el propio Riley. Había memorizado lo que tenía planeado decir y creía en lo que había escrito. Pero ahí residía el problema. Le habría resultado mucho más fácil soltar algunas bromas sobre sus amigos y ocultar sus verdaderos sentimientos tras las risas y las provocaciones. No tenía ganas de plantarse delante de la mitad del pueblo y revelar lo que pensaba sobre el matrimonio y el amor. Después de todo lo que había pasado, y consciente de que todo el mundo sabía por lo que había pasado, se sentía demasiado expuesto.

–Lo vas a hacer genial –musitó Eve, dándole un breve abrazo mientras pasaba por delante de él, ataviada con su vestido de dama de honor, de color verde azulado.

Kyle sabía que más le valía no decir que era verde; le habían hecho notar la diferencia cuando estaban decorando y organizándolo todo.

Lincoln, el marido de Eve, sostenía a su bebé en brazos, pero utilizó su mano libre para darle un golpe en el brazo con el que respaldaba las palabras de su esposa, para decirle que todo saldría bien. Kyle sonrió como si no estuviera preocupado. Pero en cuanto sus amigos se alejaron, miró el reloj. «Pronto terminará todo».

Diez minutos antes de la hora a la que se suponía que debía comenzar la ceremonia, Olivia le pidió que ocupara su lugar. Por su tono de voz, era obvio que estaba muy metida en su papel de organizadora.

–¿Lo tienes todo preparado? –le preguntó.

Kyle asintió y ella corrió para ver si todo lo demás iba también según lo acordado.

Los amigos y familiares que iban llegando le miraban expectantes, haciéndole desear que llegaran pronto los acompañantes de Riley se reunieran con él delante de todo aquel público para que tuvieran a alguien más a quien mirar. Estaba empezando a sudar y le hubiera gustado poder aflojarse la corbata. Afuera hacía frío, aunque la tormenta de Navidad ya se había alejado, pero el calor que hacía allí dentro le resultaba insoportable. Cuadró los hombros, intentando sobreponerse a la incomodidad, que iba aumentado a medida que iban entrando invitados, todos ellos hablando animadamente entre ellos.

Kyle reconoció a los padres de Riley, que tan mal se lo habían hecho pasar a Phoenix cuando estaba en el instituto. Llegaron incluso los padres de la chica de cuyo asesinato habían acusado a Phoenix junto a la hija que les quedaba. Buddy, su hijo, no había ido con ellos. Kyle imaginaba que no aparecería. Había sido muy duro con Phoenix cuando la consideraba culpable de la muerte de su hermana.

Había mucha gente, sí, pero Kyle advirtió que la madre de Phoenix no había aparecido. Acababa de dar por sentado que se había negado a acudir cuando el hermano mayor de Phoenix, al que Kyle había conocido una hora antes, la ayudó a cruzar la puerta y a avanzar por el pasillo. Estaba tan obesa que no cabía en una silla de ruedas, de modo que no le quedaba más remedio que andar. Iba avanzando centímetro a centímetro, con los tobillos hinchados y amoratados, pero llevaba un vestido nuevo, el pelo arreglado y un ramito de flores en el pecho.

—No necesito sentarme en el primer banco —le dijo a la gente que estaba intentando hacerle sitio. Riley se inclinó hacia ella y debió de invitarla a ocupar un lugar de honor, porque Lizzie sonrió, bajó la mirada hacia el camino cubierto de pétalos de rosa y permitió que Riley y los demás la condujeran al banco que habían colocado para ella en la primera fila.

—¡Dios mío, qué calor hace aquí! —exclamó en una voz tan alta que casi todo el mundo la oyó.

Después, se secó el sudor del labio superior, se volvió para fulminar con la mirada a todos aquellos que estaban pendientes de ella y sacó el abanico del bolso.

Kyle se arrepintió de haber prestado tanta atención a

su entrada cuando Lizzie desvió sus ojos legañosos hacia él y los entrecerró.

—¿Y tú qué miras? —le espetó.

—Ignórala —susurró Riley cuando llegó al lado de Kyle—. Está avergonzada.

El hermano mayor de Phoenix se alejó corriendo y, no mucho después, la música comenzó a sonar.

Jacob fue el primero en aparecer y se colocó al lado de Riley. Después llegaron los acompañantes del novio y las damas de honor y, al final, Phoenix del brazo de su hermano mayor.

Mientras caminaba hacia ellos con un precioso vestido estilo sirena, Kyle intentó controlar sus nervios. No quería estropearle la ceremonia a Phoenix. Ya había sufrido demasiado...

Los tatuajes de su hermano sobresalían por el cuello de la camisa. Llevaba piercings en las orejas, el pelo decolorado y de punta... y parecía encontrarse más incómodo que el propio Kyle. Era evidente que había soportado una dura vida y no estaba acostumbrado a llevar traje. Kyle habría apostado cincuenta de los grandes a que aquella era la primera vez.

Pero Riley no parecía fijarse en nada de aquello. Solo tenía ojos para la novia.

—Está preciosa, ¿verdad? —susurró mirando a Phoenix y, de alguna manera, aquello relajó a Kyle.

Aquella era una boda con pleno significado. Quizá fuera el momento perfecto para hacer una reflexión seria sobre el amor y el compromiso, aunque le tocara hacerla a él.

Desgraciadamente, cuando el hermano de Riley y los dos contrayentes se volvieron hacia él, aquella reconfortante sensación se esfumó y, por inexplicable que pareciera, se quedó sin habla. No había explicación alguna para aquel sentimiento, excepto lo mucho que quería a

Phoenix y a Riley. Y no estaba mal querer a alguien, pero no podía derrumbarse delante de todo el mundo.

Se aclaró la garganta, intentando recuperar el control. Pero aquello no pareció resolver el problema. Tuvo que hacerlo dos, tres veces, hasta que Lizzie gimió, se movió en su asiento y dijo:

—¿Es que no piensas empezar?

Aquello rompió el hechizo. Algunos invitados comenzaron a reír, intentando disimularlo. Y el propio Kyle fue capaz de reír también y procedió a decirles a Phoenix y a todos los presentes lo que tan bien habían explicado ya los Beatles: lo único que se necesitaba era amor, *love is all you need*.

Capítulo 30

Había sido maravilloso casar a Riley y a Phoenix y ser testigo de su felicidad. También había sido genial poder estar con Gail, a la que no veía muy a menudo. Kyle siempre disfrutaba estando con sus amigos, pero ya había socializado bastante aquella noche. Tenía ganas de volver a casa, pero no podía marcharse. La fiesta todavía no había terminado. Habían comido, se habían hecho las fotos, habían brindado y habían bailado los primeros bailes. Pero la música en directo empezaba a las once y todavía faltaba una hora. Además, los novios todavía no se habían ido de luna de miel. Kyle permanecía junto a la mesa del champán, apoyado en la pared y con el nudo de la corbata aflojado, observando a sus amigos bailar con sus parejas o sosteniendo a sus hijos en brazos. Solo Baxter estaba cerca de él.

–Han cambiado muchas cosas durante los últimos cinco o seis años –musitó Baxter.

–Sí, pero, en general, todo el mundo es feliz –respondió Kyle–. Eso es lo importante.

Baxter tomó una copa de champán.

–¿Tú eres feliz?

Kyle se encogió de hombros.

–Ahora que la planta está casi reparada estoy mejor.

—No me refería a eso.

—Lo sé —bebió un sorbo de champán—. ¿Cómo está tu padre?

—Si no estuviera tan preocupado por él, no habría vuelto a mi casa. Me gusta estar aquí, me encanta estar con todos vosotros. Pero si no hubiera sido por mi padre no habría vuelto.

—Puedo imaginármelo —dijo Kyle—. Lo siento. Es un momento horrible. Ha tenido muy mala suerte. Espero que lo supere.

—Con el mal genio que tiene, seguro que lo consigue.

Continuaron observando la fiesta hasta que Kyle terminó el champán.

—¿Crees que si nos vamos se darán cuenta? —preguntó mientras dejaba su copa.

Baxter miró el reloj.

—Todavía es muy pronto —dijo.

Después, llegó Callie y se llevó a Baxter. Había conocido a alguien que tenía una pregunta sobre unas acciones y había pensado que Baxter sería capaz de respondérsela. Aquello le proporcionó a Kyle la oportunidad perfecta para escapar hacia la salida. Él ya había cumplido. Gracias a que todos ellos habían ayudado a decorar el salón, Riley había podido ahorrarse algún dinero, pero la limpieza corría a cargo de los padres de Riley, de sus amigos de la parroquia y de los empleados del local.

Kyle acababa de salir a la calle y de quitarse la cortaba, que se había guardado en el bolsillo, cuando comenzó a sonar una canción. Era una mujer la que cantaba, algo raro, puesto que no recordaba haber visto a ninguna mujer en el grupo. Comenzó a dirigirse hacia su coche y habría continuado avanzando si un segundo después no hubiera reconocido aquella voz.

***

Lourdes nunca había estado tan nerviosa antes de una actuación. No era solo porque se había colado en la boda sino porque, al volver a Whiskey Creek, estaba poniendo su futuro, toda su carrera profesional, en juego. Y también su corazón. Después de perseguir el éxito, perderlo y luchar por recuperarlo, le había resultado difícil confiar en su intuición. Al montarse en el avión para llegar hasta allí, había arriesgado su mayor posibilidad de éxito. Pero sabía que no sería feliz aunque volviera al primer puesto de las listas. No, si para ello tenía que vivir sin Kyle.

Además, presentarse en una boda y ocupar el escenario no era lo mismo que colarse en una boda, puesto que ya la habían invitado a cantar.

En Youtube había visto al grupo Maroon 5 colándose en varias bodas para cantar *Sugar* y a todo el mundo le había encantado. Así que esperaba que aquello saliera igual de bien. Y no se le ocurría una manera mejor de estrenar la canción que había compuesto para Kyle.

—*All the things I never knew... until I met you* —«todo aquello que desconocía hasta que te conocí» cantó mientras comenzaba a tocar los primeros acordes.

Todo el mundo dejó de hablar. E incluso de bailar. Lourdes reconoció a muchos de los rostros que se volvieron estupefactos hacia el escenario, entre ellos los de Phoenix, Riley, Noah, Adelaide, Ted, Sophia, Brandon y Olivia. Estaban todos allí, y también el resto de los amigos de Kyle.

Pero no vio a Kyle.

—¡Ay, Dios mío, pero si es Lourdes Bennett! —oyó exclamar a alguien.

Su nombre fue corriendo de boca en boca hasta que incluso aquellos que estaban más alejados del escenario y no se habían dado cuenta de lo que estaba ocurriendo empezaron a prestar atención.

Lourdes oyó que alguien nombraba también a Kyle. Comprendió que todo el mundo estaba buscándole. ¿Dónde estaba entonces? ¿Por qué no estaba allí?

Estaba empezando a temer que se hubiera marchado cuando el grupo se abrió y le vio en el centro de la pista, con el cuello de la camisa desabrochado, con aspecto informal, pero elegante al mismo tiempo.

Vivió un momento de terror durante el que no pudo menos que preguntarse si no habría cometido un error presentándose así en público, y haciendo todo lo que había hecho.

Cuando le había dicho a Derrick que regresaba a Whiskey Creek, este había decidido poner fin a su relación profesional y le había entregado *Crossroads* a Crystal, tal y como Lourdes esperaba. Después de aquello, se había quedado sola y tendría que comenzar de nuevo, sin grandes ventajas sobre muchos otros artistas que estaban intentando ganarse el favor y la confianza de gente con influencia en el mundo de la música. Pero, tanto si conseguía relanzar su carrera como si no, esperaba tener a Kyle como marido y compañero de vida.

Si no conseguía volver a los primeros puestos de las listas de ventas, siempre podría actuar en bodas, se dijo a sí misma, y no pudo evitar sonreír al pensar hasta dónde estaba dispuesta a llegar por el hombre que en aquel momento caminaba lentamente hacia ella.

–I never knew love... until I knew you –«no supe lo que era el amor hasta que te conocí», terminó Lourdes.

El salón se quedó en silencio mientras iban apagándose las últimas notas de la canción. Todo el mundo estaba demasiado intrigado por la escena que se estaba desarrollando ante sus ojos como para aplaudir.

Temblorosa y sin respiración, Lourdes dejó la guitarra a un lado y retrocedió un paso.

–Me gustaría desear a Phoenix y a Riley una larga y

feliz vida en común. Espero que no les haya molestado esta pequeña sorpresa.

—¡En absoluto! —gritó Riley, y todo el mundo aplaudió.

Lourdes le sonrió.

—La canción se titula *Refuge*. Es la primera vez que la canto en público, pero me ha parecido adecuado estrenarla aquí, puesto que la escribí en Whiskey Creek —posó los ojos en Kyle—. Y el hombre para el que la escribí es un gran amigo vuestro.

Algunos invitados comenzaron a silbar y a hacerle gestos a Kyle para que se reuniera con ella en el escenario.

—¿Pero qué estás haciendo? —susurró Kyle mientras se acercaba a ella con una leve sonrisa en los labios. Con aquella media sonrisa que Lourdes encontraba tan sexy.

—Por si alguien no le ha oído, quiere saber qué estoy haciendo —explicó Lourdes desde el micrófono—. Y la verdad es que no estoy segura. Jamás he arriesgado tanto por amor como lo estoy haciendo ahora. Ya veis, sé que, en realidad, Kyle no quiere casarse con una cantante famosa. Y menos con una que ha tenido una involución en su carrera como la mía. Pero, a pesar de todo, antes de que me fuera, me pidió que me casara con él. Yo no contesté. Me daba mucho miedo decir que sí, pero tampoco quise decirle que no. Así que... he vuelto para ver si vuelve a pedírmelo.

Pensó que Kyle podría sentirse cohibido por el público. Al fin y al cabo, le había puesto en evidencia y era probable que se sintiera avergonzado. Pero parecía estar demasiado inmerso en la intensidad del momento como para preocuparse porque le estuvieran mirando. Ni siquiera apartaba la mirada de ella.

—No me importa que seas una artista —dijo, hablando también por el micrófono—. Lo que es importante para ti lo es también para mí. Así que te apoyaré y haré todo lo que esté en mi mano para que no te arrepientas de haber vuelto a Whiskey Creek si te casas conmigo.

—¿No soy demasiado joven? —bromeó ella.

—No lo sé. Nueve años son nueve años.

Todo el mundo empezó a abuchearle.

—Parece que todo el mundo me apoya —bromeó en respuesta—. Tengas la edad que tengas, eres la mujer para mí.

—En ese caso, tengo ya la respuesta. Y es sí —contestó.

Kyle la abrazó entonces y la besó.

—Dime que todavía conservas la sortija —susurró Lourdes en medio de los gritos y las felicitaciones de los invitados—. Me encanta esa sortija.

—La devolví —contestó él.

Lourdes se apartó.

—¿De verdad? ¡Pero si solo he estado fuera una semana!

Kyle se echó a reír al verla tan decepcionada.

—Está en casa, esperándote —le dijo, y volvió a besarla.

Epílogo

Cuatro semanas después...

—¿Entonces tenemos que organizar otra boda?

Kyle apartó su silla para que Brandon tuviera sitio para sentarse con ellos. Como había llegado algo más tarde al Black Gold Coffee, ya habían juntado las mesas, estaban todos apiñados a su alrededor. Desde que Baxter había regresado al pueblo, todo el grupo podía participar del café de los viernes por la mañana y aquel era uno de aquellos viernes. Incluso el marido de Eve, Lincoln, que rara vez aparecía por Whiskey Creek debido a su peculiar pasado, había ido desde Placerville con ella y estaba sentado a la mesa tomándose un café.

—¿No te lo esperabas después de lo que pasó en mi boda? —le pregunto Phoenix, riendo ante su sorpresa.

Baxter arqueó las cejas.

—Lo último que sabía era que iba para largo.

Cuando Lourdes le apretó la mano a Kyle, este sintió la misma oleada de felicidad que disfrutaba a diario desde que Lourdes había vuelto con él. Había tenido que irse unos días a Nashville, más de los que a él le habría gustado, pero había pasado todos los fines de semana con él y en el último viaje él la había acompañado. Esperaba que fueran capaces de conciliar sus vidas. Él estaba dispuesto a dar todo lo que tenía.

—Y así es. Será el invierno del año que viene, el uno de diciembre.

—Ahora solo estamos repartiendo las primeras tareas —le explicó Lourdes.

Baxter desvió la mirada hacia Lourdes.

—¿A mí también me va a tocar una?

Lourdes le dirigió a Kyle una sonrisa radiante.

—La boda la va a organizar Olivia —explicó él.

—Por supuesto —respondió Callie—. No puede haber boda si no la organiza ella.

—Y Brandon será mi padrino.

—Por supuesto —intervino Noah.

—¿Y los demás? ¿Todos vendréis de acompañantes del novio?

Antes de que ninguno de ellos pudiera decir «por supuesto» intervino Lourdes.

—Excepto las mujeres. Que estarán conmigo.

—¿Todas? —preguntó Adelaide sorprendida.

—Todas, además de mi madre y mis hermanas.

Dylan soltó un silbido.

—Vais a ser muchas.

Lourdes le guiñó el ojo.

—Por suerte, no hay límite.

—A mí me parece muy bien —dijo Riley—. Contad conmigo para cualquier cosa que necesitéis.

—Me alegro de oírlo —Kyle desvió la mirada hacia el último que se había casado del grupo—. Sobre todo viniendo de ti.

Riley abrió los ojos como platos.

—¿Qué? No me digas que...

Kyle le palmeó la espalda.

—¡Sí! Vas a ser tú el que pronuncie los votos, amigo.

Riley negó la cabeza.

—Yo me lo he buscado, ¿verdad?

—Seguro que lo harás muy bien –le aseguró Lourdes, apretándole el brazo con cariño.

Kyle estaba encantado de la rapidez con la que Lourdes se había convertido en una más entre sus amigos, de la facilidad con la que había encajado en el grupo.

—Pero no te quedes sin habla, como le pasó a Kyle –recordó Noah entre risas.

—Ya estamos otra vez –gruñó Kyle.

—Todavía lamento haberme perdido esa parte –dijo Lourdes.

—Me alegro de que te la perdieras –gruñó Kyle–. Ojalá se la hubiera perdido todo el mundo.

—A mí me pareció maravilloso –repuso Phoenix.

Pero eso era muy propio de ella. Phoenix tenía más empatía en el dedo meñique que la mayoría de la gente en todo su cuerpo.

Kyle se frotó la barbilla.

—Desde el mismo instante en el que me pasó, supe que jamás lo olvidaríais. Así que me encantaría que te quedaras sin habla –le dijo a Riley–. Y espero que llores como un bebé.

Riley hizo un gesto para que todos los que estaban a punto de intervenir se callaran.

—Va a ser difícil estar a tu altura, pero haré lo que pueda. A lo mejor para entonces ya tengo más experiencia en todo esto del matrimonio –se inclinó para besar a Phoenix y Noah le lanzó una servilleta.

—¡Ya basta! No sabía lo que era la felicidad conyugal hasta que no os he visto a vosotros.

Callie le dio un codazo.

—Espero que estés de broma, porque no hace mucho tú estabas igual con Adelaide.

—Y sigo así –respondió Noah, pasándole el brazo por los hombros a su esposa.

–¿Y has decidido ya lo que vas a hacer con la casa que tienes en Tennessee? –le preguntó Eve a Lourdes.

–Venderla –respondió–. Como voy a vivir aquí con Kyle me parece lo más lógico.

–¿Y dónde vas a quedarte cuando tengas que volver para trabajar, como la semana que viene? –le preguntó Ted–. O cuando te reúnas con tus posibles mánagers y con Broken Bow Records para grabar la maqueta de *Refuge*, por ejemplo.

–Mi madre está hablando de volver a Angel's Camp –les contó Lourdes–. Lo echa de menos. O a lo mejor viene aquí para que estemos más cerca. Pero siempre podré quedarme en casa de mis hermanas. Ellas están encantadas en Nashville y piensan seguir allí durante una buena temporada.

Cheyenne partió un pedazo de magdalena para dárselo a su hijo de un año.

–¿Y vais a ser capaces de conciliarlo todo?

Lourdes se inclinó un poco más hacia Kyle.

–Eso creo –contestó.

Kyle le tomó la mano, en la que llevaba puesto el anillo de compromiso, y se la besó.

–Todo va a salir bien. Vosotros preparaos para la boda. Nosotros nos encargaremos de todo lo demás.

ÚLTIMOS TÍTULOS PUBLICADOS EN HQN

Entre puntos suspensivos de Mayte Esteban

Lo que hacen los chicos malos de Victoria Dahl

Último destino: Placer de Megan Hart

Placer prohibido de Julia London

En mi corazón de Brenda Novak

Está sonando nuestra canción de Anna Garcia

Siempre un caballero de Delilah Marvelle

Somos tú y yo de Claudia Velasco

Noches de Manhattan de Sarah Morgan

Azul cielo de Mar Carrión

El Puerto de la Luz de Jane Kelder

Vuelves en cada canción de Anna García

Emocióname de Susan Mallery

Vacaciones al amor de Isabel Keats

No puedo evitar enamorarme de ti de Anabel Botella

Dulce como la miel de Susan Wiggs

www.ingramcontent.com/pod-product-compliance
Lightning Source LLC
LaVergne TN
LVHW030333070526
838199LV00067B/6267